U0897008

✶中国科幻新锐系列✶

地球众神

亡者归来

EARTH GODS
RETURN OF THE DEAD

分形橙子 著
王晋康 主编

深圳出版社

图书在版编目（CIP）数据

地球众神：亡者归来 / 分形橙子著. -- 深圳：深圳出版社, 2023.7
（中国科幻新锐系列 / 王晋康主编）
ISBN 978-7-5507-3808-9

Ⅰ. ①地… Ⅱ. ①分… Ⅲ. ①幻想小说—小说集—中国—当代 Ⅳ. ①I247.7

中国国家版本馆CIP数据核字(2023)第066161号

地球众神：亡者归来

DIQIU ZHONGSHEN: WANGZHE GUILAI

出 品 人　聂雄前
项目策划　刘　婷　简　洁
责任编辑　吴　珊　张　梅
责任校对　李　想　万妮霞
责任技编　梁立新
封面绘制　蘑菇君
装帧设计　见　白

出版发行　深圳出版社
地　　址　深圳市彩田南路海天综合大厦（518033）
网　　址　www.htph.com.cn
订购电话　0755-83460239（邮购、团购）
设计制作　深圳市龙瀚文化传播有限公司 0755-33133493
印　　刷　深圳市新联美术印刷有限公司
开　　本　889mm × 1194mm　1/32
印　　张　10.75
字　　数　319千
版　　次　2023年7月第1版
印　　次　2023年7月第1次
定　　价　42.00元

总 序

今年是我从事科幻创作三十周年，作为三十年前的“新锐”来主编“中国科幻新锐系列”丛书，免不了忆起很多陈年旧事。

中国发展太快了，三十年已如隔世。科幻圈都知道，当年我因为被十岁娇儿逼着讲故事而被逼成了科幻作家，巧合的是，我的宝贝孙子今年正好十岁，也在每天逼着我讲科幻故事。但相隔三十年的两个十龄童显然有很大差别。孙子生活在深圳，除了校内学习，还要参加各种培训班，活得很辛苦。但在承受现代化的压力的同时，也享受着现代化的慷慨馈赠：他已经周游列国；英文水平已经达到能通读原文版《哈利·波特》的程度；经常参加英语话剧表演和钢琴比赛；因为读书多，写起作文也能随手挥洒倚马千言。可以说，这个十龄童的小脑瓜内的信息量，绝对十倍于三十年前那个十龄童的信息量。我曾开玩笑说，这代孩子从小就受信息洪流的强烈刺激，说不定他们的大脑沟回都会比三十年前的孩子深一些。

一斑而窥豹，单从我的孙子身上就可以清楚地触摸到时代的进步，触摸到深圳这个“科技之都”的脉搏。

我一直有一个观点，科幻文学这个品种的兴盛和其他文学品种不同，其他文学品种的巅峰不一定和盛世同步，反倒有可能“乱世出经典”，“国家不幸诗家幸”；但科幻文学的巅峰和盛世之间呈现出很强的正相关性，因为只有社会经济和科技足够发达，能培养出足够多的、跨过某一个知识门槛的读者群和作家群，科幻文学才能蓬勃发展。放眼看世界上科幻文学的诞生和科幻文学中心的数次迁移，都符合这个规律。

而今天，中国社会的腾飞已经到了“这个份上”，更不用说中国的“科技之都”深圳。

近十年是中国科幻文学发展最迅猛的十年，一批八零后甚至九零后新锐作家不断涌现，他们视野开阔，感觉敏锐，信息丰沛。他们毫不客气地将中国科幻文学的大旗从我们这代人的手中夺走，扛在了他们年轻的肩上。本次主编出版的“中国科幻新锐系列”，经过了精心挑选，代表了本土孵化和本土选拔的科幻作品一流水平。丛书包括科幻作家陈楸帆、王诺诺、谭钢、分形橙子这四位科幻作家的作品，他们都是新一代中国科幻作家的佼佼者。

在这一代新锐科幻作家群中，常年在科技创新第一线的工作者居多。这种现象在当代中国科幻圈相当普遍。他们出身于理工科，曾在IT行业或其他前沿科技行业工作多年，这些经历让这批作家能够站在与众不同的科技视角来审视未来的技术发展。在他们的作品中，往往有出其不意的科幻创意，极具震撼力和冲击力，又完全符合科学理性。当他们带着这些点子进入科幻创作领域，就会打开阿里巴巴的宝库，写出夺人眼球的优秀作品，给读者呈现一场科幻盛宴。

除了这些特点之外，我还发现一点巧合：这四位作者都和深圳有关联，他们或在深圳工作，或在深圳成长，或在深圳居住。这既是巧合，也不全是巧合，因为这个城市本身就很科幻，很新锐。深圳经济特区自建立以来，在四十多年的岁月里，一直在大笔书写着一个个传奇故事。金融之都、创新之都、粤港澳大湾区中心城市之一，这座城市四十多年的成就，本就是一部科幻色彩浓郁的华丽篇章。在深圳这片日新月异的热土上，发展科幻产业，拥有无可辩驳的天然优势。

深圳作为中国独一无二的未来都市，凭借得天独厚的科技资源优势，已经汇集了大批的科幻从业者，包括全国唯一致力于科幻发展的公益基金——“科学与幻想成长基金”。由该基金发起举办的“晨星杯”中国原创科幻文学大赛，已经连续举办了八届，为国内科幻发掘、培养了一大批以本土作家为主的优秀新锐科幻青年作者。我忝为该基金一个挂名的督导，对他们这种锲而不舍的坚持十分感动。中国需要这样的科幻组织。

该基金继组织“晨星杯”中国原创科幻文学大赛之后，又与深圳出版社合作，适时推出“中国科幻新锐系列”丛书。相信这套丛书能够加强深圳本地科幻力量的交流协作，为科幻事业提供优秀的文字基础作品，也为新锐科幻作家的作品推广和IP运作提供一个良好的平台。希望假以时日，它能成为中国有影响力的科幻出版品牌，成为大家认识和了解中国新科幻的第一站。

长江后浪推前浪，新锐科幻力量必将引领中国科幻走向下一个辉煌。

2023年3月

目　录

迦梨与阎摩

孔雀王朝时期，印度西孟加拉邦北部一个名不见经传的小山村。

天色渐晚，夕阳已经落下去了，但黑夜还未完全降临，没有风。在朦胧的天光中，湿热的空气像凝重得化不开的胶，整个世界都仿佛被黏住了。

村口有一株数百年树龄的菩提树，传说是一个苦行者路过时栽下的，神奇的是每一片菩提叶上都有一个隐约的头像。不知从何时起，村子里传言那是迦梨女神的面容，久而久之，迦梨女神就成了这座偏僻小山村的保护神。

这天傍晚，一个苍老的苦行者来到菩提树下，他身披一件浆洗得发硬的黄色缠袍，赤着双脚，右手拄着一个弯曲的树枝制成的拐杖，左手托着一个黑得看不出质地的钵。苦行者行至菩提树便不再继续前行，他把拐杖放在身边，背靠着树干双盘而坐，把黑钵放在面前。

不久后，一个男人从苦行者面前经过，他看到了树下的苦行者，脚步却没有停留。又过了一会儿，两个身穿纱丽的女人从村子里走了出来，年老的女人手里拿着一些食物，年轻的女人捧着一个罐子，里面装满了清水。她们把食物和水放在苦行者面前，老人微微点头，双手合十向她们表示感谢。

两个女人沉默着走开了，当她们回到村子时，仪式正要开始。村子中央的一块空地周围挤满了沉默的人，空地中央有一个岩石制成的祭坛，祭坛很粗糙，用一整块灰色的岩石粗略雕琢而成，因为时间久远，已经失去了岩石本来的颜色。祭坛的后方有一座神龛，神龛之上挂着一幅真人大小的画像，画像上是一个有着青黑色面孔，正手舞足蹈的迦梨女神。她脚踩她的丈夫——躺着手持三叉戟的湿婆，口吐黑舌，脖子上挂着一串头颅和金饰品以及粉色的花环，腰上缠着一圈人手制成的腰带，四只青灰色的手臂，两只右手分别持滴血的镰刀和一个滴血的人头，人头闭着眼睛，露出一丝若有若无的微笑，而她的两只左手则戴着祖母绿和翡翠装饰的黄金手环。

一个巫师正念着晦涩到无人能懂的经文咒语，人们默默地注视着他，空气中弥漫着神秘与压抑的气息。天光已经完全消失了，月亮还未升起，黑夜如潮水漫过了大地，天空中出现了几颗寂寥的星星。族长摆摆手，人们点燃了用油浸过的火把，于是在跳动的火焰照耀下，画像上的迦梨仿佛在阴影中真正舞蹈起来。

在一声高亢的呼喝声中，巫师大汗淋漓地结束了经文的念诵，他亢奋地大声喊道："上祭品！"

人群分开了，两个赤裸着上身的强壮男人抬着一个幼小的躯体穿过人群走到空地上，他们裸露的皮肤在火光下呈现出黑黝黝的颜色。那是一个六岁的小女孩，她惊恐地四处张望，嘴里发出绝望的哭喊声，但没有人理会她。

男人们将这小小的祭品放在祭坛之上，有人递给巫师一把黑曜石制作的尖刀。巫师走上前，小女孩惊恐得忘记了哭泣，强壮的男人们很轻易地就按住了小女孩的四肢。接下来，巫师将先用黑曜石制作的尖刀斩下小女孩的四肢，然后再划破她的喉咙，让迦梨女神饱饮这个小小处女的鲜血，但这只是餐前开胃小菜，在人群的后方，还有四个被捆着的孩子。

西瓦尼从人群的缝隙中看到了自己的父亲和大着肚子的母亲，她尖叫着求救，但却绝望地看到父母冷漠的目光。西瓦尼有三个姐姐，当她长大以后，她的父母再也负担不起沉重的嫁妆，而将她献祭给迦梨女神是最好的结局，既能给村子带来庇佑，又能祈求迦梨女神赐予他们一个健康的男孩。但是小女孩还不懂这些意味着什么，西瓦尼从小就努力着试图讨好父母，但她从记事以来就几乎没有见过父亲的笑脸。

巫师满意地看着女孩在祭坛上挣扎。挣扎吧，迦梨女神最喜欢的就是充满痛苦和绝望的灵魂。噢，让她多看两眼她的父母吧，给这道美味再加上刻骨的仇恨和绝望作为上佳的调味品！迦梨女神一定会满意这道开胃菜的。

两天前的夜里，迦梨女神降临了巫师的梦。在梦境中，巫师来到了一片广袤无垠的荒野。荒野上长着齐膝高的青草，那是一种他从未在现实世界中见过的草，翠绿色的叶片随风摇曳，巫师发现被折断的叶片以肉眼可见的速度迅速复原。他听不到虫鸣，天空中也看不到飞鸟，这是一个无声的世界。一个黑点出现在巫师的视野里，他抬眼望去，看到一个人站在远方看着他，紧接着就听到了一个冰冷的声音："到我面前来，凡人。"那是一个让人的灵魂都能冻结的女声，巫师感到浑身冰冷，他战战兢兢地走向前去，当看清楚那个女人的形象时，他的身体抖动得更厉害了。

"伟大的时之母。"巫师的膝盖一软，情不自禁地跪了下去，他永远也不会看错，他曾无数次在各种画像上见到过迦梨女神，那是象征着时间、力量、死亡和新生的伟大神祇——时之母，湿婆之妻。她的形象和画卷中的别无二致，脖子上戴着人头项链，腰间系着以人掌装饰的腰带，身上穿着金丝编织的缠袍，还有四只青黑色的手臂。他浑身发抖，"请不要降祸于我，我是您最忠实的奴仆。"

"我需要五个人的鲜血作为祭品。"迦梨的声音在天地间隆隆回响，苍翠的草原瞬间变成黑色，在狂风中化为灰烬。巫师看到青草下面绵延无际的骸骨。"五个没有被污染的纯洁灵魂，用这把天神曾经使用过的刀来释放他们的血液和灵魂，否则我将降祸于你的村庄。"

大汗淋漓的巫师从噩梦中醒来，发觉右手中多了一样东西，借着从窗户透进来的月光，他看到那是一把黑曜石制成的尖刀。原来不是梦……更多的汗珠从他的额头渗出来，他连滚带爬地翻下床……原来迦梨女神真的降临了。

当他从恐惧中苏醒后，兴奋和欣喜开始从心底萌芽——我是迦梨女神的使者，迦梨女神亲自降临了我的梦境，而且赐予我天神使用过的武器。他召集村里的长老，向他们宣布了这个消息。长老们敬畏地传看着那把黑曜石尖刀，小心翼翼地询问他梦中的景象，低声讨论着这件离奇的事情。

最终，长老们相信了巫师。"那就挑选五个孩子吧。"最年长的长老下了决定，"感谢迦梨女神给他们的家庭带来的荣耀。"

"库纳勒家的小女儿西瓦尼。"巫师突然说道，梦中的景象已经渐渐模糊不清，但他还记得迦梨女神提到过的这个名字，“迦梨女神亲自挑选了她的祭品。”

长老们交换了一下目光，最年老的长老点点头表示同意：“库纳勒家已经有四个女儿了，她们家会感谢迦梨女神的恩赐的。”

西瓦尼的号哭声更加凄厉，仿佛是来自地狱恶鬼的尖叫，但没有人施以援手。相反，随着仪式的进行，气氛正变得越来越狂热，人们的眼睛开始变得血红，刚刚给菩提树下的苦行者施舍的两名妇女更是舔舐着自己的嘴唇，眼睛里冒出红光，仿佛祭坛是一张华丽的餐桌，那具年轻稚嫩的肉体是她们的晚餐。

狂热的人群并没有发现他们身后多了一个人，即使他们知道，也无暇理会。是那个苍老的苦行者，他颤颤巍巍地拄着手杖，仿佛离开手杖的下一刻就会摔倒在地。他的另一只手空着，没有端着那个从不离身的钵。

在苦行者眼里，眼前又是另外一番景象，他看到一个模糊的女人身影正徘徊在祭坛前，所有人都对她视而不见，当然了，如果他们能看到那个女人，恐怕就不会是现在这个样子了。苦行者一眼就认出了她，那正是迦梨本人，她徘徊在虚幻和真实之间，肉眼凡胎看不到她，但已经被她散发出来的气息所感染。虽然他几乎记不清上次见到迦梨是什么时候了，但不管她怎么变化，那青黑色的皮肤总是不变，还有脖子上的那串头骨项链，以及腰间的人手腰带。

苦行者站直了身躯。如果有人正看着他，会惊讶于他伛偻的身体挺直以后变得异常高大，但没有人注意到他。苦行者在地上顿了顿手杖，发出沉闷的声音，人群没有听到这个声音，他们正狂热地齐声念诵着从未在他们记忆里出现过的经文和咒语。但是有人听到了，迦梨的幻影抬起头，她的目光从小女孩的身体上移开，转向苦行者，当她看清楚苦行者的面容之后，眼睛里射出恶毒和愤怒的光芒。

“尔乃何人！胆敢打扰我享用祭品！”一声尖厉的呵斥在苦行者耳中响起，说话的同时，迦梨穿过祭坛和女孩的身体向他迈步走来，每走一步，她的身体都更加实体化，与此同时，周围的人群却渐渐变得虚幻起来。当她走到苦行者面前时，人群已经化为虚无，祭坛也消失了，整个村庄都失去了踪影。苦行者放眼望去，他正站在一片铺满骸骨的原野，一轮青黑色的圆月挂在天空正中央，给这个世界洒上一片阴寒、死亡的光辉。

苦行者知道自己陷入了迦梨的幻境，他并不惊慌，在这险恶的幻境中依然泰然自若。他庄重地向迦梨行礼，“伟大的迦梨，时之母，力量与时间的主宰，湿婆的伴侣，我向你致以最诚挚的问候。”

“你是谁？”迦梨怀疑地打量着他，警惕地说，“我不认识你，但你不是凡人，你是我们中的一员。”

“没有什么能逃出你全能的感知，当你和梵天、湿婆一起率领南方神军与魔鬼之军战斗的时候，我只是一个无名小卒，在那场波澜壮阔的众神之战中，你英勇奋战的身影让我记忆深刻。”

迦梨的眼神更加冰冷了：“你参加过那场战争？”

“是的，我亲眼见到湿婆和毗湿奴陨落在那场战争之中，但我没有看到你的身影，你逃走了，抛弃了你的职责和荣耀。”嘴上虽说着讥讽的话语，苦行者的恭敬之情却丝毫未减。

迦梨冷笑起来：“智者当明哲保身，我们不可能赢得那场战争的。重要的是我活了下来，而愚蠢的湿婆和毗湿奴现在不知道在这个世界的哪个角落浑浑噩噩苟且偷生，梵天更是不知所踪，那么你呢，你也逃离了战场？”

“不，迦梨，我虽然是一个无名小卒，但我没有选择苟且偷生，我和其他的神灵一样，我们战斗到了最后一刻。”苦行者昂着头颅，花白的头发在风中飞舞。

迦梨的脸色变得更黑了，她警惕地看着苦行者：“我的面前不允许有谎言，没有神灵可以死而复生。”

“迦梨，世事无绝对。”苦行者用教训的口吻说道，“我不曾对你说谎，眼前的我就是一个活生生的证明。”

“告诉我发生了什么。”迦梨冷声说，“还有其他的神灵复活吗？”

“不必担心，迦梨，我再未见过湿婆、毗湿奴还有梵天，虽然我曾听到关于他们显灵的传说，也曾实地走访，但——”他耸耸肩，对迦梨的担忧洞若观火，“传说就是传说。”

迦梨死死地盯着他的眼睛，她的眼睛变成两个漆黑的深洞，黑洞里隐隐有雾气的旋涡在旋转，苦行者则坦然地望着迦梨。

“我认识你，你不是一个无名小卒。”迦梨突然说，“我曾在摩亨佐·达罗见过你，你乘坐着蜥蜴拉着的战车，从犍陀罗前来拜访毗湿奴，湿婆曾亲自为你驾车，你是死神阎摩。”迦梨突然揭穿了苦行者的身份，她才明白自己是多么愚蠢，在死神面前玩弄这些虚幻的把戏无异于在阿耆尼面前玩火。

“我是阎摩，但我从未自称过死神。”阎摩说，“我没想到你还记得那么遥远的事情，我以为那些事情早已化作飞灰散落在时光的角落，但是你说错了一点，湿婆未曾为我驾车，为我驾车的是夜叉与阿修罗。迦梨，我来此地并非要与你为敌，而是要提醒你，弑神者依然在这个世界上游荡，你的祭典就像暗夜中的火焰，魔鬼们会闻讯而来，然而已经没有人能够和你并肩作战了。”

“我没有引来魔鬼，却引来了你。”迦梨久久凝视着他，突然笑了起来，“阎摩，那次我们拒绝了你的提议，是我让湿婆和毗湿奴拒绝了你，我以为你一直对我怀恨在心。”

“如果睿智的梵天在场，定然不是这种结果，他早已预见来自大海对岸的危险，雄心勃勃的荷鲁斯和奥西里斯后来的行为证明了这一点。”阎摩摇摇头，“但是过去的已经过去了，迦梨，我从未记恨于你，尤其是那场战争之后，更是抹杀了那些游戏的意义。”

“告诉我你真正的目的，阎摩，我不相信你会专程冒险来提醒我。”迦梨冷着脸说，“我不相信巧合，你在追踪我，监视我，如若不然，你为什么能够找到我？”

“我要找寻的不是你，迦梨，”阎摩慢慢地说，“我在找一个小女孩。”

“她有何与众不同？”迦梨问。

“她是我的女儿。”阎摩说，语气里却没有丝毫的祈求，“让我带走她。”

迦梨的脸上露出一副被愚弄的表情：“我从未听说阎摩有一个女儿。”

“世事无绝对，”阎摩的语气依旧平静如常，“我无意破坏你的祭典，但我要警告你，魔鬼已经嗅到了你的气息，他们正在尾随而来，魔鬼会毁灭你，迦梨。”

“我听到你的忠告了，阎摩，但我不会因此感激你。你不能带走她，今夜，她是我的餐点。”

“看来你也发现了她的特殊之处，”阎摩说，“贪婪会让你付出巨大的代价，迦梨，请把我的女儿还给我吧。”此时的阎摩就像一个低声下气祈求富有的女主人赐予一碗剩饭的老流浪汉，但迦梨绝不会被他可怜的表象所迷惑。

“她不是你的女儿！”迦梨尖声叫道，“让我们用最古老的方式来解决这件事情吧！”迦梨的腰腹两侧突兀地生长出了两只手臂，其中一只手持着一把黑色的剑，另外一只则持着一把青色的斧头。她原本的两只手上分别持金色的镰刀和缠绕着电光的方锤。

阎摩动了动眼皮，发出一声无奈的叹息：“迦梨，不必如此，她的确是我的女儿，但不是这次生命中的女儿，我一直在寻找她，我要的只是带走她，然后顺便给我的老朋友一个忠告。”

迦梨没有说话，随着时间的流逝，每过一秒，她的身体就增大一些，很快天地间就矗立着一个魔神般的怪物。她的形象也愈发可怖，头骨项链上的头颅仿佛都活了过来，纷纷张开没有嘴唇的嘴巴吐出阵阵黑烟，发出来自地狱的号叫，腰间的每一只手都长出尖利的指甲，仿佛随时都要将靠近的人撕碎。

“离开这里，阎摩！”隆隆的声音在天地间回响，“不要再接近我的领地！”

阎摩再次叹息一声：“迦梨，这么多年过去了，你依然那么冲动。”他不再多言，将手杖狠狠地杵在地上，下方的骸骨被粉碎成灰，四散飞舞，消失在空气中。这并不是结束，以手杖落点为圆心，一个看不见的领域迅速扩散开来，地面上的骸骨纷纷化为尘埃，当领域扫过迦梨之后，顶天立地的魔神如水中破碎的倒影般消失了，迦梨依然站在原地，两只手臂，头骨项链上的头颅也恢复成了死物。

迦梨依旧面无表情，但阎摩能感受到她的惊慌。

“我们现在还要自相残杀吗？”他质问，“醒醒吧，迦梨，现在已经不是以前那个时代了。”

“你也不是以前的那个阎摩了，你比以前更强大。”迦梨说，“我应该想到的，你胆敢进入我的领域。”

“为了表达我的诚意，我甘愿这么做。”阎摩恢复了以往的谦逊。

但迦梨知道并非如此，从另一个角度讲，这也可以视为一种威胁，瞧瞧吧，在你的领域里，我都能轻易看穿和破坏掉你的小把戏，识相点赶紧把那个女孩交出来。

“你为什么要那个小女孩？”迦梨再次问道，“不要再用她是你的女儿这种鬼话糊弄我，阎摩，我们根本没有能力产生后裔。”

“你说的没错，我们的确没有能力产生后裔，但我并没有欺骗你，我视她为我的女儿，那么她就是我的女儿。”迦梨从阎摩谦逊的语调中听到了隐隐的强硬和威胁，她知道眼前这个人绝对不像看起来那么无害，尽管他否认他是死神，但从来没人敢和阎摩争夺死神这个名号。

“你欠我一个人情，阎摩。”迦梨终于让步了。

“请接受我真诚的感谢，”阎摩微微颔首，他又变成了那个伛偻着身子的苦行者，“我没有欺骗你，魔鬼正在赶来，也许不止一个，你弄出的动静太大了。”

“我还有多少时间？”

“不会太久，你必须马上离开，约束你的力量，不要泄露出去，魔鬼们对我们的力量异常敏感。”阎摩指出，“但他们也有自己的弱点，他们永远不会杀死一个凡人，即使是一个伪装成凡人的神灵。”

“我真好奇你的经历，阎摩，你还未告知我你是怎么复活的。”

“记住这个忠告，这个忠告将使你远离危险，可能还会救你的命。”阎摩仿佛没有听到迦梨的质问，他自顾自地说下去，“你不仅要小心魔鬼，还要小心某些神灵。”

“什么意思？”迦梨问道。

“并不是所有的神灵都死在了众神之战，你离开战场以后就再也没有接触过其他神灵，所以你不知道后来发生了什么，对你来说这是一种幸运。”阎摩说，“你看到了众神之战必败的结局，这很睿智，众神的时代已经终结，但有一些神灵依然不甘心，他们还想继续战斗，我听说他们正在四处笼络幸存的神灵，如果他们找到了你，我希望你能拒绝。”

“当然如此。”迦梨点点头，“我虽然没有你这般睿智，但也不愚蠢。”

“再见了，迦梨。”阎摩的身影渐渐模糊，随风消逝了。

在阎摩眼里，迦梨的世界正在慢慢消失，狂热的人群渐渐出现，从虚幻变得真实，很快，阎摩就回到了祭典现场，他向祭坛望去，迦梨已经不在了。

虽然阎摩在迦梨的领域中停留许久，但现实世界仅仅过去一瞬，巫师握着黑曜石刀正向小女孩的右臂斩去——小女孩已经停止了哭泣，也停止了反抗，她似乎已经明白了自己的处境和无法挣脱的命运，她绝望地等待着死亡的最终降临。但也许事实并非如此，也许她只是被吓晕了。

时间恰到好处，伛偻的苦行僧走向前去，人群因为迦梨的离去已经从狂热的气氛中冷静下来，但依然没有人阻止巫师。苦行者走到祭坛前面，轻轻地对巫师说：“放下刀，滚开。”

他的语调似乎带着一种奇异的魔力，巫师听从了苦行者的命令，把黑曜石刀放在祭坛上，转身离去。苦行者轻轻牵起小女孩的手，小女孩睁开眼睛望着他，空洞的眼神充满了绝望。

“西瓦尼，跟我走吧。”苦行者慈爱地说，“你不属于这里。”

“你是谁？”西瓦尼问道，她的嗓音因为刚才的号哭已经变得嘶哑，但依然显露出一丝天真。

“我是你的父亲。”苦行者回答道。

苦行者转身背对着她弯下腰，西瓦尼从祭坛上爬起身，爬到苦行者的背上。苦行者背着小女孩走向人群，他看到了西瓦尼的父母，但他们的眼神同样是空洞的，和其他人一样，仿佛是一群失去灵魂的躯壳，一群不会思考的行尸走肉。没有人试图阻止苦行者，相反，他们分出了一条道路，好让苦行者和西瓦尼离开。

他们没有再回头看一眼。

错乱的记忆

中国，武汉市，2004年7月。

已经是深夜了，沈晓琪疲倦地揉了揉太阳穴，从那本厚厚的《剑桥中国史》上抬起头，图书馆阅览室里空荡荡的，又只剩下她一个人。

沈晓琪轻轻合上书，站起身。她拿起书，走到两排书架中间，踮起脚把沉甸甸的书放回到书架原来的位置上。放好之后，沈晓琪双手交叉放在胸前，有些怅然若失。

这里是古典历史区，阅览室的灯光照不到这里，沈晓琪站在两排书架之间的阴影里。她突然有一种奇怪的错觉，自己正在一道幽深的峡谷里踽踽独行。这道峡谷的两壁是由人类的历史之墙筑成的，从上古的神话时代一直延续至今。沈晓琪几乎读完了其中的一半，在她眼里，这些书已经不是用纸墨写就，而是用鲜血和泪水写成，记载着人类沉甸甸的历史。沈晓琪从小就喜欢历史，她一直觉得，所有的小说和戏剧在真正的历史面前都黯然失色，所有震撼人心的艺术作品都能在历史中找到原型。时间才是最伟大的艺术家，历史本身就是最伟大的艺术品。

此时，她正站在黑暗的中世纪，转头向左望去，上古的神话时代隐藏在黑暗的迷雾中；向右望去，现代历史延伸向不可知的未来。历史是已然凝固的时光，是沸腾的岩浆之河冷却之后形成的坚不可摧的岩石，只能凝望而不可更改。

但对沈晓琪来说似乎不是——这本《剑桥中国史》已经不是她第一次阅读了，一年前，沈晓琪就曾经通读过这本书。但是今天，她发现书里的很多内容都和记忆中不太一样了。

一年前，她分明记得这本书里记载了郑和下西洋时发现了澳大利亚，并且带回了袋鼠和考拉献给明成祖朱棣。朱棣下令将袋鼠和考拉放进皇家动物园饲养，但中国北方的气候对这些炎热地区的动物来说太严酷了，没有一只袋鼠和考拉挺过当年的冬天。而中国人对那片遥远的南方大陆并不感兴趣，从来没有真正了解过。但是今天，沈晓琪翻开这本书之后，却发现书中对郑和下西洋的记载里完全没有提到这件事情。紧接着，沈晓琪又查找了关于澳大利亚的记载，但所有的资料都显示，澳大利亚是1606年荷兰人威廉·詹森发现的。

这种事情并不是第一次发生了。

事实上，沈晓琪已经不记得这种事情第一次是什么时候发生的。一开始可能只是某些记忆中的细节出现偏差，但人的记忆本身就不是完全可靠的。她第一次遇到这种事情还是小学四年级的时候。那一年的十岁生日，沈晓琪收到一套《世界五千年》。她如获至宝地反复阅读，印象最深的是一则关于两河流域吉尔伽美什的神话。她分明记得之前自己读到的神话是吉尔伽美什的朋友恩奇都死去，而吉尔伽美什为了探寻永生的秘密，踏上了寻求永生的历险。当她三个月之后再次读到这个神话时，惊奇地发现，神话的结局完全变了，死去的是吉尔伽美什而不是恩奇都。

这是沈晓琪清晰记得的第一次记忆错乱事件，一个十岁的小女孩很容易就将其归结于记错了。但后来，她发现自己每一次重读这套书都会出现这种情况。直到她发现自己的记忆错乱越来越严重，才突然感到恐惧和惊慌。她意识到自己可能生病了，要么就是这套书闹鬼了。

后面这个想法把十岁的女孩吓坏了，她把那套《世界五千年》远远地抛开，再也没有勇气去翻阅。此后的两年里，沈晓琪刻意避开了所有与历史有关的读物，久而久之，就形成了习惯。她甚至快要将这件事情忘掉了。

但是该发生的还是发生了，两年后的某天晚上，正和爸爸妈妈一起吃饭的沈晓琪听到电视新闻里正在播放一则关于非洲某国领导人去世的消息，她顿时愣住了。她分明记得，自己去年在报纸和电视上看到了关于这位德高望重的领导人去世的铺天盖地的新闻。她甚至记得爸爸特意保留了那份报纸。

一股寒意从沈晓琪的心底升起，那股深埋在心底两年的恐惧正在慢慢苏醒，她突然想起了那套被她丢在储藏室里的《世界五千年》。沈晓琪这时才意识到，那份恐惧一直没有远去，不管她走到哪里，那套诡异的书都像磁石一样牢牢地吸住了她的灵魂。她顿时如坐针毡，面色苍白，食不下咽。父母察觉到了她的异常，爸爸关切地问道："晓琪，你怎么了？不舒服吗？"

沈晓琪鼓起勇气，小心翼翼地问道："爸爸，你记不记得去年新闻里说过他已经死了？"

爸爸转头望向电视，屏幕上正在播报各国领导人发去的唁电，他皱起眉头，思索了一会儿，摇摇头："没有吧，我怎么不记得了？"

妈妈也确定地点点头："肯定没有，我也没有印象。"

"我记得你还保存了那天的报纸，"沈晓琪脱口而出，"我记得……"

爸爸妈妈交换了一个担忧的眼神，爸爸放下筷子，轻声问道："琪琪，你是不是记错了？要是去年真搞出这么大的新闻，我们肯定有印象。"

"我没记错，我肯定没记错。"沈晓琪徒劳地争辩着，两年前的她可能会出现一些小的记忆错乱，但对于这件事情，她简直太确定了，"你的报纸，你的报纸在哪儿？"

"你爸啥时候有收藏报纸的习惯啊？"妈妈也放下筷子，同时有些担忧地看着沈晓琪，"晓琪，你是不是把做的梦和现实给弄混了？"

沈晓琪不说话了，不知道为什么，她感觉妈妈说的可能是对的。就在谈话的这会儿，刚才还鲜明的记忆仿佛已经蒙上了一层灰雾，她现在对去年是否真的看到过那位非洲领导人去世的新闻不那么确定了。

"可能是我记错了。"沈晓琪尽力装作若无其事，她努力朝爸爸妈妈笑了笑，心里却涌现出一丝苦楚，不清楚自己是不是真的病了，"我没事儿，别担心。"

爸爸重新拿起筷子："我就说嘛，多大点儿事，大人也经常记错事情呢。"

妈妈也松了口气，伸出手摸了摸沈晓琪的脑袋，沈晓琪低下头开始扒拉碗里的饭。

吃完饭之后，沈晓琪回到自己的房间，她拧亮台灯，呆呆地坐了一会儿。

也许真的是自己记错了？十二岁的沈晓琪陷入了困惑，她紧紧地抿着嘴唇，想了一会儿，做了一个决定。

沈晓琪站起身，走出卧室，来到小储藏室，打开灯，在一堆杂物中翻找起来。很快，在一个硬纸壳箱子里，她找到了那套已经蒙上厚厚灰尘的《世界五千年》。

沈晓琪小心翼翼地用双手捧起装有全套六册书的硬皮封套，沉甸甸的。她轻轻地用手拂去封套表面和书脊上的灰尘，站起身，捧着书回到了房间。重新坐在书桌前，她从硬皮封套中将六册书都抽了出来，很快就在第一册中找到了吉尔伽美什的神话，片刻后，又轻轻合上了书。

死去的是吉尔伽美什，而不是恩奇都。

沈晓琪双手抱在胸前，靠在椅子上，双眼微闭，台灯柔和的暖光打在她的身上。至少这个结局和她记忆中最后看到的结局是一样的，也许真的是自己记错了，沈晓琪仔细回想着书中出现的其他与记忆不符的细节，却发现一个让她感到惊恐的事实——她只记得某些细节上的冲突，之前的记忆早已经只剩下模糊的轮廓。

当晚，沈晓琪带着深深的疑惑入睡了。夜里起夜时，她路过父母卧室的门口，听见里面传来说话声。沈晓琪驻足倾听，听见爸爸担忧的声音："你说，琪琪不会有什么事吧？那么大的事儿怎么会记岔了……"

"应该没事吧。"妈妈的声音传来，"小孩子的记忆出点岔子很正常啊，咱们大人不也经常记错事情吗？"

"关键是她还记得我有收藏报纸的习惯。"爸爸苦笑一声，"这哪儿跟哪儿啊，我都多少年没看过报纸了。"

妈妈停顿了一会儿，"这倒是……不过也别太担心吧，小孩子的事儿，谁也说不清，没准真的是和梦弄混了。"

"不好说。"爸爸还是很担忧，"哎，你不觉得咱家琪琪和别的小孩儿有点不一样吗？"

"哪里不一样了？"妈妈的语气有点嗔怒，"你倒是说说，我闺女咋了？"

"不是……"沈晓琪能想象到爸爸急忙摆手辩解的样子，"我不是那意思，我是说，你不觉得琪琪比同龄人更成熟吗？”

妈妈沉默半晌，才又说道：“这倒有点……不过那有什么，女孩子本来就早熟一些，快睡吧，这么晚了，先别想了，应该没啥事，要是有问题，早就应该发现了，琪琪都十二岁了。”

“要是真的有问题，你说，要不要找个好医院检查一下？”爸爸的声音还是充满忧虑。

“你说的什么话，咱们女儿肯定没问题的。”又是妈妈嗔怒的声音，“不早了，快睡吧！”

一阵窸窸窣窣的声音之后，卧室里没了动静。沈晓琪轻手轻脚走回自己的房间，把自己缩回温暖的被窝里。

后来的日子里，沈晓琪把那套书又翻阅了一遍，又发现了一些之前没有注意到的记忆偏差。比如某个国王的名字，某个古代战争的结局……她都将其归类于记错了来安慰自己。

就这么又过了两年，沈晓琪十四岁那年，又发生了一件事情，让爸爸妈妈真正意识到了问题的严重性。有一天晚上，写完作业的沈晓琪抬起头，无意识地扫视着书桌，她的眉头皱了起来。不知道为什么，她总觉得有什么不对劲，当她习惯性地看向桌角时，终于意识到哪里出了问题，曾经摆在书桌上的一个小铜马不见了。那是七岁那年的暑假，爸爸妈妈带她去西安参观兵马俑时在博物馆出口处的旅游商店里买的一套四个铜制的兵马俑。妈妈本来不同意买，说那是给死人陪葬用的东西，哪有买回家摆在卧室里的，太不吉利了。爸爸则笑着说妈妈太迷信，再说了这是工艺品，又不是真的从地下挖出来的。在爸爸的力挺下，妈妈终于勉强同意了，沈晓琪欢天喜地地带回了一套四个小兵马俑。

但是妈妈只同意摆一个铜马在沈晓琪的书桌上，其他三个铜人俑都被妈妈放到了书房。看来妈妈又改变主意了，沈晓琪气呼呼地走出房间，爸爸正在书房里，沈晓琪敲门走了进去。

“爸爸，我的铜马呢？”沈晓琪问，同时，她的目光扫过爸爸的书桌，她心里一沉，书桌上空空如也。

“什么铜马？”爸爸放下手中的书，疑惑地看着女儿，他的身后是一排宽大的五层书架，书架上放满了各种书。

沈晓琪看出爸爸的目光里没有开玩笑的成分，她比画着：“就那套小铜兵马俑啊，有一个铜马放在我那儿，其他几个本来放在这里的……我还以为妈妈把我的铜马拿到这里了呢，怎么那三个也不见了……”

爸爸站起身，担忧地看着沈晓琪：“兵马俑？什么兵马俑？”

爸爸的目光里没有丝毫开玩笑的成分，又来了……沈晓琪感到手心冒汗，她结结巴巴地说：“就是咱们去西安旅游那次，买的小铜兵马俑……”

爸爸目光中的疑虑更深了，他沉默半晌，突然歉意地一笑，他敲敲自己的脑袋。“看看爸爸这记性，居然一下子没想起来……”他转过头扫了一眼桌面，有些犹豫地说，“可能是你妈妈收起来了，等会儿我问一下，你先回房间去吧。”

沈晓琪沉默着走开，她已经不是一个孩子了。爸爸刚才的表情不是装出来的，他好像完全不知道小铜兵马俑的存在，而且他匆忙的掩饰和眼底的焦虑也被沈晓琪尽收眼底。天哪，这到底是怎么回事？

沈晓琪回到自己的房间，再也没有心思翻一下书。

她斜靠在椅背上，仰起头，无神地望着白色的天花板，一条裂纹像曲折的闪电一般横亘在天花板上。无数个失眠的夜晚，借助窗外的微光，沈晓琪的目光在这条蜿蜒曲折的裂纹上反复爬行，从黑暗爬到光明，又从光明回到黑暗。

自己到底出什么问题了？沈晓琪有点想哭，原来噩梦并未远去，原来她的脑子真的出问题了。从爸爸的表情来看，他们似乎没有去过西安。可是沈晓琪明明记得七年前那个炎热的夏天，他们一家三口乘坐火车前往西安，登了巍峨的大雁塔，爬了骊山，参观了华清池，去了秦始皇陵博物馆。她清晰地记得那里的一草一木，清晰地记得在骊山半山腰的一个小平台上，爸爸给她买过一个金色的纪念币……

沈晓琪急忙跳起身，对了！那个金币！妈妈可没收走那个金币。她一直保存着那个金币。金币的正面是骊山的地形图，背面是杨贵妃的沐浴浮雕。小时候的沈晓琪一直以为那个金币是金子做的。她一直把那个金币当做自己最宝贵的东西，她三步并作两步跑到卧室的阳台上，打开书柜下面的第三层抽屉。在抽屉的最里面，她终于摸到了那个装茶叶的盒子。

沈晓琪的心里稍微安定了一些，这个精美的铁盒是爸爸喝完茶留下的，她觉得好看，就要了过来收藏自己的宝贝。她记得很清楚，那个金币就被放在这个铁盒里。沈晓琪长大一些后，她知道了那个金币其实只是镀了一层金色的铁币而已。这倒没有减弱她对金币的喜爱，但孩子总是健忘的，她把金币收藏起来之后，就很少去把玩它。时间过于久远，就连沈晓琪自己都差点忘记了，爸爸妈妈肯定早就不记得还买过这个纪念币了。

沈晓琪打开铁盒，里面有一些贴画、小发卡、几个贝壳和两串手链……她在铁盒里扒拉着，很快就不耐烦了，她把铁盒反扣在地板上，哗啦一声，所有的小物品都散落在地板上。

沈晓琪伸出手扒拉了一下，一目了然，没有什么金色的纪念币。

沈晓琪一屁股跌坐在地板上，难道自己又记错了？难道又是一场幻梦？

不……她的眼泪涌出来，这到底是怎么了？她清晰地记得……泪水蒙眬了双眼，眼前的景象在泪水中扭曲，第一次，沈晓琪感到一种噩梦入侵现实的恐惧。以前读历史书时发觉的记忆错乱从未影响到她的现实生活，但这一次的事情，让她感到毛骨悚然。

当夜，沈晓琪躺在床上仔细回想着七年前西安之行的一切。但是她却惊恐地发现，七年前的记忆越来越模糊，她甚至已经不太确定自己和爸爸妈妈是怎么去的西安，开始她记得是乘坐火车去的，但又掺杂了在机场过安检的记忆，但似乎目的地又不是西安。她感觉曾经自以为坚实的记忆大厦就像沙滩上的城堡一样，在潮水的冲刷下逐渐崩塌。

好不容易睡着，沈晓琪做了一个诡异的梦。

她似乎梦见自己变成了一个成年女子，身穿一件奇怪的麻布长袍，赤着双脚行走在一片灰色的荒原上。铅灰色的阴云铺满天空，世界是黑色和灰色的，看不到一丝鲜艳的色彩。

远方的地平线上矗立着一座雄伟的高塔，直插云霄。高塔上方，盘旋着一个巨大的黑色旋涡，整个世界处于一种极度压抑的气氛中。高空不时有明亮的闪电划过，当闪光亮起之时，沈晓琪发现她并不是这片黑色荒原上的独行者，她身边有一支沉默的军团正在行进。

她停住脚步，向军团望去。她惊恐地发现，这支军团并不全都是人类，其中夹杂着许多兽头人身的怪物，甚至还有几条面目狰狞的巨蛇在队列中游走。天空中传来一声凄厉的鸣叫，沈晓琪抬头望去，不禁屏住了呼吸，一条传说中的黑龙扑闪着巨大的双翼呼啸着穿梭在云间。

来不及细看，沈晓琪的眼前一花，场景变化了，她发现自己正坐在一个山洞里，洞壁是黑色的岩石，微红的光芒从远处的洞口照了进来。几个身穿暗红色长袍的人影沉默着向洞外走去，在黑暗中沈晓琪看不清他们的脸，他们每一个人都戴着高高的尖帽子，就像邪教的僧侣，气氛十分诡异。

“最后的时刻到了。”突然，一个暗红长袍僧侣在沈晓琪耳边说道。沈晓琪一惊，转头看向那个僧侣，但红袍僧侣已经排队向洞外走去。沈晓琪站起身，好奇地跟着僧侣们向山洞外走去。走出山洞之后，沈晓琪发觉这个山洞处于一座山峰之巅，苍茫大地被一层薄雾笼罩，远方是一座险峻的火山，火山口上方是一团黑色的云，不时有闪电如长蛇般刺穿乌云。但是让沈晓琪感到喘不过气的是天空，无数的火流星正在逼近，整个天空都被浸染成血红色。

一股巨大的恐慌袭来，梦境中的沈晓琪知道这个世界即将终结了，所有的一切都将在火海中化为虚无，但不知道为什么，她清晰地知道，这不是第一次，也绝不是最后一次。

红袍僧侣们沉默地站着，还有几个僧侣低着头围坐在山洞口，高耸的尖帽围成一个圈，就像正在为这个世界的毁灭进行最后的哀悼。

沈晓琪睁开眼睛，大汗淋漓，浑身都被汗水浸透了。她脑袋昏昏沉沉，嘴巴里干涩异常，喉咙里好像有一块火炭在灼烧。

那个夏天，沈晓琪大病了一场。病好之后，爸爸妈妈向单位请了假，他们带着沈晓琪去了北京和上海最好的脑科医院，做了所有相关检查，但所有的医院给出的检查结果都是一致的，沈晓琪的大脑没有任何器质性病变和损伤。

回到杭州之后，爸爸妈妈都小心翼翼地回避着西安之旅的话题。但是从爸爸妈妈的闪烁其词和每天需要吃三次来历不明的小药片中，沈晓琪知道，他们也认为她的脑袋出了问题，但所有人都装作若无其事。一天晚上，沈晓琪正在写作业，妈妈敲了敲门，走了进来，手里拿着一个小铜马。

"琪琪，是妈妈不好，上次没有经过你同意就把这个小铜马和你爸书房里那三个一起收到地下室去了。"妈妈歉意地笑着，"是妈妈太迷信了，这不，你爸提醒我了，我给你拿回来了。"

"谢谢妈妈。"沈晓琪木然地接过小铜马，随意地把它摆在记忆中书桌上的位置，然后朝妈妈勉强挤出一个微笑。

妈妈欲言又止，她轻轻摸了摸沈晓琪的脑袋，然后转身走了出去。

妈妈离开之后，沈晓琪轻轻抓起小铜马，入手冰凉，她握着小铜马，手指在铜马腹部轻轻摩挲，一直到马颈的鬃毛、小小的马头……她的眼泪不知不觉充满了眼眶，这不是那个小铜马，这不是！

原来他们真的没有去过西安，原来以前那个小铜马真的只是她的幻觉。她知道爸爸妈妈借口她上一次高烧生病需要检查身体，带她去北京和上海的医院的真实目的。她已经不是一个孩子了，她分得清什么是脑CT和核磁共振。

此时，十四岁的沈晓琪的思维异常清晰。也许，他们没有在她的大脑里发现什么不该有的东西，所以爸爸妈妈咨询了心理医生。那些小药片一定是心理医生开的药，而且他一定给了父母一些建议——尽量要顺着她的记忆来，千万不能刺激她，以免她的病情加重。所以爸爸妈妈才不知道从哪里弄来了四个小兵马俑，小心翼翼地帮她维持那个虚假的记忆。

沈晓琪擦干眼泪，她明白，自己现在在他们眼里已经是一个精神病人了。她把小铜马重新摆回到桌角，正如记忆中的那样。

已经不用自我欺骗了，自己是真的病了，她的脑子里一定有某个地方出了问题，真实的经历和想象的记忆都成了记忆的一部分。真实的记忆并非不存在，而是隐藏在潜意识里，当虚假的记忆被揭穿后，真实的记忆才会逐渐出来替代虚假的记忆。

但问题是，虚假的记忆为什么会那么逼真？沈晓琪已经慢慢想起来了，七岁那年的暑假，她和爸爸妈妈乘飞机去了海南岛度假，而不是乘坐火车去了西安。她开始想起来过机场安检，飞机起飞和降落，在三亚的海边捡贝壳。关于海南岛的记忆开始鲜活起来，而西安之旅的记忆则慢慢地蒙上一层迷雾。

接下来的日子里，沈晓琪和爸爸妈妈形成了无言的默契，即使她再发现了什么记忆上的差错，也避而不谈，爸爸妈妈也假装一切都没发生，除了以体检为名经常带她去医院例行检查。每一次，沈晓琪都顺从地接受心理医生小心的询问和脑部CT、核磁共振等一系列检查。从爸爸妈妈偶尔焦虑的眼神和不断更换的被撕掉标签的药瓶可以看出，结果似乎都大同小异。

唯一值得欣慰的是，沈晓琪的记忆错乱对现实生活没有造成太大困扰。她发现，越遥远的事情，越可能出现记忆错乱的现象。而这个世界上只有爸爸妈妈知道她的秘密，只要自己伪装得好，就几乎不会被任何人发现。久而久之，沈晓琪愈加沉默寡言。

但是有一点，沈晓琪一直没有想明白，她在阅读历史书时，也会出现这种情况。距今越久远的历史，越容易形成记忆错乱，即使是最近刚读过不久的历史书，也会出现这种问题。这居然带来了一个意想不到的结果，她的历史成绩非常好，因为她对久远的历史事件总有两种甚至更多不同的记忆，她的大脑似乎对历史事件会进行各种不同的推演，这让她对一个历史事件有了多方位的视角和更深的理解。

久而久之，沈晓琪变得和其他的女孩子不太一样，她从不追星，对漂亮的衣服和美食也没有太多兴趣。她不知道自己本来如此还是因为生病，她也不知道这一生应该怎么度过。不知不觉中，沈晓琪为自己建造了一个无形的硬壳，将自己与纷扰的世界隔绝。她几乎从不出去和同学们玩耍，总是把自己关在卧室里，一本一本地读父亲书架上的书。而父母的担忧也日益加重，他们试图让她多出去交朋友，从不限制她的零花钱，但她似乎对外界的一切都失去了兴趣。

直到有一天，沈晓琪在一本书中读到一句话："与其逃避恐惧，不如直面恐惧。"

她顿时怔住了，这句简单的话如同一道闪电划破混沌，沈晓琪终于明白了她真正要做的事情是什么。在填报高考志愿时，她几乎毫不犹豫就填报了武汉大学历史系。

直面你的恐惧。

进入大学之后，沈晓琪依然独来独往，对读书以外的事情提不起任何兴趣。上课以外的空闲时间，她几乎都泡在了图书馆。偶尔走在樱花飘落的小路上，看着一对对情侣在草坪上依偎时，深夜在宿舍里听见室友跟男友煲电话粥时，她才意识到这个世界上还有另外一种生活。

但沈晓琪总觉得，自己不属于这个世界，可是，谁又真正属于这个世界呢？

回忆到这里，沈晓琪轻轻叹息一声，转身离开书架组成的峡谷，回到桌前开始收拾书包。当她正准备离去时，却惊讶地发现阅览室里多了一个人。

那是一位身着靛青色衣服的老人，身材高大，头发花白，脸上布满皱纹，戴着一副老花镜。老人正坐在离门口最近的椅子上，微笑地看着她。

沈晓琪有些惊讶，她不认识这位老人，他不是图书馆的管理员，但看起来好像是学校里的工作人员，要不是正值深夜，会很轻易把这个老人当作一名清洁工。

她犹豫着收拾好书包，朝门口走去。也许这只是一位爱读书的退休老教师深夜来到图书馆查找资料，沈晓琪心想。她礼貌地朝老人点点头，笑了笑。

正要交错而过时，老人突然开口说话了，声音柔和而慈祥："沈晓琪，你好！"

沈晓琪一惊，她蓦地停住了脚步，惊讶地看着老人的脸，老人慈祥温和地看着她。沈晓琪犹疑地指指自己："请问，你认识我？"

老人点点头："是的，我已经找你很久了。"

沈晓琪扫视四周，将近凌晨，偌大的阅览室里除了她和这个奇怪的老人，一个人都没有。老人的语气里有一种说不出的沧桑感，又有一种似曾相识的感觉，但这不可能，沈晓琪确定自己根本不认识这个老人，但她马上又犹豫了，她知道自己的记忆是不可靠的。

"对不起。"沈晓琪用微笑掩饰着自己的困窘，"我好像不认识你……”

“你没有见过我，这一次没有，”老人轻轻打断她，“可是我认识你，你也应该认识我。”

沈晓琪的笑容消失了，老人奇怪的话语背后好像隐藏着什么，她后退几步：“你是谁？”

“坐下吧，沈晓琪，你已经遗忘了太多，”老人朝她做了一个手势，“我想我们需要谈谈。”

守护者

“对不起，我不太明白，”沈晓琪疑惑地摇摇头，“你怎么会认识我？”

“你是不是觉得自己和这个世界格格不入？”老人没有回答，反而问道。

“我不知道……你为什么总是不回答我的问题？”

“耐心，”老人温和地说，“沈晓琪，要有耐心，我在很久很久以前就认识你了，你是一个守护者。”

“守护者？”沈晓琪皱起眉头，“守护什么？”

“守护这个世界不被黑暗的力量侵袭。”

沈晓琪不禁哑然失笑：“老人家，我不管你是怎么知道我的名字的，但我不喜欢这个玩笑，已经很晚了，我该回宿舍了。”她断定自己遇到了一个疯子，也许下一刻这个老人就会掏出一本《如来神掌》，然后说她骨骼清奇，是个怀才不遇的武术天才之类的鬼话，然后准备用十块钱卖给她，天知道自己怎么会遇到这种事情。如果这个老人打算拦住她，她相信自己也能轻松跑掉，而且保安室距离阅览室不远，但愿那位保安大叔睡得还不是很熟!

“你的记忆，是不是经常出问题？”当沈晓琪迈动脚步准备离开时，老人突然说，“你是不是会做一些奇怪的梦？”

沈晓琪的脚步停住了：“你怎么知道我的……事情？”她的病是秘密中的秘密，这个世界上只有父母、自己和医生知道，不对，难道这位老人是曾经给她看过病的医生？她仔细打量了一下老人。老人一头花白头发，梳理得很整齐，脸上印刻着深深的皱纹，一双眼睛却炯炯有神。沈晓琪确信自己真的没有见过这个老人。

“你没有生病，”老人温和地说，“病的是这个世界。”

“你是医生？”沈晓琪转过身看着他，“可我不记得我来过武汉看病。”

“我不是医生，我说过你没有生病。”老人摇摇头，“先坐下吧，我会把一切都告诉你。”

沈晓琪透过门上的玻璃向走廊望了一眼，保安室亮着灯，她犹疑着坐下，同时抓紧了书包的带子，“你先告诉我，你是谁……”

“我是守护者的首领，”老人说，“我有很多名字，在不同的时代和不同的地方，人们对我的称呼也不相同。但是名字并不重要，重要的是知道自己是谁。”

沈晓琪的好奇心被勾上来了：“守护者？不同的时代？”

“没错，这个世界上存在黑暗力量，有人叫他们恶魔、邪灵，也有人叫他们野心家和死神，这个世界上大多数的灾难都和他们有关。”老人娓娓道来，“而我们，是光明的守护者，是刺穿黑暗的利剑，是惊涛骇浪中的灯塔，是万里黄沙中的绿洲。我们斩灭黑暗，甚至以黑暗之名，我们甘愿背负骂名，为了斩灭黑暗，即使堕入黑暗也在所不惜。”

沈晓琪愣住了，虽然她不太明白老人在说什么，但她察觉到了这番话背后蕴藏的苍凉和肃然。事实上，她有些被吓到了。

“对不起，老人家，我真的听不懂你在说什么，我真的该走了。”沈晓琪准备站起身，“我不管你是怎么知道我的名字和事情的，我也不想知道，但我不喜欢这个玩笑。”

“你的记忆，关于历史事件的记忆，”老人凝视着沈晓琪，眼神里有一种令她移不开脚步的力量，“当你在书上读到一段历史时，你会发现这段历史和记忆中的并不一样，你以为自己以前读过这段历史，却发现记忆出了问题。可事实并不是那样，你没有生病，你的记忆都是正确的，郑和真的发现了澳大利亚，也带回来了袋鼠和考拉，只是记载那段历史的文献早就在战火中被焚毁了。”

沈晓琪惊奇地瞪圆了眼睛：“你怎么会知道……”她恍然惊觉，这个老人绝对不是医生，因为这些细节只有她自己才知道，太荒谬了，她连爸爸妈妈都未曾告诉！可是，这个老人怎么会知道，这不可能！

“因为我们都见证过那个时代真实的历史，”老人似乎知道她在想什么，“只是你已经遗忘了你曾经在那个时代生活过，但那些历史记忆还残留在你的脑海里。当你读到相同的历史事件时，真实的记忆和书本上的描述就会产生激烈的冲突，所以你以为自己生病了。”

“这太荒唐了，你是在说我有前世？”沈晓琪惊骇地看着老人，“这太荒唐了……”

“事实一直在你面前，不要把固执和愚蠢混为一谈，”老人说，“我从来没有说过你有前世，那只是你的另外一段生命历程。”

沈晓琪抬起头，望向天花板上的白色吊灯，她突然感到这个熟悉的世界变得十分陌生，“我不相信，这太荒唐了，我是科学的信徒，我是一个大学生，不是一个女巫。”

“我和你一样，相信科学的力量，但并不代表我们要对未知的事物视而不见。相信科学，而非迷信科学。迷信科学同样也是一种迷信，真正的科学精神是承认未知，探索未知。”老人点点头，“我也不相信什么灵魂转世，但这种现象的确是存在的。如果你愿意，我可以从科学的角度来给你解释这件事情。”

“科学？你现在要跟我谈科学了？”沈晓琪感到一阵晕眩，“科学可不会承认什么灵魂转世的鬼话。”

“你是怎么看待这个世界的？”老人没有理会沈晓琪话语中的锋芒。

“我不太明白。”

“你应该知道柏拉图的洞穴理论，我们对这个世界的认知依然非常浅薄，有太多未知的现象尚未被科学地解释，从暗物质到生命的起源，都还隐藏在厚厚的迷雾中。几个世纪以来，伟大的科学家所做的工作就是不断地拓宽人类所在的‘山洞’，让我们看到更多。但我们依然不知道，我们还要多久才能够挖穿‘山洞’。”老人看起来就像一个正站在课堂上侃侃而谈的哲学教授，“我们也不知道，我们所在的‘山洞’是否是真实世界的一部分。当我们终于挖穿了‘山洞’，我们可能还在一个更大的‘山洞’里面。”

“你想说，这个世界是虚假的？”

“早晚有一天，人类可以模拟出我们的生物学肉体无法分辨的虚拟世界，我想这个时间已经不会太久了。”老人说，“而虚拟世界又会模拟新的虚拟世界，我们并不知道自己是否已经存在于一个虚拟世界之中了。”

“就像《黑客帝国》中描写的那样。”沈晓琪突然有些好奇，这个神秘的老人是不是马上就会掏出蓝色和红色的药丸让她选择。

“你读过霍金的《时间简史》吗？”老人没有掏出什么蓝红药丸，而是突兀地问道。

“没有。”沈晓琪老实地承认。

“我读过，那是本好书，”老人说，“建议你也读读，这里就有。但我最喜欢的片段不是什么宇宙黑洞和时空旅行，我最喜欢书的开头。一个印度妇女在罗素做完关于地球在宇宙中的位置的演讲后提出的挑战。她说罗素关于宇宙图像的描述是一派胡言，印度人认为，世界是一个悬浮在虚空中的平板，被四只大象背负，而大象们则站在一只巨大的乌龟背上，这只乌龟又站在另外一只更大的乌龟背上，以此类推，形成一个无穷无尽的乌龟之塔。”

“你是说，我们的世界承载在另外一个世界的程序上，而上一个世界也可能是承载在更高一层的程序上？”沈晓琪有些明白了，这场谈话越来越奇怪了，“这个想法并不新颖，在《异次元骇客》和《黑客帝国》里都有类似的描述，只是我觉得……”

“问题是，所有的乌龟都一样大吗？”老人慢慢地说，“如果我们真的是虚拟世界中的一层，那么为什么一定要认为我们的世界一定是以上层世界为蓝图构建的？我们的上层世界到底是什么模样，可能我们永远无法知晓。”

“无法证伪的假设毫无意义。”沈晓琪抿着嘴唇。

“我们的世界很可能位于一个乌龟塔的顶端，是链条的最后一环，这样也许能稍微解释一下我们的存在，”老人摇摇头，“这个世界上本不该存在什么恶魔邪灵，也不该存在守护者，我们的存在是这个世界的瑕疵。恶魔和邪灵是这个世界的病毒，消灭他们就是我们的使命。”

沈晓琪若有所思：“所以，你是说我们生活在一个程序里？所谓的恶魔只是一种病毒？”

“没错，真正的我们位于上一层世界，在这一层世界里，我们都只是投影，当我们的肉体死去，我们只不过是下线了，重新出生则是再次上线。”老人点点头。

“如果你说的都是真的，那就让恶魔摧毁这个世界好了，”沈晓琪努力装作无所谓的样子，“这样我们就可以回到真实的世界里了。”

“没那么简单。”老人面色严峻，“第一，这只是一个我们暂时无法验证的假设，我们不知道恶魔摧毁了这个世界之后，我们是真的能够回到‘真实’的世界，还是跟随这个世界一起毁灭；第二，我们不知道上一层世界的真实情况，也根本不知道真实的宇宙是否和我们现在感知到的宇宙一样，我们的本体很有可能在上一层世界里，那是我们完全无法理解的生命形式；第三点也是最重要的一点，也许恶魔根本不想摧毁这个世界，只是想摧毁这个世界里的人类文明，让整个世界回到黑暗血腥的时代，你所有的家人、朋友都会永远生活在无尽的地狱里。你愿意看到这种事情发生吗？”

“好吧，如果你说的都是真的，你找我干什么？我不想做什么守护者，”一阵疲倦袭来，“我也不想做什么拯救世界的英雄，我只想做一个普通人，平平淡淡过一生。”

“我们的命运就像溪流中的落叶，随波逐流，有时会陷入旋涡，有时会被推向岸边。谁又能自主地选择自己的命运呢？”老人直视着沈晓琪的眼睛，“我需要你，沈晓琪，我需要每一个守护者加入，我们必须联合起来才能对抗越来越强大的黑暗力量。千万年来，我们一直压制着邪灵，但现在情况有了新变化，一个来自远古的黑暗君主正在崛起，越来越多的恶魔正被他招至麾下，我们必须阻止他。”

“可是我什么都做不了，”老人庄严的语气让沈晓琪感到有些手足无措，“你大概找错人了，我没有什么超能力，而且，我怎么相信你说的都是真的？你的确说对了一些事情，但有可能是巧合。”

“你会的，因为这是每个守护者都逃脱不了的命运。你总觉得和这个世界格格不入，你从小就比其他人要更成熟，你对同龄人喜欢的东西从来都不屑一顾，你感到迷茫，不知道生命的意义，记忆的错乱更让你觉得自己是一个病人。”老人从怀里掏出一个黑色的檀木小盒，推给沈晓琪，然后站起身，“这是属于你的东西，现在物归原主了，它会帮助你想起一些以前的事情，好好考虑一下。沈晓琪，我不会勉强你，你可以选择在别人异样的眼光中度过庸俗的一生，也可以选择面对真正的自己，去真正掌握自己的命运。”

说完之后，老人就转身向阅览室里面走去，沈晓琪惊讶地看到房间里突兀地出现了一个圆形的黑色空间，就像一张白纸上被凭空挖了一个洞。走进去之前，老人停了下来，转头对沈晓琪说道：“记得好好隐藏自己，沈晓琪，如果你想通了，我还会来找你的。”

说完之后，老人就跨进黑色的圆门消失了，紧接着，黑色的圆门也无声地消失了。

沈晓琪愣了一会儿，她呆呆地看着黑洞消失的地方，不由自主地猛掐了一下胳膊，尖锐的疼痛感袭来，这不是梦。如果这不是一场梦，那个黑洞又是什么？一个大活人怎么会平白无故消失？这违反了最基本的质能守恒定律。

沈晓琪的目光扫过眼前的桌面，那个巴掌大的檀木盒子静静地放在光滑的桌面上。她木然地伸出手拿起盒子打开，里面是一个造型古朴的银色吊坠。只看了一眼，沈晓琪就相信这是属于她的东西，她不记得自己曾经在哪里见过这个吊坠，一种熟悉的感觉冲击着她。沈晓琪拿起吊坠，触手冰凉，这是一个弯月形状的吊坠，中央镶嵌着一颗绿色的猫眼石。

她抬起头望向天花板，目光仿佛穿透了厚厚的水泥和上方的楼层，看到了夜空中的群星。这么说，一切都有真正的答案了？沈晓琪的鼻子有点发酸，原来她没有生病，原来一切都是真的。

沈晓琪拿起檀木盒子，站起身，走了出去。不管怎么样，她眼里的世界已经和之前完全不一样了。

大洋彼岸

自从上次在图书馆阅览室见面之后，沈晓琪就一直在反复回想老人说过的那些话。要不是手里的猫眼吊坠，她一定会以为在阅览室里的经历是一场梦。但是猫眼吊坠不会撒谎，每天独处的时候，沈晓琪都抚摸它，凝视它，逐渐地，更多的图像出现在她的脑海。

这个猫眼吊坠就像一把钥匙，打开了沈晓琪的记忆之门。接下来的几个月里，几乎每天夜里，她都会沉浸在光怪陆离的梦境里，有时她是一个生活在玛雅的女祭司，有时她又是一个法老的战士，有时她还是一座城邦的女王，但更多的时候，她是一个平凡的人。

渐渐地，沈晓琪发现了一些规律，她在所有的梦境里都是普通人，从未有过猎杀恶魔的景象出现。这让她不禁怀疑自己是否真如老人所说是一个守护者，她把这个秘密深埋心底，不打算把所有关于自己的事情都告诉老人。

日子平淡地过着，沈晓琪回到了正常的生活轨道，那个阅览室的夜晚渐渐远去，老人讲述的俗套故事也仿佛只是一个遥远的梦。有一天，当沈晓琪在食堂的角落里用餐时，看着眼前熙熙攘攘的人群，打情骂俏的情侣，电视里播放的新闻，她突然冒出一个念头：自己难道真的要这么浑浑噩噩过一生吗？自己难道真的不想知道自己是谁吗？德尔菲阿波罗神庙上镌刻的铭文闪电般划过她的脑海：认识你自己。

可能，人生最难的事情，就是认识自己吧。

这时，一个人端着餐盘坐到了沈晓琪对面。沈晓琪抬头望去，那个神秘的老人正微笑地看着她，这是他们第二次见面。从此以后，只要沈晓琪想和老人聊天，老人就会不经意地出现在她周围。

“这么说，守护者都是单打独斗？”沈晓琪问道，此时，她和老人正坐在一棵樱花树下，“我是说，是你把守护者们联合起来？”

老人点点头：“形势不同了。”

“那个黑洞是什么？一种魔法？”

“那是一扇门，就像一个微型虫洞，连接着不同的空间。”

“虫洞？”沈晓琪皱起眉头，“我读了那本《时间简史》，里面有提到过虫洞，但是凭借人类目前的技术水平完全不可能制造出能通过宏观物体的虫洞。”

“如果这个世界是虚拟的，就说得通了。”老人说，“年轻人都喜欢玩网络游戏，里面有种叫传送门的东西。”

“好吧，”沈晓琪耸耸肩，“那么，门后是什么？”

“是一个属于守护者的空间，”老人笑笑，“一个基地，就像游戏中的副本，如果你愿意，欢迎你随时到访。”

“有一个最重要的问题，我为什么不记得以前的事情了？我是说……”沈晓琪斟酌着字句，“如果我真的是一个守护者，为什么我只记得一些模糊的历史事件？”

“我不知道你身上到底发生了什么，这种情况非常罕见，你可能受到了严重的伤害，”老人慈爱的目光落在沈晓琪身上，“你一直在缓慢地恢复，总有一天，你会想起一切。”

“给我说说邪灵吧，那个什么黑暗君主，”沈晓琪换了个话题，“听起来好像是游戏里最大的Boss……”

“很久以前，我们就在和恶魔战斗。传说在史前时期，恶魔统治着这个世界。在一次关键性的战争中——有时候我们把它叫做众神之战——守护者大军击败了恶魔军队，取得了胜利。但是有很多恶魔逃脱了，其中就有这个黑暗君主。他和他的爪牙们一直潜伏在人群中蠢蠢欲动。”老人娓娓道来，“战争结束之后，守护者也隐匿在人群里，再也没有重建大军。但战争从未结束，守护者一直追逐着恶魔的踪迹猎杀他们，我们的力量天生就可以压制他们。但是现在情况有了新的变化，进入科技时代之后，人类的数量翻了几十倍甚至上百倍，出现了前所未有的数千万人聚集的大城市，所以恶魔越来越容易隐藏在人群中，猎杀他们的难度也越来越大了。更重要的是，在几次战斗中，我发现了恶魔开始重新聚集的现象和黑暗君主出没的痕迹，我相信黑暗君主的力量已经恢复，他正在重新召集散落在世界各地的恶魔。我们绝不能坐以待毙，守护者必须联合起来。”

“说实在的，”沈晓琪坦率地说，“这更像一个俗套的好莱坞魔幻电影剧本，就像《指环王》中的索伦正在苏醒，正义小队要集结起来去拯救世界……”

“是的，”老人没有否认，“事实的确如此，但别忘了，现实中的剧本都是由胜利者书写的。”

“官方知道这些事情吗？我是说，如果你说的都是真的，各国政府肯定会站在我们这边吧？”沈晓琪问，“我不相信恶魔能对抗人类的军队。”

“最困难的并不是如何杀死恶魔，恶魔也是血肉之躯，很容易被杀死，他们跑得再快也快不过子弹。”老人说，“最大的问题在于——看看你眼前这些人——”此时正是下课时间，熙熙攘攘的大学生们从教学楼里蜂拥而出，喧闹着向宿舍或者食堂走去，“你能看出谁是恶魔吗？”

“不，”沈晓琪惊讶地问，“你是说，我们学校里就有恶魔？”

“我不知道，恶魔并不是你想象中的那样头上长着角，背后还拖着一条尾巴，他们和正常人看起来没有任何区别。但他们毕竟是恶魔，可能跑得更快，也可能跳得更远，还可能会一些魔法之类的小把戏。”老人笑了，“最困难的不是如何消灭他们，而是如何鉴别他们，只有当恶魔施展魔法和人类做交易的时候，我们才会感知到他们的存在。”

“交易？他们想要什么？”

“你以后会知道的。”老人笑笑，“现在该回答你的问题了。是的，我们和很多国家的秘密机构都有合作。守护者也要与时俱进，用科技来武装自己。很多国家都会有秘密机构来处理一些见不得光的事情，绝大多数都和恶魔有关，我们和这些机构合作，利用他们的信息网迅速定位恶魔，然后猎杀他们——总之，效果还不错。”

“我到底是谁？”沈晓琪终于问道，“如果我只是一个普通的守护者，值得你花这么大力气来寻找吗？”

听到这个问题，老人沉默了一下，才说道：“沈晓琪，守护者都是平等的，没有守护者凌驾于其他守护者之上。我也只是一个比其他人多想了一些事情的人。不是所有的守护者都相信我，大多数守护者都习惯于单打独斗，他们不信任人类。我需要你的帮助，沈晓琪。”

“什么？”

“我需要你去美国，作为驻美国SIB——特别调查局的守护者联络人，”老人说，“如果你愿意，你会收到一份来自哈佛大学的奖学金，等你毕业之后，你就去美国吧。”

“为什么是美国？”

“恶魔总是会潜入每一个时代里最强大的帝国内部，以政客的身份呼风唤雨，不断挑起战争，甚至亲自发动战争。”老人意味深长地看着沈晓琪，“种种迹象表明，黑暗君主和他的爪牙目前就在美国，恶魔们到达美洲大陆的时间几乎和‘五月花号’一样早，甚至他们很可能早就潜伏在美洲大陆，有一个文明非常符合恶魔的行事特征。”

沈晓琪瞪大了眼睛，她脱口而出：“阿兹特克文明？”

老人点点头：“发动战争，四处征服，掠夺奴隶，血腥祭祀……这所有的一切都非常符合恶魔的癖好，我担心恶魔早已侵入美国政界高层，也许黑暗君主想把美国改造成一个新的阿兹特克帝国，并且利用美国强大的国力来摧毁这个世界。现在的美国已经开始显露出一些令人不安的迹象了。”

“我明白了。”沈晓琪似懂非懂地点点头，“但是——如果美国政府高层已经被恶魔侵入了，SIB还可靠吗？”

“目前来看还是可靠的。”老人说，“你不是唯一一个驻SIB的联络员，我很早就安排了一个守护者进驻SIB，他协调美洲大陆的守护者配合SIB进行猎杀行动，他是驻SIB行动部的成员。而你，将成为驻SIB科学部的成员，你的任务是配合SIB对恶魔和守护者进行科学化的研究。”

“为什么不是中国？”

“很少有恶魔在中国出没。”老人微笑着说，“因为我们在这里。”

三年后，上海浦东机场。

沈晓琪托运了行李，和父母拥抱告别，拖着随身行李箱走向登机口。

宽大的落地窗外，飞机起降不息，但沈晓琪的心情却没有一丝波澜。这几年来，她经常和老人见面，她越来越感觉到老人对自己并非全然了解，他似乎不知道她不仅仅关于古代历史的记忆会发生扭曲，沈晓琪也机智地没有多言。

与其说去美国寻找自己的宿命，不如说完全不知道自己将来要做什么。她曾经试想过大学毕业之后和其他人一样投简历，找工作，然后结婚生子，但她发现自己对这种一眼就能看到头的生活毫无期待。她没有谈过恋爱，对男生也提不起兴趣，也许这是守护者的一个特征？

她来到登机口，找了一个面向落地窗的空位置坐下。临行前，她又和老人见了一面，老人叮嘱她：“守护者都会有一个同伴，我还没找到你的同伴，但我相信你会很快找到他的。”

“同伴？”沈晓琪好奇地问道，这几年里，老人还从未提到过此事。

“是的，这是守护者的重要特征之一，每个守护者都和另外一个守护者成为同伴，互为镜像。当然，不是你想象的那样，同伴并非世俗意义上的伴侣，事实上，作为几乎可以永生的守护者，爱情是最不需要的东西。”

“我怎么找我的同伴呢？我甚至不知道他是男是女。”

“当你见到他的时候，你就会知道了。”老人微笑着说，“同伴之间会有一些奇妙的感应，你们的心灵是连接在一起的。”

“如果其他人问我呢？”沈晓琪说。

老人摇摇头：“守护者的同伴是守护者最大的秘密，不会有人问这个无礼的问题的，如果有人打探你的同伴是谁，你可要小心了，只有恶魔才会对这种问题感兴趣。去吧，沈晓琪，这是一趟危险的旅程，你会见到许多前所未见的东西，敌人可能比我描述的要强大一万倍，但无须害怕，我们已经守卫这个世界数千年了。光明终将战胜黑暗，这是我们的宿命。”

“宿命，我们的宿命，我的……宿命……”

登机的时间到了，人们纷纷起身，在登机口排成长队。沈晓琪依然安静地坐着，望着窗外。直到队伍快消失在登机口，沈晓琪才站起身，走向队尾。

二十分钟后，一架满载着乘客的空客A380客机腾空而起，向大洋彼岸飞去。

噩　梦

2014年夏日的某一天，美国，洛杉矶。

漫长的追捕终于到了尽头。

猎物已经筋疲力尽，漫长的逃亡衰弱了他的肉体，削弱了他的精神。但是仍然有一丝火焰在他的瞳孔中燃烧，一直未曾熄灭，也未曾有熄灭的迹象。

追踪者就在身后，他能听到惊起的夜鸟扑打着翅膀掠过丛林，细雨从夜空中洒落，雨滴打在宽大的叶子上沙沙作响，但他依然能听到追捕者掠过树梢的声音。这个声音如影随形，从黄昏到黎明，从黎明到黄昏，从大海之滨到漫天黄沙，从未远去。

但一切都有尽头，今夜，他已经无路可逃。

他回头望去，一个鬼魅般的身影在乱石和丛林中一闪而过，马上就隐没在丛林的阴影中，但仅仅是一瞬间，也足以让他看清追踪者那尖利的鸟喙，散发着浓浓的死亡气息。是他，他不会认错，是那个锲而不舍的追踪者，那个恶魔，那个死亡使者……

他曾无数次从险境逃生，但似乎每一次逃脱都有一些东西从他的身体上撕裂下来，被那个魔鬼吞噬。他在灌木丛中的小径里穿梭，在每一个隐秘的角落折返，他感觉自己像只猫一样灵敏矫健，身后的追踪者踏碎每一根枯枝、碰掉每一片落叶的细微声响都被他收入耳中。他翻越山岭，从山峰的右侧绕过，然后敏捷地跳下一块岩石，沿着一条山洪冲刷出的小路向山下冲去，但他不能在这条小路上待太久，今晚月光明亮，追踪者如果登上山脊，就能轻易地发现他。他已经接近了丛林，敏捷地跳过一根被山洪冲倒的树干，然后向左转，重新进入茂密的丛林。

他的每一次落脚都小心地避开了地上的枯枝和落叶，也避免踩落每一块碎石，追踪者极度危险，他必须万分小心。突然，身后的声音消失了，他猛地停住，转头从树枝和藤蔓的缝隙中向山脊望去。果然，他看到了追踪者的身影，追踪者矗立在山脊上，在洁白的月光下形成一个黑色的剪影。他看到了追踪者有一颗圆形的头颅，一个巨大的鸟喙从他的头颅正面伸出，末端向下弯曲，形成一个尖利的弧度。那是一个怪物，一个魔鬼，一个长着鸟头的恶魔，他看不到恶魔的眼睛，但他能感觉到那双冰冷的眼眸正射出冷酷的光芒。

他浑身的血液仿佛都冻结了，巨大的恐惧让他四肢僵硬，无法动弹，乌云暂时遮住了月光，黑色的剪影暂时退回了黑暗中。但乌云马上就移开了，月光重新洒落在大地和山峰上，整个世界都变成了银色的海洋，瘟疫医生正站在山脊上冷冷地看着他。

尽管看不到瘟疫医生的表情——一个鸟头上根本不可能做出什么表情，但肖恩依然“看到”瘟疫医生露出了一丝嘲讽和不甘的微笑，低沉的声音在天地间隆隆翻滚：“你无路可逃，肖恩。”

随着一声压抑的惊叫，肖恩猛地睁开了眼睛，肾上腺素的作用还未退去，他的心脏剧烈地跳动着，耳膜被强劲的心跳震得怦怦直响。躺了一会儿，肖恩感觉到自己浑身都是汗水，他的眼睛逐渐适应了黑暗，借着玻璃窗透进的微光，他看到自己躺在熟悉的卧室里的大床上。他转过头，看到珍妮正背对着他安静地睡着，身体随着舒缓的呼吸轻轻起伏。

又是该死的噩梦，天哪，肖恩无声地咒骂着，但心底又有些庆幸，总算从噩梦中返回了安全的现实。他翻身下床，穿上天鹅绒拖鞋。尽管天气已经微凉，但他浑身都被汗水浸透了。肖恩轻手轻脚走出卧室，走廊里很昏暗，他打开一盏壁灯，走廊里亮了起来。他先到走廊斜对面的女儿卧室里看了看。安今年四岁，她睡得很熟，她有一头漂亮的金发和一双蓝色的眼眸。此时她闭着眼睛，洁白的额头上洒落着月光，就像一个小天使。她的被子被踢开了一半，肖恩轻轻地帮她拉上，忍不住在她的额头上轻轻吻了一下："晚安，宝贝儿。"肖恩在心里说，看着他心爱的小天使，噩梦带来的不快似乎也烟消云散了。

肖恩轻轻走出安的卧室，走进卫生间打开灯，他看着洗手池上方镜子中的自己，褐色的头发打着卷，乱糟糟的，眼睛里布满了血丝，他感觉自己糟透了。这已经不是第一次做这种噩梦了，他已经不清楚第一次做这个噩梦是什么时候了，也许在他很小的时候就开始了，噩梦的内容也不尽相同，但他总是被追杀的对象。在最初的那些年里，肖恩看不见梦境中的追踪者，但梦中的他知道有一个危险的恶魔正在逼近，他必须快点逃，漫无目的地逃。每个梦境的场景都不完全一样，有时候追杀发生在古代的城市里，他奔逃在肮脏的大街和逼仄的小巷里，但更多的时候，场景是在野外，戈壁，沙漠，草原，森林，甚至不知名的沼泽。

在他十六岁那年，他第一次在梦境中看到了追踪者的样子，那是一个长着长长的鸟喙的怪人，永远都穿着一件黑袍，仿佛传说中的死神。从那以后，梦境中的追踪者每次都能显现出面孔和身影，每一次他都越来越逼近，但肖恩从未被抓住过。他不敢想象如果被那个怪物抓住了会发生些什么。

肖恩洗了一把脸，冰冷的水让他的精神稍微好了一些，他看了看表，现在是凌晨3点33分，离天亮还有几个小时，还可以再睡一会儿。

肖恩曾经看过心理医生，心理医生在听了他的讲述之后告诉他，这种情况非常罕见，但并不是不会发生。有很多人会连续做同一个性质的梦，根据弗洛伊德的理论，这些梦的根源来自潜意识，很可能与童年期甚至婴幼儿期受到的创伤有关，尤其是性的因素。

"为什么他会认为所有的一切都和性有关？"肖恩反问道。

医生笑笑：“尽管我不完全认同弗洛伊德的理论，但不可否认他是精神分析的大师和开创者。从某种意义上来讲，我们是被欲望驱动的肉体动物，我们是基因的奴隶，我们所有的行为都可以追溯到一个最终目的，那就是让我们这具肉体的基因能够顺利传递下去，并且尽可能地产生更多的后代，所以性本身的确可以认为是我们所有行为的最基本驱动力。

“而你所有的梦境就像一棵树上的枝丫，最初的梦境是树干，随着你年龄的增长和阅历的增加，在树干上会分化出各种不同的梦境，这些梦境会从你的记忆中提取养料。比如当你第一次知道了沙漠，那么你下一个梦境就会出现沙漠中的场景；当你第一次知道了草原，那么新的梦境就可能发生在草原。每一个枝丫都会分化出更多的梦境，但是树根才是关键。肖恩，你遭受过创伤，你感到恐惧，你缺乏安全感，你恐惧着什么？”

“我……我该怎么做？”

“催眠疗法。”医生说。他是一个六十多岁的头发花白的老头，和蔼可亲，“你的很多记忆都深埋在你的潜意识里，不停地影响着你，但你很难意识到。催眠疗法可以让我们窥探到你的潜意识，我们要找到创伤的来源才能从心理上治愈你。”

不知道为什么，肖恩本能地对催眠感到厌恶，他礼貌地拒绝了医生的提议，后来他自嘲地想，也许是他的潜意识阻止了他这么做，也许真的有一些“毒草”是他不愿意暴露在阳光下的。

他沉吟了一会儿，才小心翼翼地问道：“可是怎么解释我梦中的那个——鸟头怪物？”

医生放下了手中的笔，饶有兴趣地看着肖恩。“鸟头怪物？能不能描述一下？”他做了一个手势，“我是说，它什么样子？”

“我十六岁时第一次在梦中见到了他，也许是她或者它，天知道。他的头好像是一只老鹰的头，你知道，因为他长着一个长长的鸟喙，就像老鹰那样……”

医生扶了一下眼镜，表示自己听明白了。“作为医生，我恰好知道，你梦境中的瘟疫医生在历史上是真实存在的。在中世纪的欧洲，黑死病蔓延，当时的医生们没有意识到黑死病是由病菌引起的，但他们隐约地意识到，一定有什么作为死亡的传播介质，所以法国医生查尔斯在1619年发明了一种鸟喙面具，实际上那是一个简陋的防毒面具和一套隔离服。当时的医生们都戴上了这种鸟喙面具，鸟嘴里塞满了香料，只在鼻子两侧留下呼吸孔，配套的装备有圆盘帽、黑色全罩斗篷、蕾丝颈围、白手套、短木棒——用来挑开死者的衣物。但是瘟疫并没有被阻止，久而久之，这种装束反而成了瘟疫的象征，穿戴这种装束的人被当成瘟疫医生，在某些地方，也成了死神和恐惧的象征。”医生说完这些，脸上露出理解的微笑，“当然，这种装束只会出现在现代的嘉年华或者万圣节上，一定是你幼时曾经看到过这种装束的人，所以瘟疫医生的形象深深地刻印在了你的记忆深处，最终出现在你的噩梦里。肖恩，这没什么神秘之处，你不必过于联想。”

“谢谢你，医生。”不管怎么样，这位和蔼可亲的老医生至少给了肖恩一个可信服的理由。

“既然你不愿意接受催眠——不，这并不意味着你是一个懦夫，肖恩，每个人都有自由选择的权利——那么，我只能通过你有限的记忆来推测引起创伤的源头。”医生放下手中的笔，小心翼翼地问道，“你的家庭环境怎么样？你有兄弟姐妹吗？”

“没有。”肖恩摇摇头，幸亏没有，他在心里说，但隐隐地，他似乎又希望能有个同伴一起来承受那种糟糕的处境。他记得一个场景，也许是他三岁或者四岁的时候，有一天夜里父母激烈地争吵，厮打，完全不顾及瑟瑟发抖的小肖恩缩在房间的角落里那惊恐的目光。当肖恩看到父亲抓着一个物品——也许是台灯？他不记得了——猛砸母亲的脑袋时，他不知道哪里来的勇气猛地扑了上去，坐在地上抱住父亲的腿试图阻止父亲，但是盛怒之下的父亲一脚踢出，将幼小的他踢到了墙角——后来的事情他就不记得了。

医生敏锐地注意到了肖恩目光里的失落：“你的父亲和母亲，他们的婚姻怎么样？”

“不太好。”肖恩老老实实地说，“我父亲他……他酗酒，还家暴，对我母亲……和我……”肖恩有些艰难地说，他一直羞于对外人提起家里的事情，也许是不愿意让别人知道。他一直羡慕其他朋友的家庭，和蔼的母亲和能给孩子提出有益建议的父亲。不幸的婚姻导致母亲暴躁易怒，随着她父亲也就是肖恩外公的去世，这种暴躁情绪日益加重，她经常会因为微不足道的事情发怒并惩罚肖恩。

“这就是了，”医生的职业道德让老医生尽量保持语气客观，“很多人都忽视了幼儿期的经历对一个人成长的影响，你缺乏安全感，这是典型的幼时创伤引起的心理疾病，潜意识里，你恐惧自己的父亲，但理智告诉你，你不需要恐惧他，所以在你的梦境里，你恐惧的对象就变成了瘟疫医生。肖恩，你在恐惧你的父亲，瘟疫医生是他的化身。”

还有母亲，肖恩心里说，但他不准备对医生说更多了。

还有一些事情，他也不准备向医生诉说。很久之前，他就觉得自己可能是一个人格分裂者，或者说，他自己不愿意承认，他觉得自己的精神方面存在某些异常。他从未对任何人提起过。在肖恩很小的时候，当他的父母陷入无休止的争吵和打斗时，他有时候会悄悄跑出家门，呆坐在父母看不到的拐角，暂时忘记父亲的怒吼声和母亲的尖叫声以及物品被摔碎的声音。每当此时，邻居的门都会打开，一个和蔼慈祥的老妇人会来到肖恩身边，陪着他，安慰他，甚至把他带回她家里，给他吃香喷喷的苹果派。而且她总是很会把握时机，在父母发觉肖恩不见了之前送他回去。肖恩总是叫她玛丽夫人，在玛丽夫人那里，他感受到了久违的温暖。

有一天早上，肖恩看到一个陌生的中年男人在花园里修剪草坪，他以为那是玛丽夫人的丈夫，他还看到玛丽夫人的房子里多了几个他从未见过的小孩。当中年男人看到肖恩并且亲切地跟他打招呼时，肖恩羞涩地退回了家，他好奇的是为什么这个从未谋面的男人会知道自己的名字，而且似乎与自己熟识。

他再也没有见过玛丽夫人，当他有一次忍不住在饭桌上问父母关于玛丽夫人和新邻居的事情时，他看到父亲和母亲担忧地交换了一下眼神。

“什么玛丽夫人？”父亲从来不在饭桌上和肖恩开玩笑，他严肃地说，“肖恩，不要开这种玩笑。”

“可是——”小肖恩嗫嚅着，他还是想知道玛丽夫人去哪里了。

母亲粗暴地打断了他：“你最近为什么不跟安德森家那几个小崽子一

起玩了？你最近的行为很奇怪，从来都没有什么玛丽夫人，我们和安德森一家已经做了很多年的邻居，我们搬来之前安德森一家就住在那里了。”

肖恩没有再说话，后来他发现似乎没有人记得玛丽夫人，那位和蔼的老太太。等他长大以后，肖恩真的以为自己记错了，他常常自嘲地想，也许玛丽夫人只是他幻想出来的一个人物。

肖恩自此之后知道了那个中年男人是安德森先生。他是一名城市规划师，肖恩还未出生的时候他们就是邻居了，但肖恩一直不敢告诉其他人，在他的记忆中，邻居确实一直是那位孤独的玛丽夫人。如果说他虚构出了玛丽夫人，那为什么会把安德森一家完全忘记呢？

不管怎么样，一直到现在，肖恩都很怀念玛丽夫人的苹果派，那也许是从未存在于这个世界上的苹果派。

肖恩冲了一个澡，花洒里喷出温热的水冲去了他身上黏糊糊的汗，似乎也将他的坏情绪冲散了。他擦干身子，披着浴巾回到卧室，珍妮还睡着。肖恩重新躺下，听着她平缓的呼吸声，在心里轻轻地叹了口气。

他从未对珍妮讲过他家里的事情，珍妮只知道他的父母在他很小的时候就离婚了，所以他是在他的祖父母家长大的。肖恩从未告诉过珍妮，他的父母都不想要这个流着痛恨的对方的血的小畜生。是的，当他们为了肖恩的抚养权争吵的时候，肖恩从小床上爬起来，悄悄地躲在楼梯拐角听着，他听到母亲尖叫着喊着他的名字：“那个小畜生长大了一定和你一样，你这个醉鬼，混蛋，恶棍！你这个只会欺负女人的懦夫！”他也听到父亲狂怒地摔打着家里所剩不多的完好的物品，也许是肖恩最喜欢的闹钟，也许是那个来自神秘的东方的花瓶，那上面的花纹是青色的，以一种东方韵味缠绕着绘出一个个花瓣和美丽的装饰图案。他听到一声清脆的碎裂声，伴随着父亲的怒吼：“你这个婊子，你休想逃脱你的责任，他是你生的！”一定是那个花瓶，肖恩哭泣起来，他最爱的那个花瓶。他想象着那个花瓶在地砖上摔得粉碎，即使用世界上最好的胶水也没办法复原了。

他啜泣着，眼泪大颗大颗地滑落，他死死地咬着嘴唇不敢发出声音，他害怕自己成为父母共同的发泄对象。他总是做错事情，总是做错，他不知道自己该怎么做。他小心翼翼地，从来不敢要新玩具，不敢乞求妈妈的怀抱，不敢直视爸爸的眼睛。争吵声仍然在继续，肖恩悄悄起身，用袖口擦干眼泪，回到自己的卧室，他小心地把门轻轻关上，将争吵声隔绝在门外。他小心地爬上床，小心地盖上被子，争吵声仍然顽强地从楼下钻上来，从卧室门和地板的缝隙中钻进他的耳朵。

那天晚上，肖恩第一次做了被追逐的噩梦。在梦里，他不再是一个孩子，而是一个强壮的成年人，穿着奇怪的衣服在一个巨石的迷宫中穿行，他没有看到任何人，但梦中的他知道，有一个危险的、恐怖的人正在追他。

当他跑进一条死路，再也无路可逃的时候，他从噩梦中哭泣着醒来。从此以后，噩梦就缠上了他。

肖恩七岁的时候，父母终于结束了无休止的争吵——他们离婚了。在肖恩的抚养权问题上，他们都是胜利者——肖恩被送到了祖父母家。祖父母家在田纳西州的一个小镇上，小镇上有一座教堂，教堂的尖顶上矗立着一个看起来永远都摇摇欲坠的十字架。肖恩的祖父老乔治是一个曾经参加过二战的退伍老兵。战争带给他的除了勋章以外还有一只失明的眼睛。老乔治对他曾经的战争经历避而不谈，却对肖恩疼爱有加。直到老乔治去世之后，肖恩才知道原来祖父有一只失明的左眼。业余的时候，老乔治是一名木匠，但肖恩认为他是一位艺术家。老乔治从镇子南方的树林里采集树根，旧车库是他的工作室，他经常泡在里面专心地进行他的创作。肖恩最喜欢静静地看着祖父进行创作，平凡无奇的树根在老乔治的手上经过一番加工，就能化腐朽为神奇，变成一个个惟妙惟肖的小动物，或者其他一些什么东西，比如一个面容模糊的人像或者一匹正坠落悬崖的马。

老乔治很少谈及肖恩父母，他宽厚仁慈，从来没有发过怒，他曾经对肖恩说："孩子，看看这些树根，很多人都觉得它们是没用的，只能在树林里腐烂。但是每一个东西在这个世间的存在都有它的意义，我们每个人来到这个世界都有自己的命运。"年幼的肖恩并不懂祖父说的这些话是什么意思，他更感兴趣的是祖父做出的那些有趣的玩具。祖父给肖恩做了整整一打玩具士兵，它们形态各异，栩栩如生，仿佛随时都要走上战场。当肖恩大一些的时候，祖父就再也没有给他做过玩具，那些木制士兵是肖恩童年里最珍贵的玩具。

肖恩的祖母是一个典型的爱尔兰人，她喜欢打理菜地，事实上肖恩的祖父祖母都是爱尔兰人，据说他们的祖先是最先抵达美国的那批欧洲人的后裔。肖恩的祖母非常擅长种植土豆、莴苣和番茄。

肖恩偶尔会想起他的父母，在他的幻想中，父亲是不酗酒的，母亲是温和良善的，他们爱着自己——但他知道那不是事实，那只是一个孩子的幻想。他有时候会怨恨自己的父母把他送到这个小镇上，他向往着儿时生活过的洛杉矶，他想念大街上川流不息的汽车和琳琅满目的玩具店，小镇上只有一家土里土气的玩具店，都是一些过时的玩具，而且很少更新货架。但是后来肖恩找到了乐子，他发现小镇周围的小河里可以钓鱼捞虾，尤其是旱季的时候，河水会变少，露出河床，出现很多小水洼，水洼里会有一些小鱼躲在石头下面。肖恩经常一个人跑到河床上玩耍，他学会了像河狸一样用树枝和石块制作水坝，看着被囚禁的鱼儿们焦急地在水里团团转。

他有时还会不顾祖父的告诫跑到树林里，在那里他发现了更广阔的天地，他翻开地下的石块，抓住惊慌失措的甲壳虫，把蚯蚓从土里挖出来。尤其是当他在电视里看到蚯蚓被切成两段，每一段都可以重新长成一条新的蚯蚓后，他乐此不疲地抓住蚯蚓把它们切成两段，然后仔细观察，但是他从未见过被切断的蚯蚓重新长出头或者尾巴，它们每次都扭曲着死掉了。

终于有一天，祖父发现了肖恩的游戏，他沉默地看着肖恩，过了一会儿，才问道："孩子，你在干什么？"

肖恩胆战心惊地解释了他的实验，尽管他不知道自己做错了什么，但是他隐约感觉到自己犯了一个严重的错误。祖父没有责备他，只是牵着他的手把他带回了家，晚上睡觉前，祖父来到了肖恩的床边，说道："孩子，我不想苛责你，但是你要知道，蚯蚓虽然渺小，但它们也会疼。"

说完这句话，祖父就离开了。肖恩独自躺在床上，回味着祖父的话。疼痛——肖恩知道疼痛是什么滋味，他曾经被小刀割伤过手指，也曾经在河里湿滑的石头上摔伤了膝盖，他流血了，伤口处传来刺痛感，是祖父帮他处理的伤口。肖恩想到被他切成两段的蚯蚓在泥土里翻卷扭曲，他的心一紧，他第一次意识到那是因为疼痛——他想象着自己被切成两半的样子，感到不寒而栗，那一定是无法忍受的巨大的痛楚，而蚯蚓的惨叫是没有声音的。

他又想起在寒冷的冬天，他把小梭子鱼从小溪里捞起来，然后装进玻璃瓶中放在河边，第二天早上他就可以得到一个精致的装饰品，小鱼们被冰冻在玻璃瓶中，栩栩如生。很久很久以后，肖恩才意识到在冰水中被慢慢冻僵是多么残忍，他想象着自己变成一条小梭子鱼，在水中游动，寒气逐渐入侵，慢慢地越来越吃力，原本畅通无阻的世界越来越黏稠，他无法理解发生了什么，他试图往水下游去，但水底是冰冷的杯底，最终他绝望地张大了嘴巴，生命被冻结在那一刻。

在那个夜晚，肖恩第一次意识到生命是什么。长大以后，他读了戈尔丁的《蝇王》，才意识到电视里和书本里描述的天真无邪的孩子们是多么残忍和暴虐，他们完全不懂得敬畏和尊重生命，在虐杀生命的时候也从不感到愧疚。

后来，肖恩才意识到自己的幸运，在小镇上生活的那段日子是他这辈子最幸福快乐的时光。当他离开了小镇，重新回到车水马龙的大城市以后，他一直很怀念那段时光，那段没有争吵、酗酒和暴力的日子。唯一不好的地方是噩梦依然如影随形，每一次的噩梦都愈加逼真。在有的噩梦里，肖恩有了自己的身份，有时候他是一个农夫，在农田里辛苦劳作，有妻子孩子，但是追踪者到来的时候会杀死他的妻儿，然后继续追杀他。有时候他是一个商人或者手工业者，但梦境的情节都是类似的，追踪者总是会在出其不意的时候出现，杀死他所有的家人，然后开始追逐他。很多次，肖恩都在泪水涟涟中醒来。

肖恩十八岁的时候离开了小镇，前往洛杉矶读大学，他的祖父母已经老去，肖恩想，也许他让祖父失望了，但祖父从不将失望写在脸上。肖恩在洛杉矶见到了父亲，父亲和继母一家“热情”地款待了他，肖恩却在晚餐时如坐针毡。他的父亲特地开了一瓶红酒，肖恩却坚决拒绝了为他准备的酒杯。他的父亲一直在向他同父异母的弟弟妹妹们吹嘘自己是一个多么合格的父亲。他也时不时地表达了对肖恩的满意，夸奖肖恩是多么聪明懂事，却对为什么不亲自抚养肖恩避而不谈。当肖恩提到祖父母的时候，父亲却一语带过："田纳西适合你，肖恩，你出生的时候得过肺炎，天堂镇非常适合你的成长，那里的空气对你的肺可是大有好处呢。"他就差直接把"我做的一切都是为了你好"这行字写在脸上了。

是的，肖恩在心里冷笑着：你总是能找到你的理由。看在座的各位脸上的表情，显然他们也是第一次听说肖恩的肺有问题。

那天晚上，肖恩没有在那个家里过夜，而是拖着行李去了一家破旧的汽车旅馆。他站在汽车旅馆的露台上，远远地望着不属于他的万家灯火，静静地点燃一支香烟。他想象着富含焦油和尼古丁的烟雾在他的双肺里弥漫，他从未觉得自己的肺是如此健康。当他离去的时候，他知道，下一次见到父亲应该会是在他的葬礼上了。那天晚上，肖恩一夜无梦。

青白色的晨光已经微微地照进了房间，肖恩中断了自己的回忆，闭上眼睛。伴随着珍妮规律的呼吸声，他试图在起床上班前再睡一会儿。

闹钟响起的时候，迷迷糊糊的肖恩按掉了闹铃，挣扎着从床上爬起来。他不确定自己是否睡着了，事实上从他重新闭上眼睛到天亮，他一直在半睡半醒之中。肖恩是一个网络电信设备推销员兼售后服务工程师，这是一个需要到处出差的工作。客户购买了公司的产品，同时会购买保修期以后的维护服务，当远程技术支持不能奏效的时候，肖恩就得赶赴现场进行处理了。但是大部分故障都很简单，如果客户能在电话里稍微描述得更专业一点的话，肖恩根本不必到现场。

他今天得去一趟圣地亚哥，那里的设备出了一些问题，但不知道为什么，肖恩的心里总是有一些隐隐的不安。珍妮也起床了，她洗漱完毕之后就把安从床上叫了起来，珍妮上班之前要把安送到幼儿园。

肖恩是在大学的毕业旅行中认识珍妮的。珍妮来自北卡罗来纳州，父亲是一名律师，母亲是一名医生，家境优渥。他们很快坠入爱河，步入了婚姻的殿堂，遗憾的是肖恩的父母并未到场。肖恩从未对珍妮说起过这个噩梦，实际上他几乎没有跟任何人说过，除了祖父母以外，他怕别人把他当作一个怪人。肖恩也知道自己的弱点，他胆怯、懦弱，总是安于现状，他不知道自己在害怕什么。

但是肖恩似乎已经看到了生命的尽头，过几年可能会再要一个孩子——这取决于珍妮。珍妮和肖恩完全不同。珍妮是在一个正常的家庭长大的，独立，有主见，同时也非常注重生活质量。如果不出什么意外，他们的日子会一直安稳地过下去，安会长大，也许会到普林斯顿读大学——至少珍妮是这么想的，她希望自己的女儿能取得比自己更大的成就。然后肖恩和她会渐渐老去，跟这个世界上的大多数人一样，当然前提是这个世界不发生大的战争，也不会出现像小说或者电影里描述的那些可怕的世界末日。

肖恩洗漱完毕，换好衣服，感觉自己精神了许多。他下楼走到厨房，煮了咖啡，把面包切片丢进烤面包机，然后煎了一些培根和鸡蛋。当珍妮和安下楼的时候，他已经把早餐端上了餐桌。

“我今天要去一趟圣地亚哥，如果一切顺利的话，我会在明天下午六点之前赶回来。”肖恩对妻子说。今天是周三，他计划这个周末带珍妮和安去湖畔镇宿营。

“今晚不回来了？”珍妮咬了一口三明治，含糊不清地问。

“是的，”肖恩点点头，“时间可能来不及，我得在圣地亚哥住一晚。”

“如果不顺利的话，你会待多久？”珍妮问。

如果不顺利的话，肖恩心想，可能周末才能回来了，那样露营计划就泡汤了。安听见了他们的谈话，停了下来，紧张地盯着爸爸，肖恩笑了笑：“不会有什么不顺利的，放心，亲爱的。”他爱怜地摸摸安的小脑袋，“小熊宝贝儿，爸爸明天一定会回来的，我们周末还要去露营呢！”

安欢呼起来，她跳起来搂着爸爸的脖子大笑着：“太好了！我们还要钓鱼，对吗爸爸？你要教我钓鱼，我们还要在草地上野餐，我们还会住在帐篷里！”

“安，快点吃掉你的饭，我们还有五分钟就要出门了。”珍妮催促道。

肖恩喝完了一杯咖啡，又给自己倒了一杯，不知道为什么，他今天总有些心神不宁，也许跟昨晚的噩梦有关，他在心底叹息一声，他已经有几个月没有做那个噩梦了，他曾以为随着年龄的增长，那个从幼儿期就伴随他的噩梦会远去，但事与愿违，那个噩梦不但没有远去，而且每次的情景都愈加清晰，仿佛是真实发生过的经历。

他有一次陪珍妮看一部电影，电影里突然出现了一名瘟疫医生，肖恩的身体明显地抖了抖。他死死地盯着屏幕上那个可怕的、穿着黑色斗篷、戴着鸟喙面具、刻意把自己打扮成死神的家伙，一股无法抑制的寒意从心底升起。但是他很好地掩饰了自己的不安，借故上厕所逃离客厅，在卫生间里洗了一把脸，等了一会儿才回到珍妮身边。他感到愧疚和羞耻。

肖恩喝完了咖啡。“时间到了，”他看看表，“我该走了。”他站起来，穿好搭在椅背上的外套，和妻子女儿吻别，然后往门外走去。他扭开门把手，推开门，走了出去，当他关门的时候，心里的一个声音让他回头看了一眼，安正背对着他，他只能看到椅背之上露出的金色的卷发，珍妮疑惑地看着他。“再见，肖恩。”她对他说。

肖恩关上了门，走下台阶。他未曾想到，这一幕将定格为一幅永恒的画卷，甜蜜、悔恨、苦痛将伴随他很久很久。

烈　火

肖恩乘坐泛美航空的飞机前往圣地亚哥，旅途很顺利，他在飞机上打了一个盹，醒来的时候飞机已经稳稳地停在了跑道上。

肖恩下了飞机，看到了客户派来的人举着一个写着他的名字的牌子。跟每次出差一样，他轻车熟路地前往客户的办公室，在客户工程师的陪伴下对设备进行故障排查，并且在晚饭前就修复了设备。

肖恩吃了晚饭之后就直接回到酒店休息，一切都很顺利，他的心情很舒畅，明天一大早就可以返回洛杉矶了。临睡前他躺在酒店松软的床上给妻子打了一个电话，告诉珍妮他明天就能返回，让安知道周末的露营计划会按时进行。

挂了电话之后，肖恩看了会儿电视，电视里正在演一出滑稽的木偶剧。木偶们在舞台上跑跑跳跳，说着奇怪的台词，语气夸张，有时欢笑，有时哭泣，上演着悲欢离合的戏剧。肖恩心不在焉地看了一会儿就开始打瞌睡，他迷迷糊糊地想着，如果木偶们有自己的意识，他们能意识到自己只是被几根丝线操控着的傀儡吗?

恐怕不能。

在彻底输掉和眼皮的斗争之前，肖恩关了电视，进入了梦乡。

他又滑入了一个梦境。这次的梦境比较特别，不再是陌生的古代场景，而是肖恩熟悉的家中。在梦里，肖恩正坐在客厅的沙发上看电视。天色灰蒙蒙的，珍妮和安不知所踪，电视机里正播放着一个老套的侦探剧，戴着礼帽的西装侦探正在追逐罪犯，尽管情节十分俗套，梦中的肖恩依然看得津津有味。

“一个罪犯，明明知道自己犯下了不可饶恕的罪行，却幻想着能够逍遥法外。”坐在肖恩旁边的瘟疫医生说，他的脸上看不出任何表情，瘟疫医生有着人类的身体，他正端着一杯酒，说完这句话，仰起头，把暗红色的酒倒入他的鸟喙，技巧娴熟，一滴酒都没有洒落。酒液顺着鸟喙的下槽流进他的喉咙。

“我不是罪犯，我只是做了应该做的事情。”梦中的肖恩说，这是他第一次在梦中和瘟疫医生交谈，事实上他并不知道自己为什么会说出这句奇怪的话。

“你没有权力替他人做出决定。”瘟疫医生的杯子里凭空倒满了暗红色的酒，仿佛黏稠的血液。

肖恩不明白他在说什么，梦中的瘟疫医生第一次没有给他带来恐惧，相反，梦中的他居然有一种奇异的感觉，仿佛在和一个很早之前就认识的老朋友聊天叙旧。

“我不明白你在说什么，你为什么一直追我？”肖恩问道，和以往一样，他从来没有在梦境中察觉到自己是在做梦。

瘟疫医生指指电视屏幕。肖恩本以为他会伸出一只鸟翅膀，可是他的手和常人无异，也有五根手指，只是苍白得可怕。电视屏幕上，一个罪犯正躲在阁楼上负隅顽抗，侦探正紧握手枪拾级而上。

“这是对你的惩罚。”瘟疫医生说。肖恩注意到，他的嗓音嘶哑尖厉，仿佛古墓里爬出来的木乃伊的声音，又像是用指甲划过玻璃的声音。

“我不认识你，我不知道你是谁，你为什么要这么对待我？”肖恩的声音又是自己的了。

“不管你现在是谁，肖恩，你永远无法赎清你的罪孽。”瘟疫医生虽然没有表情，但肖恩能看到他那张鸟脸上充满了嘲讽的笑容。

等等！瘟疫医生叫了他的名字，肖恩猛地一惊，梦中的他第一次意识到自己是肖恩，肖恩·埃尔文，是他的名字——可是，在此之前，他叫什么名字？仿佛梦中的他一直是另外一个人，是一个冷眼旁观者，能和肖恩极度恐惧的瘟疫医生坐在一起，像老朋友一样聊天。好像一点火星掉进了油库，恐惧之潮猛然爆开，肖恩突然意识到自己正在梦中，一个无比真实的梦。之前的从容和镇定瞬间消失了，他的额头上渗出了冷汗，恐惧如潮水般从他的脚底板升起，瞬间就把他淹没。

在以往的噩梦里，肖恩从未距离瘟疫医生如此之近，也从未被瘟疫医生抓住过，但是现在他们正坐在同一张沙发上！但这也是第一次，肖恩在梦里醒来了。他的眼睛仍然盯着电视，电视上的画面已经不见了，代以一片沙沙的雪花。这个梦境是如此真实，他甚至能感觉到沙发柔软的触感和额头上的冷汗流下来造成的瘙痒。

这也是一个机会，肖恩努力让自己的语气保持平静：“你知道我是谁，可是你是谁？你是真实存在的吗？”但他马上就意识到自己问了一个愚蠢的问题，再真实的梦也只是梦，梦中的一切都是自己内心潜意识活动在表意识的投射，梦中的一切都是自己创造的，所以刚才的对话也是他自己和自己的谈话，他当然不可能告诉肖恩他是谁，因为他本身就是肖恩的一部分。但也许……

“我是你的梦魇，”瘟疫医生又抬头喝了一杯酒，血红色的酒液从他的尖喙边缘滴下，“你的恐惧和绝望是我的食物和美酒，复仇的烈焰将照亮我的餐桌，肖恩，你不该离开珍妮和安。”

肖恩盯着他，试图从他脸上看到撒谎的表情，但那依然是一张毫无表情的脸。

极度的恐惧突然袭来，肖恩猛地大叫一声睁开了眼睛，他感觉到心脏在猛跳，血液直冲头顶，身下的床单已经被汗水浸湿，恐惧让他浑身麻木，一时竟挪不动手脚。他躺在酒店的床上，没有瘟疫医生，什么都没有。等肖恩感觉平静了一些，他起身打开床头灯，看了一下表，现在是凌晨两点半，距离天亮大约还有三个小时。

肖恩睡意全无，他穿上拖鞋，打开房间里的灯，充满酒店房间的光亮让他心安了一些。他走进卫生间拧开水龙头，冰冷的水流了出来，他洗了一把脸。

"你不该离开珍妮和安。"

这句话又出现在肖恩耳朵里。不该离开珍妮和安——一定是他自己的问题，肖恩自我安慰着，昨天早上从家里离开的时候，他就心神不宁，一定是他将这种悲观的情绪带进了梦境，然后从瘟疫医生的嘴里说出来。想到这里，肖恩松了一口气，他暗自告诉自己也许是神经过敏了，也许他不应该逃避心理医生。肖恩走出卫生间，心情已经平复了一些，他犹豫着要不要给珍妮打个电话，思虑再三，他放弃了这个念头。如果珍妮知道肖恩只是因为一个噩梦就在半夜三点打电话询问，肯定会怒火冲天——可是谁不会呢？

肖恩关上灯，和往常一样，重新躺下准备争取在天亮前再睡一会儿，但他知道自己睡不着了，这个该死的噩梦！突然，一阵铃声响起，是他的手机。肖恩一惊，立刻接听了电话，电话那边有非常嘈杂的背景音，一个男人的声音传来："请问是肖恩·埃尔文先生吗？"

"是我——"

那个男人立即打断了他，肖恩不禁打了一个寒战："我是约瑟夫警官，请问你现在在哪里？"

肖恩的手颤抖着："我在圣地亚哥……"

"非常抱歉，埃尔文先生，本不该这么晚打扰你，但是你必须赶紧回来，出了一些紧急状况。"

一种不祥的感觉从肖恩心底升起——

“你不该离开珍妮和安。”瘟疫医生曾说。

“发生什么事了？”肖恩努力克制住自己的颤抖。

对方犹豫了一下：“——是火灾，肖恩，你们的公寓着火了。”

“你的恐惧和绝望是我的食物和美酒，复仇的烈焰将照亮我的餐桌。”瘟疫医生曾说。

肖恩简短地说：“我知道了，我马上回来。”

他在警官说出下一句话之前就快速挂了电话，开始穿衣服，他的每一个动作都有条不紊，像是一台冷酷的机器。他系上衬衫上的每一粒扣子，这件衬衫是珍妮给他买的，结婚以后，肖恩忙于工作，总是无暇去商场，事实上他不喜欢那种嘈杂的环境，也许跟他从小在闭塞的小镇上长大有关，所以珍妮经常会给他买衣服。这件衬衫是深蓝色的，配着一条蓝纹红底领带。肖恩仔细地把领带打好。他系了一个温莎结，他以为自己永远学不会打温莎结，是珍妮教会了他。他有时候感觉自己就像个没有长大的孩子，对什么都不太在乎，生活上也不注意细节，是珍妮改变了他。

肖恩穿戴整齐以后开始收拾行李，他只有一个登机箱——这是经常出差养成的习惯，为了节省等待行李的时间，而且也确实不喜欢带太多东西。他细心地把换洗的衣服叠好，摆放整齐，然后把洗漱用品放进一个纸袋子塞在箱子里，物品不多，他很快就整理完毕了，合上了箱子。

看着合上盖的箱子，肖恩发了会儿呆。在与珍妮结婚之前，他从来没有过一个完整的家，也没有享受过家庭的温暖，祖父母是让他的童年充满了快乐，但他依然感到有缺憾，尤其是当他看到其他的孩子在父母的羽翼之下成长时。但懂事的肖恩小心地保守着这种感情，事实上他曾经试图忘却父母的一切。当他和珍妮组建了家庭，有了安以后，他才真正拥有了一个完整的家庭。

他提起箱子的拉杆，走出了房间。

天蛾人

当肖恩乘坐的出租车快要到达街区的时候，出租车司机拍拍方向盘：“这位先生，你还不知道吧，昨天晚上这里发生了火灾……听说——”

“闭嘴！”肖恩粗暴地打断他，“请让我安静一会儿。”

司机知趣地耸耸肩，闭上了嘴巴。他从后视镜看了这个奇怪的乘客一眼，自从在机场上车，这位乘客就一直没说话，脸色也阴沉得可怕。

远远地，肖恩就看到了一道黄色警示线，他的家已经看不出原本的模样，空气中还残留着烧焦的味道。

“停车。”肖恩说，他付了钱，在司机惊讶的目光中下车。两个警察正站在警示线旁边交谈，一名胖警察看到了肖恩，快步向他走了过来。

“先生，请问你是肖恩·埃尔文？”胖警察问道。

肖恩点点头，他木然看向那片废墟。这不是肖恩自己，他现在的一举一动和冷静的外表都仿佛是另外一个肖恩：“发生什么事情了？”

胖警察对肖恩的冷静感到吃惊，他搓搓手，似乎有些不知所措：“失火了，您的公寓，我很抱歉，您的妻子和孩子……”

“她们怎么了？”

“消防队的小伙子们在废墟里发现了她们……的遗体，我很抱歉，肖恩先生。”

肖恩再次感觉自己是一个不相干的局外人，他听见自己继续问道：“查明失火原因了吗？”

“火是从客厅里烧起来的，可能是电路老化导致的，不过还需要进一步调查。”胖警察说。

肖恩恍恍惚惚地听着他们的对话，这时邻居家的怀特夫人看到了肖恩，朝他冲了过来："肖恩先生，我很抱歉，但我一定要告诉你这件事情，警察们都不相信我。"

胖警察有点尴尬地对怀特夫人摊开双手："女士，我不建议你这样做，警方已经勘探过了，人为纵火的可能性极小，你的说法没有任何根据，我们也不建议你这样做。"

"等等，让她说完。"肖恩打断警官，"怀特夫人，你想说什么？请告诉我。"

怀特夫人却犹豫了，胖警察赶紧说道："肖恩先生，你不必听，她所说的，都是一些毫无根据的说法，没有任何帮助。"

这句话激怒了怀特夫人，她狠狠地瞪了警察一眼，她喊道："这不是什么电路老化造成的火灾！是纵火，是谋杀！"

"够了！"胖警察喝道，两个警察听到了这边的声音，正在朝这边走来，胖警察压低声音快速说道，"怀特夫人，你有质疑警察的权利，但请注意你的言辞，如果真的是人为纵火，我们一定不会放过凶手，但你的说法只会让受害人更加痛苦。"

怀特夫人狠狠地瞪了胖警察一眼，然后转向肖恩，很不情愿地说："我很抱歉，肖恩，也许是我看错了。"说完这句话，怀特夫人就转身走了。

接下来的时间，似乎一切都在恍恍惚惚中度过，肖恩就像一个冷静的旁观者，他看着自己跟着警察来到警察局，做了笔录，接受了很多得知消息赶来的朋友的安慰，甚至还接受了政府安排的心理医生访谈。肖恩冷眼旁观着这纷纷扰扰的一切，就像一个机器人一样被设定的程序控制着，既不悲伤，也不恐惧——直到最后到了医院太平间门口，肖恩才醒过来。

冷静的肖恩后退进黑暗中，坚硬的外壳轰然破碎。

这不是一个梦，这是真的，珍妮和安在他出差之后的那个夜晚葬身火海。警察的调查报告他看到了，老化的电线引燃了客厅里的沙发，珍妮和安被浓烟呛醒之后已经无路可逃，最后她们躲进了卫生间，紧紧地关上了门，但她们已然无路可逃，燃烧产生的烟从门的缝隙里进入了卫生间，杀死了她们。遗体被发现的时候，珍妮紧紧地把安抱在怀里，消防员用了很大力气才把她们分开。

肖恩在太平间门口站了一会儿，不知不觉，他紧紧地攥着拳头，指甲把手心扎出了血。他突然想起一个夏天，他在森林里探险，在一块湿漉漉的长满青苔的岩石下面，小肖恩发现了一只背上有绿色条纹的小青蛙，他突发奇想，把小青蛙放进了一个树洞，然后用泥土将树洞封死，准备晚上再来打开，后来他就将此事忘在脑后。直到一个星期后，肖恩突然想起了这件事情，他飞奔至那个树洞，封土已经变干变硬，颜色也从湿润的黑褐色变成了干燥的灰色，他挖开封土，看到那只可怜的小青蛙已经死去了。树洞很干燥，它还保持着临死前的挣扎模样，两只后腿紧紧地蹬着身后的树干，两只前腿还保持着挖掘的样子。它瞪着两只无神的眼睛看着肖恩，眼睛里满是死亡的气息。肖恩被这惨烈的场面吓坏了，他无声地逃走了，从此以后再也没有勇气到这棵树下来，甚至连接近都不敢。

肖恩终究没有勇气进去，他木然地转身离去，径直回到了他曾经的家，那片已经被烧毁的废墟。废墟已经被清理了，留在原地的是一片焦黑的土地和一些残砖断瓦。肖恩找了两块残砖垫在一起，然后坐在上面。这是他离开以后第一次回到家，大堤终于被冲毁，悲伤的潮水瞬间吞没了一切，肖恩的眼泪大颗大颗地落在地上，激起一团团小小的尘埃。

“对不起，都怪我，如果那天晚上我还在，就不会发生这种事情，我一定可以救你们。”肖恩在心里说。

上帝啊，为什么要这样对我，为什么要将她们从我身边夺走？

肖恩一直在废墟里木然地坐着，他不停地自责着，懊悔着。他想起了他那天早上的心神不宁，是的，上帝已经提醒过他了，可是他却没当回事。他依然沉浸在那该死的噩梦里，依然被那个噩梦造成的阴郁情绪所折磨。

一阵脚步声传来，肖恩抬起头，看到怀特夫人正试图接近他，看到肖恩抬起头，怀特夫人露出一丝尴尬的表情：“对不起，肖恩先生，我那天不是——我想我那天被吓坏了，我很抱歉……我……”

“你看到什么了？”肖恩泪流满面的样子一定吓到了她，“你为什么说那是有人纵火？”

怀特夫人叹了口气。“警察是对的，我想我肯定是出现幻觉了，我那天根本不该说那些话，我看到了——”她的脸上露出一丝惊惧的表情，但马上就被不好意思的神情替代了，“也许那是幻觉，我好像看到了一个天蛾人。”

“天蛾人？！”肖恩震惊得站起来，他脸上可怕的表情吓得怀特夫人倒退了两步，肖恩努力控制住自己的情绪，“怀特夫人，你在说什么？”

“我想大概是的。”怀特夫人点点头，“那天晚上我被浓烟呛醒之后就跑了出来，我看到是这里着了火，我试图冲进去救人，但是火太大了，我只能赶紧拨打911，然后我看到——我原本以为那是一只大鸟——一个长着鸟头的人蹲在你家的楼顶，是的，他是人，虽然他长着鸟头，他站起身，火焰好像伤害不了他，然后他看了我一眼，我不敢肯定，我好像听到了一声怪笑，他把我吓坏了——”怀特夫人停了一会儿，让心情平复一下，才继续说道，“然后他就消失了，跳进了黑暗中，就像猎奇杂志上所说的出现在新泽西的天蛾人……可是警察不相信我说的话。”

肖恩感到一阵晕眩，原来噩梦是真的，是那个噩梦里的怪物，是瘟疫医生。可是，噩梦里的恶魔怎么来到了现实？肖恩仿佛又听到瘟疫医生的那句话——“我一直都存在，我是你的梦魇，你的恐惧和绝望是我的食物和美酒，复仇的烈焰将照亮我的餐桌，肖恩，你不该离开珍妮和安。”

肖恩脸上的表情吓到了怀特夫人，怀特夫人试图安抚他：“抱歉，肖恩先生，也许我不该告诉你这些，我大概是出现幻觉了——就像那些声称看到了天蛾人的家伙，肖恩，也许我该听那些警察的，我不该告诉你这些……”

肖恩忘记了自己是否与怀特夫人告别，他离开了洛杉矶，再也没有回来。他再也没有做过和瘟疫医生相关的噩梦，但是他知道，瘟疫医生真的存在于这个世界上，但没有人会相信他的话。那个从他的噩梦中走出的怪物，那个夺走他一切的恶魔，一定还在这个世界的某个隐秘的角落窥视着他。

那个恶魔已经得逞了，他摧毁了肖恩的一切。

肖恩并不是一个虔诚的基督徒，至少以前不是。比起《圣经》，他更相信科学的力量，但是现在他已经不知道自己的天平偏向哪边了。有时候他会想，既然恶魔是真的存在的，那么上帝一定也是存在的，为什么上帝不来拯救他可怜的灵魂，反而将他珍视的一切都夺走？他开始痛恨上帝，尤其是在痛饮了威士忌和伏特加之后的夜里。他嘴里说着亵渎上帝的脏话，呕吐得到处都是。早上醒来，他又对自己昨晚的行为感到万分后悔，也许这一切都是上帝对他不敬的惩罚，现在惩罚已经结束了，不是吗？瘟疫医生已经不再骚扰他了，但——为什么要以珍妮和安的生命为代价？

这不公平，珍妮和安是无辜的。

肖恩一直在等待，他知道瘟疫医生不会真的放过他。

有一天，肖恩又从宿醉中醒来，头痛欲裂。他挣扎着从酒瓶堆积的垃圾堆里爬起身，随便找了一个杯子给自己倒了一杯水。冰凉清澈的水让肖恩清醒了一些，他愣了一会儿，想起昨夜似乎有一个访客。

肖恩已经不记得访客的模样，也不记得他们都谈了些什么，昨夜发生的一切仿佛都笼罩在一层雾气中，但桌子上那个明亮的酒杯提醒着他，那不是一场梦。肖恩愣愣地坐了一会儿，才意识到一个事实：如果瘟疫医生杀死珍妮和安是为了折磨他，那么他已经得逞了，想必此刻那个该死的瘟疫医生一定在某个阴暗的角落看着饱受折磨的他得意地大笑。也许不必瘟疫医生来杀他，他就会在浑浑噩噩和堕落中孤独地死去，而这个结局必定是瘟疫医生希望看到的。他杀死了肖恩的希望和梦想，毁掉了肖恩的一切。

也许这就是昨夜那个访客试图让肖恩明白的。

不，不能再这样下去了，肖恩想象着天国里的珍妮和安，她们现在一定忧伤地看着他像一个活死人一样毫无生机地活着。他无法制止瘟疫医生，但至少不能再受瘟疫医生的摆布。即使瘟疫医生不会放过他，那么他也要有尊严地面对那个恶魔，质问那个恶魔，甚至——复仇。

如果瘟疫医生看到他没有被摧毁，他还会出现的。肖恩坚信这一点。

沙 粒

大错已然铸成。

他在每一寸时光之河中寻找，不放过任何一粒可疑的沙粒，时至今日，他终于找到了他想要的那粒沙。但这粒沙在时光洪流中辗转太久，早已迷失了方向。尽管有很多侍从在本能的指引下重新聚集到他身旁，但他们并不清楚真相。

太晚了。

不，也许还不算太晚，也许还有挽救的机会。他看到黑暗的乌云正在聚集，要将黑暗的时代再次带回这个世界。神灵们已经再次搭好了祭坛，他们已经寻获了最佳的祭品，而祭品对自己即将面临的命运还浑浑噩噩一无所知。

亡者正在黑暗中蠢蠢欲动。

但幸运的是，自己已经找到他了，尽管已经过去了太久的时间。

他必须尽快，在邪灵得手之前。邪灵正在摧毁那个人，摧毁他的意志，摧毁他的信仰，摧毁他的认知，摧毁他的希望，摧毁他的人生，摧毁他的生命和觉醒的可能。尽管他对邪灵的目的依然心存疑虑，但他知道某个重要的时刻即将到来，他不能再继续等待了。

最新的命令已经下达，暗夜中的猎手们纷纷骚动起来。

“冥王的烈焰将焚烧一切，不管是正义还是邪恶。”他默念道，胸口上绣着的火焰正在狂暴地舞蹈，那个人已经掌握了难以置信的力量，而他直到现在才发觉，希望不会太晚。

他不知道该向哪位神祈祷。

初　遇

2019年初秋，美国，内华达州15号州际高速公路。

今晚没有月亮，璀璨的银河在这片荒凉的夜空显现出来。15号州际高速公路横穿内华达沙漠。路旁生长着小型的灌木丛和仙人掌，就像蹲伏在大地上的一个个幽灵。

路况很不错，肖恩驾驶着一辆银灰色凯迪拉克飞驰在15号州际高速公路上，他的目的地是赌城拉斯维加斯。车载收音机里放着流行音乐，一个声音沙哑的男人欢快地唱道："……行在无人踏足的山谷里，那里激流奔腾，隆隆声划破沉寂，向着远方流淌不息，主啊，我终将归来，到那河流蜿蜒之地……"

已经过去整整五年了，肖恩再也没有做过那个噩梦，仿佛那场灾难为他的噩梦画上了一个句号。但这不是肖恩想要的，他经常不自觉地想起珍妮和安，如果安还在，现在已经九岁了。肖恩有时候会想象安长大后的样子，她的眼睛很像珍妮，有着深蓝色的眼眸，她的鼻子和嘴巴的轮廓更像自己，但更让自己喜欢的是她那头淡金色的卷曲长发。

想到这里，肖恩的嘴角露出一丝微笑。在继续想下去之前，他迫使自己将注意力转移到车载广播上。

今天的新闻更是耸人听闻，男主持人宣称有业余天文爱好者发现天空的星星正在消失，而科学家们和政府矢口否认此事。可以相信，美国政府一定封锁了消息，再次剥夺了公众的知情权。女主持人则接着说道，也许是外星人入侵，紧接着配乐变成了古典恐怖片里的打击乐，女主持人宣称，美国政府一定在很早之前就接触了外星人，他们封锁了罗斯威尔事件，封锁了51区，但他们遮不住天空，外星人一定是消灭了星星来向人类示威……中间还有几名热心听众的接入，其中一名听众宣称昨天半夜目击了巨大的雪茄形状的外星人飞船……最后，男主持人信誓旦旦地向听众们保证，这次一定是真的了，他督促美国政府尽快公开外星人档案——呼吁有良知的议员们向政府施压，把公众的知情权还给公众。

肖恩伸手关掉了收音机，车里安静下来。即使在美国这个世界上科技最强大的国家，也有人坚信地球是平的、美国总统是蜥蜴人间谍……这个世界上永远都不缺少阴谋论者。

星星消失？光银河系就有数千亿颗恒星，而银河系在可观测的宇宙中也只能算沧海一粟，宇宙的浩瀚不是一般人能够想象的。即使我们身处银河系，也很少有人会抬头看一眼。

据说1931年芝加哥大停电时，警察局的电话几乎被打爆了，许多人惊恐地向警察报告，天上出现了一条奇怪的光带。后来才得知，人们看到的其实就是那条著名的牛奶路——银河。可见大部分的现代人整日被生活琐事拴住，很多人已经忘记了星空长什么样子了。

即使有那么一两颗恒星消失了，不，新闻里用的字眼是暂时脱离观测。可是这有什么关系呢？肖恩望着星空，光银河系里就有那么多恒星，少几颗也无关紧要吧。

突然，借着笔直的车灯，肖恩看到公路前方有一个人影，他下意识地猛踩刹车，车子开始急剧减速，轮胎在路面上擦出细长的痕迹，车子终于在距离那个人十几米的地方“尖叫”着停住。

“该死的！”肖恩怒气冲冲地解开安全带，从后座抄起棒球棍，打开车门跳了出去。

“嘿！”肖恩握着棒球棍冲那个不要命的疯子咆哮道，“你他妈的找死吗？！”

车灯下，肖恩看到一个男人，年龄不超过40岁，身穿一条普通的牛仔裤，上身套着一件连帽衫，就像一个应该出现在任何一座城市街头的夜跑者，而不应该出现在一条人迹罕至的州际公路上。

男人对肖恩的咆哮视而不见，他上下打量着肖恩，脸上露出若有若无的笑意。

这是一个疯子，肖恩停住了脚步。犯不着和一个疯子计较，他挥舞着棒球棍，咆哮道："滚开！你会被撞死的！"

肖恩注意到男人的眼睛在车灯下闪闪发光，就像猫科动物的眼睛。"不，我不会死的，肖恩。"男人开口了，声音嘶哑低沉。

肖恩一愣，"你认识我？你是谁？"久违的恐惧感又回来了，肖恩这才发现一些异常。他下意识地望了望四周，公路两旁是黑色的荒野，一片片足有半人高的灌木丛就像一只只潜伏着的野兽。太安静了，已经很久没有其他汽车经过，这里是15号州际高速公路最荒凉的一段，方圆几百千米都是荒漠，这个人不可能突然出现在这里，而且他看起来也不像一个徒步的旅行者。

男人笑笑："肖恩，我知道你早就为今天做好准备了，不是吗？那就是你的武器？"他指了指肖恩手中的棒球棍。

是他，瘟疫医生。肖恩明白了，终于来了，这是他第一次在现实中见到这个魔鬼，但他长着和常人无异的脸庞。

不知道从什么时候起，车灯已经熄灭了，不——他面前是一片荒漠，他的汽车消失了，公路也消失了。而肖恩完全没有意识到这一切是什么时候发生的。

他脚下踩的已经不是柏油路面，而是粗粝的沙石。肖恩抬头望去，璀璨的银河不见了，取而代之的是一轮皎洁的圆月。

该死，是在做梦吗？难道又重新回到了那个噩梦？据说，人在梦里是无法意识到梦的开始的。肖恩向前回忆着，他想起自己是怎么来到15号州际高速公路的了，他要去拉斯维加斯度假。自从他重新开始生活之后，他找到了一份新的工作，独来独往，把自己的生活打理得井井有条。他尽量不去回忆之前的事情，没有结交新的朋友，也和其他异性保持距离——瘟疫医生会伤害他最亲近的人来折磨他。不幸或者庆幸的是，这五年里，祖父母相继去世了。一天前，他向部门主管请了一周的带薪假，准备到拉斯维加斯醉生梦死——这不是梦，肖恩的记忆一直是连续的，这不是梦——可是，为什么会这样？他的凯迪拉克呢？公路呢？

一阵微风吹来，肖恩打了一个寒战。现在是夏天，即使是夏天的西部沙漠，也不会这么冷，肖恩这才发现自己浑身冷得厉害，他呼出的气体也因为低温变成了白雾。他以为自己准备好了，他一直在等待这一天，但他惊恐地发现，其实他什么都没有准备好，他唯一的武器就是一根棒球棍……

男人开始走近他，每走一步，他的脸似乎都在发生变化，他的嘴巴越来越长，眼睛越来越凹陷，鼻子也塌了下去，变成两个黑点，当他走到肖恩面前时，瘟疫医生又出现了。

肖恩想举起棒球棍，可是他失败了，他发现自己的身体动弹不得，每一块肌肉似乎都脱离了大脑指挥，他被某种诡异的力量冻结了。

肖恩早已无惧死亡，他的生命在珍妮和安离去的那个夜晚就结束了，但他畏惧无谓的死亡。自从怀特夫人讲述了所见之后，肖恩相信瘟疫医生存在于现实中，他一直在等待瘟疫医生重新出现，但他绝望地发现，自己什么都做不了。

“听着，不管你是什么人，你这只该死的咯咯叫的母鸡，你这个该死的恶魔，你可以杀死我，但你为什么要杀死珍妮和安？！”肖恩从嗓子里发出一阵咆哮。

“你的痛苦和绝望让我感到心情舒畅，肖恩。”瘟疫医生发出一阵怪诞刺耳的笑声，“不过这不重要了，我厌倦了，让我们结束这一局游戏吧。”

瘟疫医生走向前，伸出一只利爪，他的手是人类的手，却长着尖利的指甲，他抚摸着肖恩的脖颈，尖利的指甲划过肖恩的皮肤，一股死亡的寒意贯穿了肖恩的全身，他毫不怀疑下一刻如尖刀般的指甲将轻易划开他的颈动脉，“让我们用最古老的方式来结束这局游戏吧，相信我，肖恩，下一次我会想出一个更有创意的方法，如果还有下一次的话。”

“下一次？”来不及细想这句话背后的含义，死亡的气息笼罩着肖恩，他再次动弹不得。

但瘟疫医生似乎不准备划破他的颈动脉，而是准备将他斩首。他高举起一只手臂，这只手臂幻化成一只巨大的翅膀，翅膀末端的羽毛如利刃般锋利，也许这才是他本来的模样。但是死亡没有来临，利刃并没有落下，瘟疫医生突然遭受了和肖恩同样的处境，他也被冻结了。

两个黑衣人凭空出现在瘟疫医生身后，他们戴着墨镜，身穿黑色西装和白色衬衫，条纹领带垂在胸前，就像电影《黑衣人》里的特工。

“住手，莫特。”一个黑衣人说道。

莫特，肖恩第一次知道了瘟疫医生的名字，原来他真的有个名字，这两个特工是来救他的吗？短短一瞬间，无数个念头从肖恩的脑海里掠过，也许莫特是美国政府制造的某种从绝密实验室脱逃的生物武器，现在美国政府派出的特工终于找到了他？

肖恩看不到瘟疫医生的表情，但他能感觉到瘟疫医生的身体微微抖动了一下，来者显然不是他的朋友。瘟疫医生放过了肖恩——也许是不得不放过，他缓缓转过身，看着两个西装革履的特工，发出一声尖厉刺耳的叫声。肖恩觉得，也许这才是瘟疫医生原本的声音：“你居然敢直呼我的名字，既然你们知道我的名字，还不赶紧滚开！”

矮个子特工耸耸肩：“莫特，你被捕了。”

莫特发出一阵轻蔑的笑声：“怎么？现在你们为美国政府服务了？你们是FBI、CIA还是DIA？”

“莫特，你不必拖延时间，你已经被包围了。”高个子特工摇摇头，“有人想见你。”

“我的好兄弟可真会挑时候。”莫特指指肖恩，“让他稍等一会儿，等我料理完这局游戏。”

“肖恩，从他身边走开。”矮个子特工温和地说，“他伤害不了你。”

肖恩发现自己的身体可以动了，他从莫特身边走开，莫特没有阻拦他，当他走开时，他能感觉到莫特的愤怒和无可奈何。

“我看起来似乎别无选择。”莫特指指肖恩，“不过，阎摩找这个人做什么？他只是一个无名小辈。”

“一个被莫特亲自追杀的无名小辈？”矮个子特工讽刺道，“恰好阎摩大人也对这个无名小辈产生了一点兴趣。”

“我这个兄弟总是喜欢从我嘴里夺食。”莫特讥讽道，“我也正想见见我这位兄弟。”出乎肖恩的意料，莫特似乎对他嘴里的那位兄弟颇为忌惮，他顺从地向特工们身后走去，很快，他的身影就消失在黑夜中。

眼前这两个特工很明显对肖恩是怀有善意的。但肖恩并不敢确定，他艰难地问道："你们是什么人？为什么要救我？"

矮个子特工温和地说："我们是你的朋友，莫特不会再伤害你了，肖恩。"

"这到底是怎么回事？那个莫特为什么要追杀我？是他杀死了我的妻子和女儿！"

"你以后会知道答案的，肖恩，现在还不是时候。"矮个子特工说。

"会有人来找你，跟他走，但不要提起今晚发生的一切，你今晚从未下过车，也没有遇到莫特和我们。"高个子特工开口说道，"你必须牢牢记住这一点，否则我们不敢保证你的安全。"

"遇到下一个搭车的人的时候，记得停车。"矮个子特工叮嘱道。

说完这些，两个特工一起转过身，向莫特消失的方向走去。

"等等！"肖恩喊道，"我该怎么——"但是他马上闭上了嘴，因为两个特工瞬间便消失了，一起消失的还有天上的圆月，高速公路重新出现在他的脚下，他的身前也重新出现了被车灯照出的影子。

刚才发生的一切仿佛是一场梦，但肖恩知道不是，他还紧紧地握着手里的棒球棍，手心全是汗水。

哐当一声，肖恩再也抓不住手中的棒球棍，棒球棍砸在沥青路面上，斜滚出去。他转过身朝自己的车子跑去。他拉开车门坐进驾驶室，冷静了一会儿，才哆哆嗦嗦重新发动了汽车。他又看了一下时间，发现距离他下车只过了不到三分钟，但他发誓刚才发生的一切远远不止三分钟！

埃克斯

肖恩重新上路了，汽车灯光刺破前方的黑暗，车身很平稳，万籁俱寂，只能听到引擎微弱的嗡嗡声。

一种巨大的羞耻感淹没了他，进而演变成滔天的怒火，他咆哮着用力砸方向盘。该死的，该死的，为什么会这样？他根本没有办法为珍妮和安复仇！在莫特面前，他就像一只待宰的羔羊！

肖恩喘着粗气，双眼血红，凯迪拉克像一支利箭刺穿黑夜的荒野。引擎轰鸣着，车身都在微微颤抖，他的眼前不是15号州际高速公路，而是珍妮和安不断闪过的脸，是那场大火，是他失去的生活。

过了好一会儿，肖恩才慢慢平静下来，他的脚离开了油门，车身平稳下来。他哆哆嗦嗦点着一支雪茄，烟雾在车厢里弥漫，理智重新回到了他的身体。

刚才那些人到底是谁？肖恩思索着。他们不一定真的是特工，只是他们的打扮和传说中的黑衣人一模一样，但他们一定是瘟疫医生的敌人。不管怎么样，肖恩现在只能强迫自己去相信黑衣人，毕竟他们救了自己的命，而且他们具备和莫特对抗的力量，超自然的力量。第一次，肖恩觉得自己不是孤身奋战。

来人比他想象的要快。肖恩突然看到前方路边有一个年轻人正竖起自己的大拇指示意要搭车。那的确是一个年轻人，身穿连帽衫、牛仔裤和旅行鞋，但没有背包。

不知道为什么，肖恩强烈感觉到这就是要来找他的人。他停下了车，年轻人打开车门坐进副驾驶室："嗨，哥们，你是个好人，多谢了！"

肖恩面无表情地点点头，重新发动了汽车，简短地问道："去哪儿？"

他不知道这个年轻人到底是不是那个黑衣人口中要来找他的人，但一个连背包都没有的徒步者的确容易令人生疑。肖恩感觉现在的自己就像快要坠入深渊的人，手指紧紧地抓着岩壁上的缝隙，随时可能跌落——跌落进无尽的深渊——

"我是来找你的，肖恩。"年轻人说。

肖恩猛踩刹车，汽车在一声尖厉的啸声中停下，他刚想问这个年轻人是不是黑衣人特工派来的，但他马上想起了黑衣人的提醒。"你是什么人？"

"别那么紧张，肖恩，我是你的朋友。"年轻人说，今夜自称肖恩朋友的人似乎多了点，“有人让我来帮助你。”

“朋友还是敌人？我不认识你。”

“你现在已经认识了，你可以叫我埃克斯，我只是奉命行事，放松，我的朋友。”年轻人放松地躺倒在座椅上，“你要去哪儿？”

“拉斯维加斯。”肖恩握紧方向盘，重新发动了汽车，他用余光看到埃克斯放斜了座椅，双手交叉枕在脑后，舒服地半躺在椅子里。

“是个好地方。”埃克斯吹了个口哨，他玩世不恭的语气让肖恩感到愈加烦躁，“那里到处都是金钱、美人儿，你是一个赌徒？”

“不，”肖恩否认，“赌城里不全是赌徒，我很少进赌场，我只会玩老虎机和二十一点。”

“我曾经认识一个叫约瑟夫·贾格尔的人，他玩三十八点轮盘，每个数字出现的概率都应该是1/38，但他是个聪明人，他认识到1/38的概率是一个理想化的设计，但这个世界并不是理想化的。约瑟夫花了七天的时间去研究了六个轮盘的数字规律，他成功了，他找到了一个有缺陷的轮盘，有9个数字出现的概率都远远大于1/38，他利用这个漏洞发了大财。”

肖恩没有听过这个故事，至少在拉斯维加斯没有。“我不喜欢这个故事，你到底是什么人？是谁派你来的？”

“1/38是一个理想化的数字，但是机器做不到完全理想化，也许某个齿轮有些许瑕疵，也许地面有人类难以察觉的歪斜，这些缺陷，都能让概率发生变化。”埃克斯自顾自地说下去，“所以赌徒很难一直赢下去，赌场掌握了大部分缺陷，你抛一个硬币，出现正反面的真实概率也不是对半分。”

“这个世界就是一个大赌场，每个人都是参与者，虽然并不是绝对公平，但也没有人是稳赢不赔的庄家。”埃克斯继续说道，紧接着他话锋一转，“肖恩，你是否感觉自己与众不同？我的意思是，你是否有过一些神奇的经历？”

肖恩阴沉着脸：“我不明白你在说什么。”

埃克斯笑笑：“有人在追杀你，对吗？”

肖恩沉默。

“这一切都是有原因的，肖恩。”埃克斯自顾自地说，“也许你已经意识到，这个世界并不是像你想象的那样完美，这个世界有缺陷，就像那个轮盘。有缺陷，就有人去利用，也就需要有人去修复这些缺陷。”

“是瘟疫医生，”肖恩突然说，“他不仅在梦里追杀我，而且有一天他从我的噩梦里走进现实，杀死了我的妻子和女儿。”

“我很抱歉，肖恩。”埃克斯说，他意味深长地看了肖恩一眼，“巧合的是，我恰巧知道一个鸟头怪，但他不是瘟疫医生，他是一个恶魔。”

“告诉我，埃克斯，”肖恩紧紧地握着方向盘，“我想我有权知道。他摧毁了我的生活，摧毁了我的人生——”肖恩又加了一句，“如果你想让我相信你，我不能仅仅因为你恰好知道我的名字就相信你说的一切。”

“莫特是来自远古的邪灵。”埃克斯眨眨眼，还是说出了更多的信息，“他很危险，你看起来是个小角色，我不知道他为什么会亲自追杀你，我想有人会告诉你答案的。”

“该死的，我也想知道他为什么要跟我过不去。”肖恩说，“你是说这个世界上真的存在邪灵？”

“当然，邪灵，恶魔……都是真实存在的，随便你怎么称呼他们。”

“那么，你们又是什么人？驱魔人？”

埃克斯打了一个响指：“你猜对了，埃克斯专业驱魔，童叟无欺。嗨，肖恩，你车里有酒吗？”

“车上没有放酒，他们——那些邪灵，”肖恩斟酌着语句，“如果他们一直存在，那为什么我们从来都不知道他们的存在？你知道，如果邪灵一直隐藏在我们周围，我们为什么没有发现过他们？”

“真的没有发现过吗？还是不愿意承认？”埃克斯摇摇头，他接着问，“——有雪茄吗？”

肖恩从收纳箱里拿出一支狮王雪茄递给埃克斯。

埃克斯接过雪茄，评价道：“不错，高级货，有火吗？”

肖恩把打火机递给他：“你是来帮助我驱魔的？”

埃克斯吐出一股烟雾，满意地哼了一声。“算是吧，”他简短地说，“有人让我来找你。”

“是谁？”

“你会知道的。”埃克斯显然不准备和他说更多了，“后来他死了。”

“谁？”

“约瑟夫·贾格尔，那个利用轮盘缺陷发了大财的人，他在赌场连续待了七天，赚了不少钱。可他不懂得控制自己的欲望。”埃克斯重新睁开眼又闭上，“欲望会让很多人丧命，这也是恶魔最擅长的武器。”

天快亮的时候，拉斯维加斯的天际线出现在公路尽头。

对肖恩来说，刚过去的那个夜晚，真是一个疯狂的夜晚。

艾米丽

“我们到了。”肖恩已经能看到云霄塔了，清晨的第一束阳光已经照亮了云霄塔的尖顶，熠熠生辉，肖恩看了一眼睡得正熟的埃克斯，试图叫醒他。

埃克斯睁开眼睛，有些无精打采地四处张望。

“唔……你本来要去哪里？”他打了个大大的哈欠。

“已经不重要了，”肖恩摇摇头，“我要跟你在一起。”

埃克斯咧开嘴笑了，他的心情看起来很不错：“你是个聪明人。”

这和聪明无关，肖恩心想，他想知道莫特为什么会折磨他，为什么会杀死珍妮和安，他想知道真相，他要复仇。

“你们为什么不早点找到我？”肖恩问出了那个一直想问的该死的问题，“如果你们早点找到我，珍妮和安就不会死了。”

“对你的遭遇我感到非常抱歉。”埃克斯说，但是他的语气里却听不出任何歉意。

肖恩烦躁地摇摇头，压制住心底的怒气：“现在我们去哪里？”

埃克斯抬起手腕看了看时间。“时间刚刚好，”他说，“希望她已经起床了。”

他们沿着大道街前行，经过纽约大酒店和韦恩拉斯维加斯俱乐部大楼，新兴的和老牌的赌场，奢华的秀场从车窗两旁掠过。这里是野心家的天堂和地狱，肖恩想，人们在这里放纵着无尽的欲望，梦想着一夜暴富，但更多的人则堕落为金钱的奴隶。

最终他们来到了老城区，在一栋老式公寓前停下。这是一栋高八层的大楼，玻璃门外有一道铁制的栅栏门，油漆早已剥落，锈迹斑斑。大楼的表面涂抹着灰浆，年岁久远，有些碎片已经斑驳脱落，露出底下红砖的颜色，好像一条条难看的疤痕。

埃克斯上前按响了门铃，蜂鸣声响起。他们等了一会儿，一阵急促的脚步声响起，玻璃门被拉开了，伴随着惊喜的叫声，一个穿着粉色毛衣的女人探出脑袋：“埃克斯，是你！”她的一头金发高高盘起，穿着一条皱巴巴的牛仔裤，脚上是一双棉拖鞋。肖恩注意到，这是个不容易判断年龄的女人，她的脸上既有年轻女人应有的活泼，又隐藏着一些时光的积淀。

埃克斯露出一丝微笑：“是我，艾米丽，很久不见。”

艾米丽点点头，然后她的视线划过肖恩：“他是谁？一个新朋友？”

“他是肖恩，”埃克斯面色严肃，“一只迷途的羔羊。”

艾米丽用一种带有怜悯的眼神看了肖恩一眼，然后拉开了铁门：“快进来吧，今天可真冷。”

他们穿过铁门，跟着艾米丽穿过昏暗的大堂和门廊，古老的木质地板已经失去了原本的颜色，只有贴近墙角的地方才能看出它原本的暗红色。大堂上方有一个落满了灰尘的水晶吊灯。

门廊的尽头，艾米丽打开一扇公寓的门，走了进去。

“这里以前是一个酒店，”埃克斯介绍道，“拉斯维加斯刚建市的时候，这间酒店就存在了，这里以前住过淘金者、赌徒和妓女，后来他们建造了更好的酒店，这里则被改造成了公寓楼。”

门后是一条小小的走廊，走廊两边是房门紧闭的卧室、厨房和一个逼仄的洗手间。他们走过昏暗的走廊，脚下是一条脏兮兮的羊毛地毯，走廊的尽头是一个客厅。客厅里摆着两张单人沙发和一张长沙发，还有两张高脚椅。沙发的对面是一台28英寸的电视机，电视机旁边的柜子上放着一台已经很少见的唱片机，一些唱片散落在周围，还有几本泛黄的《读者文摘》。墙上挂着一幅色调灰暗的油画，倒是挺贴合这个客厅的格调。肖恩感觉自己好像走进了一个八十年代的电影拍摄现场。

艾米丽拉开窗帘，客厅里稍微明亮了一些，但依然没有阳光。看起来，即使在中午，这间公寓也只有正午很短的时间才有阳光照进来。

“来点什么？咖啡？还是茶？”艾米丽招呼他俩坐下，步伐轻快地走向厨房。

“咖啡，谢谢。”肖恩说。

艾米丽的目光落在埃克斯身上：“埃克斯，你呢？”

“老规矩，艾米丽，但愿你没有忘记我爱喝什么。”埃克斯舒服地斜躺在沙发上，掏出烟盒摸了一支烟点燃，惬意地吸了一口。

“当然！”艾米丽笑道，“但我忘记了咖啡被发现之前你爱喝什么。”说完这句话，艾米丽步伐轻快地走进厨房忙活起来。

肖恩仔细打量着客厅，他的目光很快被沙发上方的墙壁上挂着的油画吸引了。那是一幅列奥纳多·达·芬奇所作的《施洗者圣约翰》，画面上的圣约翰头发很长，卷曲着散落在身后的黑暗中。他的大部分身体都隐藏在黑暗里，只有从右肩到胳臂、脸部、右手以及隐约可见的左手暴露在光线之中。圣约翰的左手拿着十字架，右手指向天空，脸上是意味深长的微笑。

艾米丽从厨房走了出来，双手平托着一个瓷质托盘，她弯下腰，将一杯冒着热气的黑咖啡放在肖恩面前，然后将另外一个杯子放在埃克斯面前。

肖恩一夜未睡，疲倦感一阵阵袭来，他端起咖啡，尝了一口，苦，太苦了，他从未喝过这么苦的咖啡。

艾米丽笑了起来：“我的咖啡不会加糖，也没有牛奶，我这里只有最纯的咖啡。”

埃克斯从沙发上坐起身，附和道：“艾米丽讨厌一切工业化制品，她最喜欢的时代是人类刚刚建立城邦的时代。”

艾米丽拖过来一张高脚椅，坐在上面，她的双手放松地握在一起，肖恩注意到她的手很粗糙，一看就是一双家庭主妇的手。艾米丽问道："埃克斯，告诉我，这一切都是怎么回事，你是怎么发现他的？"

"是议长的安排，议长总是无所不能，不是吗？"埃克斯咧开嘴笑了笑，"咖啡很不错，艾米丽。"

"议长是谁？"肖恩问道。

"瞧瞧这位心急的朋友！"埃克斯丢掉烟蒂，但马上又点着一支，毫不在意地吐出一团烟雾，"莫特在追杀他，艾米丽，你没听错，是那位自封的黑暗君主。"

艾米丽瞪圆了眼睛，愣了一会儿，才意味深长地看了肖恩一眼。"这非常——"她似乎在寻找着合适的词语，"非常有趣。"

"有趣？"肖恩冷冷地说，"在我很小的时候，他就出现在我的噩梦里。五年前，他在梦里告诉我他将用烈火杀死我的妻子和女儿。他的确做到了，我的妻子和女儿当晚死于一场被认定是意外的火灾，有人看到了他的身影，但是没人相信她，你想说这非常有趣？"

"不——我很抱歉，肖恩，我不知道——"艾米丽手足无措地道歉，"我不知道莫特为什么会这样对待你。"

肖恩突然泄了气，他意识到自己不应该对着一位想要帮助他的女士发火："对不起，这个莫特到底是什么人？"

"他是一个来自远古的恶魔，自称黑暗君主，据说他统御着大地上所有的恶魔。"艾米丽说。

"我以前不相信世界上存在什么恶魔，但是现在……"肖恩轻轻摇摇头，"他为什么要这么对待我？"

"我们也不明白他为什么会这么折磨你，通常来说，恶魔不会对一个普通人这么做，尤其是——"埃克斯看着肖恩，烟雾从他指间袅袅升起，"莫特亲自动手对付你。"

"是的，"艾米丽点点头，"这很不寻常，你身上一定有什么东西吸引莫特。"

"这是个好问题，议长一定知道答案。"埃克斯吐出一个标准的烟圈，把烟蒂按灭在一个骷髅头造型的烟灰缸里。

“议长到底是谁？你们又是什么人？”肖恩觉得自己的脑袋已经快被各种各样层出不穷的问题挤爆炸了。

“有黑暗的地方就必定有对抗黑暗的力量。”埃克斯又点燃了一支烟，毫不在意劣质烟草可能给他的肺带来的伤害，“议长一直在追寻莫特的踪迹，在追寻的过程中，议长发现了你，他想帮助你。”

“那么，为什么是我？”

“我们以后会讨论这个话题的，喝了这杯咖啡，然后去睡一觉。”艾米丽微笑着说，“你已经很累了，等你睡醒，我会带你去一个地方，那里有你寻找的答案。”

不知道为什么，听完这句话，肖恩的脑袋立刻变得沉重起来，一股浓浓的睡意袭来，他觉得艾米丽说得对，他的确需要好好睡一觉。他端起眼前的咖啡一饮而尽，站起身，摇摇晃晃走到一间卧室，扑倒在床上，下一秒就睡着了。

艾米丽小心地关上卧室的门，走回客厅。

“他睡着了？”埃克斯盯着电视，手里拿着遥控器不停地换着频道，“看来你的咒语还是那么管用。”

“小把戏罢了，他需要好好睡一觉，他被吓坏了。”艾米丽挨着埃克斯坐下。

“他没有精神失常已经让我很意外了。”埃克斯丢掉遥控器，“想想看，从有记忆开始，莫特就不断闯进他的梦里，折磨他，恐吓他，然后杀死他的妻子和女儿，这个该死的虐待狂。”

艾米丽皱起眉头：“埃克斯，他给你讲过他的噩梦吗？”

“没有。”埃克斯耸耸肩，但他马上就明白了艾米丽的意思，“你是想说那些噩梦是真实发生过的？”

艾米丽点点头：“有这个可能，我能感觉到这个男人身上背负着超出他承受能力的重负。”

“这就有趣了。”埃克斯说，“不过，这只是你的猜测吧？议长让你把他带给沈晓琪。”

“我会的。那么你呢，埃克斯，接下来你要去哪里？”

埃克斯露出一丝微笑："我会四处旅行，就像我一直喜欢的那样。我不喜欢拥挤的人群，你知道的，艾米丽，现在这个世界对我来说太拥挤了。"

"你要小心，"艾米丽的目光中流露出一丝关切，"根据我得到的消息，恶魔们最近可不太安分，在有些地方，恶魔似乎变得不太一样，他们变得更强大了。"

"我知道，"埃克斯显得有些不以为意，"不必担心我，艾米丽，我知道我们并没有对恶魔的绝对优势，我们消灭不了恶魔，恶魔也危害不到人类社会，那个词儿怎么说的？动态平衡，没错，即使在局部我们处在劣势，但也说明不了什么。"

"但愿如此。"艾米丽依然有些忧心忡忡，"埃克斯，我没想到你会接受议长的命令，我以为你不喜欢他。"

"我还是不喜欢他，"埃克斯耸耸肩，"但我对猎杀莫特感兴趣，即使没有他的命令，我也会找到肖恩。"

"也许议长想把肖恩当作一个诱饵，"艾米丽思索着，"莫特非常狡猾，他已经很久没有露面了。不要大意，很多人开始认为莫特其实是不存在的，但肖恩的遭遇已经证实了莫特还活着。我不建议你毫无防备地独自旅行，也许你可以对付新生的恶魔，但你很难对付莫特。"

埃克斯笑笑："艾米丽，别忘了，我曾经杀死过很多古老的恶魔。"

"没错，但莫特不一样，不是每一个恶魔都敢自封为黑暗君主。另外，我听说了一些传言，埃克斯，有人见到了不该出现在这个世界上的人。"

"什么？"埃克斯投去一个疑惑的眼神。

"是迦梨，"艾米丽说，"有守护者在肯塔基州见到了迦梨。"

"迦梨？"

"迦梨女神，湿婆的妻子，时之母。"

埃克斯恍然大悟，他顿时哈哈大笑："你知道这不可能，艾米丽，他一定是看错了，也许那只是某个爱吃咖喱的家伙。"

艾米丽耸耸肩："总之这不是一个好迹象，我记得你杀死了迦梨，而且迦梨可不爱吃咖喱。"

"那可费了我不少功夫，迦梨是个难缠的娘们，那好像是在孔雀王朝。我一直没搞明白为什么印度人的朝代要以一只鸟来命名。”埃克斯耸耸肩，但艾米丽能看出埃克斯隐藏的骄傲，“不过我喜欢和这些恶魔打交道，尤其是漏网之鱼。”

“如果是真的，”艾米丽看起来可没有那么轻松，“我是说，如果那真的是迦梨，那么……”她停顿了一下，“会不会有人复活了她？”

“你的想象力过于丰富了，艾米丽，即使迦梨真的复活了，那我也会再把她送回地狱。”埃克斯耸耸肩，“你知道我很擅长做这种事情，如果莫特没有像一只胆小的老鼠一样四处躲藏的话，我想他早就从这个世界上消失了。”

艾米丽凝视着埃克斯，他那副玩世不恭的外表下潜藏的是另外一张面孔，她永远搞不懂埃克斯的真实想法。“加入我们吧，埃克斯。”艾米丽再一次劝说道，“现在这个世界上的人类太多了，恶魔可以轻易地伪装成任何人，如果他们不施展法力，我们几乎无法辨别。而且他们施展完法力之后，会迅速隐藏到人群中，我们需要借助人类的力量。”

“我不信任那个人，你知道的，艾米丽，”埃克斯摇头，“你见过他的同伴吗？”

“这不是理由，议长是一个守护者，这毫无疑问，除了守护者，没有人能进入秘境。而且，守护者同伴的身份是每个守护者最大的秘密，我们没有权力——”

“如果他打算做守护者的首领的话，我们必须知道他的同伴是谁。”埃克斯打断她，不过他知道自己永远无法说服艾米丽，正如艾米丽无法说服自己，于是他转移了话题，“艾米丽，把肖恩带到纽约去，这是那位议长的意思。”

“我希望你能亲自处理这件事情……”

“别把我牵扯进去，艾米丽，我做得已经够多了。”埃克斯懒洋洋地把自己放倒在沙发坐垫上，语气却一如既往地坚决，“我讨厌人群，尤其是挤满了人的大都市，充满了汽车尾气和喇叭声。艾米丽，你知道的，我更喜欢荒野。”

“好吧，埃克斯，我会做好这件事的。”艾米丽摊开双手，她深知自己无法说服对方，“祝你好运！”

“当然，艾米丽，”埃克斯说，“你还年轻，我已经老了，也许你很快就要执行你的工作了。”

“希望这个世界还能撑住。”艾米丽微微一笑，“我有时候真怀疑我们是不是做错了什么，人类变得越来越强大和——危险，而且没有谁能控制他们。”

“如你所说，如果人类自己毁灭了自己，那么他们就不值得我们守护，”埃克斯说，“但这不会发生的。”

“但愿如此。”艾米丽把手中已经凉透的咖啡一饮而尽。

特别调查局

当艾米丽和埃克斯在客厅里交谈的时候，肖恩正陷入另外一个可怕的梦境。

他行走在一片布满碎石的海边，厚重的乌云遮蔽了天空，狂风呼啸，耀眼的闪电时不时地照亮深灰色的大海。雷声隆隆，海面上波涛汹涌，狂暴的海浪一波一波地猛烈撞击着黑色的礁石，发出震耳欲聋的轰鸣声。

他身上披着一件到处是破洞的麻布袍子，光着的脚被碎石划得鲜血淋漓。他筋疲力尽，只想尽快离开这片海岸。他背对大海向远处望去，朦胧的雾气中有一座险峻高耸的山脉，峰顶犬牙交错，怪石嶙峋，仿佛一头青绿色的巨兽。山脉的中央有一道缺口，他知道，那就是他将要去的地方。他要穿越那个山谷，远离这片大海。

他拔腿向着山谷的方向走去，怒吼的大海被他抛在身后。他走出了碎石滩，穿过一片长满荆棘的草地和一片平整的滩涂。不知道走了多久，天空更加灰暗，黑色的云仿佛离地面更近了，闪电也越发密集。他甚至可以借着闪电的亮光辨别前进的方向。

他马上就要接近山谷的入口了，一道闪电划过，他看到一个人影站在前方，挡住了他的去路，恐怖的鸟喙在闪电的亮光下反射着冰冷死亡的光。

是他，又是他！

这一次，他不再是手无寸铁，他的手里出现一把铁剑，他紧紧握住木质剑柄，他向敌人走去，他要用这把剑切开敌人的皮肉，砍断他的骨头……

……愤怒！难以压抑的愤怒！

有什么在摇晃他，紧接着一个声音仿佛从天边传来："肖恩，快醒醒，肖恩……"

肖恩睁开眼睛，梦境还未远去，他的耳边还残留着雷电的轰鸣声。他重新闭上眼睛，然后又睁开，看到艾米丽正关切地望着他。肖恩脸上狰狞的表情吓了艾米丽一跳，他发现自己双拳紧握，浑身大汗淋漓。

"肖恩，你做噩梦了，醒来吧，时间到了，该出发了。"

"去哪里？"梦境渐渐远去，虚幻的波纹重新凝成坚固的现实，肖恩感到头已经不疼了，他觉得自己好像睡了一个世纪那么长，这个噩梦终于和以往的噩梦有所不同——也许是因为莫特真的被抓走了，这个噩梦不再是莫特操控的，"我睡了多久？埃克斯呢？"

"现在是下午两点钟，你睡了一整天。"艾米丽说，"埃克斯已经走了，我们需要去纽约。"

"埃克斯走了？"

"他的任务已经完成了。要来一杯咖啡吗？"肖恩这才注意到，艾米丽手中端着一杯咖啡。

"好的，谢谢。"

肖恩坐起身，接过咖啡，黑色的咖啡，热气腾腾。他喝了一口，浓浓的苦涩在他口腔里弥漫。

"艾米丽，"肖恩斟酌着词句，"我可以这么称呼你吗？"

艾米丽笑了："当然，为什么不呢？"

他们没有继续开肖恩的车，艾米丽穿上一件深色连帽长衣，带着肖恩向城北的巴士总站走去。

他们路过一个商店，艾米丽让肖恩在外面等着，她走进商店去购买一些食物。肖恩站在门口望着走来走去的人群，有那么一瞬间，他感到惊慌，他害怕那个恶魔又出现，披着黑色的斗篷，身后是收割生命的镰刀……他摇摇头，把这个荒谬的念头从脑海中抹去，他自嘲地想，他们并不是真正的恶魔，只是自称恶魔罢了。虽然他们掌握了一些不可思议的能力，也许是给他使用了什么致幻的药物或者气体什么的，可他们也还是会被杀死，不是吗?

一个女人牵着一个孩子从他身边走过，一个流浪汉正蜷缩在墙角睡觉。昨夜发生的一切都显得不真实，仿佛一个噩梦。但肖恩知道，自己已经接触到了隐藏在这个世界表面以下的东西——所有人都以为只存在于电影或者小说中的东西。

一束阳光从云层的裂隙中射了下来，就像众神的宫殿垂下的帷幕，安宁而祥和。一阵风吹来，几片银杏叶在空中飞舞，仿佛是天国飘落的花瓣。没有人盯着他，也没有人来找他麻烦，恶魔不在这儿。

艾米丽从商店里走出来，抱着一个纸袋，“走吧，肖恩，我们有一段很长的路要走。”

他们来到了机场，艾米丽帮他买好了机票。

宽敞的候机厅里人来人往，但肖恩觉得自己仿佛一直沉沦在一个噩梦之中，永远无法醒来。

“这个大厅里会不会有恶魔正在盯着我们?”肖恩问。

“也许有，也许没有。”艾米丽耸耸肩，似乎不以为意。

看到肖恩惊奇的表情，艾米丽笑着解释道：“我们每一个人在这个世界上都有各自的身份，都有自己的生活，恶魔们也是如此，他们并不像传说中的头上长着犄角，拖着一条长尾巴。他们和普通人没什么两样，也许是一个赌场的保安，比如我自己就是一家酒店的前台接待——但我们彼此并不知道对方的身份，即使我们曾经搭乘同一部电梯，或者在同一个餐厅面对面用餐，我们也无法知晓对方的身份。所以，这里可能真的有恶魔，但他们不知道我们的身份。”

“这有点……奇怪。”肖恩扶了扶额头，“我以为你们就像电影里那样——”

艾米丽显然知道肖恩在想什么，她轻轻一笑：“驱魔人康斯坦丁大战来自地狱的魔鬼？还是范海辛大战古堡里的德古拉伯爵？不不不，千万不要把电影当作现实。大部分的时间里，我们都处于一个相对和平的状态，偶尔的冲突会显示我们依然身处一场战争，只是这场战争太漫长了，漫长到我们忘记了它的开始，也不知道何时才能结束。”

“这似乎很难理解，”肖恩不得不承认，“如果这是一场战争的话……”

“你觉得，人类社会现在处于和平状态还是战争状态？”

“我想现在是和平状态，二战都结束快七十年了。”肖恩说。

“但是叙利亚和乌克兰东部的人们也许不会这么想。”艾米丽说，“这就是普通人眼里的世界，受制于时间和空间上的局限，如果以上帝的视角俯视整个人类历史的时间轴，人类社会从未脱离过战争。即使是现在，区域性冲突和战争也正在进行，由于战争导致的难民和间接性死亡每天都会出现。战争一直都在，只是普通人意识不到罢了，或者说认为与自己无关。”

肖恩耸耸肩：“但至少没有演变成世界大战。”

“一战和二战也只是更大规模更大烈度的局部战争，和历史上的很多战争相比，由于人类的科技发展导致了更惨烈的伤亡和不可控的因素，一战和二战显得更加残酷，因此更容易被人类所铭记。如果一战或者二战时期使用的还是冷兵器，它们也不会比其他战争更起眼。肖恩，战争从未真正结束过。我们和恶魔的战争已经成为一种常态，这是一种低烈度战争，但战争一直都在那里。”

“你懂得很多，”肖恩说，他意识到眼前这个女人有着和她年龄不相称的博学，“尽管我不太认同你的观点。”

艾米丽微微一笑，没有再说什么。他们等待了一会儿，就登上了飞机，飞机很快就起飞了。一切都非常顺利，风平浪静。一路上肖恩都没有睡好，他的意识不断在现实和梦境之间穿梭，不同色彩的斑点组成的图案，模糊不清。有咆哮的海水，也有怒吼的火焰，他时而身处远古的荒野，身披兽皮的原始人手持石矛捕猎巨大的野兽；时而跨着战马向敌军冲锋，转眼间城墙破碎火焰冲天……虚虚实实，浮光掠影，肖恩满头大汗，完全不知自己身处何方，但莫特没有出现在他的梦里。

肖恩在一阵颠簸中惊醒，他的意识逐渐从荒谬的梦境碎片中回到现实。他望向窗外，才发现飞机已经在纽约国际机场降落。

一辆黑色的福特旅行车在机场出口等着他们。司机是一个中年男人，身穿黑色的长款大衣，戴着一顶绅士帽，一副黑色皮手套。他显然认出了艾米丽，当艾米丽和肖恩从机场出口通道走出来之后，中年男人就朝他们走来。

这个男人戴着一副宽边眼镜，鼻梁很高，额头宽阔，铁青色的下巴，眼神如刀锋般锐利。肖恩被他打量得极不舒服。“欢迎来到纽约，来自拉斯维加斯的艾米丽。”接着他将视线转向肖恩，意味深长地打量了一下肖恩，“还有你，迷路的小羊羔。”

艾米丽微笑着看着这个面相凶狠的男人：“谢谢你亲自来接我们，威廉姆，很久不见了。”

威廉姆点点头，帮他们打开车门。艾米丽没有坐副驾驶室，而是选择和肖恩一起坐在后排。

车子启动了，很快就汇入车流之中。这个季节的纽约很冷，来自大西洋的寒风吹透了整座城市，前几天还下了雪，地上还有一些积雪。

“以前来过纽约吗？”艾米丽试图打破有些尴尬的沉默。

肖恩点点头：“来过，很早以前，一个夏天。我们要去哪里？”

“去解决你的问题。”威廉姆从后视镜里看了肖恩一眼，这是他和肖恩说的第一句话，显然他也听说了肖恩的事迹，“能被莫特亲自追杀的人并不多见。”

一路无话。

大约半个小时后，车子在一栋灯火通明的大楼前停下，威廉姆将车开进地下车库，三人走下汽车，乘坐电梯上楼。电梯飞快运行着，很快就到了目的地。电梯门打开，肖恩惊愕地看到一个空旷的大厅，大厅里摆放着很多办公桌和格子间，很多身穿职业装的男女俯身在电脑前噼里啪啦敲着键盘。大厅里人声鼎沸，电话铃声此起彼伏，好像是一个繁忙的证券交易所。

他们穿过繁忙的人群和格子间，一路上与抱着文件夹匆匆小跑的雇员擦身而过。一时间，肖恩觉得有些恍惚，如果有人告诉他，驱魔人的总部在一个阴森的古堡或者一栋神秘大楼的地下室，他都不会感到惊讶。

看起来驱魔人也学会了与时俱进。

威廉姆把他们带到一个铺着灰色地毯的会议室，里面已经坐了一个人。那是一个令人印象深刻的年轻女人：亚裔，皮肤白皙，一头自然卷曲的黑发，但更吸引人的是她那双黑如深潭的眼睛。

不管怎么说，这看起来是一个高效的组织。

威廉姆径直走到女人身边坐下，他向肖恩和艾米丽示意："请坐。"肖恩挨着艾米丽坐下，威廉姆开口说道："欢迎你，肖恩！对你的遭遇，我感到遗憾，我看过一些你的资料，我想艾米丽已经给你介绍过一些情况，你仍然处于危险当中，美国政府有义务给你提供保护。"

肖恩的心中藏着太多疑惑，他小心翼翼地问："你是说，美国政府知道恶魔的存在？"

威廉姆点点头，"首先让我介绍一下，这里是特别调查局（SIB）总部，SIB是美国国防高级研究计划局（DARPA）的分支机构，同时我们和美国国防情报局（DIA）、中央情报局（CIA）、联邦调查局（FBI）都有情报共享计划。如果你听说过星门计划，你可能对这些机构会有一些了解。这个计划曾经由SIB直接领导。当然，你也可以把我们理解成为一个超自然研究小组，不过我们和其他所有国家的研究不同，我们有具体的研究对象。"

肖恩当然听说过星门计划，这个项目实际内容就是利用人体的特异功能实施谍报活动，包括"穿墙术""千里眼"（遥距观测）。据他所知，苏联科学院和其他一些国家都有类似的机构，但肖恩一直认为这都是一些荒诞不经的小报传说。但威廉姆的最后一句话引起了肖恩的注意："具体的研究对象？"

"是的，"威廉姆肯定地说，"沈晓琪小姐会解答你接下来的问题。"

沈晓琪站起身，“肖恩先生，请允许我介绍一下自己。我是守护者纽约分部科学部的负责人之一，我叫沈晓琪，我也是驻SIB的联络人。”她的声音很柔软，就像九天之外吹来的微风，让肖恩紧张的心情也放松了一些，“我想，从艾米丽那里，你已经知道了一些关于恶魔和守护者的事情，但还远远不够。如你所见，守护者已经和人类官方进行了正式合作，所以你不必担心，这里发生的一切都会有官方记录，官方也会保护你的安全。”

肖恩的眉头却皱得更紧了：“你是说，你们研究超自然力量？”

“是的，但我们更愿意自称生物信息研究实验室。”沈晓琪坦率地说，“其实，不仅仅是现在的政府，历史上的很多统治者都知晓超自然力量的存在。我必须向你说明一些情况，好让你配合我们接下来的工作，我接下来要讲的事情也许会颠覆一些你对这个世界的认知，但请不要打断我，好吗？”

看着沈晓琪漆黑如墨的眼睛，肖恩突然有一种强烈的感觉，他一定在某个地方见过这双眼睛，尽管他知道不可能。他点了点头。

沈晓琪露出一个和煦的微笑，开始继续讲述：“守护者的历史很久远，在远古之时，人们称我们为巫师、魔法师、天使或者驱魔人。至于恶魔，人们有时候称他们为恶魔或者其他一些什么称呼，他们是暗夜中的毒蛇，是来自深渊的凝视，是一切噩梦的源头。历史上出现过很多危险的恶魔，几乎每个古老文明的文献中都可以找到恶魔的痕迹，每一次大规模战争和屠杀的背后几乎都有恶魔的影子。有一些史书的记载太匪夷所思，以至于正统史学界都将它们归类于神话传说。在更久远的传说中，恶魔曾经遍布大地，奴役人类，是最初的守护者将人类从恶魔的奴役中拯救出来。但战争仍未结束，恶魔并未全部死去，幸存的恶魔学会了隐藏自己，他们不再明目张胆地奴役人类，而是化身人类，挑起战争，甚至有人相信，历史上臭名昭著的暴君们就是恶魔的化身，比如匈人的领袖阿提拉和吸血鬼伯爵德古拉。”

“这太不可思议了。”肖恩轻轻摇摇头，“那么，莫特是什么人？”

“莫特是传说中的黑暗君主，至少我们相信很多恶魔都听命于他，守护者一直希望能抓到他，但莫特是个非常狡猾的家伙。”

“所以这才是你们对我感兴趣的原因？”肖恩有点明白了，“你们怎么会知道莫特在追杀我？这不是巧合吧？”

“我们一直在追踪莫特，注意到他的猎物并不困难。”沈晓琪说。

看起来这些人是想利用他来抓莫特了，肖恩心想，那么，15号州际高速公路上的那两个人并不是真正的特工，至少跟眼前这些人不是一伙的。

“听着，我恨那个瘟疫医生，但我怎么知道你们和他是不是一伙的？”肖恩仰起头，“你们把我弄到这里来，不可能只是为了给我做一个演讲……不管你们想要我做什么，你们要说服我。”

“当然，这可以理解。”沈晓琪说，“我们从哪里开始呢？”她微微仰起头，白皙的脖颈上挂着一个猫眼吊坠，绿色的猫眼石被一条银色的小蛇首尾衔接包围，在灯光下闪烁着奇异的光芒，“肖恩，你相信人有灵魂吗？”

真实身份

“灵魂？”肖恩难以置信地看着沈晓琪。

“是的，灵魂，”沈晓琪没有半点开玩笑的样子，“你是否相信人类拥有灵魂？”

肖恩以为自己听错了，他已经做好准备倾听一些古老、神秘的传说，从昨夜到现在，他已经想了各种可能性，也许是什么光照派、骷髅会、隐修派，总之是任何能引起人们奇异联想的神秘社团……甚至从沈晓琪嘴里说出传说中的吸血鬼密党十三家族他都不会感到奇怪。

“这很难说，我不是一个虔诚的基督徒，我不知道灵魂是否存在。”肖恩说。

“明智的回答，那么，你一定也不相信转世了。”

“转世？”肖恩喃喃地重复道，“不。我确定我不是一个印度教徒，也不是佛教徒。”

“不只是印度教和佛教有这种看法，肖恩，”沈晓琪笑了笑，似乎对他的回答早有预料，“很多原始宗教都有轮回的概念，甚至早期的基督教也是如此，但在公元四世纪基督教成为罗马的法定宗教时，君士坦丁大帝删掉了相关段落。君士坦丁大帝觉得这种转世观念会成为危害帝国的存在，因为相信有另一世的国民比相信有审判日的，更不服从命令或遵守法令。事实上，轮回的概念自发地在很多原始宗教中产生，可以说，轮回的概念是人类的一种早期共识。”

“你们是认真的？这不是一个玩笑？”肖恩疑惑地看着她，然后又把目光投向会议室里的其他人，“现在已经是二十一世纪了，你们相信轮回？”

“今天的科学依然未曾接触到精神领域的边界，”沈晓琪依然用那种平淡的语调说着，仿佛在诉说着一件非常普通平常的事情，“到目前为止，精神领域依然是现代科学的禁区，无论几百亿光年之遥的宇宙还是正负粒子对撞机的研究对象，都是物质层面的研究。现代科学从萌芽到现在仅仅发展了几百年，科学家们也一直在探寻世界的本源，很多人都意识到，这个世界的运行比我们想象的复杂得多，运用现代的科学工具，也仅仅能解释这个世界的一小部分。何况，现代科学才只有几百年的历史。”

“可是……”肖恩想反驳，可是他找不到合适的词语。

威廉姆打断他们：“那就让我们换一种说法，你相信意识传输吗？”

“意识传输？你是说科幻小说里常见的那种……”

“没错，科幻小说中的常见题材。大多数人都相信早晚有一天，人类能够将意识传输到计算机中实现永生，”威廉姆耸耸肩，“既然人们接受意识是能够传输的，那么，我们为什么不能相信意识传输这种现象在自然界早就存在呢？”

“没错，”沈晓琪赞许地点点头，“在这里，我们尽量用科学化的语言来描述这些现象，很多科幻小说里不是早就描述过纯能量体的外星人和意识上传吗？奇怪的是，只要换一个名词，人们就能很快地接受这种现象。”

“都只是幻想而已，”肖恩说，“没有任何证据表明灵魂转世是存在的。”

“肖恩，证据就在你的眼前，”沈晓琪笑了起来，“守护者的每一个成员，都未曾真正死去，你所见的每一个守护者，都是从古老的迷雾中一路走来，我们的肉体死去，然后我们的灵魂会重新寻找载体，重新开始新的生命。所以每一个守护者都是从远古活到现在，我们的传承就是我们近乎永恒的生命。”

肖恩不禁大吃一惊：“你们……你是说你们记得自己的前世？”

“我们并不喜欢‘前世’这个词语，因为我们的生命从未真正结束，事实上，我能记起的最早的时间大约是上一次小冰河期末期，也就是大约一万年前，但那肯定不是我生命的起点，更古老的过去已经被时间的迷雾掩盖，我们也会遗忘。”

肖恩不知道自己已经屏住了呼吸，他下意识地望向艾米丽：“那么，你呢？”

艾米丽淡淡一笑：“我最古老的记忆大概是公元十一世纪。”

“如果这是一个恶作剧，我想应该结束了。”肖恩难以置信地摇摇头，缓缓吐出一口气，“你是想说，你们是永生的？”

沈晓琪摇摇头：“不，肖恩，没有什么是永生的，当然也包括我们。虽然守护者能重新开始一段生命，但是守护者的记忆会有损伤，守护者也会忘却，一切都在变化，就像传说中的忒修斯之船。我们的意识在不同的肉体中传输和跳跃，我们的记忆不断被刷新和覆盖。新生和死亡同时在我们身上时时刻刻发生着，一万年以后的我和一万年以前的我之间的区别也许不比我和你的区别更小。而且，你真的认为永生是一件好事吗？每一次肉体生命结束之后，我们会在新的肉体中重生，但是我们的记忆不会马上复苏，当到了唤醒之时，会有另外一个守护者来唤醒我们。每一个守护者都会有另外一个守护者唤醒，就这样在时光的长河中，他们交替扮演着唤醒者与沉睡者的角色，他们的命运和生命都纠缠在一起。一般来说，守护者会在成年之前被唤醒，时间不能太长，否则会给他的同伴带来不确定的风险，如果在唤醒实施之前唤醒人被杀死或者自然死亡，那么就没有人来唤醒了。如果守护者没有被唤醒，他会像普通人一样生老病死，但他依然会转世，永远沉睡下去。这种概率非常小，但在漫长的时光中累积起来，这种事情总会发生的。”

“那么，恶魔呢？他们也是这样？”肖恩隐隐地感觉到沈晓琪正在向他暗示着什么，但他还没有抓住。

“恶魔不需要被唤醒，恶魔会在新的肉体中自我觉醒。”

沈晓琪看出了肖恩的不安，她安慰道：“守护者本身并不比普通人类聪明，守护者虽然有着数千年的经验和记忆，但据我所知，没有一个守护者成为过科学家、哲学家、思想家。也就是说，守护者无法超出其所在的时代。火是人类发现并使用的，弓箭、马镫、透镜、电磁波……你看到的一切科学，都是普通人类自行发展起来的。”

“所以，我们有了和各国政府合作的基础，守护者利用人类的现代化信息网来追踪恶魔。在很多国家，我们都建立起恶魔预警联网系统，只要出现任何异常事件，守护者就会鉴别是否是恶魔作祟，人类会进行配合，这让我们猎杀恶魔的效率大大提高。”威廉姆补充道。

“可是，他们想要干什么？我是说，恶魔的目的是什么？”

“也许他们想成为真正的神祇、世界的主宰，也许他们想摧毁人类文明，重回传说中的所谓远古众神时代。”沈晓琪耸耸肩，“谁知道呢，总之不是什么好事儿。”

等等，有什么地方不对劲，肖恩意识到沈晓琪根本不必告诉自己这些隐秘的信息。“故事很精彩，但是有个问题，你们为什么要告诉我这些？你们刚才所说的这些应该是高度机密吧？我看不出这和我有什么关系，我只是一个普通的受害者。”

“首先，你并不是普通的受害者，追杀你的可是莫特，传说中的黑暗君主不可能无缘无故追杀一个普通人。”沈晓琪意味深长地看着他。

“你是说——”肖恩听见自己的心脏在猛烈跳动。

“你不是普通人，你是一个迷失的守护者。”

沉默了一会儿，肖恩才缓缓地摇摇头：“不，你们一定搞错了，我不是你们说的那种人。如你们所说，守护者对恶魔有压制性的力量，如果我真的是一个守护者，为什么我从未发现过我有克制恶魔的力量？”

“你的情况非常特殊，”沈晓琪解释道，“守护者对于恶魔来说是比普通人更诱人的目标，因为守护者的灵魂能量比普通人更强，所以恶魔盯上了你也不足为奇。至于为什么你不记得你自己是谁，很简单，肖恩，你的生命链条出了一些状况，你忘记了自己是一个守护者。”

威廉姆倒是见怪不怪：“当一个人从小建立的世界观被击碎的时候，情绪失控是完全可以理解的。当一个人听到一件与自己常识相悖的事情，第一反应是拒绝接受现实，不过，坦诚地说，你的冷静让我感到吃惊。”

“不，”肖恩否认道，“我没有失忆，我从小到大的记忆都很清晰，我有父母，我的记忆也没有过断层，你们一定是认错了。”

“我们也许会认错同伴，”艾米丽温和地说，“但恶魔从来不会认错守护者。”

“守护者永远是两位一体，在时间的长河中交替充当着唤醒者和被唤醒者的角色，如果发生意外，没有被唤醒的守护者会沉睡下去，而你和你的搭档显然出了点问题，你们的命运锁链不知道为什么断裂了，所以你已经忘记了自己是谁。锁链断裂发生的时间，不在你的今世，也许是你的前世，也许更久远，甚至可能你已经沉睡了数千年之久。肖恩，我知道这很难接受，但这是唯一可能的答案。我们无法判断是你出了问题还是你的同伴出了问题，但结果是一样的，你们都会陷入沉睡。而且——”沈晓琪笑了笑，“你在历史上一定是一个强大的守护者，你必定给莫特造成了很大伤害，所以这也是为什么莫特在你的每一世都折磨你、追杀你，但他只能杀死你的肉体，无法毁灭你的灵魂，更无法阻止你的灵魂转生。这就是你所有噩梦的来源，肖恩，你所有的噩梦很可能都是真实发生过的，发生在无数个被追杀和折磨的前世。”

“那我的同伴呢？假如这都是真的——”肖恩试图找到他们话语中的漏洞，尽管他已经倾向于相信沈晓琪，他的噩梦的确发生在不同的时代和不同的地区，有几次他觉得自己是中国人，有几次他觉得自己变成了丛林里的野蛮人，甚至他的意识中还有生活在冰天雪地里的经历，也许那是爱斯基摩人。“如果我没有理解错你的意思，在某一世，他没有来得及唤醒我就发生了意外，所以没有人来唤醒我，可是这有一个很大的漏洞，在古代，人类的生命很脆弱，所以唤醒者在执行使命之前，有很大的概率会出意外，所以会有很多守护者陷入沉睡才对，是这样的吗？”

沈晓琪摇摇头：“肖恩，你还不了解守护者真正的力量。首先，守护者很难被真正杀死，绝大多数守护者都是自然死亡。守护者有一种奇妙的躲避危险的本能，就像很多动物在灾难发生前都会有异常行为。其次，在死亡来临之前，守护者一般都会知道精确的死亡之日。而他的同伴和他会有一种心灵的连接，他知道同伴会在什么地方新生，当唤醒之日到来时，他会去执行自己的使命。所以你说的并没有错，你的同伴可能也陷入了沉睡，甚至可能遭遇了真正的死亡，但我们很难确定这件事情。”

“如果我们能唤醒你，”艾米丽提醒道，“也许你和你同伴的心灵连接就能够恢复，如果他也在沉睡，那我们就可以找到他。”

“如果我是你，肖恩，我最关心的一个问题就是，我们为什么那么坚定地认为你是一个同类，你就不怕我们认错？”威廉姆突然开口说道。

“这是个好问题。”沈晓琪赞许地说。她转向肖恩：“守护者之间会有一种特殊的感应，只有守护者之间才存在的感应，这个很难用语言来解释，如果一定需要一个解释，那么我只能打一个比喻，守护者的灵魂能产生某种共振。我相信埃克斯、艾米丽和我自己的感知，你是我们的同类。”

“而且，最重要的是，是议长命令埃克斯这样做的，议长一定不会认错人。”威廉姆说。

“如果真的是这样，”肖恩马上又抓住其中一个漏洞，追问道，“我相信你们的数量并不少，这些年我在人群中至少也能遇到那么一两个，可是他们为什么没有发现我是你们所谓的同类？”

“很简单，你是一个沉睡者，”沈晓琪从容应对，“你的灵魂能量潜藏得很深，一眼望去和普通人类没有任何差别，所以即使今天我在外面遇到你，我也会认不出你。但是议长是不会出错的，议长一定发现了你，也许是通过追踪莫特，但这不重要了，重要的是，我们找到了你。”

“我想，我们的安全鉴别程序肯定无法通过安全局的认证。”威廉姆揶揄道。

“但很有效。”沈晓琪微微一笑。

“你应该感到庆幸，是我们先找到了你，而不是恶魔。”威廉姆说。

“不，你错了。”肖恩冷冷地看了威廉姆一眼，“是恶魔先找到了我。”

威廉姆耸耸肩，没有说话。

“你们想把我当诱饵来追捕瘟疫医生，这才是你们真正的目的，对吗？”肖恩继续说下去，“我愿意。”

“莫特不会轻易上当的，恐怕他已经知道我们找到了你，”沈晓琪坦率地说，“我们找你来不是为了把你当作诱饵，而是想了解你为什么会成为莫特的目标，这能让我们更了解莫特。比起当诱饵，你身上隐藏的信息更重要。”

肖恩有些丧气地看着沈晓琪：“你是说，我连做诱饵的资格都没有？”

“不，”沈晓琪微微摇头，“即使用你做了诱饵，真的引来了莫特，我们也没有百分之百的把握抓到他。但如果我们能从你身上知道莫特的弱点，他就无路可逃了。”

“我把我知道的一切都告诉你们了，”肖恩说，“相信我，我比你们在座的任何一个人都想复仇。”

“但还不够，”沈晓琪说，“远远不够，我们要唤醒你。”

“唤醒我？”

“是的，唤醒你，这就是我们把你带来纽约的目的之一，我们希望能唤醒你。如果能唤醒你沉睡的记忆，我们将知道莫特为什么会追杀你，也许我们就能弄清楚莫特究竟在干什么，这比把你当作一个诱饵更有价值。”

“如果你们失败了，我会怎么样？”

艾米丽和沈晓琪对视了一眼，沈晓琪摇摇头：“如果唤醒失败了，你不会比现在更糟。”

良久的沉默，肖恩的手指在光滑的柏木桌面上有节奏地敲打着，其他人沉默着注视着他，肖恩能感受到他们的目光，来自威廉姆的是冰冷的审视，来自艾米丽的是一种关切，而来自沈晓琪的则是期盼。

“当然了，你离开这里，莫特会继续找到你，闯入你的梦境和现实，折磨你，杀死你，然后在你的来世继续折磨你，让你永远身处地狱，而下一次，我们就不能保证及时找到你了。”威廉姆打破沉默。

艾米丽轻轻握住他的手，一阵暖意从她的手心传来：“肖恩，你必须完全相信我们，这样我们才更有把握击碎隐藏在你深层记忆里的壁垒。与其说是我们唤醒你，不如说是你自己选择是否被唤醒，肖恩，一切都取决于你。”

“就我个人而言，肖恩，我希望你加入我们，回归我们。”沈晓琪也劝说道，“肖恩，不要再浑浑噩噩度过一生，你难道不想知道真正的自己是谁吗？”

“我做过一个梦。在拉斯维加斯，”肖恩回忆道，“在一个湖边，天气很坏，我穿着兽皮和麻布做的衣服，手里有一把铁剑或者青铜剑，我不确定。我朝一个山谷前进，但是在山谷的入口，我被一个人拦住了。梦里面，非常真切，我想杀死他，我知道他是我的敌人，那是莫特，我知道是他，那是第一次在梦里我敢和他为敌，而不是逃跑。”

“看来你已经受到了一些影响。”沈晓琪肯定地说，“肖恩，也许那不是梦，那是你作为守护者和恶魔战斗的记忆碎片。”

肖恩想起过去的三十年生命里那些刻骨铭心的片段，想起了自己的第一次约会和参加过的那些热闹且喧嚣的聚会，他还想起了第一次遇到珍妮的那一刻，还想起了那场他未曾亲眼所见的大火……

“我是一个通信工程师，我从小接受的是正统的科学教育。”肖恩慢慢说道，“我早已经习惯了用一双科学的眼睛来看待这个世界，但我眼前这一切都摧毁了我对这个世界的认知，我想知道，你们对这一切有没有一个可以让我接受的科学化的解释？”

“当然……”沈晓琪和威廉姆交换了一下目光，“你看过《黑客帝国》吗？”

肖恩抬起头看着沈晓琪，确定她不是在开玩笑。“你是说，我们生活在一个程序里？”

“我不知道。”沈晓琪摊开双手，“肯定没那么简单，我们的世界很可能是一个建筑在上层世界的虚拟世界，我们能够转世是因为我们的意识重新进行了传输，就像注销旧账号，然后注册一个新账号。”

肖恩的心底突然燃起了一丝希望，“你是说，没有人会真正死去？”

沈晓琪显然知道他在想什么，“对不起，我不知道，这是个无法验证的假说。即使是真的，我想大多数人的旧账号中的所有记忆也都会在重新传输的时候被抹除。”

“如果这一切都是虚拟的。”肖恩低下头看着自己的双手，握了握拳，“这一切的意义又是什么？如果恶魔想要毁灭世界，就让他们毁灭好了。”

沈晓琪微微叹了口气，这个问题似曾相识，她想起多年前自己第一次遇到议长的时候也问过这个问题，议长的回答依然历历在目。

“第一，这只是一个我们暂时无法验证的假设，我们不知道恶魔摧毁了这个世界之后，我们是真的能够回到‘真实’的世界，还是跟随这个世界一起毁灭；第二，我们不知道上一层世界的真实情况，也根本不知道真实的宇宙是否和我们现在感知到的宇宙一样，我们的本体很有可能在上一层世界里，那是我们完全无法理解的生命形式；第三点也是最重要的一点，也许恶魔根本不想摧毁这个世界，只是想摧毁这个世界里的人类文明，让整个世界回到黑暗血腥的时代，你所有的家人、朋友都会永远生活在无尽的地狱里。”

听完了沈晓琪的回答，肖恩沉默了一会儿，才说道：“我们什么时候开始？”

“我们会尽快安排的。”威廉姆站起身，第一次向肖恩伸出了手，“肖恩，你做了一个明智的选择。”

艾米丽带着肖恩走出去之后，威廉姆对沈晓琪笑笑：“恭喜你，晓琪，你成功地说服了他。”

“但我没告诉他，唤醒成功意味着什么。”沈晓琪坐在椅子上，双手交叉放在胸前，刚才面对肖恩时的自信和坦然也荡然无存。

“他会感激我们的。”威廉姆说。

“如果我们成功唤醒了他，他将回忆起数千年的生命历程，所有的悲欢离合、喜怒哀乐，所有曾经经历过的一切。唤醒将重新塑造他的生命，”沈晓琪自顾自地说着，“他刻骨铭心的生命印迹将在这数千年的生命中显得微不足道，他将发现他曾经念念不忘的复仇怒火是多么幼稚可笑。”她停顿了一下，声音变得严肃起来，“我们会杀死肖恩——醒来的将不再是肖恩，而是一个暂时以‘肖恩’为名的守护者。”

“他还是会感激我们的。”威廉姆说。

克里斯·沃顿

和所有人一样，在不同的人眼里，克里斯·沃顿有着不同的身份和面孔。

在公众面前，他思维清晰，做事果决，年轻有为，前途不可限量；在同僚眼里，他是一个富有责任心的男人，他深爱着自己的家人，不管工作多么繁忙，也总是会坚持回家同妻子孩子一起用餐；在妻子眼里，他是一个不怎么称职的丈夫，比如他很少做家务，也很少陪孩子玩耍，总是把自己埋进书房；在孩子们眼里，他是一个严厉且粗心的父亲，他总是不记得自己承诺过的事情，例如他会把一个月前承诺的野外露营忘得干干净净，但他也是一个有趣的父亲，他会给儿子讲很多书本上少见的科学故事，也会让女儿骑在脖子上去散步。

克里斯·沃顿今年四十三岁了，时间已经开始侵蚀他的身体，不少中年特征已经静悄悄地出现——体态有些发福，头发脱落，每次洗澡的时候他都会小心地将地上的头发捡起，避免堵塞下水道。他的肚子上开始有了赘肉，遮住了他自称曾拥有的六块漂亮的腹肌——这也许是真的——沃顿在学生时代曾经是橄榄球运动员和棒球选手，成绩还不错。

沃顿已经结婚十五年了，妻子在大学任教，是一名教授欧洲以及北非古代史的讲师，未来几年有晋升副教授的可能。在其他人眼里，沃顿一家属于典型的精英阶层，幸福美满，但是沃顿也有着自己不可避免的烦恼，他承认自己深爱着妻子和孩子，但是怎么说呢，他总觉得生活变得毫无激情。他和妻子都很忙碌，忙碌于生活，忙碌于工作，连性爱都变成了例行公事。

沃顿以前是白宫科学技术政策办公室顾问，自从担任了那个职位以后，他发现自己距离科研的道路越来越远，反而越来越多地靠近政治。有时候沃顿会有一种奇怪的想法，自己就像是一个帝国的内廷巫师，负责为皇帝提供占卜和观星结果来指导帝国的运行。据说那些传说中的宫廷巫师都有一些奇特的保命绝招，他们在占卜和预言上的本事不好说，但察言观色和对政治的敏感性却无人能及——这些本事才是他们的立身之本。他有时候也会违心地发布一些言论，就像他的前辈们曾经宣称含铅汽油对环境和人体的影响微乎其微，以满足政客和他们身后财阀的需要一样。据说，当汽车尾气问题已经被媒体和公众认为是雾霾的主要原因时，又有专家声称，研究表明城市里的空气污染来源绝大部分是因为自行车的普及。另外，温室效应的主要原因并不是跨国工业巨头的错，而是牧场里的牛放屁太多，导致大气里的甲烷浓度升高……

每当想起这些“奇闻异事”，沃顿就忍俊不禁，但他又觉得，从某些方面来说，有时候他做的工作和那些似乎没什么两样。

沃顿似乎已经看到了生活的尽头，孩子会很快长大，他和妻子会渐渐老去。他们退休以后，也许会四处旅行，他们会走遍每一片大陆，甚至南极——如果他们的身体能撑得住的话。但总有一天，他们会停下脚步，享受已经不多的最后的时光。都会死的，不管是富人还是穷人，不管是巨大的蓝鲸还是阿米巴原虫，不管是宇宙还是太阳，所有的一切都会走向死亡。

但是，一项新的任命让沃顿很快就脱离了他已经预见的生活轨道。十三年前，他被任命为特别调查局科学部负责人。

开始的兴奋很快退去，沃顿觉得一切都糟透了，他已经在特别调查局科学部工作了十三年。当他第一次来到长岛的时候，他怀疑自己是不是来错了地方，但是当他见到沈晓琪的时候，他才意识到自己眼前摆着一个多么大的机遇。

灵魂转世——不，沃顿的科学头脑立即将这个名词换成一个科学化的词语——自发性意识传输！这种现象竟然真的存在，而眼前的沈晓琪就是一个最好的证明，不仅如此，沈晓琪还提供了数百个守护者的自发性意识传输的记录，每一个都有确凿的证据支撑。

沃顿仿佛看到自己正站在一个新世界的入口，他要做的研究将彻底揭示物质和意识之间的联系和秘密。沃顿从来都不相信有神明存在，当他意识到灵魂真的存在之后，他依然坚定着自己的信念，这只是自发性意识传输现象罢了。他安慰自己，没有必要为神明安排一个位置，他不想犯牛顿那样的错误——试图在科学体系中为神找到位置，也不想像爱因斯坦晚年那样为这个宇宙设计一个常数。从某种角度来说，爱因斯坦犯的错误和牛顿的几乎没什么两样。

可是十三年后的今天，沃顿发现自己过于乐观了，他们反复研究人类的大脑，试图找到意识或者说灵魂的寄生之所，但进展依然缓慢。对于灵魂的组成结构也几乎一无所知，甚至无法提出一个自洽的理论来描述一团自约束能量场，甚至连灵魂是一团自约束能量场都是一个无法证实的假设。

而对于恶魔领域的研究也同样让人恼火，守护者们和恶魔们拥有的超自然力量似乎在赤裸裸地向人类的科学挑衅。物理法则仿佛在这些超自然生物面前统统失效了，他们毫不在意地践踏着各种科学定律。

只有在这时候，沃顿才能感觉到身上沉甸甸的重量，如果这些超自然的东西真的是超越现在科学体系的，那么现在的科学大厦就是建立在沙滩上的，随时都可能全面坍塌，沃顿已经触及了一个人类尚未到达的领域。

虽然和守护者们一起工作多年，但沃顿心中一直隐藏着一个秘密，他并不认为守护者如他们自己所说的无害，即使是人类自己，因为微小的基因差异，都充满了猜忌。守护者不是人类，尽管他们有着人类的躯壳，声称是人类的守护者，但沃顿还是本能地不信任他们。当他看到沈晓琪和威廉姆的时候，会为这种想法感到愧疚。沈晓琪和威廉姆是沃顿接触最多的守护者，尤其是沈晓琪，直接归属他领导。他们是全世界最好的员工，任劳任怨，完全地配合他们的工作，对他们提出的各种奇怪的要求也毫不质疑——恐怕再也找不到如此听话的下属了。但沃顿依然无法完全信任他们。

沃顿把自己深深地埋在皮质办公椅里面。办公室里没有开灯，不夜城的灯光从百叶窗的缝隙里照射进来，给昏暗的办公室涂上了一层奇异的色彩。沃顿盯着办公桌上的一尊雕像，那是一个狼头人身的阿努比斯，用埃及黑沙漠出产的黑曜石制成，手持代表死亡的长钩。那是他的妻子从埃及带回来送给他的。

古埃及人认为，当人死去之后，冥界的阿努比斯会称量人的心脏，如果心脏比一根羽毛重，那么此人就是有罪的，阿米特会吞噬他的灵魂，如果相反，那么阿努比斯就允许此人继续转世。沃顿向来对这些古老的传说嗤之以鼻，几乎每一个生存至今的民族都有类似的古老传说，但是当沃顿知晓了灵魂真的存在之后，他曾经坚若磐石的信念不禁产生了动摇，不管这些传说多么荒谬，但几乎都斩钉截铁地说明了灵魂真的存在。

对于灵魂的正式研究已经进行了很久，在与守护者议会接触之前，就有许多大学和爱好者自发组建的机构在研究灵魂。弗吉尼亚州的史蒂文森教授甚至收集了2500多个据说是真实的转世轮回的案例，而超心理学会研究的濒死体验、灵异事件、心灵感应等课题也始终没有获得主流科学界的承认，甚至被认为是伪科学。当守护者议会正式和美国政府接触之后，美国人才开始认真对待灵魂是否存在这件事情。与守护者议会共同组建的科学部开始进行深入的研究，他们开始认真对待轮回转世案例，并且搜集了更多的无法解释的转世现象。而且科学部甚至重新做了更加严格的灵魂称重实验，但是却并未测得灵魂的重量，也证实了21克的说法是一个流传已久的谣言。

当前，科学部对于灵魂的研究结论仅仅是，灵魂确实是存在的一种客观现象，但不等同于任何宗教意义上的灵魂、灵体、鬼魂等概念。而且灵魂是非物质的，至少不与引力场发生作用。有一种推论认为，灵魂是一种自我封闭的量子引力场，与空间的深层结构有关；还有一种推论认为，灵魂是由暗物质组成的，因为暗物质的性质本身就是不与我们熟知的物质发生作用；但推论永远都只是推论，无法得到实验证实。

对自发性意识传输的研究也陷入了同样的困境，科学家们研究了数万份案例，也筛除了许多因为虚构的记忆导致的错误案例，但是却找不到任何规律。

人类现在对于灵魂和转世这种神秘现象的研究也止步于此，没有进一步突破。科学家更无法解释为什么守护者和恶魔的灵魂可以定向转世，并且保留几乎完整的转世记忆。

当然，沃顿最喜欢的理论还是虚拟世界理论，想想看吧，根本没有什么灵魂存在，一切都是来自真实世界的投影。啪，断开连接，我们就在真实的世界里醒来；重建一个账号，又是一段人生……

唔，沃顿喜欢这个理论，非常喜欢，整个世界就是一场超大型在线游戏，简直太有趣了，根本没有什么天堂和地狱，有的只是一个更真实的世界。

阿努比斯静静地站在那里，他的眼窝深陷在黑影里，冷漠地注视着沃顿。

唤醒实验

SIB大楼地下三层。

在过去的三天，肖恩才知道，目前整个SIB总部里只有三个守护者：艾米丽、沈晓琪和威廉姆，而外面的那些雇员都是普通人。SIB的绝大部分雇员都是普通人，他们似乎对守护者和恶魔的存在一无所知。

“这并不奇怪。”针对肖恩的疑问，沈晓琪解释道，“守护者和普通人之间的合作必须是隐秘的，想想你第一次听说这些的时候那惊讶的表情吧。现在的世界运行得很好，我们没有必要向人类社会公布一切，各国政府也不允许我们这么做。如果民众知道美国政府承认守护者或者恶魔的存在，那也就意味着美国政府承认了这些超自然力量的存在——这会对人类的认知造成重大冲击，甚至会导致现代科学和文明秩序的全面崩溃，而这不是我们希望看到的。人们花了上千年才将宗教和世俗政权分离开来，一旦他们发现原来灵魂真的存在，那么宗教裁判所的回归也就不远了。别忘了，对思想极度禁锢的黑暗中世纪持续了千年之久。人类社会的秩序其实是非常脆弱的，我们见过无数城邦的建立、兴起和衰亡，人类的历史就是用血与火书写的，即使是今天，因为观念不同所引发的战争还在这个世界的各个角落发生。而这个世界上大多数年轻人都没有经历过战争、饥荒和瘟疫。大多数人都忘记了生存从来都不是天经地义。从历史长河中看，今天和平而舒适的生活，只是一个虚幻的气泡，一个微不足道的搅动就足以让它破裂。”

“看得出，你对人类的历史非常了解。”肖恩躺在操作台上，尽量使自己放松下来，“我认同你刚才说的那些，人类的历史充满了血腥和黑暗，现代温情的秩序诞生的历史不过几十年，血与火才是人类文明的主旋律，人们习以为常的和平只是夹杂在主旋律中的杂音。那么，沈晓琪小姐，你们是否认为存在一个我们察觉不到的神明？”

“不，就我个人而言，我不认为存在一个宗教学意义上的神。”但果真如此吗？沈晓琪在心里问自己，真的不存在一个全知全能的神明吗？

“守护者会伤害人类吗？”肖恩又问道。

“不，守护者永远都不会伤害人类。”

“就像……”肖恩沉吟着，“设定好的程序？”不知道为什么，他想起了阿西莫夫的机器人三定律。

沈晓琪对肖恩的说法不置可否，她绑好最后一条束带：“你准备好了吗？”

此时，肖恩正躺在一张特制的椅子上，这张椅子有点像牙科诊所里的椅子，他的手脚被束带固定住。椅子的上方有一个自行移动的探头，就像一条银色的金属蛇。

得到肖恩肯定的答复之后，沈晓琪按下了椅子旁边的一个红色按钮，金属蛇移动过来，靠近了肖恩的眼睛。一滴液体被滴进了他的眼睛里，肖恩强忍着没有眨眼，过了一小会儿，沈晓琪点点头，示意植入结束了。

她打开了连接显示器的机器，隔壁房间里一个挂在墙上的大屏幕亮了起来。

“那些植入电极可以收集你的脑电信号，”沈晓琪解释道，“把你脑海中的画面转换成视频信号，投射到大屏幕上。”银色水滴中包含了三百万个纳米智能电极，它们通过泪腺和视神经进入肖恩的身体，这些电极能收集并分析肖恩大脑脑电波的变化波动，并将波动转化为可被计算机接收的信号传送出来。与普通插入式电极不同的是，这些智能电极的尺寸极小，能够自主地在脑血管中移动，并突破血脑屏障，进入肖恩的大脑。

“你是说，只要我想什么，你们就能看到什么？”

“理论上的确如此，这项技术的雏形其实很早就有了，科学家已经用这项技术去观察病人的梦，但是影像很模糊。SIB发展了这项技术，我们可以清楚地看到你脑海中的画面。”

“我不明白这些记忆是怎么保存下来的，我是说，如果说这些记忆不是这具肉体所经历的，它们是如何储存进我的大脑的？”

“这依然是一个谜，物质和精神究竟是如何连接在一起互相起作用的？真实的机制也许远超我们最大胆的想象，至今也没人能弄清楚。这也是宗教在科学面前最后的壁垒之一。如果我们只是来自真实世界在虚拟世界的投影的话，就好解释了。”

“这个猜测很可能是最贴近真实的。”肖恩若有所思，“如无必要，勿增实体。”

“奥卡姆剃刀。肖恩，准备好开始了吗？”

“谢谢，我想我已经准备好了。”

肖恩闭上了眼睛，尽可能地让全身放松下来。沈晓琪将镇静剂注射进了悬挂的吊瓶，很快，蓝色的液体顺着柔软弯曲的输液管流进了肖恩的身体。

“放松，肖恩，你现在很安全，放松你的额头，你的眼睛，你的脖子，你的手，你的脚，你的每一根手指和脚趾都放轻松，完全地放松下来。”

随着沈晓琪轻柔的声音，肖恩逐渐感觉眼皮变得沉重，蓝色的液体帮助他放松了他的身体，他每一处的肌肉都舒展开来。渐渐地，肖恩似乎感觉不到自己的四肢了，然后是腹部，胸部，脖子……

沈晓琪的声音逐渐远去，变得愈加空灵，仿佛来自遥远的天边。暗红的灯光透过眼皮形成的色彩也渐渐暗淡，代之以一片黑暗。

“现在，你往前走，向着你走来的方向……你回到了以前……”

肖恩在迷雾中行走，他感觉不到自己的形体，但他知道自己在这里，迷雾散开，他看到了……

他看到了珍妮和安，她们正坐在一张野餐垫上，周围是绿色的草地和一个清澈的湖，微风在湖面上吹起一片涟漪，湖边的小草在微风中轻轻摇摆。湖的另一头是一个长满山毛榉的小山坡，山坡上方是蔚蓝色的天空。肖恩想起来了，这是一次很早之前就答应了安的家庭野餐，只是自己的工作一直很忙。如果没有那场大火……

肖恩的眼皮剧烈抖动起来，他看到一股烈火从湖边燃起，狰狞的火焰无声地卷向珍妮和安……

所有的监测指数都剧烈跳动起来，一条陡峭的曲线突兀地出现在肖恩上方的显示屏上，并且剧烈波动着。

沈晓琪猛地抬起头，对隔壁房间的人喊道：“快，你们看到了什么？”

站在大屏幕前的是沃顿和艾米丽，沃顿冷静地说道：“他走得不够远，现实的记忆影响了他。”他本无意参加这场唤醒实验，但是见到肖恩之后，沃顿对肖恩逐渐提起了兴趣，和威廉姆的想法一样，他意识到这是一个绝佳的追踪莫特的好机会。

“需要停止吗？”站在沃顿身边的艾米丽问道。

“不，再等等。”沃顿注视着墙上的屏幕上的各种生命指标曲线，“他必须自己走过这一关，不然谁也帮不了他。”

屏幕上，肖恩猛地扑向珍妮和安，他声嘶力竭地大喊着：“火，火！快躲开！珍妮！安！”

噩梦般的场景，珍妮和安抬起头望着他，脸上充满了笑意，珍妮朝他挥挥手：“快过来，肖恩。”

安也清脆地喊着：“爸爸！”她们仿佛对近在咫尺的火视而不见。

“不！”肖恩看到火焰已经点燃了野餐布，烈火很快包围了珍妮和安，但是他的身体却仿佛背负了一块巨大的石头，他继续艰难地前进。

“不！珍妮！”肖恩浑身颤抖，他绝望地大喊着。火焰已经点燃了珍妮和安，她们的身影在火焰中变形扭曲，仿佛水中的倒影。

“他没有亲眼见到过那场大火，对吗？”沃顿问道。

“是的，他是火灾发生一天后才赶回去的，他是在医院的太平间看到的遗体。”艾米丽说。

“悔恨一直折磨着他，他自责没有在妻女身边，所以幻想了大火的发生，但是潜意识告诉他，他的妻女已经死了，他什么都改变不了。他必须接受这一切，这个男人一直被自责和悔恨折磨着，他一直没有走出来。”沃顿点点头。

现实中的肖恩剧烈地颤抖着，整张座椅都咯吱作响，他的眼球剧烈活动着，显示出他的脑电波正处于一个很不正常的波动水平。

没有什么比眼睁睁看着自己的挚爱被火烧死更痛苦的事情了。

一切都结束了，焦黑的土地上，有两个扭曲的身体拥抱在一起，母亲试图最后一次保护女儿，但是她们在火焰到来之前就窒息而死，然后大火烧焦了她们的尸体。

肖恩跪在地上，他的双手狠狠地抓着泥土，是的，她们已经死了，五年前就死了，他突然意识到这一点，他改变不了什么，他什么都改变不了。

“继续往前走，肖恩，继续往前，走向你生命的起点。”一个声音从遥远的天边传来。

场景变化了，肖恩看到一只小麻雀，他是在一棵橡树下面发现它的，刚下完雨，地上很潮湿，这只小麻雀还不会飞，它惊恐地扑棱着翅膀。

肖恩是一个六岁的小男孩，他轻轻抓住小麻雀，将它捧在手心。他小心翼翼地捧着它，生怕不小心折断了小麻雀脆弱的爪子。他欣喜地捧着小麻雀，小麻雀有一双黑色的眼睛，好像两颗小小的豌豆。它在肖恩手中徒劳地挣扎着，扑棱着翅膀，但是肖恩紧紧地抓着它的两只脚。

肖恩把小麻雀带进房子，他爬上阁楼，找了一只罐子，把小麻雀放了进去。然后又找来一个硬板纸盒和一把剪刀，他用剪刀将纸盒的一面剪出很多狭长的并排空隙，在最右边剪开一个盖子，当作这个小小鸟笼的门。他把小麻雀从罐子里倒出来，小麻雀掉在橡木地板上，挣扎着想逃走，但是肖恩又捉住了它，把它放进了小小的牢笼。

肖恩得意地观察着牢笼中的小麻雀，透过狭长的缝隙，他看到小麻雀不安地走动了一会儿，然后安静下来，窝在角落里不动了。

“这就是你的家了。”肖恩宣布。

场景又变换了，肖恩急匆匆地从外面冲进屋子，他飞快地爬上阁楼，甚至没有顾得上放下身上的背包。

小小的牢笼还在，但是小麻雀仰面躺在地上，两只细小的爪子弯曲着朝向天空，它死了。肖恩没有勇气打开牢笼，真真切切的死亡让他感到害怕，他转身飞快地逃走了。

“这可能是他第一次面对死亡，而且很可能是他一手造成的。”沃顿评论道，“这件事情显然对他产生了深刻的影响，他一直在责怪自己害死了这只小鸟。”

“所以他对妻女的死也同样自责……这是一起典型的幼年期心理构建影响成年后的行为。”艾米丽说。

“他在害怕，”沈晓琪看着显示屏上的曲线，“他害怕死亡。”

肖恩奔跑着，他奔跑在黑暗中，眼泪大颗大颗地掉了下来，他抽泣着，他不想让他的小鸟死掉，不想那个活泼灵动、充满温度的小鸟变成一个冰冷的腐烂的散发着臭气的东西。

“继续往前走，肖恩，你现在要回到更小的时候，你现在是一个婴儿，继续走下去，你现在回到了生命的起点。”

场景再次变换，肖恩眼前出现了古老的木质楼梯，他环视四周，发现自己正站在一个楼梯拐角。他往上看去，楼梯尽头的墙上挂着一盏壁灯，壁灯里燃烧着火焰，发出昏暗的黄光。他往右手边看去，一道同样材质的木质楼梯向下延伸到黑暗中。

肖恩抬起腿，向上攀登，他机械地迈开双腿，一级一级地向上走去。事实上，他并不能完全感觉到自己的双腿。墙壁是石质的，粗糙不平，他很快攀登到了壁灯所在的拐角，右方又是一道同样的楼梯，尽头依然是一盏昏暗的壁灯。

他继续攀爬，到了尽头，右转，继续攀爬，同样的楼梯，同样的壁灯，同样的石质墙壁。

不知道攀爬了多久，不知道转了多少个弯，肖恩的眼前出现了一条走廊，走廊的墙壁上挂着很多壁灯，但是灯光太昏暗了，走廊的尽头隐没在黑暗中。肖恩向前走去，他的心中没有恐惧，没有欣喜，没有愤怒，没有悲伤，但是隐隐约约有一种期待。走廊的尽头慢慢在黑暗中显现出来，那里有一扇木门。肖恩走到门前，他不知道门后是什么，但感觉门后有一个对他来说很重要的东西，非常重要。他心中的期待也越来越强烈。

他没有犹豫，伸手推开了门。

显示屏上的影像消失了，变成了杂乱的雪花。

沃顿皱着眉："怎么回事？我们失去了信号。"

沈晓琪也不解地查看了显示器上的数字指标和曲线："不，信号还在传输，但是无法转译了。"

"这种情况多见吗？"沃顿问道。

"不，第一次遇到，"沈晓琪仔细查看着显示器上的数据，"他现在还处在深度催眠状态，应该已经越过了界限，我们看到的已经不是他的这一次生命。信号很稳定，可是转译出问题了，好像受到了某种干扰。"

"也许我们应该停止实验。"艾米丽抿着嘴唇，担忧地看着肖恩。此时肖恩紧闭着双眼，呼吸深长。

"不，继续吧，"沃顿说，"现在没必要唤醒他，不是每个人第一次催眠就能跨越界限的，下面就看他自己的了。你们觉得，他醒来之后，会记得门后面是什么吗？"

"这很难说，"沈晓琪无奈地摇摇头，"普通人一般是很难记住催眠中见到的场景的，催眠只是在他的意识和深层记忆之间架起的一座桥梁，催眠结束后，桥梁就断了，曾经连通意识的记忆会对他的潜意识造成一些影响，这也是催眠能作为一种心理医学手段的原因，但是肖恩不一样，他是一个守护者，我们毕竟也是第一次尝试催眠一个沉睡的守护者。"顿了一顿，她才继续说道，"事实上，我们无法预料会发生什么。"

沃顿的嘴角露出一丝笑意："所以你们没有告诉他全部事实？"

"我们没有欺骗他，我们只是选择性地告诉他一些有助于唤醒记忆的信息，如果告诉太多，他会产生疑惑和怀疑，如果他在唤醒过程中有丝毫的怀疑或者疑惑，他的精神可能会被最黑暗的记忆吞噬。换句话说，他会精神失常或者变成植物人。”沈晓琪说，“毕竟，他可能已经沉睡了很久。”

“植物人？”沃顿感兴趣地问道，“守护者是怎么看待植物人的？”

“灵魂陷入了沉睡，或者灵魂已经离开了肉体，断开了连接，旧的账号没有被清理，但永远不会再有人登录了。”沈晓琪盯着显示器上的曲线，指标很稳定，肖恩现在应该已经打开了门，不知道门后是什么在等着他。

“有变化了，”艾米丽喊道，“现在的数值显示——”她抬起头，“肖恩正处于极大的痛苦之中。”

阎　摩

美国西海岸，拉斯维加斯。

金碧辉煌的赌场大厅里没有想象中的喧嚣，赌徒们围着一张张赌桌环绕而坐，面前或多或少地堆着彩色的筹码，空气中有一股奇异的香味。

靠近大厅角落的一个包厢里，一个身材瘦削的中年人独自坐在桌旁，奇怪的是，桌子上摆放的不是筹码，也不是扑克牌，而是一副塔罗牌。

中年人轻轻地从牌堆中抽出一张，他的双手白嫩，手指细长，让人不禁联想起蜘蛛的长腿。纸牌在他的手指间上下翻飞，却始终像粘在了他的手指上一样不曾跌落。中年人似乎有些心不在焉，他的手指突然停止了动作，纸牌落在了桌面上。

权杖。

桌面上已经有三张牌了，依次是高塔、小丑和恶魔，加上权杖，现在，中年人有了四张牌。

门悄无声息地开了，莫特和两名特工一起走了进来。此时的莫特已经褪去了长着鸟喙的脸孔，代以一张平凡无奇的脸。

莫特扫视了中年人一眼，嘴角闪过一丝笑意，他坦然地坐在中年人对面，两名特工则站在他身后警惕地看着他。

“阎摩，此非待客之道。”莫特说，“原来你还活着。”

“欢迎你，莫特，我也不知道你摆脱了诅咒。”阎摩盯着莫特的脸，他试图从那张脸上寻找记忆中的痕迹，但是他失败了，他只记得那张猛禽的脸，“你是怎么做到的？”

“如果这是一场审问，我拒绝回答。”

“只是好奇罢了，我的兄弟。”阎摩耸耸肩，他的手指依次从恶魔、权杖、高塔和小丑的牌面上拂过，“众神的时代已经结束了，莫特。”

莫特凝视着恶魔卡牌，牌面上的恶魔正冷冷地回望着他，“恶魔，他们称呼我们为恶魔，众神已被遗忘。众神的时代的确已经结束了，是那个人亲手毁灭了它。”

“不，”阎摩摇摇头，他的手指停留在权杖上，“你错了，莫特，对权力的欲望让你迷失了方向，是他拯救了我们。”

“他没有拯救任何人，包括他自己。”莫特冷笑，“阎摩，你就是一个最好的证明，我们不需要那个人的拯救，他自身难保。”

“这说明不了什么，不是所有人都会像我一样重回世间。”阎摩严肃地说，“我们已经失去了太多的同伴，我们已经不可能找到他们了。尽管他们的灵魂也许还在，但他们已成为凡人，甚至堕落到畜生道，他们已经不可能重回神灵之躯了。”

“阎摩，伟大的阎摩，不朽的阎摩，让敌人闻风丧胆的阎摩……”莫特笑了起来，先是小声地笑，然后变成了狂笑，仿佛听到了这个世界上最好笑的笑话一样，整个房间都充斥着莫特疯狂的笑声。他笑得脸色通红，浑身打战，“那我面前的是什么人呢？我看到了一个懦夫，一个胆小鬼，一个苟活在人世间的灵魂，一只躲藏在阴沟里的老鼠，也许你根本不是阎摩，身为神灵的阎摩也已经死了。”

阎摩不动声色地看着他，直到莫特的笑声渐渐停止，他的手指拂过高塔:“你错了,莫特,众神的时代本就不该存在。”

“这么说,你是那个人的信徒。”莫特好不容易才停止了笑声,“我早就该想到的。”

阎摩没有承认也没有否认,他继续说道:“那么你呢,你又是谁的信徒?”

“我是父神的信徒,是他忠诚的侍奉者。”

阎摩摇摇头,重复道:“众神的时代已经结束了,莫特。”

“不,这些年来,我从未停止过为恢复众神的荣光而努力……我已经快要成功了。”

“我知道你都干了些什么,莫特,”阎摩打断他,“亿万生灵将因你而死去,因你流出的鲜血能填满大海。”

“还不够,”莫特冷冷地说,“我一直没有找到正确的道路,但我已经很接近了。”

“你没有权力决定众神和人类的命运。”

莫特笑了笑:“抛开这个问题不谈,原来是你一直在试图阻止我,和我作对,我还以为是那个人……”

“他对你已经没有任何威胁了,你在巴比伦就已经完成了复仇。”

“倘若果真如此,你为什么还在寻找他?”

“他不该遭受如此残酷的折磨,莫特,若你还有怜悯之心和兄弟之情,你就不该这么做。”

“死神居然跟我谈怜悯!”莫特摇摇头,“这和你无关,阎摩,我不关心你是怎么复活的,但不要挡在我的路上。”

“仇恨和欲望蒙蔽了你的双眼,即使你的仇恨已经得到了释放,你还不愿意就此罢手,你到底要干什么?”阎摩严肃地问。

“如果那个人不愿意担负起责任,那么就由我来做好了,我要恢复众神的荣光,驱除这个世界上所有的魔鬼和被魔鬼蛊惑的神灵。”

“被魔鬼蛊惑的神灵?”阎摩摇摇头,“你错了,莫特,你对所谓的魔鬼又了解多少呢?他们……”

“闭嘴!”莫特恼怒地打断阎摩,“你已经被魔鬼蛊惑了,和那个人一样！”

阎摩没有回答，他的手指移动到小丑上方，牌面上的小丑咧着猩红的嘴唇，露出奇怪的笑容注视着他。

“绝望带来恐惧，恐惧带来暴力，而暴力来自懦弱。”

莫特仰头大笑：“你不配说这个词语，如果不是你们胆怯了，我们根本不会输掉那场战争。”

“如果你说的是事实，你又何必躲躲藏藏？”阎摩讥讽道。

“但我至少不会和魔鬼勾结，你们才是贪生怕死的懦夫，你们忘记了身为众神的荣耀，却去舔魔鬼的靴子。”

阎摩笑了笑，他没有反驳莫特的话，而是再一次劝说道：“不管你在干什么，让你的人停手吧。”

“你可以尝试阻止我，”莫特冷冷地说，“不，你已经尝试阻止我了，但你失败了。”

“战火绝不可重燃，众神的战争会摧毁这个世界。”

“这个世界本就不该存在，如果让我在众神和这个世界之间选择，我不会选择这个世界。”

“你不会成功的。”阎摩摇摇头，“你错了，看看你周围的世界，我们做到了，我们实现了神灵的旨意。”

“不，你们实现的是魔鬼的意志。”莫特冷笑着，“人类，是我见过最邪恶的生物，让我提醒一下你，阎摩，他们在石器时代就灭绝了剑齿虎、猛犸象、乳齿象、大地獭，人类造成了这个世界上最恐怖的生物大灭绝，从非洲到亚洲，从西伯利亚到美洲，再到澳大利亚——自从智人登陆澳大利亚，24种大型生物灭绝了23种！甚至连他们的兄弟也没有放过，你难道不感到好奇吗？按照人类自己的生物学分类，为什么人属下面只有现今的智人，其他的人类呢？佛罗里斯人、尼安德特人……全部被杀绝。即使是人类自己，内部战争也从未停止过，他们争夺土地，征服异族，恨不得将对方斩尽杀绝。世界上只有人类这个种族能组织起对同类系统性的种族灭绝，翻一下他们的历史，每一页都用鲜血和泪水写成，这个世界一直被阴云笼罩，短暂的和平只是偶尔从乌云的缝隙中露出的片刻光芒。看看他们发明的武器，看看广岛和长崎，看看切尔诺贝利，再看看奥斯威辛，看看卡廷森林，看看亚美尼亚，看看血泪之路——你看见的人类穿着礼服，戴着眼镜，打着领带，彬彬有礼，但不要忘了，隐藏在温和表面之下的是一个最凶狠残暴的种族，那就是人类自己。”

“你似乎很了解人类。”阎摩说。

“我有24个博士学位。”莫特骄傲地说。

“可是，你为何只看得到阴暗的一面？仇恨遮蔽了你的眼睛，莫特博士。”阎摩说，“我无意为人类过去的行为辩解，但你也应该看到人类发展了科学，创造了艺术，提倡了礼数，制定了法律，人类已经意识到要保护这个世界上的每一种生灵，尽管他们做得还不够，在过去的那场战争中，正义最终战胜了邪恶，光明战胜了黑暗，人类的精神文明在进步，虽然人类发明了足以毁灭自身的核武器，但是也应该看到，核武器使用的概率越来越低……在很多国家，人类都学会了互相尊重，尽管在局部地方还有流血冲突，但我看到这个世界充满了希望。”

莫特吃吃地笑了起来：“阎摩，这些年你都在做些什么？我们没什么好谈的了。既然你们不愿意恢复神的荣光，那么，就不要挡在我的路上。”

“只有死者才能看到战争结束，你不可能得逞的。”阎摩说。

“你肯定看不到战争结束的，我真是愚不可及，竟然一直以为和我作对的是阎摩。不，你根本不是那位伟大的死神，你是一个充斥着丰富情感的凡人，不，你甚至连凡人都不如，你辱没了死神的名号。”

“我们真的是神灵吗？”阎摩没有被激怒，而是反问道，“如果我们就是神灵，那么为什么不是我们创造了这个世界？如果我们就是神灵，是谁创造了我们？”

“闭嘴！”莫特仿佛被捅了伤疤一样跳了起来，“你已经被魔鬼侵蚀，你不再是我们中的一员，不，你早就和那个人一样被侵蚀了。”

“回答我的问题，莫特，如果你是神灵，你一定无所不知无所不晓。”

“我不会上当的，”莫特说，“你在对我使用魔鬼的把戏。”

“你当然回答不了，莫特！你已经摆脱了诅咒，你尽可以继续享受你的永生，追逐你的欢愉，满足你的欲望，不会有新的诅咒降临，我以阎摩之名向你保证，但你必须停止你的所作所为，我知道你和你的爪牙一直在做什么，是你们让人类历史充满了血腥和杀戮，是你们摧毁了巴比伦，是你们摧毁了罗马，是你们带来了黑暗的中世纪，也是你们摧毁了东方的文明帝国，而且不止一次……你们依然没有停止那场游戏，而守护者也一直在捕杀你们。”停顿了一下，阎摩的语气冷了下来，“我不知道你们现在在做什么，但我察觉到了危险，这个世界，正在走向不可知的方向。”

“不，这个世界正在迈向众神时代回归的荣光。”莫特站起身准备离去，仿佛这只是一场老友的普通会面。他身后的两名特工顿时不知所措，阎摩摆摆手：“别着急，莫特，我们有足够的时间。”

“你以为你真的能抓住我？你以为我会愚蠢到亲自来见你？”莫特讥笑道，他的声音变得尖锐，“你错了，阎摩。”说完这句话，莫特的身影突然变得模糊起来，仿佛从实体变成虚幻，他的声音也更加尖锐了，“阎摩，你在跟谁说话？”

阎摩仿佛意识到了什么，他皱起眉头，“你……”

“你在和你自己交谈，另一个你，那个没有被魔鬼侵蚀的你。”莫特的声音渐渐远去，与此同时，他的身影也变得更加透明，仿佛正在融于空气中，“阎摩，我会帮助你重新找回死神，今夜，将是一个开始。”

莫特的身影消失了，他身后的两名特工神色诡异地看着阎摩。

“阎摩大人，莫特是谁？你在跟谁说话？”高个子特工问道。

阎摩难以置信地看着他们：“你们刚才去了哪里？”

“你突然召唤我们进来，我们就进来了。”高个子特工困惑地回答道。

“你们进来多久了？”

“我们刚刚……”

阎摩打断他：“你们记不记得我今天派你们出去？”

“什么？”两个特工对视了一眼，他们脸上的表情不像是伪装的。矮个子特工犹豫着说：“阎摩大人，您……是不是记错了？我们今晚一直在大厅里巡视。”

沉默了一会儿，阎摩挥手让他们出去。两名特工听从了命令，心神不安地离开。

高明的障眼法，或者说是从未见过的法术，不愧是莫特，阎摩在心里轻轻叹息。阎摩意识到自己犯了一个重大的错误，尽管他知道莫特是一个极度危险的角色，但他没想到莫特现在居然掌握了如此怪异的力量。难怪他能蛊惑那么多神灵为他作战。

尽管阎摩已经和莫特交手很久，但他发现自己仍然低估了莫特。

阎摩拿起小丑的塔罗牌，凝视着牌面上的小丑。原来自己才是那个小丑！他感到一股愤怒从心底升起。

一阵奇异的火焰突兀地出现，桌面上所有的塔罗牌都在火光中化为灰烬，小丑和恶魔在扭曲的火焰中冷冷地凝视着阎摩，一阵寒意突然从阎摩的心底升起。不，他在心里说，不，莫特不会只是为了戏耍他，就像戏耍肖恩那样，他必然有其目的。阎摩一直在搜索莫特，反过来讲，莫特也一直在搜索阎摩，而阎摩从来都以为自己是猎人，但他错了，错得离谱，他是猎人的同时也是猎物，而他一直以为是猎物的莫特，早已成长成猎人。

现在，莫特已经熟悉了他的猎物，而阎摩对莫特还一无所知，他刚才完全没有感受到莫特的气息，而神灵之间可以通过气息锁定对方，但莫特一定已经获取了阎摩的气息，下一步，猎人将要动手了。

一个人影从房间的阴影处浮现出来："阎摩大人，莫特戏弄了你。"

"用不着你来提醒。"阎摩冷冷地说，"你知道，他刚才的确在这里，不是吗？"

人影没有回答，过了一会儿，他的声音才再次传来："我更感兴趣的是那个人类，莫特为什么要追杀他，你不感到好奇吗？"

"一个普通的守护者而已。"阎摩无所谓地说，"在众神之战中曾经重创过莫特，莫特是一个爱记仇的家伙。"

"一个能够重创莫特的守护者，一只迷失的羔羊。"黑影说，"很有意思，你没有杀他？"

"为什么要杀他？我们的敌人并不是守护者。"阎摩严肃地说，"我知道接受这一点很难，但是你必须学着接受，这是每一个烈火成员必须遵守的第一要则。事实上，数千年来，烈火与守护者相安无事，从来没有任何一个烈火的成员被守护者猎杀，反而是莫特在不断猎杀不愿追随他的神灵，也包括烈火的成员。莫特的信条是，要么服从于他，要么死，但是神灵不是奴隶，神灵有选择的权力。”

“我好奇的是，守护者是否知道烈火的存在？”

“当然，但他们不在乎。守护者有一个很奇怪的特质，他们绝不伤害凡人，即使是神灵伪装成的凡人。如果我们不显示出神灵的力量，对守护者来说就是无害的，你甚至可以和他们坐在一张桌子上赌博，只要别用神力出老千，即使他们知道你是神灵，也不会把你怎么样。”

“我以为守护者的唯一目的是杀死所有的神灵。”

“对神灵最残忍的是神灵，而非守护者。”阎摩说，“至于他们是不是真的从地狱里来的，只有父神知道了。”

“所以，你在向守护者释放你的善意？”

“是的。”阎摩点点头，“不只是我们在追踪莫特，这些年来，莫特改变了他的行事方式，相信守护者已经注意到他了。守护者一直在追踪莫特，我把迷失的羔羊留给了他们，相信那位议长能收到来自我的善意。”

“看来我还有很多需要了解的，这真是个美妙的时代。”沉默了一会儿，黑影才评论道。

阎摩点点头，他站起身，桌面上的塔罗牌已经在火焰中消失了，桌面上光洁如新，看不到一丝灰烬。阎摩打开门走了出去，大厅里一片寂静，赌客们神奇地消失了，只有几个服务生在大厅的角落里站着小声地交流。当他们看到阎摩的时候，谈话声消失了。

“敌人比我们想象的要强大。”阎摩说，他的声音平和，但每一个角落里的人都听得非常清晰，“我犯了一个错误，我低估了莫特。”

“莫特？”有人惊奇地问，“是那位……”

“是的。”阎摩点点头，他环视四周，那些身处华丽窗帘阴影中的黑影正凝视着他，那些沐浴在水晶灯彩虹般光芒下的侍者正凝视着他，那些金发的美丽荷官面对着空荡的赌桌正凝视着他，阎摩同样凝视着他们——这些追随者，烈火中的火焰，伟大的创造者，历史的见证者，“自从你们追随我，我们并肩作战，以伟大的先知之名，我们一边隐藏自己，一边和背叛者战斗，现在的世界和以往的世界已经完全不同，你们眼前的一切都证明了先知是正确的，我们的道路是正确的。但不要被这个世界的表象所迷惑，我们还未取得最后的胜利。而现在，莫特正在预谋着更危险的事情，这个世界正在走向不可控的边缘。”

一个美丽的金发荷官开口说道：“阎摩大人，我们从来未曾惧怕过那些胆小鬼。”她的声音甜美，如一阵微风，仿佛能让岩石熔化，钢铁变软。

“当然，这正是我要警告你们的，”阎摩说，“不要低估莫特，我需要你们学会隐藏自己，不，不是躲避魔鬼，而是躲避莫特和他的爪牙。”

这句话引起了一番骚动。

“我们一直在躲藏，大人，”一个不满的声音，“我们已经习惯了躲避那些自称守护者的魔鬼，但我们为什么要躲避莫特？”

“因为莫特正在成为新的黑暗君主。”阎摩说，“谁还记得巴比伦之战？”

大厅里陷入了一片死寂。

阎摩严肃地说：“我知道你们未曾参加过那场战争，你们中的很多人甚至不相信那场战争的存在，但我要告诉你们，不要低估莫特的力量。你们要小心行事，我担心莫特要正式宣战了。”

“战争一直在继续，大人。”

“不，不再是代理人的战争，而是众神之间的战争。”阎摩凝重地说。

宣　战

天空晴朗，上弦月已经升到最高点，轻纱般的月光倾泻在山岭和大地上，给这个世界涂上了一层银白色。一堆篝火在山间的空地上熊熊燃烧，切割成段的白桦木燃烧时散发出特有的清香，两组交叉的木棍插在火堆两侧，上面架着另外一根长木棍，木棍上串着一只看不出是什么品类的动物，已经被烤得焦黄。

火堆周围坐着一群青春洋溢的年轻人，一些空啤酒罐和食品包装袋杂乱地丢在沙地上。他们来自附近的一所大学，来这里参加周末的短期社团露营活动。这是一个山坳，他们的大巴车停在山脚。人群中有男有女，大学生们的脸上洋溢着欢快的笑容，这是一场轻松愉快的旅行。奇怪的是，火堆旁还堆着一堆完整的衣物，一个不到二十岁的男孩正抱着一把吉他，轻声弹唱着。

一阵山风刮起，山下森林一望无际的树冠涌起阵阵波涛，仿佛幽暗深邃的大海一般舞动。弹吉他的男孩停止了拨动琴弦，他侧耳倾听，其他人也停止了交谈，只有火焰燃烧枯枝发出轻微的噼啪声。

一个影子从森林里走出，他渐渐走出黑暗，轮廓在月光下形成一个黑色的剪影。

当黑影走近到篝火火光的范围内，年轻人们看清了他的脸，那不是人类的脸，在那圆滚滚的头颅正中，是一个细长尖锐的鸟喙，鸟喙的上方是两只黑色的、仿佛永远冷酷的眼睛。

“看来正是时候。”低沉的声音从他的喉咙喷涌而出，他径直走向篝火，无视灼热的火焰正舔舐着他的右手。莫特伸出手在篝火底部摸索着，片刻之后，他缩回了手，手掌握着一个拳头大小的肉块，圆形的肉块沾满了炭灰，热气腾腾。莫特仰起头，张开巨大的鸟喙，将热气腾腾的心脏放进嘴里，鸟喙上下翕动，心脏随之滑落进鸟喙深处。

莫特满意地点点头：“难得的美味。”弹吉他的男孩笑了起来，他弹出一个欢快的音符：“为你效劳是我们的荣幸，莫特大人。”

凝重的气氛一扫而空，莫特微笑着：“我的孩子们，我给你们带来一个好消息，我们将猎杀一个魔鬼。”

欢呼声戛然而止，年轻人们紧紧地盯着莫特，等待着他的下一句话。

“是的，孩子们，相信你们听见的，我们将猎杀一个魔鬼。”莫特提高声音，“这是对我们选择的伟大道路最好的证明。”

年轻人们兴奋而恐惧地交换着目光，这并不奇怪，自从他们“出生”以来，所有人都被长辈们告知必须学会隐藏自己，一定要克制住自己的原始欲望，否则会被混迹在人群中的魔鬼发觉。

“但你们是幸运的，”曾有人这样告诉他们，“远古的神国将再次降临大地，你们每一个都将成为真正的神灵，你们将拥有自己的神国，统治大地、海洋和天空。但在此之前，你们必须小心，魔鬼在暗中窥视着我们，背叛者阎摩成为魔鬼的帮凶，是伟大的莫特大人让我们重新聚集在一起，胜利的天平正在向我们倾斜，正义的力量正在增长，叛逆者和魔鬼都将被清除，辉煌的时代将再次来临。”

但还是有控制不住自己欲望的神灵将莫特的警告置若罔闻，他们使用了自己的神力而被魔鬼察觉，几乎无一例外，魔鬼迅速出现并“杀死”了他们。

已经过去了很久，幸存至今的神灵已经知晓了这个世界的险恶，他们不再试图挑战魔鬼，而是隐藏在人群中，像正常人类一样生活。大部分神灵终其一生都不曾得到来自莫特的信息，他们只是默默地潜伏着，等待着。

而今日，似乎一切的等待都将获得回报，年轻人们反而安静了下来，他们纷纷将狂热的目光投向那个火堆旁的身影，莫特的影子在暴烈燃烧的烈火下扭曲狂舞，他们都知道这个人，他们的领袖，他们的父亲，他们的王，神灵的始祖。他们无比地信任他，是他为这些年轻人描绘了众神时代的辉煌，也是他告诉他们，他们才是这个世界真正的主人，而卑微渺小的人类，将是神灵取之不竭的奴隶和祭品。

“告诉我，你们是谁？”莫特高声问道。

一片沉默，年轻人们交换着疑惑的目光，他们是谁？他们曾经是凡人，当他们第一次真正觉醒，是父亲教导了他们，是父亲告知他们这个世界的真相和他们未曾看到的险恶。父亲告诉他们，他们才是这个世界真正的主人，是魔鬼和叛逆者窃取了这个世界。

“你们忘记了你们的名字，”莫特似乎对年轻人们的反应有些失望，他的声音低沉下来，“我的孩子们，这不怪你们，你们被蒙蔽已久，你们有很多不幸的同伴死于魔鬼之手，今天我要告诉你们，你们是这个世界的主人，你们是降临这个世界的神祇，复仇的号角已经吹响，我们将向背叛者和魔鬼宣战。魔鬼不是不可战胜的，我们将猎杀一个魔鬼，来祭奠我们失去的同伴和荣光。”

“你们没有听错，我们将猎杀一个魔鬼，孩子们。”莫特高举双手，黑色的鸟喙在火光照射下闪着奇异的寒光，再次高呼，“而这只是一个开始，禁令将在今夜之后解除，你们可以肆意地去捕猎你们的目标了！”

“很快，你们就可以享用你们的祭品！不仅仅是他们的肉体，还有他们的灵魂！孩子们，去吧，去唤醒更多的战士吧！”

年轻人们欢呼着散去，片刻之后，篝火旁就只剩下了莫特一个人。不，还有一个人没有离去，他全程都保持着沉默，也未曾跟随人们一起离去，此刻，他正神色肃穆地望着莫特。

“大人，战争要开始了？”

“是的。”

“可是我们该如何对付魔鬼？莫特大人，我无意怀疑你的计划，但我们都知道魔鬼的可怕……”

“今非昔比了，维克多。”莫特说，“相信我，魔鬼的力量已经不复以往，但是阎摩还有很多神灵追随他，我没有足够的把握杀死阎摩，加上你也不行，我们要先剪除他的羽翼，毁掉他的城墙，然后再取他性命。”

“可是那个人呢？”维克多问道，“我以为你一直在寻找他。”

“我发现有人在寻找他，所以我利用他作为一个诱饵。”莫特微笑着说，“果然是阎摩，那个人不足为虑，他已经迷失得足够久了，没有人能够唤醒他，但阎摩似乎不这么认为，他还幻想着依靠那个人的力量来对付我，那就让他得到他吧。”

“莫特大人，如果你要听取我的建议的话，我认为我们不要低估那个人，万一阎摩唤醒了他，我们会增加一个强敌。而且，如果我们同时向魔鬼和烈火开战，恐怕没有必胜的把握。”

莫特知道他想说什么：“你高估阎摩了，阎摩对那个人毫无兴趣。我在那个人的每一世都找到了他，我折磨他不是因为我要复仇，而是为了让他更加迷失，加固他的封印，这个世界上无人能唤醒他了，即使阎摩能做到，也要花上百年甚至更久去引导，但在此之前，我们的事业已经完成。我们会拯救这个世界的，维克多，烈火不足为虑。”

“是的，大人，我相信我们的道路。”维克多说。

“去吧，维克多，去找到安德鲁和泰坦，去说服他们，如果他们不愿意加入我们，”莫特的眼睛闪着冷酷的寒光，“就杀死他们，我将赐予你凌驾于他们的力量，这个世界上真正的力量。”

莫特依然矗立着，没有多余的动作，但维克多突然感到一阵眩晕，他眼中的莫特依然站在篝火旁，燃料早已耗尽，化为地上的一层灰白色的灰烬，但火焰却依然熊熊燃烧，仿佛正在燃烧着看不见的燃料。同时，他看到了多个重叠的影像：鸟喙人、一个手持弓箭的武士、一个疲惫地坐在篝火旁的旅人、一个跨马的君王……每一个影像都是真实的，都真实地出现在维克多的眼前。维克多知道，这是莫特的诸多化身，他感到一种奇异的力量正从体内苏醒，仿佛是一颗蛰伏千年的种子终于生根发芽，破土而出……

维克多的瞳孔里闪烁着奇异的光芒，他眼中的世界变得大为不同，世间万物都褪去了覆盖其上的伪装……他看到气流在火焰上方翻卷，看到森林中的每一片树叶都在发出幽幽的光，看到生命力旺盛的小兽们在林间跳跃，看到森林如一个伏倒在地的巨兽在缓缓呼吸，蒸腾的气流直冲云霄。

维克多的眼眶湿润了，他情不自禁地跪伏在莫特面前，这一刻，所有的疑虑都被打消了，他真的相信了，莫特说的是真的，他真的是那个人。

“站起来，维克多，”莫特庄严地说，“去吧，你知道你应该找谁。”

维克多站起身：“是的，大人。”

“要小心，不要一个人前往，你要有充足的时间去适应这种力量。”

“遵命，黑暗君主。”

维克多离去了，莫特慢慢地走到弹吉他的男孩坐过的岩石旁，轻轻坐下。他感到很疲惫，但是他的精神却异常亢奋，他看到眼前一个新的时代正在开启，错误将被纠正，而他，莫特，将成为真正的黑暗君主，真正的众神之王。

篝火渐渐熄灭，莫特感到自己充满了力量。

沉睡

“还能获得更多信息吗？”沃顿盯着眼前的显示屏，显示屏上还是一片毫无意义的雪花。

“不，”沈晓琪说，“他一定是触碰到了一些不愉快的记忆。”

“我看得出来，但是有一个问题，刚才我们看到的那个石塔，”沃顿指着屏幕问道，“是真实存在的吗？”

“不好判断。”沈晓琪解释道，“守护者和普通人类一样，记忆是不可靠的，也许确实存在一座石塔，也许只是一个潜意识的记忆变形投射。”

“如果刚才那个石塔是他以前的生命经历过的情景——”沃顿敏锐地发现一个问题，“那么怎么判断他以前是作为一个普通人还是一个守护者生活的呢？”

“我不知道。”沈晓琪摇摇头。

“如果你们成功了，自然会知道答案。”艾米丽轻声说，看起来她的信心不是很足，“但那不是一座简单的石塔，那是一座塔庙。”

肖恩推开了那扇沉重的木门，门后是一个平台，天色晦暝，他分辨不出现在是黄昏还是正午，天空中笼罩着厚重的铅灰色云层。云层很低，仿佛触手可及。平台位于一座石塔的顶端，目光所及之处是影影绰绰的群山，群山的顶部隐没在云雾中。稍近一点，是一片荒芜起伏的戈壁，点缀着些许树木。他向右方望去，一望无际的山岭好像大地的褶皱蔓延到远方。旷野中冷风呼啸，肖恩发现自己穿着一身麻布长袍，脚上穿着一双看不出本来颜色的鹿皮靴。

这座石塔位于一座小山的峰顶。

肖恩的目光在平台上扫视着，很快他就注意到平台边缘有一个人倒在地上，那个人身穿土黄色的袍子，和夯土平台的颜色很相近，所以他一开始没有注意到她。

不知道为什么，看到那个人影之后，肖恩的心脏开始剧烈地跳动起来，浑身的血液急速地冲向大脑，让他的手脚发麻。肖恩朝那个女人走去——不知道为什么，他知道那一定是个女人——一个声音不断地在他脑海中喊叫着：这个女人对他非常重要。肖恩跑到女人身边，单膝跪下。女人背对着他趴在地上，肖恩一只手托着她的头，一只手抓住她的胳膊把她翻了过来。女人褐色的长发散乱地在风中飘荡，拂过肖恩的脸庞。肖恩轻轻拨开她的长发，看到了她的脸。

肖恩的心脏好像猛地被利刃刺穿，他看到一张年轻女人的面孔。光洁的额头，小巧的鼻梁，长长的眼睫毛和迷人的双唇，这是一张只要见过一次就永远无法忘记的脸。肖恩感到这张脸是那么熟悉，可是他却什么都想不起来了，他只知道这个女人对他非常重要，重要到他翻越了数不尽的冰雪山峰，穿过了数不尽的幽冥峡谷，跨过了数不尽的激荡河流来到这座高塔，只为了找到她。

女人紧紧地闭着眼睛，仿佛只是睡着了。肖恩的视线往下移，他看到女人胸口上有一把短剑的柄，她的身上是黏稠的血。

太迟了，肖恩来得太迟了，他们找到了她，追上了她，用最古老的方式杀死了她。

汹涌的悲伤淹没了他，泪水淹没了他的眼睛，他抚摸着女人的脸，她的肌肤如瓷器一般冰冷光滑，肖恩轻轻地握住剑柄，慢慢地拔出了短剑。

“不必悲伤，亲爱的，死亡只是一场幻觉，我们从未真正活过，也从未真正死去。”一个女人的声音在他身后响起。

肖恩转过头，他看到了怀中的女人正站在他的身后。他望向怀中的女人，她依然双眼紧闭，仿佛一个瓷质雕像。

“你已经死了。”肖恩听见自己说，“亲爱的，你已经死了。”

女人微微一笑，既不承认，也不否认：“你要小心，他们还在追踪你，我希望你能改写自己的命运，敌人非常强大。”

肖恩的脑海中有很多东西翻腾着，他感觉自己忘记了一些非常重要的东西，他实在记不起来，只好沮丧地说："我不记得了，我什么都不记得了。"一股汹涌的悲伤淹没了他，他痛苦地摇摇头，"我甚至不记得你是谁。"

"这不重要，重要的是你来到了这里，我一直在等你。"女人说。

"为什么？"肖恩紧紧地抱着怀中的女人，眼泪滴落在她的脸上，"这一切都是为什么？"

"听着，肖恩，"女人说，"这是一段重要的信息，我们试图强行扭转命运，但是命运比我们想象的更强大，我们失败了。然而命运并非不可战胜，当群星熄灭，亡者苏醒，沉睡者唤醒力量，朝圣者再次踏上征途，毁灭的尽头即是重生。你要追随你内心的意志，不要忘了你是谁，我们终会踏上回家的旅程。"

女人说完这段话之后就沉默了，她的身影渐渐变得透明而扭曲，肖恩能透过她的身体看到群山的影子。肖恩向她伸出手臂，试图抓住她，挽留她。他放下怀中的女人，冲向那个已经模糊不清的影子，他的手臂穿过了她的身体，仿佛拂过一层轻纱。

女人脸上露出最后一丝虚幻的微笑："肖恩，记住，不要相信任何人，我们还会见面的，不要忘了你是谁。"一阵风吹来，女人消逝在风中。

肖恩的手里空空荡荡，什么都没有留下。只有女人最后那句话不断在他耳边回响：不要相信任何人。

一道炫目的闪电划过长空，照亮了云层，隆隆的雷声同时响起，震耳欲聋。第二道，第三道，越来越多的闪电出现在天空，狂暴的力量在空间中集聚。

闪电连成一片，甚至在肖恩的身边也有闪电形成。他望向群山，惊恐地发现群山如海浪般起伏不定。一个巨大的阴影突兀地出现在天空，肖恩发现，那是一座雄伟的山脉飘浮在空中。场景变换了，肖恩瞬间出现在一个陌生的山谷，又瞬间出现在一个陌生的峰顶，整个世界仿佛被放进了一个搅拌机中疯狂搅拌，一切都混杂在一起，混沌中夹杂着秩序，秩序中夹杂着混沌。

甚至有那么一个瞬间，肖恩又回到了高塔里的楼梯，他发现自己不断在这个世界瞬移，不只是他，一切都在瞬移，腾空的巨大山脉互相撞击，突兀出现的火山咆哮着喷出炙热的熔岩，巨大的陨石轰击着地面，一切噩梦中的世界末日的景象都杂糅在一起同时发生着。

但是没有一道闪电劈到肖恩，没有一块石头砸中肖恩，没有一滴熔岩靠近肖恩，肖恩仿佛一个局外的旁观者注视着这个世界的崩溃，但某种东西连接上了他，他模糊地感觉到了，他现在没有身体，他的视线仿佛能穿过一切，他能看清楚这个世界里的每一粒尘埃，他的思维场弥散开来，每一次能量的爆发，似乎都在他的掌握之中。规则湮灭了，肖恩的视线扫向哪里，哪里就出现特定的景象。他看到了两支大军在战场上浴血厮杀，他看到母狮捕猎角马，他看到中国长城的修建，他看到了这个世界上曾经发生的一切和即将发生的一切，他看到了世界的本源。

世界正在崩溃，过去发生的正在重现，未来将要发生的正在预演，新生与毁灭在瞬息之间变换发生，奔涌翻腾的海水伴随着烈焰涌上高空撕裂云层，时空颠倒，日月无光，最终，时空崩溃了，一切都归于虚空。

"奇怪，"沈晓琪的语气中似乎带着某些不确定，"现在的数据显示他——睡着了，他的脑电波刚才很剧烈，但是突然停止了，好像一台电脑突然关机了，他现在进入了深层睡眠状态。"

一种不好的预感从三人心中升起，如果唤醒失败，肖恩可能会变成植物人……

"关掉所有游走电极，"沃顿果断命令道，"叫醒他。"

但是肖恩陷入了沉睡，没有迹象表明他们成功了，也没有迹象表明他们失败了。因为没有催眠沉睡守护者的经验，所以没有人知道为什么当肖恩推开那扇门的时候，会失去传输信号，仿佛某种神秘的力量阻止了他们窥视肖恩的记忆。

肖恩被转移到了一个看护病房，由专人进行看护，依靠营养液滴注维持生命体征。他一直没有苏醒的迹象。

"他怎么会变成这样？这是什么原因？"肖恩沉睡后的第三天，沃顿来过一次，他望着床上的肖恩问道。

沈晓琪有些疲倦："他的大脑受到了严重刺激，也许过量的记忆苏醒导致他的大脑开启了保护机制，就像一台电脑无法承受突然涌入的大批量数据而强行关机了。但人脑不是电脑，我们找不到重启按钮。”

“他还会苏醒吗？”沈晓琪感觉到沃顿的焦躁，他开始急于想通过肖恩抓捕莫特，“他很重要，我们希望抓到莫特。”

“我们不知道，”沈晓琪坦率地说，“也许他永远都无法苏醒了。”

“他妈的，”沃顿几乎要破口大骂了，“早知道就应该听我的，直接把他当一个诱饵！”

“克里斯，你对黑暗君主了解多少？”沈晓琪轻声问道。

沃顿停住了脚步，回头望向沈晓琪，“对不起，你说什么？”

“我可以换种问法，你知道莫特为什么被称为黑暗君主吗？”

“这和我有什么关系？”沃顿脱口而出。

“他是恶魔的首领，是黑暗的象征，如果说我们猎杀的那些恶魔都是小杂鱼，那么黑暗君主就是潜伏在深海之渊里的利维坦，你懂吗？”沈晓琪说，她指指肖恩，“你以为真的能把肖恩当作诱饵？莫特是最阴险狡诈的一个，他不会轻易上当的。”

沉默半晌，沃顿转而问道：“你们的议长对此有何评价？我想你们的那位议长应该给我们一个理由，这个人——”他指指肖恩，“到底有什么特殊之处？”

“他也许知道莫特的弱点。”沈晓琪说，“我们要在亚马孙森林里抓捕一条毒蛇，我们要一击必中毒蛇的七寸。”

“那位艾米丽小姐，我从未见过她，她在哪儿？”沃顿停住了脚步。

“她已经走了。”

“走了？”沃顿扬起眉毛，“我以为她要等肖恩苏醒。”

“是的，她说她不习惯人多的地方，我想，她是不习惯和这么多同类在一起吧。”

“这里异类更多。”沃顿冷冷地说，“比如我。”

安德鲁

美国，堪萨斯州，石溪镇。

这是一个安静祥和的下午，灿烂的阳光洒在小镇的街道上，教堂尖顶上的十字架在阳光下闪闪发光。

送走了最后一位告解者，安德鲁神父走出告解室。他轻轻地关上告解室的门，回到教堂大厅。阳光透过彩色的玻璃照在高悬的十字架上，受难者的脸庞沐浴在一片模糊的光影之中。墙上画着《岩间圣母》，圣母居于中央，右手扶着婴孩圣约翰，左手下坐着婴孩耶稣，一个天使在耶稣身后，背景则是一片幽深岩窟，花草点缀其间，洞窟通透露光。

大厅里空无一人，安德鲁神父仰头看着耶稣受难像，胸中充满了怜悯和慈悲。他身穿一件黑色教父长袍，袖口绣着细细的金色花纹，银色的头发仔细向后梳理着，露出布满细纹的额头。他的嘴唇很薄，鼻梁坚挺，眼窝深陷，这让他看起来有些刻薄，但安德鲁神父是这个小镇上公认的最博爱的人，从未有人见过他发怒。

安德鲁神父是这所小小的教堂中唯一的神父，一直未婚。他曾发下誓言，此生要将生命奉献给上帝。镇上有一半的人都是安德鲁亲手进行的出生洗礼。

大堂里很安静，一般到这个时候不会有人再来教堂拜访。安德鲁知道很多年轻人已经变得不那么虔诚，他们更喜欢的是赌场而不是教堂。这是一个信仰缺失的时代，安德鲁心想。但他并不苛责这些年轻人，他们只是暂时被魔鬼的诱惑所吸引，每一只迷途的羔羊都会在主的荣耀下回归正途。

这时，教堂的大门被推开了，神父转身望去，刺眼的阳光从来者背后的大门射进大堂，照亮了一排排椅子的椅背，也照花了安德鲁神父的眼睛。安德鲁眯起眼睛，看到一个身穿深蓝色衬衫和牛仔裤的人走了进来，阳光为他的轮廓镶上了一层耀眼的金边。来人走进大堂，走到安德鲁神父面前，安德鲁看清楚了男人的脸，男人脸上有一种奇异的笑容，他的心脏不禁一震，甚至忘了问来者是谁。

“神父，”男人开口说话了，语气非常粗鲁，能感觉到他在尽量掩饰自己的鄙夷，“你居然成了神父。”

男人紧紧地盯着安德鲁，灰蓝色的眼珠里泛着一丝寒光，神父倒退两步，靠在讲习台上，他知道来者是谁了：“是你……”

“是的，是我，”男人打断他，“而你，还是你吗？”

“当然……”神父死死地盯着来人，“你来这里做什么？”

男人没有回答神父的问题，他环视四周，目光扫过墙壁上的《岩间圣母》，最终定格在高悬的十字架上，“那么，神父安德鲁，你的上帝会保护你吗？”

“离开这里，我已经不再参与你们的纷争，你们的一切都和我无关。”安德鲁低声说。

“一个真正的神灵，却来侍奉一个虚无的神灵，我从未见过如此好笑的事情。”男人鄙夷地说，“看来你真的忘记了自己是谁。”

“不，我选择侍奉上帝。”神父握紧了胸前的十字架，“我不会与背叛者为伍。”

“背叛者？”男人笑笑，“看来你还是选择了自己的立场，安德鲁神父，那么，请告诉我，是谁屈服于魔鬼，又是谁亲手摧毁了万神殿？”

“他们不是魔鬼。”安德鲁恢复了平静，刚才的慌乱让他感到有些羞耻，“他们是神罚，是上帝鞭策迷途羔羊的鞭子，是驯服洪水的堤坝。”

“懦夫的借口罢了，我们本可以战胜魔鬼的，而他们才是真正的背叛者，尤其是那位。”他几乎是咬牙切齿地说，却没有说出那个人的名字，“是他亲手毁掉了我们，你们为什么要追随他？！”

“我没有追随他，我追随的永远是自己内心的声音。”安德鲁说。他环视四周，紧张已经离他而去，他的脸上重新浮现出平静的表情。“维克多，”

他第一次喊出了对方的名字，“我们为什么而活着？”

“神父要向我布道了？”维克多嘲笑道，“看来你喜欢你现在的角色。”

“是的。”神父站直了身体，挺起胸膛，收起了初始的惊慌失措，另外一层身份的记忆逐渐占据了他的脑海，“这份工作让我感受到了人类的爱和信仰，对有信仰之人来说，死是永生之门。”

“不不不，”维克多连连摇头，“神父，如果你信仰了魔鬼，就只剩下死亡一途了。”

“你来这里要做什么？”安德鲁严肃地说，“说出你的目的，维克多。”

“加入我们。”终于要步入正题了，维克多凝视着神父，“安德鲁，我们的时刻到了，风暴正在酝酿，真神即将降临，所有的错误都会被纠正，所有的命运都会被轮转，万神殿将被重建，众神的时代将再次来临——”他目光炯炯地盯着神父，“一个属于我们的时代。”

安德鲁的嘴角露出一丝嘲讽的微笑：“众神的时代已经结束了，维克多，现在是人类的时代，文明的时代。”

“不要忘记你真正的身份，安德鲁。”维克多严厉地说，“如果你选择背叛者……”

“我喜欢这个热闹的世界，每一个人都在努力地生活，人类是一个奇异的种族，他们充满了创造力，尽管邪恶经常侵袭他们的大脑，但他们依然用双手创造了伟大的文明，尽管他们早就拥有了毁灭自身的力量，但文明战胜了野蛮，他们从未再次使用过那种武器，他们登上了月球，探索了这颗星球的每一个角落，是他们告诉了我们这个世界真正的形状，而在未来，人类将冲出这个世界，前往星辰大海——那个人是对的，维克多，这个世界本来就是为人类这个种族而设计的，而这个世界和这个种族，也是值得我们守护的。”

“那么你呢？安德鲁，别忘记你自己本身就是一个神灵！你就甘愿像老鼠一样躲藏在人群中、躲藏在阴沟里？你明明拥有伟大的力量，却甘愿龟缩在这座……”维克多尽量压抑着自己的鄙夷，“这座该死的木头房子里面为一个不存在的神唱赞歌！”

“上帝无处不在，维克多，而我们，从来都不是真正的神灵，上帝创造了人类的同时，也创造了我们，我们的目的是守护人类和这个世界，是我们背弃了上帝的意志，他才降下了守护者来纠正我们曾经犯下的错误。”神父不为所动。

“够了！”维克多喝道，他似乎被激怒了，“如果你不愿意改变你的立场……”

“我是上帝忠诚的侍从。”神父打断他，“在我们完成自己的使命之前，上帝不会允许我们返回天国，我早已做出了选择，我早已将自己的生命和灵魂献给上帝。”

“如果你不记得自己是谁了，你就死了。”维克多冷冷地说，“你可以是渔夫安德鲁，可以是牧人安德鲁，也可以是陛下安德鲁，但不会再是神灵安德鲁。”

“我从来都不把自己当作神灵，一切皆是上帝的安排。”神父用左手在胸口画了一个十字，“磨难将使我的灵魂更加纯净，更加懂得爱和信仰的力量。”

“难以置信。”维克多摇摇头，眼神里多了一丝怜悯，他缓慢地说，“那么，安德鲁，再见了。”

“祝你早日寻回你的信仰，维克多。”神父说，“不必担心，我早就不再参与世俗的纷争，我的承诺依然有效。”

“不，”维克多眼中的怜悯之情更多了，他摇摇头，“神父，与这个尘世说再见吧。”

话音刚落，两个人影鬼魅般地从教堂两侧的墙壁中穿墙而出，即使是多年以来早已波澜不惊的安德鲁也再次感到震惊，甚至比见到维克多的到来更加震惊，他分明看到两人身后的墙壁完好无损。

“你们是怎么做到的？”安德鲁从未见过这种神力，即使是众神时代也没有人能做到穿墙而过。

“我告诉过你了，安德鲁，我们的力量正在增长，命运的天平正在向我们倾斜，数千年的努力终于得到了回报，我们获得了前所未有的力量，在黑暗君主的带领下，我们将重建众神时代。”

“黑暗君主？那是谁？”

“是莫特大人……”

“这是一个渎神的名号，这是属于魔鬼的力量。”神父摇摇头，“你们不可能成功的，众神时代本身就是一个不该存在的时代。”

维克多不再多说，朝两个来者微微点头，两人得到命令之后，一左一右向安德鲁神父走去。

“你不能这么做，维克多。”神父在胸前画了一个十字。

“你害怕了？”维克多冷冷地问，“让我猜猜看，下一次见到你的时候，你将是什么？是一个牧师？还是一个光头和尚？”

第二天清晨，第一个来到教堂的人惊奇地发现教堂里空无一人，但他马上就闻到了让人不安的血腥味。当他像平常一样抬起头望向十字架时，他发出了一声不似来自人间的凄厉惨叫，十字架上的耶稣不见了，代之的是安德鲁神父，他低垂着头颅，手掌被钉穿，与折叠的双脚一样被钉在十字架上。

威廉姆

人类的历史，有文字记载的不过五六千年，上古的历史都淹没在神话传说的迷雾中。我们既看不到自己的来处，也看不清自己的归途。

威廉姆想起一首中国古诗：“前不见古人，后不见来者。望天地之悠悠，独怆然而涕下。”在某一段生命历程里，威廉姆曾经是一个中国人，寒窗苦读十余载，如果不是受身份所限，威廉姆相信自己一定能够取得功名。在进京赶考的路上，他被唤醒了，从此与那一段生命历程中的俗世再无瓜葛。

肖恩依然没有苏醒的迹象。威廉姆走出肖恩的病房，穿过一条长长的走廊，走向电梯间。他搭乘电梯上行，来到喧闹的大厅。大厅里依然人来人往，调查局的雇员们在电话铃声和文件中忙碌着，特有的敲打键盘的噼啪声此起彼伏。这里是SIB总部，雇员们负责接听各地报告的异常事件并将普通部门无法处理的事件上报给行动部。雇员们并不知道恶魔的存在，也不知道守护者的存在，这对他们来说是一种幸运。而且，这些普通雇员都签署过保密协议，即使看到了不该看的，他们也清楚地知道什么该说，什么不该说。人类是一个善于服从规则的种族，也许这也是他们建立起如此强大文明的原因之一，威廉姆暗暗思忖着。

威廉姆的心情有些沉重，在与恶魔漫长的战斗中，威廉姆清楚地感觉到，恶魔的力量在逐渐增长。在远古时期，恶魔一直扮演着猎物的角色，守护者能很轻松地杀死恶魔。但随着时间的推移，守护者的优势似乎正在逐渐丧失，而恶魔的力量逐渐增长，更重要的是，不管守护者杀死多少恶魔，恶魔的数量却似乎从未减少。

议长是第一个注意到这个现象的人，所以他选择了建立守护者议会，并且与人类进行合作。后面发生的事情证明了议长是明智的，守护者议会成立以后，守护者不再各自为战，而是发展成一个严密的组织。每一个守护者都在守护者议会登记在册，包括守护者的每一段生命历程都被详细记载下来，并且在被唤醒之后及时回归。正是一部分有据可查的可信记录说服了人类官方——自发性意识传输这种现象是客观存在的，尽管守护者和人类都不知道其中的原理。为了避免宗教的干扰，这个信息的披露在人类官方也严格控制在小范围之内。守护者试图借助人类的科学来研究这种现象，却始终没有明显的进展，但在其他领域，人类的研究获得了一些进展。对于守护者和恶魔的力量分析表明，似乎守护者和恶魔能够操控某些物质，短暂地赋予物质以精神的力量。恶魔的特征是他们可以制造恶魔领域，人类科学家提出猜想，恶魔似乎能够制造一种短暂的时空闭合现象，甚至在某些案例中，恶魔制造的领域发生了短暂的时空倒流现象。从人类目前已知的物理学定律来看，时间倒流虽然在理论上是可能的，但是实际很难做到。在与守护者的信息共享以及科学研究中，人类发现，这个世界的结构和本源也许远远超出他们的想象。

威廉姆走到大厅角落里自己的办公座位坐下，这个小小的半封闭空间让他有一丝安全感。尽管羞于承认，但威廉姆自己知道，在特别调查局工作的这些年，他已经习惯把自己当作特别调查局的一分子，甚至很多时候他会忘记自己守护者的身份。这对于守护者来说是难以想象的。但是在特别调查局工作的时间越久，威廉姆就越发现人类的某些品质是守护者所不具备的，和人类合作是一个明智的选择。

他沉思了一会儿，开始翻阅桌上几份新送来的案卷。特别调查局接手的案件包括各地警局无法处理的异常案件以及联邦调查局甚至中央情报局请求协助的案件。案件分为五个类别，最低级别为E类，绝大部分案件都属于E类，不涉及任何超自然现象，可以转到FBI或者CIA进行处理。一部分案件被仔细地挑选出来，再次甄别，有任何疑似超自然力量的案件都被划分为D类以上，其中有恶魔参与迹象的案件则会上升为C类案件，由安全局的普通行动部门处理——即使是普通行动部，也能得到来自特别调查局专家的直接支持——经过层层甄别和筛选，极少数高度疑似有恶魔参与迹象的案件会摆在威廉姆的桌面上，直接由特别行动部负责。而特别行动部是由守护者议会直接监督的。一旦确认有恶魔参与，案件级别立刻上升为B类，由特别行动部接手——这种情况很少。很少出现恶劣的A类案件，如果莫特对肖恩的妻女做的事情是真实的，那它无疑是A类，但特别调查局并没有接到任何报告，那次事件被当成一次普通的火灾。那之后，威廉姆要求所有D类以上的案件都要送一个备份给他，他唯恐再次出现遗漏的案件。

令人不安的是，恶魔的活动似乎越来越频繁了。

第一个案件是D类案件，是一起在田纳西州一个名叫卡兰迪的小镇发生的灵异事件。报案人声称在酒吧喝完酒之后找不到住处，他报警坚持说，他的房子不见了，变成了一片棉花地。警察开始并没有当真，以为是醉鬼在捣乱。但是报案人不停地拨打电话，警局联络了距离最近的巡警前往现场，离奇的事情发生了，巡警真的在一片棉花地里找到了报案人。巡警也坚持说这里原来真的有一座住宅，他甚至指出了不远处的准确标志。当地警局意识到了情况的严重性，要求巡警带着当事人先撤离棉花地，然后增派了人手前往现场。当增援的三名警察抵达现场之后，看到巡警的车子正停在一座两层住宅的门口。

没有棉花地，醉汉的住宅就在他们的眼前，距离不到五十米。

当事的巡警感觉自己见鬼了，他赌咒发誓说刚才那座两层木质小楼根本不存在。醉汉也浑身抖得像筛糠，发誓一定要把这个房子卖掉，尽管他祖父母都是在这个房子里长大的。

此事被定性为一个恶作剧，但是警局依然为巡警做了测谎，结果显示这位诚实的巡警的确没有说谎，而且巡警和醉汉也没有任何亲戚关系。

于是当地警局根据规则将此案件提交到安全局部署的案件记录系统，在今天早上到达了特别调查局，经过甄别，递交到了威廉姆手中。

的确有恶魔的踪迹，威廉姆合上案卷，沉思着。这是一起典型的小规模时空闭合现象，也就是他们经常说的恶魔的“领域”。醉汉和巡警没有撒谎，他们的确没有看到住宅，如果小镇有记录的话，这个住宅建成之前，那里肯定是一片棉花地。当三名增援的警察赶到之后，时空闭合点消失了，住宅重新出现。这件事情的疑点在于，根据调查，醉汉早就离异，孩子也早早离开了家，他一个人居住。小镇上也没有出现失踪人口，也就是说，没有出现受害者。如果是恶魔制造了“领域”，那么他的目的是什么呢?

威廉姆摇摇头，百思不得其解。他将案件归类存档，这类案件无须派人员前往调查，这件事情很快就会变成传说，在人们的口口相传中逐渐变形，最终变成一个扭曲的灵异故事流传下去。人们没有刨根问底的好奇心。

接着，威廉姆打开第二个案件的案卷。

这是一起异常失踪案，发生在内华达州一个名叫安培普的小镇。一个年轻的女人早上起床去淋浴，当丈夫感觉到异常的时候，时间已经过去足足一个小时。男人跑到卫生间，砸开门，看到了一幅奇异的景象，地上扔着一件睡衣，睡衣下面是一双拖鞋和女士内裤，但是他的妻子消失了。

卫生间里空无一人，看起来好像是妻子的肉体凭空消失了，只留下了内裤、拖鞋和睡衣。

男人报了警，警察勘查了现场，收集了样本，并将男人带回警局做笔录。

当地警局认为丈夫有重大作案嫌疑，但是经过走访调查，发现他们结婚还不到半年，而且感情甚笃。男人没有任何谋杀妻子的动机。

威廉姆思索着，这个案件说起来的确离奇，但是却没有恶魔参与的迹象，至少表面上没有。但是谁知道呢，也许那些该死的恶魔又在玩什么新花样。

威廉姆将这个案件进行了分类，转到普通行动部，需要派人去处理，但无须守护者出手。即使是普通行动部，也有着最优秀的安全局雇员，如果有恶魔的蛛丝马迹，肯定逃不出他们的双眼。

这时电话铃响了，威廉姆接起电话，听筒里一个低沉的声音传来："威廉姆，我是凯恩。"

"我是威廉姆，局长先生。"威廉姆心里一沉，凯恩作为特别调查局局长，很少亲自参与处理具体的案件。

"紧急会议，马上到我的办公室。"凯恩简短地命令道。

特别调查局（SIB）的前身是国家安全局第九处，而这个第九处是一个秘密单位，是和守护者议会共同组建的部门。第九处下辖两个主要分部，行动部与科学部。行动部的总部在纽约克莱斯勒金融大厦中，专门负责处理全美甚至全球发生的异常案件。而科学部则位于长岛蒙淘克空军基地的英雄营，专门负责对异常事件的科学研究。

科学部的全称实际上是"蒙淘克超心灵研究实验室"，脱胎于一个传说中的秘密计划——蒙淘克计划。这项绝密的计划始于1932年，尼古拉·特斯拉是最后一届负责人。计划研究的方向很广泛，灵魂学、心灵感应、长距心灵遥感、透视、隔空取物甚至转世现象、时间旅行等都是蒙淘克计划的研究分支。内部公开的资料显示，此计划已于1943年被美国政府终止，而在公众视野里，蒙淘克计划已经成为一个虚实不定的都市传说，和传说中的外星人基地51区异曲同工。

但真实的情况却恰恰相反，这封绝密报告中提到，1943年恰恰是蒙淘克计划进入实质性研究的开始，因为1943年，守护者议会首次与蒙淘克计划进行了合作。守护者议会派遣了沈晓琪作为科学部常驻人员，并且定期根据科学部的需要向科学部派遣短期实验人员。科学部的科学家们发现一个惊人的事实——对守护者的研究发现，灵魂、转世以及心灵感应都是确定存在的，但科学家很难分析和确认灵魂的成分，而守护者也同样无法给出令人信服的解释。

而对守护者其他能力的研究表明，他们具备某种神秘的精神力量，甚至能直接作用于物质世界。隔空取物对他们来说简直不值一提。而通过守护者对恶魔的描述，科学家惊奇地发现，恶魔更是拥有小范围扭转时空甚至进行小规模时间旅行的能力。这些发现无疑是惊人的，科学部提出了很多理论来解释这些现象，但即使理论能解释得通，理论也只是理论，无法得到有效验证。如果根据人类的理论进行时空扭曲和时光倒流，那么所需的能量理论上是全宇宙的能量。虽然人类已经能够在实验室里制造出允许微观粒子通过的虫洞，但还无法制造出能供宏观物体通过的虫洞。

在与守护者议会合作研究的几十年里，科学家们搜集了许多确实存在的案例和当事人，对很多超自然现象都进行了科学的研究，但也止步于此了，换句话说，科学部在这些终极问题上的研究，没有进一步的进展。

一名科学部的科学家曾经评价道："我们就像一群原始人偶然得到了一台电视机，我们研究清楚了电视机表面上的每一寸塑料壳上有什么，我们也知道了电视机里有多少频道，我们也提出了无数电视机工作的假说和理论，但我们从来没有真正理解它的工作原理，我们缺乏必要的知识储备。"

星空异象

走进会议室的时候，克里斯·沃顿发现，会议室里多了一个人，他恰巧认识，那是克拉克·沃顿——现任白宫科学小组组长。每个人都面色冷峻，整个会议室都沉浸在一种严肃的气氛当中。沃顿注意到，威廉姆也在场，他正襟危坐在凯恩的右手侧。凯恩看到他进来，朝他点点头，示意他坐下。

在赶来的路上，沃顿一直在猜测凯恩局长召集的紧急会议议题是什么。这位头发已经花白的前海军陆战队队员已经执掌特别调查局近三十年。有传言说他的权势早已超过FBI的那位胡佛局长。但沃顿知道，这只是传说罢了，真正让凯恩能够屹立不倒的是他强硬的手腕和高超的谋略以及敏锐的直觉，当然，和守护者议会良好的关系也是重要原因之一。

“这位是克拉克博士，来自白宫科学顾问小组。”凯恩向众人介绍克拉克，“他给我们带来了一份报告，我想在座的各位都有知情的必要。”

凯恩的语气十分凝重，会议室里的气氛似乎更加冰冷了。沃顿感到心脏怦怦直跳，他意识到今天的会议十分异常，也许有什么重大事件发生了，不然白宫绝无可能直接把克拉克派过来。沃顿知道白宫直接掌控着特别调查局，确切地说，是坐在椭圆办公室里的那位先生。但SIB不同于FBI、CIA和DIA，SIB是隐藏在海面之下的秘密机构，只有权力金字塔最顶尖的少数人才知晓特别调查局的存在，甚至有几届总统在任期内都不知道SIB的存在。SIB比传说中的51区更隐秘，至少51区早已闻名遐迩，并且多次出现在各种好莱坞剧本里，但绝对没有人敢拿SIB开涮。

人们将探询的目光转向克拉克。

“开始吧。”凯恩简短地说。

克拉克站起身，他并不清楚为什么白宫会派他来参加这样一个奇怪的会议，事实上在此之前，他完全不知晓有SIB这样奇怪的机构存在。他打开手中的文件夹，取出两张A4尺寸的打印照片，先递给凯恩。

“这两张照片是从威尔逊天文台直接送来的，拍摄时间相隔五秒。”克拉克介绍道，“凯恩先生，请注意对比，这两张照片是由斯皮策太空望远镜拍摄，对准的是同一片星空，理论上这两张照片应该完全一致。”

凯恩低头端详着两张照片，片刻之后，他抬起头：“猎户β星。”

克拉克点点头：“是的，局长先生，如你所见，又有恒星脱离观测了。”

凯恩将照片递给威廉姆，威廉姆看了看，摇摇头，然后把照片递给沃顿。

沃顿只扫了一眼就看出了问题，即使不是天文学家，也能轻易看出两张图的不同之处。雄踞苍穹的猎户座，最有特点的就是三颗恒星组成的猎人腰带，分别是Alnitak ζ、Alnilam ε及Mintaka δ，还有四颗恒星分别构成了猎人的四肢，其中包含全天第九亮的Betelgeuse α。

第二张图片上，猎人的右手被砍断了，Betelgeuse α不见了。

“这说明了什么？”沃顿迷惑地问道，“也许是被某种星云或者星际尘埃遮挡了。”

“又有恒星脱离了观测范围，昨天夜里东海岸时间1点25分10秒，威尔逊天文台独立观测到，并且进行了核实。我们已经和ESO、英国格林尼治天文台、中国天眼FAST等权威天文台确认，同时正在联系其他天文台，哈勃望远镜的数据还未确认，但斯皮策的观测结果已经证实了这一点。”没有理会沃顿的问题，克拉克继续说道。

克拉克谨慎地使用了“脱离观测”这四个字，事实上科学家们也刻意回避了“消失”或者“熄灭”这几个反常识的字眼。

“又？”威廉姆注意到了这个字眼。

克拉克看了他一眼：“是的，这不是第一次。”

两个月前，一个致力于寻找小行星的业余天文爱好者发来一份报告。世界上有许多的天文爱好者致力于寻找小行星，这是一项枯燥的工作，他们会从天文台官方网站上下载不同时间点的星图进行比对，希望能发现新的小行星，他们自称“彗星猎人”，其中最有名气的是一位年过八旬的日本人，他已经发现了233颗小行星。当这些彗星猎人确认自己真的发现了小行星，就会与当地天文台联系进行核实。可是这个爱好者发来的报告并不是关于小行星的发现，他声称，位于天鹅星座的天鹅座α消失了。天鹅座α是一颗1.25等的恒星，它距离地球1500光年，是一颗超巨星，发出的光线比太阳还要强烈，是夜空中第十九亮的星体，能被人肉眼所见。天文台只看了一眼报告就把报告扔到了一边，因为这是不可能的，一颗如此之亮的星体是不可能突然消失的，即使真的消失，那么人类将先观测到爆发的星云。这个事实是如此显而易见，以至于没人觉得真的值得去核实。

但是他们接二连三收到了来自不同天文爱好者的报告，描述着同一件事情。这件事情终于引起了注意，某个工作人员在一天晚上下班的时候，顺便抬头找了找天鹅座α，但是那里漆黑一片，什么都没有。

天文台因为这件事丢尽了颜面，所有的望远镜平时对准的都是肉眼不可见的星系和星云，却没有人哪怕用肉眼去看一下夜空。经过紧急核实，全球各地的天文台都确认了，天鹅座α并不是亮度降低而导致肉眼不可见，所有的望远镜——包括哈勃——都观测不到那颗恒星了。那颗将在8300年后成为北极星的星星，夜空中最明亮的蓝白色恒星，悄无声息地消失了。

经过一系列讨论，天文学界一致认为，恒星不可能凭空消失，在现有的天体物理学框架下，恒星不可能突然脱离光锥，除非它突然超光速逃逸了。刨除了最不可能的可能，那么最大的可能就是某个巨大的星体遮住了天鹅座α。天文学家们检查了星空照片，用计算机进行了仔细的对比，将天鹅座α消失的时间段缩减为30分钟。而这同样说不通，如果是一个巨大的星体遮住了从1500光年外射向地球的光线，那么随着这个星体的运行，天鹅座α也很快会重新出现。而最大的问题是，30分钟的时间，并不是人们观测到的天鹅座α消失的时间，而是天鹅座α消失的最大可能时间。

当然还有一种可能——某个超级文明在30分钟内将某种巨大的装置放置在了天鹅座α与地球之间。但这种可能性更小，因为我们目前看到的天鹅座α射来的光线是1500年前发出的，即使这个装置安置在中间位置，那么这场星食也已经发生了750年，而750年前，中国还是宋朝，美国也未出现。完全想不出一个超级文明为什么要这样做。

问题悬而未决，有人提出，如果真的是未知星体制造了这场星食，那么肯定会有其他的恒星被遮挡。天鹅座α距离地球1500光年，未知星体如果真的存在，距离更远的恒星光线路径一定会被它再次遮挡。而且星食的时间可能很快，甚至用肉眼都无法感知，但是天文望远镜可以抓住它的影子。

天文学家们暂时达成了一致，他们将天鹅座α没有重新出现的问题搁置——也只能暂时搁置，转而进行对星空的监视，监视所有的恒星。每5秒进行一次星空扫描，并实时输入计算机进行处理，一旦发现星食，计算机会立即报警。

但是有些科学家并不认可目前的星体遮蔽说，他们认为是一片星云偶然遮住了天鹅座α，而这片星云的形状比较特殊，恰恰就挡住了天鹅座α与地球之间的光线传播路径。而且这片星云也不会太大，天鹅座α不久之后就会重新出现。这个说法也可以解释为什么目前观测不到天鹅座α原来所在位置的辐射，如果真的是星食，那么天鹅座α边缘放射出的辐射和光线，还是可以用哈勃观测到的。如果星云足够大，就足以遮挡任何来自天鹅座α的辐射和光线。

所以许多人对继续监视全部的星空持反对意见，按照他们提出的看法，只需要监控天鹅座周围的星空就可以了，星云不可能遮蔽整个星空还不被发现。但是为了保险起见，科学家们还是达成了一致，对星空进行全部监控。

“这颗恒星，距离地球多远？”凯恩问道。

“640光年。”克拉克回答，他补充道，“这两张照片是我们挑选出来的，事实上，猎户右手并不是唯一一个。”

“还有其他的？”

“是的。”克拉克说，他又拿出两张照片，举起来向众人示意，“看这里，”他用手指指点着星图上方，“这里，御夫座α。还有这里，”他的手指继续移动，“英仙座α。它们都在同一时刻脱离观测了。英仙座α距离地球592光年，御夫座α距离地球只有43光年。”

“这说明什么？”凯恩手中的笔停止了转动。

克拉克一脸凝重：“说明某种超出我们理解能力的事情正在宇宙深处发生。”

这显然是一句废话，但会议室里还是陷入了压抑的沉默。

“还有更奇怪的地方，大家都知道御夫座α虽然看起来只是一颗恒星，但是其实是由四颗恒星组成的两对联星，已经仔细观察确认过了，那里什么都没有，至少以人类现在的观测水平而言，什么都看不到。”克拉克打破沉默。

“格林尼治那边有什么消息？”沃顿问道，尽管还未能将本次会议的议题与特别调查局的事联系起来，但作为科学家，沃顿也敏锐地察觉到这个看起来不经意的消息会对整个科学界带来多大的震动，这次事件如果被证实是真实的，它的意义绝不亚于二十世纪初物理界上空的那两朵乌云。

“和我们的观测结果大致相同，但是这里显示的只是肉眼可见的恒星，所以很容易被发现。至于那些肉眼看不到的恒星，很可能也存在这种现象，只是以前没有注意到。”克拉克说道。

“有没有可能，有什么东西挡住了它们？我是说，有什么东西挡在了那些恒星和地球之间。”沃顿说。

“很遗憾，这种可能性已经基本被排除了。”克拉克看了沃顿一眼。沃顿读懂了他的眼神，他们显然已经考虑过这个可能性了，他解释道：“如果是一颗未知星体遮住了天鹅座α，或者一片星云……那现在都说不通了，这几颗恒星分布非常分散，而且距离地球最近的只有43光年，就好像一双看不见的手在距离地球的同一个点同时遮住了这些恒星，而且这双手距离地球不到43光年……就好像《计算中的上帝》中的那只上帝之手……”

“这只手可够大的。”凯恩打断他，“有没有可能是一个超级文明，不用距离太远就可以做到这种事情，甚至可能在太阳系内部。”

克拉克摇头，“我认为可能性不大。第一，如果真的有一个超级文明能造成这种现象，那么它至少应该在太阳系内，这样才能在如此大尺度跨越的星空上制造屏障，按照现在人类的技术条件，很难不被探测到；第二，它的目的是什么？做出这么大动作就是为了吓唬我们？”

“也许是一种示威？”沃顿猜测道，“我建议所有的太空望远镜在太阳系内部重点观测，任何疑点都不能放过，如果是有敌意的文明，你们必须开始做一些准备了，我想你们应该已经这样做了，对吗？”

克拉克点头：“是的。”

凯恩表示同意，“我们不能忽视这种可能性，如果真的是外星文明，那么他们打招呼的方式也太特别了。”他沉思了一下，组织了一下语言，继续问道，“我有三个问题，第一，这个现象是什么时候开始发生的？真的是两个月之前？第二，这个现象既然不是孤立的，那么一定有一个你们还不了解的理论在起作用，现在有没有能解释这个现象的理论？第三，这个现象如果继续下去，会不会对普通人的生活造成影响？”

他扫视了在场的科学家们一眼：“你们是科学家，而现在的科学，和普通人的生活距离太远了，尤其是天体物理学。没有几个人有闲心整天盯着天空去看，人们关心的是账单和税收，道德和星空恰恰是这个时代最容易被忽视的东西。这个事情对目前的社会秩序会不会造成动荡，需要评估一下。”

克拉克点点头，他对凯恩的说法非常赞同：“是的，凯恩先生，我们明白你的意思。第一个问题，我们确实不能确定这个现象是不是两个月前开始发生的，也许很久以前就开始有人类未曾发现的恒星熄灭，而我们永远都不可能知道了。现在科学界能做的就是开始将以前积累的星图做大批量比对，尽量确认一个我们可以掌握的时间点——但恕我直言，如果这个现象很早之前就在发生，我们永远不可能知道具体的时间。第二个问题，恒星死亡是有一个过程的，我尽量简单来说，对于不同体量的恒星，在目前的理论框架下，它们的死亡方式是不同的，大多数恒星会发生超新星爆发，比如公元1054年中国北宋科学家首次记录了蟹状星云的爆发，那是世界上最早的关于超新星爆发的记载。恒星的残骸可能会转化成中子星、白矮星等不同的星体——但是有一点，没有恒星会突然熄灭，至少在现有的天体物理学框架内是不可能发生的。所以对于第二个问题，我们只能发挥我们的想象力。如果只是天鹅座α单独消失了，是一个孤立事件，那么我们可以用各种理论去解释这个现象，比如星云遮蔽说、未知星体遮蔽说、引力透镜说，甚至可能是某个超级文明跟我们开的一个玩笑……但是现在看来……也许沃顿先生的解释更精准一些，有人开始关这个房间里的灯。第三个问题，这个事情肯定要保密，至少在事情没有查明之前，不能向公众公布全部的事实，尤其是媒体，他们不负责任的报道和猜测，是很容易被邪教分子利用的。至于肉眼可见的恒星消失，建议冷处理，既不否认，也不做任何的解释，时间久了，自然就没人去关注了。就像您说的，没有几个普通人会觉得天上的星星和自己有什么关系。”

凯恩沉思了一小会儿，才继续说道：“这个事情很难保密，世界上有很多天文爱好者。事实上，也是天文爱好者首先发现这个现象的吧？”

“没错。”克拉克有些脸红，“我们可以让媒体简短地放出一些消息，坦然，自信，我想，普通民众不会意识到这个现象意味着什么。”

沃顿和克拉克对视了一眼，作为科学家，他们知道这意味着什么，这件事情比他们想象的还要严重，不仅仅是超出了当前的科学框架，而且很有可能动摇了现代科学的基础。天体物理学是物理学的一个分支，与现代科学所有的学科同出一脉，这些学科发展得再长远，它们也都会遵循电磁定律、光速不可变定律等基本定律。

但是沃顿依然不明白这件事情和特别调查局有什么关系，他看了看威廉姆，从威廉姆脸上看不出任何表情。

凯恩转向威廉姆：“你全都听到了，威廉姆，你对此事有什么看法？”

威廉姆开口说道：“克拉克先生，您的意思是，两个月前有一颗星星熄灭了，现在有更多的星星在熄灭？”

克拉克点点头，尽管他不认识威廉姆，但还是礼貌地回应道：“是的，但我们不用‘熄灭’这个词，我们用‘脱离观测’来描述这个现象，因为没有任何证据表明这些恒星真的消失了，它们只是在可观测频段上失去观测了，就好像有人把灯关了，但是灯泡可能还在那里，只是我们观测不到了。”

这个比喻不太好笑，房间里没有人笑。

这时传来敲门声，得到允许之后，凯恩的秘书走了进来，递给凯恩一份报告，然后退了出去。

凯恩看着报告，片刻之后，他抬起头，扫视着众人，语气沉重地说道：“来自哈勃的信息确认了，有至少两个星系观测不到了，它们本身就是肉眼不可见的，距离地球都超过100亿光年。”

“星系？”沃顿倒吸了一口凉气，他抬头望着凯恩，“凯恩先生，你是说星系？”

“是的，”凯恩把手中的报告递给沃顿，“看看吧，我怀疑有更多的肉眼不可见的星系正在失去观测，目前全球主要的天文台都在加紧观测统计，我们必须知道发生了什么。”

“这恰恰证明了，这只手一定在太阳系内部。”克拉克反而冷静地分析道，“距离地球100亿光年的星系，遮蔽点不可能在星系门口。”

“是的，”沃顿点头表示同意，“如果遮蔽源不在太阳系内，那么现在的天体物理学……不管怎么样，目前我们对于宇宙的了解几乎全部来自观测，基于观测和现有的理论进行的假设，并且通过持续的观测进行验证。如果验证错误，那么就说明理论是错的。”

“也就是说，这依然是一个假设，对吗？”凯恩问道。

“是的，凯恩先生，”沃顿摊开双手，“按照奥卡姆剃刀理论，只有假设遮蔽源在太阳系内，我们的理论模型才最简洁。”

“那么能否解释一下，遮蔽点为什么观测不到？”凯恩迷惑地说，“难道遮蔽点不会反射太阳光线？不会反射太阳风和宇宙射线？”

“这正是奇怪的地方，局长先生。”克拉克说，他皱起眉头，“如果遮蔽点的确在太阳系内，我们没有理由观测不到它，但我们确实观测不到它，恒星消失的地方的确是一片绝对的黑暗……宇宙中有一种物质的确是观测不到的。”

“暗物质。”凯恩吐出一个词。

沃顿和克拉克再次对视一眼：“是的，凯恩先生，但是不能确定，毕竟我们对暗物质所知甚少，但是公认的一点是，暗物质不会与常规物质起反应，也就是说，光线会透过暗物质，暗物质是不可见的，但无法遮蔽光。这种物质——如果真的存在的话，也许类似于一种绝对黑体。”

“也可能是上帝跟人类开的一个玩笑。”沃顿突然说，“这个理论更简洁，更符合奥卡姆剃刀原则。”

凯恩脑海里出现一个不可思议的景象，在那难以想象的遥远地方，在那冰冷黑暗的宇宙深渊，慈祥的上帝挨个关上了闪烁的明灯。亘古不变的星空不再稳若磐石，佛陀目睹明星悟道，三智者跟随伯利恒之星朝圣，引领古人乘坐简陋的木舟出海的星空，在人类面前露出了扭曲的面孔。

“上帝……”凯恩冷笑一声，然后站起身向克拉克伸出右手，“如果真有一个上帝，事情就没有这么复杂了。克拉克先生，感谢你带来的报告，明天我们会给白宫一个正式的调查报告，不过，不要抱有太大希望。”

克拉克知道凯恩在下逐客令了，接下来是SIB的内部会议时间了。他礼貌地和众人道别，走了出去。

“这件事情，”克拉克离去之后，凯恩开口说道，“你们有什么看法？”

威廉姆知道凯恩指的是什么，他阴沉着脸点点头，简单地说：“那个预言。”

“什么预言？”沃顿一愣，他疑惑地看着威廉姆。

威廉姆说：“在守护者之中流传着一个古老的预言——当星空熄灭，亡者归来，朝圣者重新踏上征途，毁灭的尽头即是重生。”

“也许这是巧合……”沃顿下意识地说。

“我也希望是巧合。”局长说，“威廉姆，这个预言是从什么时候开始传播的？”

“很久之前，”威廉姆轻轻摇摇头，“但我们不知道这个预言从何而来，也不记得它是什么时候出现的。”

“这句话就是预言的全部吗？”沃顿问，“当星空熄灭，亡者归来，朝圣者重新踏上征途，毁灭的尽头即是重生。我是说，就这四句？”

“至少流传到今天的就这四句，”威廉姆明白沃顿的意思，“没有什么预言长诗，就这四句。”

“我不认为我们需要认真对待此事，局长先生，”沃顿说，“星空的事情交给天文学家去解决，这只是巧合而已，就我个人而言，我根本不相信所谓的预言，如果预言都是真的，在座各位都已经经历了至少三次世界末日了。而且最重要的是，预言本身就是反科学的。”

“我同意。”威廉姆点点头，“事实上许多民族的神话中都会有对世界末日的描述，对于那些古老的民族来说，他们的世界观是很简单的，光明带来生机，当世界末日来临时，无非就是太阳熄灭，月亮被吞食，天地沉入黑暗之类的想法。也许这个预言来自一个古老的民族，只是借守护者之口流传了下来而已。”

“话虽如此，但我总感觉不安。”凯恩双手交叉放在桌子上，“毕竟现在科学似乎无法解释这个现象，而守护者和恶魔确实是存在的。”

“他们总会找到原因的，局长先生，这个世界上有很多聪明人，我猜现在全世界的天文学家和天体物理学家都顾不得其他事情了吧。”沃顿安慰道。

凯恩轻轻点点头，但依然疑虑重重：“抛开这则预言的巧合之处不谈，从科学的角度来讲，真实的预言有没有可能存在？”

“不可能。”沃顿断然否定，“预言成立的前提是决定论和因果律，而伟大的量子力学先贤们早就证明了上帝是投骰子的，这个世界是一个混沌系统，决定论和因果律早就没有市场了。”

“我当然了解这些，”凯恩说，“一个预言越精确，就说明这个预言越不可信，我的问题是，如果能获取足够的信息，能否预测一个事件的模糊走向？就像《基地》中的哈里·谢顿的心灵史学那样预测银河帝国的未来。”

“当然可以，事实上这正是天气预报的原理，但这种模糊的预测也有极大限制，天气预报只能告诉我们明天此时此刻的天气大概率是阴天、晴天或者下雨刮风，这种预测的准确率已经很高了，但是，即使是相隔24小时的未来，天气预报也很难告诉我们明天会有多少雨滴落在地面上，更不会告诉我们雨会在几时几分几秒开始下。相隔越远，天气预报的精确度越差，我们无法预测一个月以后的天气状况，更别提几年、几十年甚至更久以后了。总而言之，天气本身就是一个混沌系统，一个微小的搅动就可能引起剧烈的天气变化，这些都是无法预测的。”

“蝴蝶效应。”威廉姆说。

"没错。"沃顿点点头，"阿西莫夫的《基地》是一部伟大的作品，这部作品的伟大之处在于，阿西莫夫提出了将个体行为学上升到集体行为预测的理论，这一点是可行的，但是哈里·谢顿花费了大量的精力和资源去收集他所需要的信息，最后也只是给出了一个模糊的预测，一个银河帝国成立后最大概率的走向。但是这并不代表阿西莫夫认可预言术，他描述的是一种科学的可能，而不是玄学的装神弄鬼。"

"我明白了，"凯恩说，"但是我听说有一些预言的确被证实了，例如诺查丹玛斯预言了亨利二世的死亡……"

"'年轻的狮子将战胜年老的；在一场单对单的战斗里；他将刺破金笼中的双目；两个伤口合成一个；他死于残酷的死亡。'"让凯恩和威廉姆惊奇的是，沃顿直接念出了那则预言诗，他笑了笑，"先生们，你们是否注意到一点，不管是来自东方神秘的谶语童谣还是来自西方的占星家预言师，他们所作出的预言都有一个共同特征，那就是非常含糊。和《诸世纪》并称的中国预言《推背图》也是如此，里面充满了晦涩难懂的比喻。这说明了什么？历史上会有很多重要的事件发生，总有那么一些事件恰巧能用这些晦涩的预言诗强行去解释一番，而人们也只看到了这些能被勉强解释的预言，并且深信不疑。但是那些完全无法与现实发生的事情联系在一起的预言则被视而不见，消失在历史中。

"另外，还有一些被统治者刻意制造出来的预言。中国的第一个皇帝统一六国之后，一块陨石从天而降，上面书写着一行文字，意思是说皇帝会死去，天下会重新陷入纷争。历史的走向的确如此，当秦始皇在巡游帝国南方的归途中病死之后，曾被他征服的诸侯国纷纷重建，历史重新陷入分裂和大乱。但是这个预言几乎可以肯定是后来的汉朝统治者为了证明自己的王朝受上天认可而编造的。类似的预言谶语在中国历史上有不少。"

"也许是我太敏感了。"凯恩自嘲地笑了笑，"谢谢你的解释，沃顿先生。"

"不管怎么样，对和恶魔相关的事情，您保持这种戒心总是没错的。"威廉姆说，他这句话倒不是奉承，作为SIB局长，凯恩从不放过任何一个可能的线索。

“谢谢你的安慰，威廉姆。”凯恩说，“那么，让我们谈谈现在的情况吧，威廉姆，最近有什么进展？”

威廉姆知道凯恩在问什么，他说：“我们已经基本确定了黑暗君主是真实存在的，根据这些年的案件分析，我们发现恶魔的行为趋向组织化，也就是说，他们有了一个头儿。”

“恶魔都在干什么？”沃顿问。

“大部分都还算安分守己，”威廉姆摊开双手，“但是总有一些恶魔按捺不住，近三个月，全美出现了三起恶魔窃取人类灵魂的事情，我们杀死了其中一个。但是有一点发现很有意思，恶魔们似乎发生了分裂，我们在一些案件中发现了他们互相攻击的迹象。”

“这倒是一个好消息。”凯恩露出欣慰的表情，“还有什么？”

“堪萨斯州有一个神父被人钉在了十字架上，但没有充足的迹象表明是恶魔干的。”威廉姆继续说，“不过，这种谋杀手段非常具有宗教化的意味，恰恰不符合恶魔的行事特征。”

“太高调了，”沃顿同意威廉姆的看法，“这种事情会吸引很多目光，的确不像恶魔的行为。”

“既然已经确定了黑暗君主的存在，那么我们下一步的目标就简单了。”凯恩说，“抓到他。”

“不如先从小鱼开始。”威廉姆建议道，“恶魔一向低调行事，如果莫特真的存在，那么他必定更加狡猾，而我们对他在哪里、是什么人，一无所知。”

“你说得对，”凯恩点点头，“你们准备怎么做？”

“也许我们已经有一个目击者了。”威廉姆说，他给凯恩讲述了肖恩的事情，“我一开始想用肖恩做一个诱饵，但沃顿先生似乎有不同的想法。”

“的确如此。”沃顿坦然地说，“就算追杀肖恩的真的是莫特，你们认为莫特难道会不知道肖恩已经被我们找到了？这个诱饵很难奏效的。而且不管追杀他的是不是莫特，肖恩身上蕴藏的秘密都是非常重要的。”

“我同意克里斯的意见。”凯恩点点头，他对威廉姆说，“如果能通过肖恩得到关于恶魔的更多信息，也许比我们抓一个莫特更有价值。”

卡兰迪

威廉姆没有想到机会来得如此之快。从会议室走出来之后，他沿着走廊往回走，一个工作人员迎面走来，将一个密封袋交给他："威廉姆先生，你必须得看看这个。"

威廉姆打开文件袋，这是一份紧急报告，出现时空闭合点的小镇有了新的状况。卡兰迪小镇是一个人口不到两万的小镇，自从出现了醉汉住宅神秘失踪又重现的事件之后，又陆续发生了几件奇怪的事情。警局接到报告，又有房子失踪了，但是警员到场之后，却发现房子还在现场。一开始警局以为是模仿第一个案件的恶作剧，但是报案人却对上帝发誓说没有撒谎。接着，类似的报警不断出现，流言也蔓延开来，很多人认为小镇上有恶灵作祟。

警局察觉到了事情的严重性，再次上报了案情，报告直接递交到了威廉姆手中，案件等级被上调至B级。报告里说，小镇上已经出现了恐慌情绪。

"这种情况可不多见。"威廉姆将报告递给身边的沃顿，"你觉得发生了什么事情？"

"毫无疑问，一定和恶魔有关。"沃顿很快就看完了报告，他沉吟着，"建筑物并不是真的消失了，这是典型的时空闭合现象，只有恶魔有这个能力，这种时空闭合点，就是恶魔的领域。在恶魔的领域内，他们可以避开守护者的探测，从容交易。有一个奇怪的地方，以前在我们遇到的恶魔领域里都会有受害者出现，但是到目前为止，没有接到一起受害者记录，笼罩在恶魔领域内的建筑物当时都没有人在里面。而且恶魔不会频繁在一个范围内制造领域，因为那样很容易被守护者包围猎杀。恶魔的行为越来越古怪了，这不是一个好现象。”

“我必须亲自走一趟，这又是一次非同寻常的事件，”威廉姆严肃地说，“不知道那些恶魔在搞什么鬼。”

“带上笼子吧，威廉姆，”沃顿拍拍他的肩膀，“这是一个机会。”

笼子是科学部研制的一个装置，形状像一个圆形潜水器，由钢铁铸造。但是钢铁是无法关住恶魔的，所以科学部在钢铁外壁上嵌入了导电性能最佳的银线，利用法拉第笼原理，使用的时候，外壳将充满高压电流。经过精确设计的形状和电压控制，能在笼内形成一个电磁场，经过测试，身处其中的守护者的能力的确受到了极大削弱。理论上应该能够对恶魔起作用，科学部认为，守护者和恶魔的能力来源是一致的，至少在性质上是极度相似的。

但是威廉姆极度厌恶这种说法，不仅是威廉姆，几乎所有的守护者都厌恶这个说法。守护者是高傲的、自负的，尽管守护者议会已经和人类合作了半个世纪，但是大部分守护者依然不认为自己的力量来源和肮脏下贱的恶魔一样。这种说法在神创派看来是不折不扣的异端和渎神言论，即使是比较开明的守护者议会，也对这种说法讳莫如深。

但是人类科学家并不这么看，他们的立场是客观的，他们研究了守护者和恶魔的能力，虽然对其根源不甚了解，但是却发现许多相同的特征。所以在人类的主导下，科学部依然坚持研制了许多克制恶魔的武器，包括笼子。

尽管不太情愿，但威廉姆还是很好地隐藏了自己的情绪，他点点头：“我会的。”

告别了沃顿，威廉姆拿着报告回到属于他的角落，他有些心不在焉地把报告丢在桌上，然后倒在椅子里沉思着。

那个预言困扰着他。如果预言是真的怎么办？

威廉姆感到一阵头痛，他决定在去卡兰迪之前要和沈晓琪谈谈。作为特别调查局里仅存的两名守护者，威廉姆需要听听沈晓琪的意见。

威廉姆在肖恩的病房外找到了沈晓琪，她显然刚刚探视完毕，正从病房往外走。沈晓琪的脸上难得地有了一丝疲惫。

情况并不乐观，肖恩依然没有醒来的迹象。脑科专家表示，肖恩的大脑没有受到任何物理性损伤，但是奇怪的是，他就是无法醒来。

“肯定是精神层面的原因，他可能受到了某种严重的刺激，他的意识躲藏了起来，我们能做的就是继续监视他的脑电波，并且等待。如果他有亲人，可以让他的亲人来陪伴他，给他说一些能触动他的话，也许奇迹是可以发生的。”最后，脑科专家是这样说的。

“我们调查过了，肖恩的父母很早就离异了，他的父亲不知所踪，他从小跟随祖父母一起生活，而他的母亲也早就再婚了，搬到了佛罗里达州，三年前去世了，他在这个世界上已经没有亲人了。”沈晓琪对威廉姆说，她感到些许自责，“威廉姆，如果不是我坚持这么做——至少他还可以以普通人的身份度过一生。”

“你不必自责，”威廉姆安慰道，“即使我们不选择唤醒他，邪灵也不会放过他的。而且，调查局也不可能保护他一辈子，唤醒他也不是你一个人的决定，我们都投了赞成票。我相信事情不会那么糟，即使是普通人，也有苏醒的奇迹，况且肖恩是一名守护者，我相信奇迹会发生的。”

“但愿如此，威廉姆，谢谢你的安慰！”

“我有一个事情要跟你谈谈，”威廉姆神情凝重地说，“我想你也许从新闻和报纸上看到了某些报道，有一些星星消失了。”

沈晓琪显然知道这个消息，她看过报纸：“可是新闻里说，这种现象并不罕见，宇宙中有很多星际尘埃，偶尔会有星际尘埃遮住来自星星的光线。”

“但星际尘埃遮蔽不了伽马射线那些玩意儿，晓琪，而且那些星星从未再次出现，这就说不通了。”威廉姆说，“来自白宫的消息已经证实了这不是谣言，的确有很多恒星正在熄灭，包括许多肉眼看不到的星系。”

沈晓琪这才反应过来威廉姆在说什么，她马上意识到这句话的分量：“你是说，那个预言……”

事实上，几乎每个守护者都听说过那个古老的预言，当世界将崩溃，沉沦于一片混沌与虚无之时，第一个迹象就是群星开始熄灭。

预言非常古老，古老得已经没人记得来源，它的源头早就湮没在了历史的长河之中。

“是的，也许是巧合，但我想，也许你可以将此事报告给议长。”威廉姆说，“当然，一切都由你来决定，就我个人而言，我认为这是一个该死的巧合罢了。”

沈晓琪点点头，她也开始心神不宁了：“我会的，请放心。”

威廉姆看出了她的焦虑，安慰道：“不必过于担心，也许真的是一个巧合。”

“你说得对，威廉姆，这个世界没有理由毁灭，宇宙距离毁灭还远着呢，即使是太阳，也还有几十亿年的寿命。”沈晓琪也笑了笑。

“很好，晓琪，不必过于担心。我要去一趟卡兰迪，这次我会带上笼子。”

“卡兰迪？”

“田纳西州的一个小镇，出现了恶魔领域的迹象，但是没有出现受害者，而且恶魔领域连续出现了多个，我怀疑小镇上有不止一个恶魔在活动。”

“没有受害者？”沈晓琪皱起眉头，她隶属于科学部，所以没有看过案卷，“有恶魔的目击报告吗？”

“这就是奇怪的地方，居民们报告说，最近小镇上没有来过陌生面孔。所以我要带上笼子，没有受害者，说明恶魔还没动手，那么我就有机会抓住他们，如果我成功了，我们就能知道这些恶魔在做什么勾当了。”

“我很奇怪，为什么我们从来没有过抓恶魔的想法？”沈晓琪皱起眉头。

“创新能力，”威廉姆说，“守护者缺乏创新能力，很公平，我们有几乎永恒的生命和能够对付恶魔的能力，但我们没有创新能力，我们不会自己发明任何东西，我们虽然活了很久很久，但我们中没有出现过一个科学家，我们缺乏思考的能力。”

沈晓琪轻笑起来：“威廉姆，不是每一个守护者都像你这样能正视自身。”

“天天和人类在一起，你知道的。”威廉姆耸耸肩。

“那么，祝你好运，威廉姆。”

威廉姆点点头：“谢谢你，晓琪，我会小心的。”

两个小时后，一辆全封闭福特货车缓缓地开进了一架货机的货舱，舱门很快关闭，飞机在塔台的指挥下开始滑行，进入跑道后，骤然加速，很快就腾空而起，消失在夜空中。

沈晓琪

告别了威廉姆，沈晓琪穿过一条寂静幽暗的走廊，走廊上方的灯感应到她的到来自动亮起，发出柔和的白光。当她走过之后，身后的灯暗了下去。灯光始终照亮着沈晓琪和她眼前的路，她的后方又重新陷入黑暗。

病房位于地下一层，这里是特别调查局的医疗区，主要对猎杀行动中受伤的人员进行医疗救助，但是肖恩是第一个被送到这里的守护者。

守护者很少受伤，每一个守护者都有强大的自愈能力，科学部曾经专门研究过这种现象。当守护者和普通人身上有同样的伤口时，守护者的伤口愈合速度是普通人的两到三倍。但是科学部提取了守护者的血液进行分析之后发现，守护者的血液组成成分和普通人没有什么明显区别，凝血因子和血小板也没有什么特异之处，似乎这些物质离开守护者的身体之后就失去了本身的能力。

沈晓琪乘坐电梯直接上了天台。她走到天台边缘，来自北方的寒风呼啸着穿过纽约的大街小巷，放眼望去，巨大的城市灯火通明，仿佛一头匍匐在地的巨兽。车流在蛛网般的道路上行驶，形成一道道光流，仿佛巨兽的血管里奔流的血液。尽管已经看过多次，但是沈晓琪依然为眼前的景象感到惊叹。她记忆中人类的城市是脏乱的、泥泞的，路边堆满了牲畜的粪便和垃圾，衣衫褴褛的人们居住在逼仄的破屋里，只有国王的宫殿和神庙是城市里最干净的地方。整个城市都臭气熏天。沈晓琪走过无数个城市，从最西方的高山到最东方的海滨，从最寒冷的北方到广袤的非洲大陆。但她从未想到有一天人类会建造出如此巨大的城市，甚至现在的一座城市就足以容纳几千年前全世界的总人口。人类发明了排水系统、消防系统、公共交通、供水系统……人类用前所未有的科技创造出了从未出现在这颗星球上的超级城市，而现在这种超级城市甚至有数百个。

遇到议长之后，沈晓琪的远古记忆一直在复苏。这十几年来，她逐渐想起了很多久远的事情，以至于她觉得自己已经变成了另外一个人。以前那个以为自己生病而惶惶不可终日的小女孩早就湮灭在记忆的洪流里，变成一朵小小的微不足道的浪花。她清晰地感觉到一个新的灵魂在体内觉醒，正如议长所说，从前的她迷失了自我，现在，真正的她回来了。

沈晓琪来到美国已经有十三个年头了，这些年来，她一直配合SIB提供守护者的基因样本，按照人类的要求和计划配合人类进行无数次测试和实验。而威廉姆领导的行动部不太妙，尽管有SIB的信息网配合，但是涉及恶魔的案件却越来越少，这并不能说明恶魔越来越少，相反，这很可能说明恶魔正变得越来越狡猾。近些年的猎杀行动中的种种迹象表明，有“人”——黑暗君主正在将他们组织起来。

但这几年来，沈晓琪也强烈地感觉到了一些不太妙的迹象。由于与恶魔相关的案件逐渐减少，行动部的人手在缩减，申请新的研究经费所需的流程也越来越长，一些以前畅通无阻的信息通道已经向守护者关闭。沈晓琪和威廉姆不得不接受了几次内部公开质询。有一些掌握着话语权的人士在质询会上公然提出：一切都是骗局，世界上根本不存在什么恶魔和守护者，更不存在什么黑暗君主，SIB这种浪费纳税人钱财的机构是否还有必要存在下去？甚至还有声音向沈晓琪发出质疑，为什么守护者议会的基地要放在中国？为什么SIB要接受一个中国人成立的组织的领导？这背后是否隐藏着什么？这些问题让沈晓琪感到窒息，这些短视的政客，总是意识不到人类是一个命运共同体。她不知道SIB还能存在多久。

沈晓琪坐在高楼边缘，轻轻闭上眼睛，她放慢自己的呼吸，放空自己的思想，渐渐进入一种深沉的冥想状态。她想象着自己漂浮在一片波涛起伏的大海，每一朵浪花都是一个突兀升起的念头，念头生生灭灭，她没有被这些浪花吸引，而是观察着它们。她能看到一些来自远古的景象一闪而过，从那浮光掠影中的惊鸿一瞥，沈晓琪看到了一些不可思议的景象。她看到自己站在一座小山的山顶，眼前是一片巨大的荒原，一片黑漆漆的军队正在集结冲向远方一座高耸的城池。沈晓琪知道那座城市的名字，那是罗马城，罗马帝国的首都。

一整排投石车向城市发射巨大的石块，猛烈地轰击着城墙。军队如野火般向城墙蔓延，刀枪如林，一面火红色的旗帜在战场上飘扬，来自东方的黄种人的面孔在盔甲下时隐时现。

沈晓琪睁开眼睛，血与火的景象消失了，眼前依然是纽约的灯火。

但是她牢牢地记住了那个旗帜上的图案。她也曾经疑惑，时间太过久远，她已经不记得这个景象是什么时候发生的。但这个景象无疑是非常重要的，那面旗帜经常出现在沈晓琪的脑海里，她几乎可以肯定，那不是一个梦或者幻想扭曲的记忆，那一定是曾经发生过的真实场景。互联网兴起之后，沈晓琪也试图在网上寻找那个旗帜上的标记，她甚至将那个标记画下来交给科学部，请求科学部帮助查找和定位，但历史学家明确地告诉她，这肯定是来源于一场梦境，因为那个扭曲的符号是属于西汉王朝的文字——赵，那是一个姓赵的将军率领的西汉军队。但是在历史上，西汉军队从未与罗马帝国交锋，而西汉军队中也从未出现一名姓赵的大将。

沈晓琪记住的是一场从未在真实的历史上发生的场景。也许历史学家是对的，沈晓琪知道，自己活了太久太久，经历了无数次转世，太多的记忆和经历扭曲缠绕，现实和虚幻的界限早已模糊不清、千疮百孔，她的记忆也许真的不可靠了。

可是这个世界上，什么才是可靠的呢？

沈晓琪不知道，她不知道这场战争还要持续多久，她甚至不知道这场战争是什么时候开始的。

但沈晓琪现在知道她要做什么。她轻轻叹了一口气，不需要看表，她知道时间快到了。她站起身，没有一点预兆，一个黑色的圆形区域突兀地出现在她的身后，仿佛空间被挖去了一块。如果走到门的背后，你会看到什么都没有，你甚至可以穿过那扇门所在的区域。但是当你回头，你就能看到那扇门的存在，那是绝对的黑暗，仿佛不存在于这个世间。

这是通向守护者议会的大门，科学部曾经研究过这扇大门，他们提出了一系列理论来试图解释这扇空间门，包括平行宇宙和虫洞，但每一种理论都只是理论，无法得到确切的证明。但是有一点是确定的，门的形状是绝对的圆形，而圆形是宇宙中最容易自发出现的形状之一，这是由宇宙的基本规律所决定的。而且空间门没有厚度，仿佛是三维空间中出现的一块二维碎片。第一次见到这扇空间门的时候，科学家们简直要发疯了，这扇空间门完全推翻了质量守恒定律，没有人能弄明白这扇门的原理。

这不禁让人联想到曾经发生过的一些奇怪的失踪案件和都市传说。但守护者坚决否认曾经用空间门做出对人类不利的行为，也拒绝了美国人想研究其军事用途的提议。而著名的“兰克事件”，也早就被证明是一个科幻小说中杜撰的，后来才逐渐演变成都市传说。

科学部的一名科学家认为：“也许当人类的基础物理学有了新的颠覆性突破，对宇宙的深层结构有了更深的认知，人类才能真正理解空间门的原理。”

科学部曾经提出要进入空间门，守护者议会斟酌以后同意了，但是却造成了不幸事件。一名志愿者走进了空间门，却再也没有出现。守护者坚持说在门的另一边没有任何人出现，志愿者也的确走进了门，但却凭空消失了，仿佛有一种力量阻止着人类使用空间门。

从此以后，没有人再试图穿过空间门，只有守护者本身穿过空间门才不会受到影响。

沈晓琪迈开脚步，走进了空间门。如果从侧面看，你会看到沈晓琪仿佛被空间凭空吞噬了。她离开后，圆形的黑洞没有留下一丝痕迹。

跨越了空间门，沈晓琪身处于一片奇异的空间，天空是奇异的黑色，但是这里却不黑暗，柔和的光线充斥着整个空间，地上也没有影子。大地是绝对平直的，仿佛一块光滑的大理石板，向四周伸展出去。站在任何地方向四周眺望，都看不到尽头。如果这是一颗星球的表面，那么这颗星球一定大得吓人，以至于以人类的视力根本看不见大地的弧度，而这么大的行星是不可能存在的，自重会让它坍缩。如果这里不是一颗星球，那么如此巨大的平面又是如何存在的？简而言之，这里的空间结构完全不符合人类认知的物理规则。

在沈晓琪的前方，有一座线条简洁的建筑，这座建筑由一些标准的简单几何体组成。几个正方体和长方体组成建筑的主体，建筑的尖顶是一个标准的三角形，仿佛是用计算机软件随意堆砌的一些模块。在建筑的中央，有一个方形的大门，沈晓琪向大门走去。她走进大门，穿过一个短门廊，来到一个大厅。大厅里的摆设也极为简洁，依然是一些仿佛是用计算机生成的几何模型组成了一个圆桌，圆桌周围是一些小的立方体，当作凳子。

这里就是守护者议会所在地，没有一个人类能到达这里，只有被守护者议会正式接纳的守护者才能安全穿过大门。据说议长在每一个守护者议会成员的灵魂上都留下了一把钥匙，只有持钥匙的守护者才能顺利通过大门。除了议长，没有人知道这片空间是如何形成的，当守护者向人类描述了这里的场景之后，科学家们甚至怀疑空间的大门实际上是一个虫洞，通向的这片空间根本不存在于地球上。但更可能的是，大门是人类目前无法理解的一种存在。

守护者可以在这片空间中随意创造出各种建筑，从辉煌的神殿到高达万米的金字塔。如果他们愿意，他们甚至可以在这里建造一个永远蔓延下去的城市和国度。但近似永恒的生命让这一切都变得乏味，只有对恶魔的猎杀本能支撑着守护者活跃在外面的世界。

当守护者议会成立之后，议长来到了这里，封锁了这里，只允许守护者议会的人员出入。所以，现在这里成了守护者议会事实上的总部。

大厅周围的墙上是一些等比排列的拱门，一个人影从门中走出。人影走近了，光线照亮了他的轮廓，他穿着一件中国古装样式的麻布长袍，举止从容。

“晓琪，你来了。”议长的眼睛依然明亮有神，“坐吧，我们已经很久没见了。”

沈晓琪在老人对面坐下来，她仔细打量着议长的脸庞。距离她第一次见到议长已经过去十六年了，但是议长却未见明显的衰老。不知道是不是错觉，有时候，沈晓琪还觉得议长似乎比以前在中国见面时更年轻了一些。

“我们发现了黑暗君主的踪迹。”沈晓琪说，“黑暗君主真的在美国。”

“这在我的意料之中，我已经追踪黑暗君主很久很久了。”议长似乎松了口气，“埃克斯是个能干的小伙子。”

“埃克斯找到了被黑暗君主追杀的守护者，但我不明白的是，黑暗君主为什么会追杀一个沉睡的守护者？”

“他在哪里？”议长没有直接回答沈晓琪的问题，而是问道，“我是说，那个守护者，他叫什么名字？”

“肖恩·埃尔文，他在纽约，我们试图用催眠的方式唤醒他。”沈晓琪有些沮丧，“但我们好像失败了，他陷入了昏迷，没有苏醒的迹象。”

“唔？”议长在光滑的桌面上交叉着双手，肯定地说，“不必担心，他一定会醒来的。”

“他是谁？”沈晓琪注视着议长，想从老人的脸上找出一些细节，“黑暗君主几乎从未现身过，一个能让他亲自猎杀的守护者，到底是什么人？而且，你一定知道，黑暗君主不仅是追杀肖恩，而且还反复地折磨他，他潜入了肖恩的梦境，杀死了他现实中的妻子和女儿……”沈晓琪顿了顿，“我相信他对肖恩的折磨不仅仅是在这一世，肖恩无数的前世里都遭受着这种无休止的折磨。他到底是什么人？十六年前，是你唤醒了我，为什么你不能用同样的方式唤醒肖恩？”

“沈晓琪……”在长久的沉默之后，议长的手指轻叩着桌面，他缓缓说道，“你是否还记得十六年前，你曾经问过我，守护者到底是什么。你还记得我是怎么回答你的吗？”

沈晓琪当然记得，她低声说：“我们是光明的守护者，是刺穿黑暗的利剑，是惊涛骇浪中的灯塔，是万里黄沙中的绿洲。我们斩灭黑暗，甚至以黑暗之名，我们甘愿背负骂名，为了斩灭黑暗，即使堕入黑暗也在所不惜。”她惊奇地睁大了眼睛，“你是说……”

议长抬起手，阻止了沈晓琪继续说下去：“肖恩是一个很特殊的守护者，保护好他。”

沈晓琪无声地点点头。

“至于为什么不用唤醒你的方式去唤醒他。”议长说，“形势紧迫，我们等不了下一个十六年了。十六年的时间里，缓缓释放你的记忆，对你是一种保护，如果巨量的记忆洪流在一夜之间释放出来，可能会烧掉你的大脑。但是对于肖恩，我们等不了那么久了，我们必须知道黑暗君主在干什么。”

“我明白了。”沈晓琪说。

“还有什么事情？”议长微笑地看着沈晓琪，就像他多年前第一次见到她的时候一样，“沈晓琪，我知道你不喜欢这个地方，如果不是害怕被美国人窃听，你宁愿给我打跨洋电话。”

“美国人越来越不信任我们了，”沈晓琪叹了口气，“下个月还会有一次质询，类似的质询已经是今年的第二次了。”

“他们没有从和我们的合作中受益，”议长并没有感到意外，“美国人以为能够借助和我们的合作获得超能力，打造真实的超人，甚至建立超能力军队。但这么多年了，他们从未成功过，他们什么都没有得到。如果我没有猜错，他们甚至以为这是我们的陷阱。”

“我想这不是全部的原因，”沈晓琪说，“他们未曾亲眼见过恶魔真正的邪恶，不是吗？而且恶魔的行动也越来越隐蔽，我们已经很久没有猎杀到一个恶魔了。”

“黑暗君主的功劳，”议长摇摇头，“他在重建恶魔军队，他用纪律约束恶魔的行为。”

“十六年前你就这么说了，直到今天，我们还是没有抓到黑暗君主，我们最大的进展就是终于知道了黑暗君主藏身美国，而美国有3亿人。”沈晓琪掩饰不住自己的沮丧，“而现在，我们和SIB的合作也岌岌可危，我……”

“不必自责，沈晓琪，你没有做错任何事情。”议长握住沈晓琪的手，“这些年你做得很好。”

“我不知道SIB还能存在多久。”沈晓琪低下头，“美国人已经快失去耐心了。”

“抬起头，我的孩子。”

沈晓琪抬起头，看见议长慈爱的目光，就像多年前初遇时的一样。

“你以为这些就是美国人想要终止和我们合作的原因吗？”议长摇摇头，深沉地看着沈晓琪，“不，问题可没这么简单。美国出过华盛顿和罗斯福，这样的国家绝不会做出这种短视的事情。可是现在，参议院和众议院里坐满了短视的政客，这是为什么？”

沈晓琪惊讶地瞪圆了眼睛：“你是说，恶魔控制了美国政府？”

议长耸耸肩，“可能还没有，但看起来也不会太久了。但是不必担心，恶魔是不会成功的。”

但愿如此吧，沈晓琪在心里说。“还有一件事情也许你会感兴趣，群星正在熄灭。”

“我知道了，谢谢你带来这个消息，”老人点点头，“你做得很好。”

“你好像并不感到意外？”

“该来的总会来的。”

“那个预言？”沈晓琪小心地询问道。

“我需要调查一下，沈晓琪，不要轻信什么预言，真正的守护者从不相信什么预言。”

“我该走了，”沈晓琪站起身，“肖恩随时可能会醒来。”

议长也站起来：“祝你一切顺利！”

沈晓琪点点头，心事重重地离开了，身影很快消失在大门里。

大厅里沉寂下来，片刻，角落里一片空气变得扭曲起来，一个黑影出现在角落里。

“大人，刚才沈晓琪所说的群星熄灭是真实的，而且，我们发现很多人都失去了联系，这种事情以前从未发生过。”

议长沉默了一会儿，才开口说道：“你的猜测没错，如我所说，众神之间的战争开始了。”

议长看不到黑影的表情，但以镇定著称的黑影的声音第一次有了一丝颤抖："但是只有阿波菲斯才能让群星熄灭……"

"我们必须确认此事，"议长沉郁地说，"如果真的是阿波菲斯……"

"是谁召唤了他……谁又能召唤他……"仿佛提起这个名字都让黑影感到彻底的恐惧。

"莫特，只有那个疯子能够做到，如果是他干的，那么对他有什么好处？"议长冷冷地说，"即使在众神之战中，也没有人胆敢召唤阿波菲斯。"

"你为什么不告诉沈晓琪？"

"你的问题太多了。"

黑影沉默了，过了一小会儿，他才继续说道："安德鲁死了。"

"安德鲁……"议长叹息了一声，"他是一个顽固的家伙，他以为可以置身事外，他以为莫特也会这么想，但是莫特不会允许中立者存在的。把消息散布出去，也许这有助于让那些家伙更快下定决心，另外，去召唤我们的战士，如果莫特开启了战端，那我们就不得不应战了。"

黑影点点头，然后退向了身后的黑暗，重新与黑暗融为一体。

黑暗中，议长轻轻地发出一声叹息，暴雨将至，这一次，无人能够置身事外。

约翰·亚当斯

天色蒙蒙亮的时候，一辆福特货车渐渐接近了卡兰迪小镇。货车在小镇的入口停下，威廉姆从副驾驶走下了货车，他向货车里的人叮嘱了几句，然后徒步走进了小镇。

卡兰迪小镇的历史几乎和美国的历史一样长，这里曾经遍布种植园，从奴隶岛运来的黑人们在皮鞭和棍棒下辛苦劳作。他们日夜劳作，朝不保夕，白天是白人奴隶主的牲畜，偶尔还是泄欲的工具。

据说有不少黑奴曾死在这里的种植园里，这也给现在小镇的居民增添了不少恶灵作祟的传说素材。威廉姆点着一根烟，三百年间，不少守护者跟随移民陆续来到了新大陆，他们为了追寻恶魔而来。恶魔永远会跟随人类的脚步，人类走到哪里，恶魔也会跟到哪里。

威廉姆亲眼见证了新大陆从荒芜走向繁荣，事实上他自己就是“五月花号”的成员之一。白人移民很快就像蝗虫一样驱逐了印第安人，占领了土地。他们从东海岸向西进发，骑着马、端着猎枪把印第安人驱赶上血泪之路。无数的印第安部落消失了，甚至在历史上没有留下部落的名字，唯有幸运的部落如阿帕奇、科曼奇的名字依然驰骋在战场。

这是美国的原罪，威廉姆心想，即使今天美国是世界上最繁荣的国家，但原罪是永远的烙印。每一个民族都有自己的原罪，而美国的原罪尤其沉重。他把燃到尽头的烟蒂丢开，用脚踩灭，威廉姆感觉到了一股让他不安的气息。

恶魔的领域有很多种，最常见的是扭曲空间和改变时间的流动。扭曲空间的恶魔领域一般来说是为了防止他人误入，恶魔似乎可以创造一个独立于这个世界的微型宇宙，而且不与这个世界发生反应。但这种说法并不完全准确，因为地球自身在以平均465米每秒的速度自转，同时还在以29.786千米每秒的速度围着太阳公转，太阳系本身也在围绕着银河系中心以250千米每秒的速度狂奔。但是恶魔领域却保持着和这个空间一致的绝对坐标，所以科学家们认为，恶魔领域很可能是某种幻象。还有一种恶魔领域似乎证明了这一点，当人陷入这种恶魔领域中的时候，他会不认识曾经熟悉的道路，会不停地在原地绕圈子，一次又一次地错过应该拐弯的路口。这也是恶魔诱惑欺骗普通人的手段之一。

威廉姆从口袋里掏出两只耳塞塞住耳朵，然后闭上眼睛。当感知这个世界的感官被遮蔽时，他隐藏的能力才能发挥更大的作用。威廉姆敞开了意识，他的精神触角从心灵之海深处苏醒，朝四面八方伸展蔓延开来。他感知到空间的不稳定，那是恶魔的领域留下的痕迹。透过精神触角的眼睛，威廉姆“看”到了一座建筑物，那是一座木质的二层小楼，也是这个镇上最普遍的建筑。这座建筑所在的空间有过扰动的痕迹，某个恶魔曾经接近过这里。

威廉姆睁开眼睛，拿掉耳塞，向那座小楼走去，越接近目标物体，越容易感知到缠绕的信息。很快，他来到了这座小楼，但是这座小楼却是废弃的。小楼门口有一个门廊，门廊的柱子上布满了裂痕，小楼的大门半掩着，地上满是尘土和落叶。草坪很久没打理过了，杂草丛生，大片的红蓼和车前草覆盖了原来的草坪，一片常青藤在墙壁上攀缘着。

威廉姆有点迷糊，这说不通，恶魔的领域为什么会出现在一座废弃的小楼？没有人会住在这种地方。但他的感知没有错，这里的确出现过恶魔领域，但仅仅是恶魔领域……没错，没有恶魔的痕迹，他“看”不到恶魔留下的痕迹。如果有恶魔曾经来过这里，他一定能感知并且追踪到。恶魔留下的踪迹比普通人要更显眼，他们对这个世界的搅动更强烈，留下的信息也更清晰。

但是威廉姆没有感知到恶魔来过这里，甚至没有普通人来过。一个自发形成的恶魔领域？不，这不可能！威廉姆已经与恶魔战斗了很久，但他从未见过也没有听说过这种情况。恶魔领域不可能自发形成，每一个恶魔领域都是恶魔制造的，而且依靠这种追踪天赋，即使恶魔已经离开，威廉姆也能通过对恶魔领域的追踪猎杀他们。

除非恶魔学会了更高级的隐匿手段。第一次，威廉姆感到了不安，甚至群星熄灭的消息都没有让他感到如此不安，难道恶魔已经变得如此强大？

等等，房屋里有东西。威廉姆听到一丝窸窸窣窣的响动从屋内传来，他拔出柯尔特，向门口轻轻走去。也许是一只动物，但依然很可疑。只要是生命体就会留下自己的信息，如果真的有动物藏在屋内，它逃不出威廉姆的侦测。

威廉姆一脚踢开了半掩的木门，木门不如他想象的结实，向后倾倒砸在地上，激起一团尘土。屋里很干燥，威廉姆看到了屋里的情景，几乎和小镇上所有的房子一样，进门是一个短短的门廊，天花板塌了半边，屋里没有残留的家具，只有几根支撑柱孤独地站着。屋里昏暗，灰尘在门口射进来的光束下飞舞，时而隐入黑暗中。这里显然已经废弃很久了，流浪汉都不会选择这种地方，威廉姆感到一股阴森的气息，但没有危险。

这里的确出现过恶魔的领域，威廉姆能感觉到这里的物体曾经陷入恶魔领域之中。陷入恶魔领域中的物体本身会有大量扭曲纠缠的信息，很难用语言来形容这种状态。有的恶魔领域会影响时间，将某个区域强行拉回到时间之河的上游，但是在这种恶魔领域中发生的事情并不能影响未来。当恶魔领域消失后，这个区域会回归正常的时间流，现实的世界不会有任何变化。有的恶魔领域能隔绝这个区域与外界的信息交换，仿佛是将领域内的一切物体都与这个世界隔绝，而恶魔能完全支配领域内的物理规则。但是守护者却不在其中，守护者拥有克制恶魔的力量，如果守护者在恶魔周围，恶魔就无法创造领域，即使恶魔创造了领域，守护者也能突破时空的壁垒进入领域。而且恶魔创造领域同样会对世界产生影响，而守护者能够探知到。依赖这些本领，守护者长久以来一直是猎人，猎杀着恶魔。

当恶魔领域消失后，扭曲的信息并不会马上消失，如同一个火堆熄灭但仍然残留着余温和灰烬，守护者依然能够追踪而来。像威廉姆这类擅长追踪的守护者几乎不会失手，只要被他发现了恶魔领域的残留，他就能像猎狗一样准确地追踪到恶魔的踪迹。但这次不同，威廉姆的确感知不到恶魔，而按照他的经验，这个恶魔领域距离消失不超过48小时。

威廉姆鹰隼般的目光扫视着屋内，第一层一目了然，没有任何活物。他将目光转向通往二楼的梯子，梯子的扶手早已腐朽不堪，木质的阶梯千疮百孔，但看起来依然结实。威廉姆向楼梯走去，他握紧手枪，人类制造的武器同样能对恶魔的肉体造成伤害，而且非常好用。恶魔也早已学会了使用人类的武器，他们也会与时俱进。

威廉姆走上楼梯，楼梯随着他的脚步震动，覆盖在台阶上的尘土被震散到空中，形成一团团黄色的尘霾。也许很多年没有人走上过这个楼梯了，走到拐角处，威廉姆居然看到一个塑料洋娃娃被丢弃在地上，洋娃娃的眼睛已经没了，只剩下两个黑洞，看起来阴森可怖。这里简直是一个天然的恐怖片拍摄现场，威廉姆想。他转身继续走上楼梯，但一个黑影猛地向他扑来。

威廉姆立刻举枪警告："我是联邦调查局探员，请立即——"

黑影扑倒了他，威廉姆在没有确认对方是恶魔之前是不会开枪的，守护者不得伤害人类，这是铁一般的法则，而且一般人类也很难伤害到守护者。

他们一起滚落到楼梯拐角，那个洋娃娃正好被压在威廉姆的后背下，发出一声沉闷的声响，也许威廉姆压碎了它的脑袋。来人拼命挥舞着拳头打向威廉姆，威廉姆头昏脑涨，躲闪不及，被连续打中了好几拳。但威廉姆丢掉了手枪，他已经感知到对方只是一个普通人类，而且毫无威胁。他的拳头虽然击中了威廉姆，但对于威廉姆来说不过是挠痒痒。威廉姆抓住了他的手腕，缓慢但不可抗拒地将对方推离自己的身体。他坐了起来，然后又站了起来，陌生人的手腕被他铁一般的双手牢牢抓住，动弹不得。短暂的搏斗结束了，威廉姆将他丢在楼梯上，陌生人发出一声惨叫，他以为自己的手腕被捏碎了。

但威廉姆知道他毫发无损，守护者能精准地控制自己的力量。这个人虽然不是恶魔，但必定有奇异之处，他在威廉姆的精神触角下是隐形的，威廉姆感知不到这个人的存在，就好像这个人根本不属于这个世界。

威廉姆弯腰捡起手枪放回腰间的枪套里，然后望向那个陌生人——他仰躺在楼梯上，胸膛起伏不定，剧烈地喘息着，发出粗重的喘气声。

威廉姆走向他，他攀上了四五级楼梯，然后俯身看向陌生人："你是谁？"

陌生人惊恐地望着他，瞪圆了眼睛："不要伤害她们，不要……"他祈求着。

"没人会伤害任何人，这里很安全，我是联邦探员。"威廉姆温和地说，他看出这个陌生人正处于极大的惊恐当中，"你叫什么名字？"

"约翰，我是约翰，我的妻子和女儿在哪儿？你看到她们了吗？"仿佛听到联邦探员几个字让约翰的惊恐稍微减退了，他语无伦次地说。

"没有，我没有看到她们，保持冷静，先生，我会帮助你，你现在知道你在哪里吗？"

"当然……这里是我家……"

镇长史密斯是一个大腹便便的家伙，他戴着一顶牛仔帽，穿着一件厚实的灰色毛衣。一个腰间挎着手枪的警长站在他的身边。一开始，史密斯并不相信眼前这个自称是联邦探员的外乡人，他满腹狐疑地打量了威廉姆半天，警长已经悄悄地将手挪到了腰间的枪柄上。当威廉姆掏出联邦探员的证件后，两个人才真正放下了警惕。

“请原谅，威廉姆先生，你要知道，最近卡兰迪不太正常。”镇长耸耸肩，脸上露出抱歉的笑容，“请问您是专门来调查这些事情的吗？”

威廉姆点点头，他指了指身后废弃的房子：“那里有人住吗？”

“当然没有，”镇长摇摇头，“谁会住在那种鬼地方！”

“二十年前那里发生过一起灭门案，”警长解释道，“一家三口被杀，然后那个房子就废弃了，甚至没有人愿意靠近那里，”他低声补充道，“传说那里闹鬼。”

“受害者叫什么名字？”威廉姆低头点着一支烟。

“约翰·亚当斯。”警长立刻就说出了男主人的名字，他自豪地说，“我已经在这里当了二十二年零三个月的警察了，这个小镇上发生的案件都在这儿。”他指指自己的脑袋，“尤其是这种恶性案件，可能是这个小镇有史以来最可怕的案件。”

“约翰·亚当斯，”威廉姆低声重复道，他吐出一团烟雾，“确认他死了吗？”

年龄对不上，威廉姆思忖着，房子里自称约翰的那个人，看起来年龄不会超过三十岁，如果约翰真的活到了现在，他应该五十岁左右。

“当然，”警长肯定地说，“入室抢劫，凶手持一把勃朗宁手枪，进门后先杀死了客厅里的女人，然后枪杀了楼梯上的小女孩，当约翰从外面回来的时候，看到客厅里死去的妻子，大声喊叫，被正在二楼搜刮钱财的凶手听到，凶手下楼枪杀了约翰。现场的勘查照片和案卷都在档案室里封存着，你可以随时查阅。”

“我需要看看那些档案，尤其是受害者的照片。”威廉姆缓慢地说，他指指身后的房子，“对了，里面有一个人，精神有点不正常，需要处理一下。”

“这个人自称约翰，他的精神很不稳定。”威廉姆拿着警长从档案室里取出的照片，那是一张很标准的证件照，照片上的男人留着短发，鼻梁坚挺，双目炯炯有神，和眼前的男人相比，有一种凛然的气质。“这个人，”威廉姆没有轻易下断言，他指着照片上的人问，“是军人？”

“是的，约翰·亚当斯曾经参加过海湾战争，传言他曾经还被派往索马里，他是我们这个小镇上的战斗英雄。”警长的目光不停地在照片和自称约翰的人身上扫视着，“这个人不可能是约翰，镇上很多人都参加了他和他家人的葬礼。”

“约翰·亚当斯有没有兄弟？”

镇长和警长两人对视了一眼，一起摇摇头。“他没有兄弟，但是有一个姐姐，住在亚特兰大。而且即使有兄弟，年龄也对不上，他的兄弟也不会这么年轻。”

这就奇怪了，照片上的人和眼前的约翰的确有相似的地方，但眼前的约翰留着大胡子，头发也很长。

“对了，”警长想起了一件事情，“约翰·亚当斯曾经负过伤，不知道是在海湾战争还是索马里，他的右腿。”

威廉姆望向约翰，此时约翰正蜷缩成一团，自从被警员们从废墟里拖出来之后，他就一直是这个样子，明眼人都能看出，这个人差不多已经疯了。天知道他是从哪里冒出来的，镇长和警察们都怀疑这是一个流浪汉或者通缉犯，躲藏在那座废弃的小楼里面，无意中被威廉姆发现。但威廉姆知道这个人身上必有蹊跷，对方能躲过他的精神触角，而且自称约翰。

死人不可能复生，恶魔做不到，守护者也做不到，但是威廉姆只相信逻辑和证据。

“看看他的右腿上有没有伤，”威廉姆对警长说道，“不要伤到他。”

尽管觉得毫无必要，警长还是苦笑着命令那两名警察按照威廉姆的要求去检查疯子的右腿。“威廉姆先生，你不会怀疑这个人是约翰吧？这不可能，我们很多人都亲眼见到约翰被埋进墓穴，而且这个人的年龄也对不上啊。”警长肯定地摇摇头。

“等等再说。”威廉姆不为所动，“如果有必要，我会亲自挖开墓穴检查一下。”

两名警察分工协作，一个膀大腰圆的警察制住约翰的双手，把他压倒在地，另外一名警察灵活地脱下了约翰的裤子。

“怎么样？”膀大腰圆的警察问道。

查看约翰右腿的警察抬起头，脸上是一副活见鬼的表情：“真的有伤，是弹片击中后的缝合伤，不会错的。”

镇长和警长瞠目结舌，镇长结结巴巴地说：“这肯定是巧合，约翰·亚当斯真的死了。”

“麻烦你们了，把他收拾一下，给他剃掉胡子，洗一洗。”威廉姆站起身，“镇长先生，我想你知道约翰·亚当斯的墓地在哪里吧？”

墓　地

在镇长的带领下，一行人很快就找到了约翰·亚当斯的墓地，准确地说，是约翰一家人的墓地。父母和女儿一同沉睡在茵茵绿草之下，墓碑上刻着他们的名字和生卒日期，威廉姆注意到小女孩死去的时候才六岁。

“凶手抓到没有？”问话的是一名本来等待在镇外的调查局特工。当确认小镇上没有恶魔之后，威廉姆将两名特工也叫了进来，同时要求当事的两名警察宣誓对此事保密。“这个疯子不是约翰，但肯定和约翰有一些联系，调查局已经追踪了他很久，这件事情属于高度机密，涉及国家安全，我只能告诉你们，这件事情和约翰·亚当斯当年的从军经历有关，他曾经接受过一些秘密实验。”

这些模棱两可的话以及暗示就足够了，人们的想象力会自动补充其他细节。而对于镇长和警长，威廉姆是这样暗示的：“约翰·亚当斯的确没有兄弟，也就是说他没有同一个父母所生的亲生兄弟，但——你们知道绵羊多莉吗？”威廉姆露出一丝意味深长的笑容，“这件事情就到此为止了，我相信你们能管好自己的嘴巴。”

镇长和警长两人对视一眼，脸上纷纷露出恍然大悟的表情，的确，剃掉了胡子、自称约翰的疯子和照片上的约翰·亚当斯的面貌惊人的一致。没有人会相信死人能够复生，但是如果是军方的秘密实验，用现役军人的基因去制造克隆人士兵，这就能很好地解释眼前的一切了。而且看起来军方克隆的不仅仅是约翰的肉体，还克隆了约翰的记忆，要不然那个克隆人为什么能凭借母体的记忆找到这里。而挖掘墓地的原因也就不言自明了，调查局肯定是想要提取母体的DNA做研究。

威廉姆看着他们的表情，严肃地说："当然了，我什么都没有说，你们什么也没有听到，即使你们说出去也不会有人相信你们的，阴谋论已经足够多了。但我想，你们都是聪明人，不会给自己惹麻烦的，对吗？"

"当然，当然，威廉姆先生。"镇长急忙点点头，联邦调查局的探员在这个小镇上也算一个大人物了，况且还牵扯到了军方的秘密实验，"我们会全力配合你们的行动，我们知道什么话该说，什么话应该带进坟墓。"警长点头附和，两名警察也当即表示绝对会守口如瓶，保证为国家保守机密。

现在，一行人正站在绿草茵茵的墓地，两名调查局的特工和那两名警察手持铁锹准备开始挖掘。

"凶手抓到了吗？"威廉姆问。

警长连忙回答道："抓住了，是一个吸毒的通缉犯，不幸的约翰一家，如果他们那天锁了门……"

"开始吧。"威廉姆命令道。特工和警员们开始挖掘，草坪被铲开，露出下面黑色的泥土，泥土被掘开，堆积到一旁。泥土很松软，他们很快就碰到了棺木，他们将土坑扩大，清理了棺材周围的泥土。橡木做的棺材已经开始腐烂，棺木本来的黑漆颜色已经褪去，露出了原来的木质颜色。当他们做好准备打开棺盖的时候，威廉姆亲自跳下墓穴，在两名特工的帮助下打开了棺盖。而两名警察则被命令爬上地面，他们也巴不得这样做，挖开墓穴和打开一个埋了二十二年的死人的棺材是两码事。

棺盖打开了，二十二年来第一次被打开。棺材里不是空的，一具朽坏的骸骨躺在棺材里，黑洞洞的双眼直视天空。衣服已经被腐蚀了，只残留了一些纤维碎片。威廉姆小心翼翼地提取了一些附在白骨上的没有完全腐烂的组织，放进一个特制的小瓶之中。

“很好。”威廉姆将小瓶递给一个特工，特工麻利地将小瓶装入一个密码箱。他们合力将棺盖重新盖上，然后依次爬出了墓穴。

他们短暂地站了一会儿，仿佛在为被惊动的亡魂祈祷。威廉姆却几乎毫无感觉，他知道，肉体并不是生命的本身，某种无形的东西才是。威廉姆有过很多具肉体，这些肉体都早已化为尘土。他也曾经经过自己的某个坟墓，也偶尔读到过自己的墓志铭，那是一种奇异的感觉。你明明知道墓穴里躺着的那个人是你，但又不是你，生命本身就是一个谜。基督徒们相信肉体死亡之后，灵魂要么直升天堂，要么坠入地狱。而佛教徒们则认为人的灵魂会在六道不断轮回，肉体只是承载灵魂的一个容器。灵魂转生为动物还是人类，则取决于生前所造的业。

但威廉姆知道这些宗教都是人类单纯的幻想，从来没有守护者抵达天堂，也没有守护者坠入地狱，更没有听说哪个守护者转世成动物，他们的灵魂固定地在人类身上流转。如果杀人是一种罪恶，那么恶魔早就统统下地狱了。

他们开始把土回填进墓穴，很快，棺木就重新隐没在泥土下，而且再也不会有人去打扰。

“现在，我们可以谈谈其他事情了。”威廉姆对警长说，“最近卡兰迪是不是发生过一些奇怪的事情？”

他们回到了警局，威廉姆让其他人离开了，他有一些事情需要单独和警长谈谈。两名特工也留下了，他们作为SIB的老牌特工，处理起这些奇异的事件来轻车熟路，也见怪不怪。

警长是一个中年人，五十岁左右，身材保持得很好，没有发福，他长着一张长脸，鼻梁坚挺，下巴很短，看得出来是一个干练的家伙。

“我想你们已经看到我们上报的第一起案件了。”警长说，“说实话，我从没见过这种事情，我们甚至用上了测谎仪，那玩意儿虽然不是百分之百可靠，但我更愿意相信我的手下，作为警察，他不会撒谎，也没这个必要。”他压低声音，“我查过，那所住宅是四十年前修建的，之前那片地的确是一个棉花种植园。”

威廉姆点点头，示意警长接着往下说。

“很多人相信是恶灵作祟，毕竟以前那里是一个种植园，死了不少黑奴，但我认为可能是一种幻觉，只是两个人同时出现幻觉的概率——”警长耸耸肩，“所以我将这个案件上报了。威廉姆先生，您是顺便来调查这些案件的？”

威廉姆不置可否：“介绍下其他事件吧。”

“后来又有人报告说房子消失了，但都是孤立事件，没有出现过其他目击者，而且声称消失的房子里面都没有人。”警长继续说道，“我认为这些事件都不可信，也许只是一些人的跟风恶作剧罢了，毕竟没有出现过一个受害者。”

“目击者有吸毒史吗？比如大麻之类会导致人产生幻觉的东西。”

“不好说，现在的年轻人——”警长摇摇头，不过他肯定地说，“第一起事件里的警察肯定没有吸大麻，他甚至连尼古丁都不碰，而且执行公务期间也禁止饮酒。”

“镇上有没有出现过陌生人？”威廉姆继续问道。

“没有，卡兰迪不是一个旅游地，这里是一个安静的小镇，很少有外人会到小镇上来，除了那个疯子……”警长说。

看来，带来的笼子派不上用场了。威廉姆思索着，他也没有感觉到恶魔的气息，至少现在没有。但是邪灵领域的确存在，也许恶魔学会了更高级的隐匿方式，然而又没有出现一例受害者，这就说不通了，天知道那些该死的恶魔在做什么。

也并不是全无收获，威廉姆想，什么军方的克隆士兵计划，他可提都没提。至于约翰·亚当斯，威廉姆提取了墓穴里的DNA，就是为了要与那个自称约翰的人进行比对。如果这个自称约翰的家伙真的是已经死掉的约翰·亚当斯，那么他身上一定隐藏着惊人的秘密。

“这是一场集体性质的幻觉。”威廉姆宣布，“在某些自然环境下，人看到的不一定是真实的，也许小镇的地磁发生了改变，或者其他某种我们未知东西的改变影响了小镇的居民的视觉或者大脑，毕竟人类的眼睛能看到的电磁波频谱也只是窄窄的一小段。请你把发生过的事件整理一下，我要写一份报告给上面，也许他们会派人来调查一下。当然了，也许只是一连串的跟风恶作剧，根本不值得我们浪费人手。”

“另外，对于约翰的事情，你们什么都没看到，什么也没听到，我是来调查这些恶作剧的，明白吗？”最后，威廉姆警告，“我想，你们也不想惹某些大人物的注意吧，我也不想。”

警长心领神会地点点头：“我快退休了，我可不想出什么岔子。前几天有个警察，离退休只有一年了，结果他在搜查一所夜总会的行动中私藏了一个装着200美元现金的钱包。你知道的，身败名裂，还关了进去，连退休金都泡汤了。你瞧，我可不会去犯傻。”

威廉姆表示同意：“你是个聪明人，警长，如果再有类似的事件，请立即上报，会有人来处理的。”

一个小时后，货车摇摇晃晃离开了卡兰迪小镇，不同的是，笼子里装着那个自称约翰的可怜人。威廉姆抓起电话，拨通了一个号码：“能不能帮我查一个人？我需要这个人从出生到死亡的全部记录，任何细节都要，对，他的名字叫约翰·亚当斯，曾经在陆军服役，去过伊拉克和索马里。”

“好的，威廉姆先生。另外，沈晓琪小姐给你留了一条口信，肖恩醒了。”

威廉姆挂了电话。这是一个好消息，他想，总算有一个好消息了。

帕里奥洛格斯

一个阳光和煦的下午，一个男人来到了伊斯坦布尔一家靠街的咖啡厅。这家咖啡厅位于一个山坡之上，坐在窗边可以远眺博斯普鲁斯海峡，跨海大桥上车流穿梭不息，那里是亚欧大陆的分界线，也是一个著名的旅游景点。游客们会乘船沿着海峡两侧观光，享受欧洲和亚洲之间穿梭的新奇体验。

男人的目光望向西方，著名的清真寺在楼群的间隙中露出天蓝色的圆顶，在阳光的照耀下闪闪发光，游人如织，这座城市沐浴在安静祥和之中。但是男人眼中的景象却不尽于此，他看到巨大的战舰跨海而来，一望无际的军队将这座伟大的城市团团包围，这里是拜占庭帝国最后的领地和最后的荣耀。

反抗是徒劳的，西方基督教放弃了这座东方最后的堡垒，他看到了这座城市的结局，在乌尔班大炮的持续轰击下，奥斯曼大军如潮水般涌入了城墙的缺口，从金角湾悄悄登陆的军队更是给出了致命一击。屠杀整整持续了三天，整个君士坦丁堡都陷入了火海与浓烟之中，直到再也没有值钱的财宝值得争抢，疲惫的奥斯曼军队才放下手中的屠刀。

所有的教堂都被摧毁，圆顶星月的清真寺在废墟上拔地而起，基督教的势力再也没有回到这片被抛弃和背叛的土地，延续千年的罗马帝国最后的挽歌在夕阳中唱响。

男人的目光从远方收回，回忆让他胸中的怒火熊熊燃烧，他喝了一口苦涩的咖啡试图让自己冷静下来。背叛者，这座城市最后的抵抗者们都明白他们被背叛了，从热那亚出发的舰队只是一个传说。西方基督教抛弃了这座东方最前沿抵抗奥斯曼帝国的堡垒，他们背叛了他们的信仰和誓言。现在，这座城市已经成为基督教永恒的耻辱。

但那只是世人所见的表象，男人脑海中勾勒出的是一场从未记载于史书上的战争。大天使米迦勒在深夜潜入了被围困的君士坦丁堡，他化成一片阴影从城墙上滑过，巡逻的士兵对他视而不见。当行走在大街上时，米迦勒又化身为一名普通的僧侣，没有士兵对他产生好奇心，更没有人去盘问。当他接近宫殿，疲惫的卫兵也未曾睁开闭着的双眼，更未心生警惕，米迦勒施展法力，遮蔽了士兵们的感知，让自己变得空无一物。

“我带来了加百列的请求，尊敬的帕里奥洛格斯陛下。”当米迦勒见到皇帝时，他摘下了僧侣兜帽，露出一张平凡甚至有些丑陋的老年男子面孔。

帕里奥洛格斯疲倦地抬起头看着来者：“你是……米迦勒？”

“是我，陛下，我依然以米迦勒为名，很高兴您还认识我。”米迦勒谦卑地回答。

“我当然认识你，我的老朋友。”皇帝的眼神涣散，仿佛看向了更遥远的过去，那些他们曾经一起并肩作战的日子，“这么说，加百列也来了？”

“是的，陛下。”米迦勒的态度更谦逊了，“加百列让我带来一个请求。”

皇帝笑了，“请求？狡猾的米迦勒，你一定篡改了加百列的原话，我们都知道，加百列从不请求别人做什么事情。”

“不，这的确是一个请求，请您下令停止反抗吧。”

“你是来劝降的？”帕里奥洛格斯的笑容消失了，“米迦勒，骄傲的米迦勒，你来劝降我？”

“我只是一个使者，陛下，我只是一个送信者。”

皇帝站起身，米迦勒这才发现他的身材异常高大，但是非常瘦削，仿佛那华丽的袍子里裹着的是一副骷髅，似乎轻轻一推就会散落在华贵的埃及雪花石地板上，化为一堆枯骨。但米迦勒知道那副看起来弱不禁风的身躯蕴藏着惊人的力量，任何对这位老人的轻视都付出了沉重的代价。

“告诉加百列，带着他和他的军队离开君士坦丁堡，来自西方的援军会到来的，教皇已经收到了我的信件。”

“您说的是这封信吗？”米迦勒从怀中掏出一个卷轴，他恳切地劝说道，“您的信使已经被截杀，现在没有一只鸟能飞出君士坦丁堡，陛下，帝国已经……”

帕里奥洛格斯脸色铁青，仿佛下一刻就要拔剑杀人，空气仿佛凝固了，米迦勒识趣地沉默了。

“你们为什么要这么做？”最终，疲惫又回到了皇帝的脸上，他很好地控制住了自己的情绪。

“您知道答案，帕里奥洛格斯。”顿了一下，米迦勒说出了他的另外一个名字，“伟大的拉斐尔。”

“很久没有人叫我这个名字了，自从……”帕里奥洛格斯轻轻摇摇头，“无人知晓我真正的身份，我也从未滥用我的神力，你们不应该这么做。”

“魔鬼在暗中注视着我们，拉斐尔。”米迦勒继续劝说道，“你这么做会给所有幸存者带来灾难。”

“这不公平，米迦勒，你们太敏感了，如果坐在这个位置上的是一个凡人，他依然会这么做，而且一定没有我做得好。我所做的一切，都是为了这个帝国的臣民，睁开你的眼睛看看，米迦勒！一旦破城，这座城里所有的成年男子都会被杀死，所有的妇女都会被奸淫然后贩卖为奴，所有的婴儿都将被挑在敌军的矛尖上！”帕里奥洛格斯的怒意逐渐升腾，他焦躁地来回踱着步子，他怒吼着，“你们都将成为魔鬼的帮凶！”

“我们不参与凡人之间的战争，拉斐尔，这是规矩。”米迦勒平静地说。

“这不是战争，这将是一场血腥的屠杀！”

“是什么改变了你，拉斐尔？你似乎忘记了你玩过的那些游戏。”

“我不是你们的敌人，米迦勒，我从来没有追随背叛者，你们很清楚这一点。”帕里奥洛格斯冷冷地说。

“但你的行为很危险，你会引起魔鬼的注意，你会把我们都置于危险之中。”

“你们在乎的只是自己的生命，”帕里奥洛格斯冷笑着，“在你们眼里，凡人依然是蝼蚁，你们自以为是那个人的信徒，但你们根本未行守护之责。”

“首领自有安排，你不必担心此事，如果你愿意，烈火随时欢迎你的到来，拉斐尔，但是现在，你有更好的选择，跟我离开吧，不要浪费你的生命。”

帕里奥洛格斯突然站住了，他冷冷地盯着米迦勒的眼睛，犀利冷峻的目光似乎要刺入米迦勒的灵魂深处。“不，我是君士坦丁十一世，罗马帝国最后的血裔，我将光荣地战死在这片土地上。”

米迦勒点点头：“我明白了，陛下，我会将这个消息带回去。”

米迦勒离去了，皇帝一直目送着他的影子消失在黑夜里。仿佛在回应皇帝的决定，乌尔班巨炮发出一声巨响，将沉重的花岗岩炮弹砸在了摇摇欲坠的城墙上。

皇帝身后出现了几个侍卫，他们也盯着米迦勒离去的方向，其中一个侍卫说道："米迦勒知道我们在这里。"

皇帝轻声说："有什么能瞒过米迦勒呢？"

"陛下——"另一个侍卫刚刚开口就被帕里奥洛格斯打断了，"叫我拉斐尔，你们不是我的臣民。"皇帝说，"你们都听到米迦勒带来的信息了，那么，做出你们的选择吧。"

没有一个人动，也没有人说话，大殿里安静得可怕，只有风带来的远处士兵的呼喊和嘈杂的战马嘶鸣。

"你们听见我说什么了？"拉斐尔打破沉默，"我们是平等的，我没有权力让你们送死。"

"我们已经做出选择了，陛下。"一个侍卫回应道，其他的侍卫一言不发，但他们的表情已经告诉了拉斐尔他们在想什么。

天空暗了下来，拉斐尔和侍卫们望向天空，所有疲惫的战士和困倦的灵魂都抬头望向天空，一个黑影正在吞噬月亮。

"月食，不祥之兆。"一个侍卫轻声说。

原本就昏暗的城市变得更加黑暗了，繁星开始出现在天穹之上，与城市中的火光交相辉映，一切都显得非常不真实。

拉斐尔望向月亮应该存在的方向，那里什么都没有，只有1453年夏日深邃的夜空。

据史书记载，1453年夏天，来自奥斯曼帝国的大军攻陷了东罗马帝国最后的领地君士坦丁堡，从此世界上再也没有君士坦丁堡这座城市，一座名叫伊斯坦布尔的城市诞生了。城破之际，皇帝君士坦丁十一世率领侍卫们死战不退，据说他死于乱军，但土耳其人从未发现过皇帝的尸体。破城以后，奥斯曼军队大肆劫掠，屠城三日，摧毁了能看见的一切。

屹立千年的罗马帝国最终成为历史。

男人喝完了咖啡，天色渐晚，夕阳已经沉入了地平线，城市的灯火密集起来，天空呈现出一片昏黄色。

男人叫来侍者，身穿白色围裙、黑色马甲的侍者礼貌地用流利的英语问道："先生，请问您还需要什么？"

这位外国客人看起来彬彬有礼，但此刻他的行为却不那么礼貌，他摘下墨镜，近乎无礼地直视着侍者的眼睛，用一种奇怪的语言说道：“拉斐尔，你还认识我吗？”

侍者一愣，他从未听过这种语言，但他又似乎听懂了从这位奇怪的客人嘴里说出的话。“我不是拉斐尔，先生，您认错人了，我是阿里，穆罕默德·阿里。”

“不，你是拉斐尔，你也是君士坦丁十一世，罗马帝国的最后一任皇帝，我的陛下，我终于找到你了。”客人说道。

“对不起，我不懂你在说什么……”阿里环顾四周，他没有被培训过遇到疯子该怎么办，但这位客人看起来衣冠楚楚、谦和有礼，怎么会是个疯子呢？

“醒来吧，帕里奥洛格斯，曼努埃尔二世第八子，约翰八世之弟。”客人没有理会阿里的迷茫，继续用那种奇怪的语言说着，同时一种奇异的气息笼罩了阿里和客人所在的这一小片区域，外界的声音都已远去，阿里的耳边只有客人奇异的语调在诉说，“拜占庭帝国最后的守护者，来自远古的神灵，伊甸园的明矛武士，大天使拉斐尔，万神殿的守卫，时间已到，从这永恒的轮回之苦中解脱吧。”

客人念起了一段晦涩难懂的咒语，每一个音节都充满了魔力，每一个咒语都来自遥远得难以想象的远古，足以唤醒深藏在拉斐尔血脉中远古的记忆。

一瞬间，侍者阿里进入了一种奇异的状态，他的眼神涣散迷离，失去了焦点，客人默默地等待着。当侍者重新恢复正常时，他的眼神已经和此前不一样了。

“是你，乌列，你怎么会在这里？”侍者用同样古老的语言说道，但马上他的脸上呈现出痛苦的表情，他环视四周，“这是哪里？我是……”

“这里是伊斯坦布尔，陛下。”客人依然坐着，但他的脸上显出恭敬的表情，“这座城市曾经的名字是君士坦丁堡，拜占庭帝国的首都，于1453年被奥斯曼帝国攻陷。帝国灭亡，君士坦丁十一世死于乱军之中，现在这座城市叫作伊斯坦布尔。”

“你怎么会找到我……你怎么能找到我？”

“是莫特大人派我来的，陛下。”

“莫特，莫特。”拉斐尔咀嚼着这个名字，“你说的是那个背叛者？”

“背叛者？不，莫特大人从未背叛，他一直是父神忠诚的信徒。”客人笑了，“拉斐尔，君士坦丁十一世陛下，侍者阿里……是谁让你变成了侍者阿里？”

“我不仅仅是侍者阿里，我还做过水手，我曾随军远征克里米亚，再也没有回来，为什么我没能够苏醒过来？”

“尊敬的陛下，米迦勒和加百列欺骗了我们，他们不仅摧毁了帝国，还摧毁并封印了我们，是莫特大人找到了我，唤醒了我，赐予我唤醒你的力量。我知道你在这里，所有人都在这个城市里，数百年来，我们在这里出生，在这里成长，又在这里死去，但我们从未离去。即使我们忘却了一切，但我们的灵魂依然不肯离开这座城市。”

“你是说米迦勒和加百列封印了我们？他们为什么要这么做？”

“因为他们才是真正的背叛者，他们已经和魔鬼勾结，如果没有魔鬼的帮助，他们根本不可能攻下君士坦丁堡。”

“这真是难以置信，乌列，我虽然不喜欢加百列，但我不相信他会和魔鬼勾结。”侍者突然想起了眼前这个人的真实身份。

“加百列不是那个人的继承者，拉斐尔，也许当时连加百列和米迦勒都不知情，我相信奥斯曼大军中混有不止一个魔鬼。”

“告诉我，加百列和米迦勒听命于谁？”

沉默了一会儿，乌列才说出了一个名字：“阎摩。”

拉斐尔笑了：“也许你可以说出一个更能让我信服的名字，我们都知道阎摩未曾参与过众神之战，他死在了东方。”

乌列却没有笑，“自从那个人死后，阎摩就不是以前的阎摩了，我们尚不知晓他是通过什么方式重回人间，但他已经成为一个首领，他同样背弃了众神的道路，他派出爪牙，在魔鬼的帮助下肆意猎杀不肯听从他的神灵。而我们，就是他的受害者。拉斐尔，帕里奥洛格斯陛下，想想看吧，只有魔鬼才有封印我们的能力。”

“如果你的话是真的，”拉斐尔脸上的笑容也消失了，“阎摩到底想干什么？是魔鬼毁灭了他的神系和神国，我以为他复仇的烈焰永远不会熄灭。”

“他已经被魔鬼侵蚀了，他的心灵已经被魔鬼蛊惑，他不再是那个骁勇善战的印度三神祇之首，他现在是魔鬼的代言人，死神这个名号，倒是很适合他。”

“那么，你为什么要唤醒我？”

“复仇的号角已经吹响，你必须做出你的选择，是侍者阿里，还是君士坦丁十一世陛下？”

“你说什么？”拉斐尔的呼吸不禁厚重起来。

“莫特大人可以帮你重建帝国。”

拉斐尔凝视着乌列的眼睛，“时代已经不同了，乌列，帝国已经如风中的落叶腐朽在泥土里，就连奥斯曼帝国也消失在铁与血之中。”

“你没有听错，拉斐尔，”乌列严肃地说，“跟我走吧，我们一起去唤醒其他人，莫特大人已经找到了摧毁魔鬼的办法，我们可以重建众神时代，所有的古神都将重新崛起，不管是埃及神系还是印度神系，还有在战前就覆灭的北欧神系，每一个神灵都将重新回到这片大地上，神灵的时代将重新到来。”

拉斐尔正犹豫不决，他眼前的景象逐渐变幻，面前的客人打了一个响指：“买单，谢谢。”

周围重新变得喧闹起来，阿里这才意识到刚才周围一片寂静，他们的谈话仿佛发生在另外一个时空。

“好的，先生，请稍等。”侍者阿里说。

阿里取回结账的木盒，打开盒子，发现除了小费，里面还多了一枚金币，他没有声张，悄悄将金币收起。他晚上回到家之后，在灯光下，仔细端详那枚金币。那是一枚铸造于拜占庭帝国后期的半盎司金币，金币正面的君士坦丁十一世侧面像在灯光下闪闪发光。

原来那不是梦，阿里的眼眶中突然充满了泪水，他抚摸着那枚金币，金币的边缘早已被时光的沙粒摩擦得粗糙不平，但金币上的侧面像依然清晰可见。金币在他细长的手指间来回翻转，如精灵一般飘逸舞动，有那么几个瞬间，金币似是脱离了他手指的掌控，但没有掉落到地面，而是仿佛脱离了地心引力一般重新回到他的手心。

一种奇异的感觉攫住了他的心灵，他的一生仿佛突然变得透明了，他看到自己生活过的全部细节，所有的爱和恨，所有经历过的绝望和痛苦，所有的一切都堆积在这个夜晚。

我是谁？他轻声地问自己。阿里一夜未睡，一直盯着那枚金币，作为君士坦丁十一世的一生的记忆随着破裂的寒冰被释放出来，前世的场景在他的脑海中不断翻涌，他终于想起了城破的那天发生了什么。

狡猾的土耳其人偷袭了金角湾，他们在地上铺上了滚木，用人力将巨大的木质战舰拖过了陆桥——帕里奥洛格斯很怀疑他们是否真的只使用了人力，如果如乌列所说，有魔鬼混在了奥斯曼军队之中，那么魔鬼必定会出谋划策。守城的军队已经筋疲力尽，米迦勒离开的那个夜晚，主教举办了安魂弥撒，市民们不约而同地手捧蜡烛来到了教堂，几乎所有人都知道，这将是帝国最后的弥撒了，与其说这是为了祈求上帝保佑君士坦丁堡，不如说这是帝国为自己举行的安魂弥撒。

君士坦丁十一世登上塔楼向城外眺望，乌云遮蔽了月光，一切都笼罩在黑暗之中。他看不见大海，也看不见陆地，整个君士坦丁堡仿佛变成了一叶漂流在无尽黑暗虚空中的扁舟，黑暗的虚空中潜藏着的不是传说中的怪兽，而是武装到牙齿的奥斯曼大军。他们有着锋利的牙齿和无比强健的肠胃，这头怪兽正匍匐在城外，要将这座伟大的城市吞噬。帕里奥洛格斯从未见过如此多的人聚集在一起，即使在遥远的那些日子里，他也没有见过如此可怕的军队。忽然，虚空中出现一个暗淡的黄色亮点，紧接着更多的亮点出现了，很快就连成一片，那是敌军点起的火把。一声凄厉的号角从城墙上吹响，疲惫的士兵们握紧手中的武器挣扎着站起身，敌军准备夜袭了。

帕里奥洛格斯不知道加百列和米迦勒在敌军中扮演了什么角色，他脸色阴沉地思索着，他知晓米迦勒的暗示——那几乎不是暗示了，而是赤裸裸的威胁。如果帝国的皇帝不是他，那么加百列和米迦勒将不会帮助奥斯曼的军队。对于加百列和米迦勒来说，眼前的一切都只是这个世界的背景，即使是一个已经延续千年的帝国在眼前毁灭，也不过是时光长河中的一朵小小浪花。但帕里奥洛格斯质疑他们的动机，魔鬼已经很久没有出现了，有一段时间，他甚至以为魔鬼从这个世界上消失了，但他不敢掉以轻心，虽然他未曾参加传说中的众神之战，但他仍然了解那场战争中神灵的惨败，几大神系连同所有的神国都被摧毁。和大多数幸存的神灵一样，拉斐尔从不轻易显露自己的神力，像凡人一样度过一生又一生。

但加百列和米迦勒又能做得了什么呢？虽然对神灵来说，死亡并不是生命的终点，但谁又能说自己完全不害怕肉体的死亡呢？想到这里，帕里奥洛格斯不禁怒气翻涌，他们两个未免太多管闲事了。虽然帕里奥洛格斯并不恐惧死亡，但是他也不愿意看到这个伟大的帝国被摧毁。

“陛下，”乌列开口说道，他对帕里奥洛格斯的称呼表明了他的立场，“如果米迦勒和加百列显露出他们的身形，我们是否……”

“他们不会的，”疲倦的皇帝摆摆手，“他们只想摧毁帝国，不想招来魔鬼。”

“如果西方世界的援军真的不来，那么……”

“那么就没有人能挽救帝国了。”皇帝说，从他的声音里听不出一丝悲伤和不快，仿佛在诉说着一件再平常不过的事情，“不必过于悲伤，我的朋友，忘却你们真正的身份，让我们为帝国尽最后的责任。”

……

阿里猛地站起身，连带着桌子上的物品叮当作响散落在地板上，他眼前的幻象如雾气一般散开，显露出现实中的墙壁。

……

帕里奥洛格斯知道事情将会如何发展，帝国的灭亡已经不可避免，他从小就学习帝国的历史，从罗慕路斯到恺撒和屋大维，他熟知每一个执政官和皇帝。他从未见过一个延续如此之久的帝国，他深信，即使帝国灭亡，也将在人类的文明史上留下自己光辉不朽的名字。他和他的同伴们将以凡人的身份和力量为帝国谱写最后的挽歌。事实上他们也的确是那么做的，苏丹的军队如潮水般涌入城墙的缺口后，帕里奥洛格斯身披金色的盔甲——他拒绝了将军们请求他换上平民衣服从西方城门的水路乘小船逃走的建议。将军们请求他亲自前往西方，留下帝国复兴的苗裔。他们希望有一天皇帝会光复帝国，让上帝的荣耀重新照耀在君士坦丁堡，但是皇帝面色苍白地拒绝了，他甚至再次拒绝了将军们让他不要穿他那件礼仪作用大于作战作用的金色盔甲的请求。那件盔甲在阳光下就像另外一个太阳一样耀眼，君士坦丁十一世就是这个帝国最后的太阳。他将会战死，为这个帝国尽最后的责任，但他不会真的死去，他会像过往的很多次经历一样重生。

但是有一些不对劲，帕里奥洛格斯突然心生警兆，他察觉到一些不同寻常的气息隐藏在苏丹的军队之中，尽管他不准备使用自己的法力，但他惊恐地发现自己似乎被某种东西锁定了。与此同时，他敏锐的感官和超人的力量也消失了。帕里奥洛格斯砍倒一名敌军，回头望向他的侍卫，他看见的景象证实了他的感知，赫克托被两个敌军砍倒了，一定是瞬间的失神让赫克托被敌人偷袭成功。赫克托是最强壮的侍卫，他身材高大，体魄强健，思维敏锐，即使不是神灵，也足以以一当十。

“陛下！”他的侍卫长乌列怒喝一声，“是——”

乌列的最后一句话已经没有机会说出口，他的头颅被利剑斩断，鲜血如泉水般喷射，但是乌列那蕴含着不甘和愤怒的吼声让帕里奥洛格斯彻底清醒过来，有魔鬼，苏丹军中有魔鬼！加百列、米迦勒，居然勾结了魔鬼！只有魔鬼才有这种压制性的力量。

侍卫们发现了他们的陛下正处于危险之中，个个奋不顾身地扑了过来，但是敌军像永不退却的潮水般一拨又一拨涌来。侍卫们一个接一个倒下，帕里奥洛格斯身上已经伤痕累累，敌军早就发现了这个耀眼的“太阳”，他们疯狂地朝这位皇帝陛下涌来，试图争夺最大的荣耀。

乱军之中，金色的太阳最终被乌云遮盖，太阳熄灭了。

乌列没有说谎，阿里沉重地喘息着，加百列和米迦勒是背叛者，他们居然与魔鬼勾结向同为神灵的伙伴下手。阿里的目光从未如此冰冷，他的头脑也从未如此清醒。他浑浑噩噩地生活了数百年，每一世都艰难困苦，他忘却了自己神灵的身份，在冰冷的夜里被冻死，在酷热的沙漠里饥渴至死，他不是阿里，他是拉斐尔，是来自天庭的神灵。

第二天，阿里一上班就看见昨天那位客人又来了，他依然坐在昨天坐过的位置上。

看见阿里之后，乌列露出了意味深长的笑容。

“带我去见莫特。”阿里径直走向乌列。

“我会的，拉斐尔，不过不是现在，我们还有其他事情要做。”乌列舒展开身体，找了一个舒服的姿势把自己靠在椅背上，“我知道你一定会这么做的。”

“加百列和米迦勒在哪里？”阿里问，怒火在他的瞳孔里燃烧。

乌列笑了，他伸出一根食指：“耐心，我的陛下，要耐心，你会找到他们的，复仇的烈焰只有神灵的鲜血才能浇灭，现在，让我们去唤醒其他人吧。”

德古拉

接下来的时间里，拉斐尔对莫特的忠诚与日俱增。他们越过博斯普鲁斯海峡，一路北上进入保加利亚境内，世俗的国界线对他们来说毫无障碍。乌列带着拉斐尔穿越色雷斯地区，继续北上抵达了罗马尼亚境内。

稍作休整，他们继续向西北方向行进，沿着蜿蜒曲折的蒂萨河行进至东喀尔巴阡山。这个季节的东喀尔巴阡山空气洁净，白雪皑皑的山峰在碧蓝的天空下清晰可见。当他们开始翻越东喀尔巴阡山的时候，拉斐尔意识到了乌列的目的：“你要去找德古拉？”

“他不喜欢这个名字。”乌列耸耸肩，“他更喜欢被称为穿刺公，弗拉德·穿刺公。”

“可是我记得他的头颅在伊斯坦布尔——我们来的地方，难道我们不应该在伊斯坦布尔寻找他吗？”

“大部分神灵死去的时候，强烈的执念印刻在灵魂深处，即使转生也不会离开最深爱的地方。”乌列说，“但有些神灵也会例外，比如迦梨，我找到她的时候她是华盛顿郊区一个洗衣店的员工，还是动物保护组织的核心成员。”说完这个，乌列狡黠地一笑。

“那么你呢，乌列，这些年你经历了什么？是谁把你召唤回来的？”

“是维克多大人唤醒了我。”

“维克多？”听到这个名字，拉斐尔猛地站住了，“你说维克多……”

“是的，你没有听错，是那位始祖维克多，他赐予了我复生众神的力量。”乌列微笑着，“所以这成了我现在的工作，你不是我复活的第一个神灵。”

第三天，他们进入了古特兰西瓦尼亚公国境内，德古拉伯爵的故乡，路过波耶纳利古堡的时候，他们没有停留。

“那个故事是真的吗？”拉斐尔问道，“弗拉德公爵将被俘的两万名土耳其士兵施以穿刺之刑，环绕城池，吓退了土耳其大军？”

“你可以亲自问问他。”乌列耸耸肩，“也许你和他会有共同语言，你们的遭遇也很相似，为了保卫自己的国家战斗到最后一刻。”

穿刺公死于君士坦丁堡陷落后的第二十三年，在布加勒斯特近郊战场上以微小军力，在无外援的情形下与奥斯曼土耳其帝国大军战至最后一兵一卒。土耳其军队后来将德古拉的形体四分五裂，他的首级被远送至君士坦丁堡，不，当时那座城市已经变成了伊斯坦布尔。

他们最终在穆列什县郊外的农田里找到了德古拉，此时的弗拉德公爵是一个农夫，双手布满了老茧，脸上满是风霜，看得出他的生活并不如意。

老农疑惑地看着这两个装束奇怪的来客，他一辈子都没走出过罗马尼亚，更不会说英语，他只会说山区的罗马尼亚语。但是奇怪的是，他听懂了来者跟他说的第一句话：“既然人生于上世，为什么还要将此生与来世分开？”

当他们离开罗马尼亚的时候，在弗拉德公爵的坚持下，乌列和拉斐尔不得不绕道去了一趟斯那可夫修道院。

他们最终离去时，身边又多几个胸中燃烧着复仇烈火的同伴。

苏 醒

肖恩醒了。

他的意识从黑暗虚空弥散中逐渐坍缩成实体，最开始，他逐渐意识到眼前是一片黑暗，一些杂乱的光点在黑暗中浮现出来，渐渐地拼凑成模糊的图像。他的耳朵也开始听到声音，他闻到了淡淡的洗涤剂的味道和塑料的味道，还有一些微弱的、无法分辨的气味。

肖恩的五感渐渐恢复，好像他的灵魂第一次和这具躯壳融合。他感觉到自己的身体，从脚趾一直到头顶，他从未如此清晰地体会过存在的感觉。他能感知每一寸皮肤与床单和被子之间的触感，他能感知皮肤下的肌肉和血管，他能“看”到心脏有力地跳动，血液在血管里欢畅地奔流，胸腹隔膜有规律地伸缩，他能感觉到每一个细胞在欢唱。

“肖恩，你能听到吗？”一个声音从杂乱的噪声中浮现出来。

肖恩睁开了眼睛，眼前的雾气渐渐退去，一个女人俯身望着他。“肖恩，睁开眼睛，你能看到我吗？”

一时间，肖恩不知道自己在哪里，不知道现在是什么时间，也不知道自己是谁。但很快，汹涌的记忆如洪水般袭来，他痛苦地闭上眼睛，灵魂从天堂跌落尘世，重新回到这具沉重的躯体。

他想起了很多——唤醒计划，纽约，拉斯维加斯，15号州际高速公路，恶魔，守护者……还有他作为普通人之时的一切，他的妻子、女儿，她们死于一场大火……

还有其他的……他全部人生的记忆碎片……祖父母家的花园，那棵老橡树……

还有更多的，再往前……穿过生死的壁垒……那座奇异的塔，还有塔里的那个女人，如海浪般涌动的群山，崩溃的世界……那一幕幕电光石火的浮光掠影，世界崩溃的一刹那……他仿佛洞悉了世间的一切秘密，他回忆起了自己漫长的生命历程。

"我是肖恩。"他疲惫地喘息着，"可能我也不是肖恩，我似乎有过无数次不同的生命，我的命运如同一片落叶在时光的旋流中回转，但我不知道我是不是你要找的肖恩。"他的脸上露出困惑的表情，"我不记得自己曾经有过同伴，我记得自己曾经作战，但我不记得对手是谁。"

沈晓琪轻声说道："先不要想太多，肖恩，放空你的大脑，让它自然接受那些多出来的记忆，不然你的大脑会承受不了的。"

肖恩沉默了，他的确记起了很多不属于今生的事情，这些来自遥远前世的记忆也对他的意识造成了巨大的冲击。被唤醒之前，他三十多年的经历就是他人生的全部，而现在，今生所经历的一切突然变成了他漫长生命历程中的一小段，而且他的记忆也显得混乱不堪。沈晓琪知道，肖恩在沉睡的这一段时间里，就是在整合突然释放的记忆，换句话说，这个醒来的人，从某种意义上说，已经不是肖恩了。

沈晓琪自己花费了十几年的时间才逐渐找回前世的记忆，而肖恩只用了几天。

"为什么不问问他都想起了什么？"当沃顿得知肖恩苏醒之后，他问道。

"不要急于一时，博士，他现在的情况不太好，对他来说，那一定是一段极其痛苦的经历，他的记忆还在不断复苏。恢复记忆是一个循序渐进的过程，越接近这个时代的记忆恢复得越快，我们不知道肖恩究竟沉睡了多久，所以我们也不知道他什么时候才能追溯到身为守护者的时代。"

"这不是我想要的结果。"沃顿不满地说，"如果他从中世纪就开始沉睡，那么我们是不是要等几个星期？"

"可能要几年，也可能他根本追溯不了那么远。"

"这么说，我们做了一个无法验证的实验？"

"并非全然如此，"仿佛为了安慰沃顿，沈晓琪说道，"某些远古的记忆和刻骨铭心的记忆也许会提前浮出海面。我想导致他陷入沉睡的事件一定非同寻常。”

“好吧，”沃顿失望地重复道，“这不是我想要的结果。”

沈晓琪抿着嘴唇，“不，也许肖恩远比我们想象的更重要。沃顿先生，你还记得肖恩的记忆画面失去信号之前我们看到的那座塔庙吗？”

“当然，可是这又能说明什么？”

“塔庙只出现在两河流域的美索不达米亚平原上，准确地说，那是苏美尔人时代，人类文明最初萌芽的地方。在那个时代，众神时代的余晖还未完全消失，我们相信那是一个非常关键的时刻。但是对于那段历史，没有人能说清楚。”

“你是说肖恩在其中扮演了很重要的角色？”

“我并没有下此断言，但我相信塔庙出现在他的记忆里一定不是一个巧合。”沈晓琪说，“虽然我们尚且不知晓肖恩在那个时代扮演了什么角色，但那个时代很特殊。”顿了一下，沈晓琪有了一瞬间的失神，最后她补充道，“非常特殊。”

“那个时代到底发生了什么？”沃顿的语气里带着一丝不快，“为什么你们从未告诉过我们？”

“那是人类文明的婴儿时期，我们相信众神之战后幸存的恶魔又在那个时代发生了另外一场战争，但具体发生了什么，没有人知道，留下的只有近乎神话般的记载。”

“你是说恶魔们陷入了一场内战？”沃顿问道。

“的确如此。”沈晓琪说，“从《吉尔伽美什史诗》中对半人半神的吉尔伽美什和恩奇都的描述可以推测，吉尔伽美什很可能是一个强大的恶魔，他还残留着众神时代之前恶魔的习惯做法，但恩奇都阻止了他。”

“我听说过这个故事。”沃顿摆摆手，显然他对这些荒诞不经的传说嗤之以鼻，“伊什塔尔女神向吉尔伽美什求爱但被拒绝，不仅如此，吉尔伽美什还侮辱了伊什塔尔和她的父神安努。伊什塔尔设计想杀死恩奇都，但是恩奇都在吉尔伽美什的帮助下击败了伊什塔尔，这激怒了伊什塔尔的父神安努，所以安努亲自杀死了吉尔伽美什。恩奇都为了复活吉尔伽美什，开始寻找永生之道……”

沈晓琪困惑地看着沃顿："我们大概看了不同的版本……"沈晓琪印象中的故事并非如此，死去的不是吉尔伽美什而是恩奇都，而且恩奇都是被伊什塔尔设计杀死的，寻找永生之道想复活恩奇都的是吉尔伽美什。

"这无关紧要。"沃顿说，"这个故事到底说明了什么？你是想说这个史诗描述的是一场恶魔之间的内战？"

沈晓琪点点头："至少可以看到其中的蛛丝马迹。"

"那么，守护者在其中又扮演了什么角色？"

"守护者没有参与这场战争，"沈晓琪不确定地说，"但是通过肖恩的记忆来看，这不完全是事实。"

"就这样吧。"沃顿兴致索然地说，他的注意力转移到桌子上的一份报告上，那是一份刚刚出炉的关于卡兰迪事件的报告，"谢谢你，沈晓琪，有新进展了请告诉我。"

谜　团

沃顿不喜欢这种没有明确结果的谈话，他完全无法把控谈话的内容和方向。和这些古老的守护者相比，沃顿知道自己就像一个幼儿园的孩子。不知道在守护者眼里，他们这些普通人是怎样的？沃顿很难想象这种感觉，这些守护者理论上每一个都已经有数千年的生命，他们看事情的角度一定有所不同。

沃顿伸手拿过桌子上的报告。报告封装在一个牛皮纸档案袋里，袋子上写着"绝密"二字。他打开袋子，拿出里面的报告开始阅读。沃顿的眉头逐渐皱了起来，这是那名自称约翰·亚当斯的人的检测报告。他很快就被报告的内容吸引，将刚才的不快抛到脑后。十分钟后，沃顿读完了这份报告，但他的眉头皱得更紧了，这太不符合常理了，读完报告的第一反应是质疑这份报告的正确性，但沃顿马上就否定了这个想法，特别调查局不可能犯这种低级错误。

他放下报告，陷入了沉思。这是从未遇到过的新情况，也许威廉姆知道这是怎么回事。沃顿没有再迟疑，他带着报告找到了威廉姆。

基因样本对比分析结果显示，威廉姆带回来的约翰就是约翰·亚当斯，他和躺在坟墓里的那位至少在基因上是相同的。

“该死的！”尽管已经有了心理准备，威廉姆还是感到震惊，他皱着眉头读完了报告，然后看向沃顿，“难道军方真的没搞过克隆士兵计划？就像《星球大战前传2：克隆人的进攻》那样……”

沃顿大笑一声，“克隆人的进攻！”

“这到底是怎么回事？博士，你有什么看法？”

“通常来说，一个时空闭合点消失之时，一切都会恢复原状。我怀疑那座废弃的建筑被卷入了一个恶魔领域，领域内的时间倒流回了二十年前血案发生的那天，当领域消失的时候，二十年前的约翰被带到了今天。”

“我不知道恶魔居然能做到这种事情。”威廉姆说，作为守护者，他自诩非常了解恶魔，他了解恶魔的领域，也见过能让时光短暂倒流的领域，但他从未见过这种能将过去之人带到今天的领域。

“时间倒流，”沃顿严肃地说，“我不知道这是怎么回事，但他们真的做到了。”

“可是怎么解释外祖父悖论？如果约翰没有死，那么二十年前的约翰就不应该被埋葬，那坟墓里躺着的那位是谁？”

“外祖父悖论——”沃顿笑笑，“如果你是一个科幻爱好者的话，科幻作家们早就替我们想好了绕过去的办法。你可以试着这样理解，我们所处的时间线是一条主时间线，当恶魔领域将主时间线的一丝纤维强行拉回到过去，就像一根弹力绳一样，当领域消失，这根线会恢复原状，重新汇入主时间线，所以不会存在什么外祖父悖论。但是这次发生的事情比较特别，一根来自过去的纤维被带到了主时间线，也就是说我们的时空被微扰动了，但是却不会给过去造成任何影响。这根纤维同样汇入了主时间线，它影响的是未来，而不是过去，但是未来本就是不可知的。”

“如果他遇到自己会怎么样？我是说，如果过去的约翰还活着，现在已经变老，那么来自过去的约翰遇到年老的约翰，会发生什么？”威廉姆好奇地问。

“不会发生这种事情的，如你所见，过去的约翰已经死了，世界上不可能存在两个约翰。如果那个约翰还活着，事情根本不会向现在这种情况发展。”沃顿晃晃手指，“退一万步讲，即使真的两个约翰相遇，时空也不会像许多科幻小说中描述那样崩溃，年轻的约翰和年老的约翰都会成为主时间线的一部分，他们是两个完全不同的个体。”

威廉姆摇摇头：“用非科学的语言来解释就容易许多，恶魔从地狱里窃取了约翰·亚当斯的灵魂，将约翰·亚当斯重新召回了人间，但是他的记忆在通过生死屏障的旅程中被损坏了，我不觉得这个解释比你所谓时间线的解释更离奇。”

“用科学的语言也并非解释不了，量子力学的多世界诠释可以解释这一点，当你做出任何一个选择时，宇宙就会分裂成不同走向的宇宙，你今天出门先迈的左脚，那么时空在你迈出左脚的那一刻就分裂了，在分裂出去的那个宇宙里，你先迈的右脚。或者还有另外一种解释，爱因斯坦的广义相对论并没有否定时间旅行的可能性，事实上闭合类时曲线是爱因斯坦方程中的一个解，也是实现时间旅行的理论基础，我怀疑恶魔领域就是一个现实中的闭合类时曲线。”

“恕我直言，这个解释比非科学的解释更加离奇。”威廉姆摇摇头，他有些气馁，“可是我在卡兰迪没有发现恶魔的踪迹，也许恶魔学会了更高级的隐匿技巧。”

“但没有受害者，恶魔制造那么多恶魔领域仅仅是为了引起小镇的恐慌？”沃顿质疑道。

“这正是困扰我的地方。恶魔的行为越来越捉摸不定了，我们不知道卡兰迪究竟发生了什么。”

“你有没有考虑过还有另外一种可能，也许恶魔根本没有出现在卡兰迪小镇，恶魔领域是自发产生的。”沃顿大有深意地说。

威廉姆扬起眉毛，惊奇地看着沃顿，“这不可能，恶魔领域一定是恶魔创造的。”

“这是基于经验而不是基于实践产生的判断，”沃顿竖起一根手指，“这不符合科学的原则。这是一种思维定式，根据你们长久以来的经验，你们想当然地认为恶魔领域一定是恶魔创造的，从没有人去质疑过，但是，事实的确如此吗？”

“那么，你的意思是，卡兰迪小镇的恶魔领域是自发出现的？”

“不排除这种可能性。”沃顿打了个响指，“但这种可能是有趣的，如果恶魔领域确实可以自发出现，我们就要认真思考一下这到底意味着什么了。现在，我们谈谈约翰吧，你认为我们应该怎么处理他？”

威廉姆斩钉截铁地说：“我们当然不能放他走，从法律意义上讲，他已经死了。”

“没错，那座坟墓里的尸体也可以证明。”沃顿幽默了一下。

“有一个奇怪的地方，也许他并没有完整地融入现在的时间线，因为我的精神触角感知不到他，他似乎不与这个世界上的一切发生信息交换。换句话说，他好像是一个独立于这个世界之外的个体。”

沃顿摊开双手，“还有什么能比一个时间旅行者更奇怪？也许你带回来的这位约翰只是一个来自过去的幽灵。”

“我不明白，”威廉姆不解地摇摇头，“那么约翰到底是死了还是活着？”

“这是个好问题，”沃顿把脚搭在了办公桌上，双手交叉放在脑后，“也许我们可以亲自问问他。”

审　问

纽约长岛英雄营，特别调查局科学部。

2020年3月21日。

案卷编号：NKLD-112S。

调查人员：姓名？

当事人：约翰·亚当斯。

调查人员：出生地点，时间？

当事人：我出生于1970年3月21日，田纳西州卡兰迪小镇。

调查人员：你曾经参加过美国陆军？

当事人：我曾在海军陆战队服役，我参加过海湾战争和索马里的行动。

调查人员：你负过伤？

当事人：是的，那是在索马里，我们的悍马车遭到了一颗火箭弹的袭击，我的右腿被弹片击中了。

调查人员：你知道现在是什么时候吗？

当事人：2000年8月（思索），23号？我不确定……

调查人员：你知道发生了什么吗？

当事人：昨天晚上——也许是前天晚上，我正在书房，听到我妻子在客厅里尖叫，紧接着是一声枪响，我急忙往楼下冲，然后听到了女儿的哭叫，然后是第二声枪响，我跑下楼梯，就看到了那位联邦探员，然后我……我不知道发生了什么事情，所有的灯都灭了，我的房子好像变成了一片废墟……然后我就不知道发生了什么，（急切地）我的妻子和女儿呢？她们在哪里？快告诉我发生了什么！

调查人员：请保持冷静，你的身体有什么不适吗？

当事人：（情绪不稳，呼吸急促）不好，很不好，我以为那个调查员是入侵者，我袭击了他，但是他的力气很大，我……后来我就什么都不知道了。天哪，这一定是一场噩梦……

调查人员：你是说，你失忆了？你不记得自己怎么来的这里？

当事人：不，不完全是失忆，我模糊地记得自己被关在一个笼子里，但我记不清细节，好像整个世界的景象都变得很模糊，能不能告诉我到底发生了什么，我的妻子和女儿……

调查人员：你没有看到入侵者，对吗？

当事人：是的，我没有看到，但我听到了枪声，那个入侵者肯定开枪了……天哪（捂住脸）。

调查人员：我们做了DNA比对，你的确是约翰·亚当斯。约翰，现在是2020年3月21日，你知道吗？

当事人：（一脸震惊）不！不，这不可能，你们在开玩笑？这是一个心理实验？你们没有权力这么做！

调查人员：事实如此，你的妻子、女儿在二十年前的那场入室抢劫中被枪杀，你也是受害者，你已经死了，约翰，你和你的妻子、女儿一起被埋葬在小镇的公墓里。

当事人：（情绪异常激动，猛拍桌子）狗屎！我没有死！看看吧！我活得好好的！你们撒谎，你们这些该死的骗子！

“够了。”站在单面反射镜一边的沃顿命令道，“就到这里吧，给他注射镇静剂。”

调查人员听到了耳机里传来的声音，停止了询问。两个医护人员走进询问室，娴熟地制服了大喊大叫的约翰，给他注射了镇静剂。很快，约翰就瘫软下来，趴在桌子上不省人事，医护人员把他放上推床，推了出去。

“我认为他没有撒谎。”沃顿对威廉姆说，“高速摄像机会拍摄下他脸上所有微小的表情变化，我们的微表情分析专家能够判断他是不是在说谎，以及他的反应是不是真实的，这比测谎仪更管用。”

“这么说，你相信他真的是约翰·亚当斯？”

“DNA测试不会说谎，而且，根据我的经验，他的反应都是正常的，至少他没有撒谎，但还需要最终确认，微表情分析专家会给出确认结果，但我想不会有什么大的变化。”

“接下来我们要做什么？”

“寻找他记忆中的漏洞，和这个世界发生过的事情做对比。”沃顿回答，“这样，至少我们能知道他是来自刚分裂的世界还是来自一个本来就存在的世界。”

神　灵

公元前2200年，克里特岛，米诺斯神殿。

岛上的人们崇拜很多神灵，但他们只为米诺斯建立了神殿，因为他们认为米诺斯是万神之王。人们向神灵祈祷远行的渔船能够平安归来，祈祷远行的船队能带来丰厚的利润，祈祷孩子们健康成长，祈祷瘟疫能远离这个岛屿。也许是听到了凡人们日夜虔诚的祈祷，在一个夜晚，神灵降临了米诺斯神殿。第一个看到神灵的人是祭司，当他像往常一样走进神殿时，他看到一个模糊的影子正端坐在宝座上。他的面容隐藏在一团迷雾之中，模糊不定，两只眼睛闪闪发光，那肯定不是寻常人，祭司受到了极大惊吓，差点瘫坐在地上。

“众神听到了你们的祈祷，特意派我降临于此。”他的声音如同雷霆，震得祭司的耳朵嗡嗡直响，“从此我将庇佑这片土地，让你们的国王来觐见。”

祭司连滚带爬地冲出了神殿，他喊来了其他祭司，祭司们得知神灵降临的消息后欣喜若狂，他们赶忙派人将这个惊人的消息报告给了国王。

年迈的国王不顾病体，在扈从们的陪伴下气喘吁吁地赶到了神殿。一进入神殿，他就看到了高高在上的神灵端坐于宝座之上。

“伟大的神灵啊，”国王俯下身，额头触及花岗石地面，虔诚地向神灵祈祷，“您的驾临让我诚惶诚恐，想必您一定是听到了我虔诚的祈祷，请保佑这片土地不受暴风雨的侵袭，保佑我们的渔船不遇到来自深海的海怪。”

“你生病了，病得很严重。”神灵的声音依然如雷霆轰鸣，“这正是我前来此地的目的，我听到了你的祈祷，我会庇佑你。”

神灵施展神力，他挥了挥手，国王感到自己被一片温暖包围了，生命的活力被注入国王老迈的身体，困扰他的病痛消失了。不仅如此，扈从们惊奇地发现国王的白发变得乌黑，国王感到嘴里有一些异物，他吐了出来，几颗破碎的牙齿滚落在地，代替它们的是新生的健康的牙。

“你已接受了神的赐福，”神灵满意地点点头，“作为对你日夜祈祷和丰盛祭品的回报。但这不是赐福的全部，从此以后，我将庇护这片土地，而你的人民，也将得到神灵的赐福。”

国王诚惶诚恐，他的身体压得更低了，他不敢抬头去看伟大的神灵，如果说在走进神殿的时候他还有那么一丝疑虑的话，此刻他的疑虑已荡然无存。他担心的是被神灵看穿，他并没有日夜进行祈祷，甚至没有每天都祈祷，但似乎神灵并没有在意这一点。

“作为神赐，我将接引这片土地上的人们进入神之国度，你以后每天要带两个年轻的男女到这里来。”神灵发出一项命令。

命令被执行了，首先是贵族们的子嗣被送往神殿，然后是平民的儿女。但不是每个人都去往了神的国度，有一些男女被驱逐出神殿，有一些男女没有再走出神殿。神灵对这一切都缄默不言。人们猜测，神灵能看穿人的灵魂，他根据灵魂的善恶来决定前往神之国度的人选。

被驱逐出神殿的男女也对神殿中发生的事情缄默不言，而罪人的传言也让他们更加沉默。到后来，传言越来越猛烈，甚至父母都鄙视他们，朋友也抛弃了他们。

这不是重点，重点是，岛上的青年男女已经不够用了，而神灵却没有下达进一步的指示。当一对小孩子被送进神殿之后，神灵也没有降下怒火，清晨，两个小孩子出现在神殿门口。克里特人明白了，他们担心触怒神灵，于是开始掠夺其他城邦的青年男女。

伴随着战争，一个传言传播开来。人们窃窃私语，克里特岛上来了一个喜好吞噬青年男女的恶魔，克里特岛上的男女已经被吃尽，所以被魔鬼蛊惑的克里特人已经成为魔鬼的帮凶，到处掠夺人口，以供魔鬼吞食。

但克里特人不为所动，他们坚信消失的男女们都前往了神的国度，至少，强壮有力的国王是坚信的。这一天，一个陌生的男子搭乘一艘商船来到了克里特岛。

一整个白天，这个男人都在城里闲逛，他听到墙壁后面的窃窃私语，听到父母对罪人孩子的怒吼，还听到了感谢神灵的祈祷声。

当太阳沉入海面，月亮还未升起，男人出现在神殿的门口，他步伐坚定，走进神殿，他没有看到那个传说中永远笼罩在迷雾后面的神灵，他看到了一个秃顶的男人正坐在宝座之上。

“可笑的蝼蚁，胆敢冒充神灵。”男人开口说道，他的语气冰冷，仿佛带着冰碴，“今日就是你的死期。”

秃顶的男人睁开眼睛，他迷惑地看着这个大胆的凡人，“是谁敢惊扰神灵！”但是让他更加迷惑的是，雷霆般的声音消失了，取而代之的是一种嘶哑的喊叫，故作威严，但是可笑。

他惊恐地望着那个男人，“你是谁？”

那个男人的形体逐渐变化，他变得更高，更强壮，他身上的麻布长袍不见了，代以金光闪闪的明亮铠甲。

男人高昂着头颅，大声说道：“既然你自称神灵，那么，你可以叫我弑神者。”

围　猎

2020年，4月11日，美国，拉斯维加斯。

大厅里灯火辉煌，一张张赌桌周围聚集着众多赌徒。远离赌场大厅的一张赌桌上，埃克斯眼前的筹码已经从10万美元变成了100万美元。没有什么赌局能难倒他，他能看穿每一张牌，能猜到每一个人下一步的行动。他热爱赌博，人类真是太聪明了，赌博是最原始的激情释放，是生与死的豪赌，人生就是一场赌博，这片肥沃的草地放牧着无数迷失的欲望。

在赌场上，他无往不利，不管人类发明出什么新花样，他都能迅速掌握技巧。但是老虎机却让他败下阵来，他讨厌冷冰冰的机器，他猜不透那些机器的规则。

当埃克斯抱起他的筹码准备离开赌桌时，一个戴着牛仔帽的男人挡住了他的去路，他穿着格子衬衫，一条宽松的牛仔裤和一双沾满泥土的靴子。他的装束在金碧辉煌的环境中显得有些格格不入，好像刚从《西部》电影里走出来的人物。

“先生，晚上好，您精湛的赌技令我印象深刻，您一定是一个非常聪明的人，但您的心思并没有完全在赌桌上，不然您的赌资还能翻倍，对吗？”

埃克斯大笑：“你是个自作聪明的家伙，你错了，我靠的是运气，而非赌技。”

对方谦逊地笑笑，并且压低了声音改用古克里特语说道：“尊敬的埃克斯先生，我们知道你在15号州际高速公路上做了什么。”

埃克斯脸上的笑容消失了，他开始认真地打量来者，“你是谁？”

来人的态度更加谦逊了，“对您来说，我只是一个无名小卒，伟大的埃克斯先生。”

不知道从什么时候起，大厅里喧闹的声音消失了，埃克斯惊觉，大厅里所有的人都消失了，不，是几乎，还有一些零星的赌客依然坐在原地，对眼前发生的一切似乎浑然不觉。桌子上的筹码还在，转盘还在转动，发出低沉的嗡嗡声，夹杂着骰子碰撞的清脆声响。赌场大厅陷入了一种诡异的宁静。

埃克斯眯起眼睛，他从未遇到这样的情况。“恶魔，”他说，“你胆敢来到这里挑战我？”

听到这句话，大厅里剩下的人都站起了身，他们推开身下的椅子，步伐整齐地汇聚到牛仔身后，他们虽然沉默不语，但每个人都死死地盯着埃克斯。

“我们从未自称恶魔，”牛仔高傲地说，“但我们喜欢这个称呼，埃克斯先生，自命的守护者，隐藏在阴暗中的毒蛇，从一万两千年前就开始与我们为敌，死在你手下的恶魔不计其数，但今夜，我们将吹响复仇的号角。”

难以置信，埃克斯看着眼前的一切，大脑却在飞快思索着。无疑，他陷入了一个恶魔领域，但这是最不可能发生的事情。作为一个守护者，埃克斯天生就能克制恶魔领域，他能撕开现实与领域的壁垒从而闯进领域，也能轻易地摧毁一个领域，更重要的是，他在领域内拥有和恶魔同等的力量，换句话说，他能复制恶魔领域内恶魔的力量。

“不，远远不止。”埃克斯轻蔑地一笑，他转身轻轻地将手中抱着的筹码放在一张赌桌上，一张张仔细摆好，“因为你们只记得一万两千年前的事情，比你能想象的更久远的过去，在那场战争之前，我就开始猎杀你们，我已经不记得杀过多少恶魔了，毕竟以前我杀一个恶魔不比捏死一只蚂蚁困难多少。”

牛仔点点头表示同意，“你说的没错，埃克斯先生，你的大名早已传遍每个神灵的耳朵，没有哪一个神灵没有听说过你，死在你手上的神灵是最多的。”

埃克斯冷笑着，“也许我的确摧毁过几个蚁穴，踩死过几个笨拙肥胖的蚁后——但你知道，蚂蚁就是蚂蚁……”

“我原谅你的无知和轻蔑。”牛仔的笑容消失了，在埃克斯的尖刻言辞面前，他终于收起了戏谑的心思，“但是你们犯了一个致命的错误，我们才是这个世界真正的主宰，我们才是真正的神在这个世间的化身，而神是不朽的。”

埃克斯严肃地讥讽道：“对不起，先生，我是一个无神论者。”

“埃克斯的狂妄果然名不虚传。”牛仔轻轻地拍了拍手掌，他身后的人们也纷纷轻轻鼓掌，他们脸上的笑容都是真诚的，“我以为每一个守护者都像以前一样扮演神祇，而且自以为是神的使者，看来你们也在改变。”

不对劲，埃克斯知道，恶魔们肯定早有准备，布置了一个圈套。恶魔们很容易隐藏自己的气息，但是他们在发动领域的时候却会释放自己的气息，而埃克斯能敏锐地察觉到这种气息，很多守护者都可以。埃克斯尝试着放出自己的精神触角，他感知不到任何恶魔领域的迹象，也同样无法调用恶魔领域的力量。

“凡人终是凡人，不要妄想成为神祇，尤其是不要轻言自己是神的化身，和你们相比，也许我们才更接近于神。我从来都不知道你们也会联合行动，我以为你们也互相为敌，我曾亲眼见过两个恶魔厮杀，就像两条疯狗，当然，我饶有兴趣地观看了整个过程，并轻轻地结束了他们的痛苦。”埃克斯冷冷地说，“你们今天想怎么玩？”

“死亡，”牛仔轻轻地说，“恭喜你，你将成为第一个死亡的守护者，埃克斯先生。”

“我不会死在你们前面的。”埃克斯轻蔑地说，“我好奇的是，是谁给你们的勇气让你们胆敢挑战我。我以为那场战争以后，你们就像阴沟里的老鼠一样再也不敢行走在阳光下。”

“我建议你修改一下自己的遗言，埃克斯先生。”

“报上你的名字，懦弱的家伙。”埃克斯冷冷地望着逼近的恶魔们。

牛仔高昂起头颅，“先生们，请自我介绍一下吧。请允许我先来。”他摘下牛仔帽，露出黑色卷曲的头发，“我是米诺斯，死于公元前2200年，在米诺斯神殿，被您亲自斩杀。”

米诺斯向后退去，一个穿着厚厚灰色毛衣的男人走上前，他是一个清洁工。这个人的脸没有任何特点，把他放到任何人群中都是最不起眼的角色。他的穿着也和这个赌场大厅格格不入。

清洁工向埃克斯微微致意，脸上依然保持着清洁工惯有的卑微，“我曾是一名叙利亚人，一个无名之辈，我从未残害生灵，我只做和平的交易，我满足人们的愿望，收取我应得的报酬，我死于幼发拉底河岸边，您用一把弯刀割开了我的喉咙，并将我的尸体抛入河水。”

一个长相平凡的女人走向前来，她身穿一件西装套裙，脸上化着淡妆，修长的眉毛用炭笔仔细描过，令人印象深刻。女人的声音悦耳动听，与她布满皱纹的脸并不相称，她略带羞涩地说：“我曾用过美杜莎这个名字，但我并没有毒蛇的头发，也没有死亡的凝视。我只是一个小城的女神，接受人们的祭祀，保护小城不被其他城邦伤害，但你依然没有放过我，我死于公元前约3000年，被您用利剑刺穿了胸膛，您甚至拒绝让我留下遗言。”

一个年轻的男子走上前，微微鞠躬，以中世纪最优雅的法国宫廷礼仪向埃克斯致意，“你一定也不记得我，但你后来一定听说过我的名字，我曾是尼古拉·德古拉伯爵，我是杀过一些奴隶和路过的罪犯，我也对抗了来自东方的侵略者，虽然用了一些不太光明的手段，但我从未动用过不属于这个世界的力量，比起普通人类中的暴君和屠夫，我的所作所为并不起眼，但你依然用十字架刺穿了我的心脏，我认为，这对我来说是非常不公平的。”

一个又一个来自远古的幽灵走向前，谦逊地诉说着各自的死因。他们每一个都是传说中的恶魔和恶灵，作恶多端，但埃克斯知道这不完全是真的，很多故事都在时间的流逝中被扭曲、放大，正如一场小小的械斗都可能在时间的流逝中演变成神魔大战的史诗。

等到最后一个自我介绍完毕之后，所有人都彬彬有礼地看着埃克斯，仿佛这是一场再平常不过的高级交际酒会。

“你们的表演很成功。”埃克斯笑了起来，他的笑声在大厅里回荡，但是所有人都沉默如雕像，“但是你们刚才提到的那些人，都是众神之战后的漏网之鱼。我记得他们，那些徘徊在人世间不肯离去的邪恶幽灵，地狱才是他们应该去的地方，是我亲手粉碎了他们的灵魂，不得不说，”埃克斯讽刺道，“你们的把戏很高明，但休想动摇我的意志。”

“这就是我们终将胜利的关键，真正的神灵是不朽的，这是你们从未发现的秘密，曾死在你手下的冤魂今夜都到来了，你的鲜血将见证恶魔的复仇。”

“即使果真如此，我可以杀死你们第一次，也可以杀死你们第二次。”埃克斯肃然道。

“牙尖嘴利可帮不了你，埃克斯，这是一个全新的神之领域，由所有曾经的古老神灵共同施展，在这个领域之内，所有的神灵都会被剥夺一切力量，但是也包括你，埃克斯，你现在是一个普通人了。”米诺斯冷冷地说。

埃克斯知道他没有撒谎，他第一次感到了肉体的疲惫，他的胳膊很沉重、酸疼，他的眼睛感到发涩，脑袋很痛——他已经待在赌场超过24小时了，而他向来都以超强的体力为傲。他感知不到自己的精神触角，他的确失去了自己的力量。

“守护者从未被恶魔杀死，今天也不会。”

“这正是今天我们要证实的事情，你的鲜血将是复仇开始的祭品。”米诺斯冷冷地说，“数千年来，我们躲避着你们，我们在阴影中苟活，你们毫无谈判和沟通的可能，你们比冰山上的岩石更冷酷。我们曾经很弱小，我们小心翼翼地躲避着你们，我们从来不敢在一个地方停留太久，你们总是能找到我们。每当一个神灵成长起来，就会被你们轻易追踪到并且杀死，我们曾经如蝼蚁一般。你们拥有天神般的力量，我们曾乞求你们的怜悯，但你们不为所动，你们的冷酷和残暴让我们胆寒，你们曾经如奥林匹斯山一般难以撼动，而你，埃克斯先生，曾是我们最可怕的噩梦，即使我们这些人从未参加过所谓的众神之战，你也不放过我们。但是命运之神不总是垂青于你们，我们能感觉到这个世界的变化，今天，在伟大的黑暗君主的领导下，神灵将向守护者宣战，而你的鲜血将用来书写我们的战书。”

一把黑曜石尖刀出现在米诺斯手中，在光彩夺目的吊灯照耀下，刀身漆黑如墨。

归来者

肖恩恢复了正常的生活起居，他每天按时起床，按时吃饭，按时睡觉。空闲的时候，他有时会在花园里散步，有时会安静地待在房间里。在肖恩的眼里，曾经那个熟悉的世界已经消失了。

随着时间的流逝，越来越多的记忆开始变得清晰起来。肖恩开始质疑自己究竟是谁，唤醒实验之前的那个肖恩所经历的一切和无数个前世的记忆混杂在一起，到底哪个肖恩才是真正的自己?

肖恩回忆起了很多次生命历程的片段：他曾是权势滔天的国王，也曾是一个利欲熏心的商人，还曾是辛劳一生的农夫和吻别情人之后战死沙场的士兵，甚至还曾是凄惨死亡的奴隶……他捕捉到一个记忆片段，他曾经和数百名黑人一起被关押在暗无天日的船舱里在大海上航行，很多人都死去了，他们缺乏水和食物，更谈不上医疗保障，当舱门打开的那一刻，在皮鞭的抽打和呵斥下，他再次见到刺眼的阳光。吹到新鲜海风的那一刻，深深刻印在了他的记忆里。他已经不记得后来发生了什么，也许他作为奴隶在种植园里劳作一生，默默死去，尸骨被埋在美国南方某个种植园的地底，早已化为尘埃。

但是他所有的记忆都是普通人的生活，即使贵为国王，也是普通人的一生，没有迹象表明他曾经是一个守护者。也许沈晓琪说得对，他已经沉睡太久，以至于有关守护者的记忆被埋藏在记忆之海的深处，直到现在他还未回忆起作为守护者生活的生命。

那座塔庙似乎是一个例外，那个场景一直困扰着他，肖恩无法理解那个女人和她奇怪的话语。这也许是唯一一段能证明肖恩确实是一个守护者的记忆，那个女人咒语般的语言让肖恩感到疑惑，他已经不记得女人使用的语言，但这段话的意思却深深印刻在他的脑海。

在搞清楚事情真相之前，肖恩决意保守这个秘密，直觉告诉他，那个女人对他很重要。在梦境中，肖恩真切地感受到了失去那个女人的痛苦，他隐约记得自己经历了一段漫长的旅途去寻找她，但是某些人杀死了她。后来发生的事情更让肖恩怀疑那是不是一个怪异扭曲的梦境，整个世界都崩溃了，难道那预示着这个世界的最终结局？他不知道。

最重要的一点是，那个女人喊了他的名字，肖恩。

如果只是单纯的记忆，肖恩不认为自己在那个时代依然叫肖恩。也许这是一段穿越时空的信息，留给今日的肖恩，或者，只是一个纯粹的梦境……

只有一点是确定的，他依然不知道自己是谁。

消　失

约翰·亚当斯消失了。

沃顿准备安排第二次询问的时候，他们发现房间里已经空无一人。

房间里没有窗户，门也是加了双重保险的，普通人根本没有力气打开，所以约翰不可能从那个房间里逃出来。他就是那样凭空消失了，就像他从来没有存在过。他们查看了监控录像，没有任何预兆，约翰突然就消失了，就好像他被这个宇宙删除了。更奇怪的是，没有发出任何声音，也没有产生任何气流，按理说一个物体突然消失，它所处之处会产生短暂的真空，周围的空气会迅速填补真空，造成音爆和气流现象。

"他好像从未存在于这个世界上……"得到消息的沈晓琪迅速赶来，她看到沃顿正在关过约翰的房间里呆呆地站着，"连空气都没有被影响，这不符合最基本的物理事实。"

“你忽略了另外一个事实，这件事情，违反了伟大的质能守恒定律！现实里不可能发生科幻电影里的那种可笑桥段。”沃顿指出。

“也许他只是回去了，”沈晓琪推测，“回到了应该属于他的时间线，恶魔领域在他身上的作用消失了。”

“这是一个合情但不合理的解释。如果他真的回去了，那么那个时空里面，他的妻子和女儿还在吗？”沃顿问道。

“很可惜，如果是真的，那么他回去的还是那个妻女已经死去的时空，而且他离开的这段时间，凶手可能已经离开了，他虽然幸免于难，但他会马上看到妻子和女儿的尸体。”

两人面色沉重地交换着目光。

“也许是一个虫洞。”沈晓琪突然说。

“什么？”沃顿看着她。

“也许这个恶魔领域是一个作用于约翰·亚当斯身上的虫洞，现在虫洞关闭了，所以约翰回去了原本的时空。”

“但是你知道，想要创造一个虫洞需要多大的能量。2015年，西班牙人在实验室里使用超颖材料和超颖界面建立了磁场传送隧道，他们检测到磁力源远端出现了不可能在自然界中单独存在的磁单极子，这可以理解成人类首次制造出一个传导磁场的微型虫洞，但距离传送宏观物体的虫洞还相距甚远，毕竟奇异物质很难大规模制造和获取。”沃顿摇摇头，“我不认为现有的技术条件下，人类能够制造出一个稳定的虫洞。”

“是的，人类不能。”沈晓琪说。

他们沉默了一会儿，沃顿才耸耸肩，转移了话题：“幸亏有监控记录，不然我真不知道该怎么向上面解释。”

“但我们都还记得他，约翰·亚当斯，他的确存在过，这不是幻觉。”沈晓琪喃喃，“换句话说，我们的时间线没有被改变。”

“当然，如果时间线真的被改变了，我们也不会有任何察觉，我们的记忆也许会自动调整到被改变的时间线，换句话说，我们根本无法判断时间线是否被改变了，我们本身也是时间线的一部分。”沃顿咕哝道，“我倒宁愿生活在没有进入特别调查局的时间线，我受够了这一切。”

“至少我们的研究方向一直没错，沃顿博士，”沈晓琪一向不是很擅长安慰别人，“恶魔的能力和肉体无关，他们的灵魂才是力量的来源。”

“灵魂？”沃顿苦笑，“可是我们连灵魂的本质都没有搞清楚。沈晓琪，这些年来，我们使用了所有能使用的观测设备，红外线、X射线、β射线、磁场探测仪……试图在灵魂离开肉体的时候进行观测，但我们从未成功过，我们唯一的成果就是证明了21克的说法的确是一个都市传说。”

但是沃顿真正担心的并非如此，如果证实了人类的确拥有灵魂，那么守护者和恶魔的灵魂是否天生就比人类的灵魂高等？他苦笑着想，人类经过数千年的演化才勉强消除了基于肉体的种族歧视，这也得益于分子基因学证明地球上现存的所有人类都有同一个祖先，但即使是这样，现代社会中还无时无刻不充满了刻意隐藏的种族歧视，甚至在半个多世纪之前，自诩为人类文明明灯的美国还禁止黑人孩子上白人学校。如果证明了人类的灵魂和守护者以及恶魔的灵魂是完全不同的精神生命，那么——沃顿不难想象，恶魔们为什么会奴役人类，他们的确有这个动机和欲望，他们自认比人类高等，何况人类自己都会因为肤色和文明的差异而互相奴役。而自称将人类从恶魔奴役下拯救出来的守护者，他们是否也认为自己比人类更高贵呢？在他们良善的外衣之下，是否也隐藏着一个不为人知的面孔？每次想到这一点，沃顿都寝食难安。

“我相信科学总有一天会揭开灵魂的秘密。”沈晓琪说，她并不知道沃顿内心最深处的想法。

“他们大概等不了那么久了。”沃顿摇摇头，他不打算在这个话题上深入，转而问道，“当你们的灵魂离开肉体时，你们是否记得发生了什么事情？”

沈晓琪告诉他：“抱歉，我们什么都不记得，从死亡的那一刻起，一直到我们从新的肉体中被唤醒，其间的记忆是一片空白——我们自己也不了解我们如何选择新的肉体，或者说是什么替我们选择。”

沃顿轻轻摩挲着光滑的下巴，“那么，有没有灵魂进入动物的肉体呢？”

“守护者没有过这种记录，守护者一定会转世为人类——这点无须质疑。”沈晓琪肯定地说，“我想恶魔大概也不会。”

沃顿摇摇头，沉默了一会儿，他突然说：“让皮埃尔试试吧。”

“什么？”

“让皮埃尔连接肖恩的大脑，把那些隐藏的记忆挖出来，我们必须知道他到底给黑暗君主造成了什么伤害，我们需要知道黑暗君主的弱点，尽快抓住他，快没时间了。”沃顿斩钉截铁地说。

“不，这太危险了……”沈晓琪喃喃地说，“普通人的大脑根本无法承受皮埃尔的连接。”

“肖恩是普通人吗？”沃顿站起身，“就这么决定了。”

沈晓琪沉吟了几秒钟，才勉强点点头，“我希望能得到肖恩的同意。”

“你在浪费你的时间，沈晓琪，不过你可以试试，我想他会同意的，他不是想给他的妻女复仇吗？”

告别了沈晓琪，沃顿回到办公室，打开笔记本，开始撰写约翰消失事件的报告。

不知道为什么，沃顿的脑海里浮现出一幅奇异的场景：约翰·亚当斯从一场噩梦中苏醒，他打着哈欠走下楼梯。会客厅里灯光明亮，妻子正在忙碌着准备晚餐，女儿坐在餐桌旁和妈妈聊着学校里的事情，不时传来欢声笑语……

不管怎么样，约翰·亚当斯的确存在过，这是无可置疑的事实。他曾短暂地从过去的悲伤时刻来到现在，又消失不见。想到这里，沃顿停下了敲打键盘的手指，这一刻，他从未如此希望休·艾弗雷特的多世界诠释是真实的，约翰·亚当斯的世界在那一刻因为不同的可能性分裂了，在我们这个时空，约翰·亚当斯的妻女已经死去，但是约翰回去的那个世界，一切都只是一场噩梦，他平静的生活仍将继续，他将和妻子一同老去，女儿会长大，也许还会有新的家庭成员。

再一次，沃顿觉得这个世界是那么不真实。他有点羡慕那些对守护者和恶魔一无所知的普通人，他们忙着学业和工作，忙着赚钱，忙着享受，忙着升职加薪，忙着钩心斗角，忙着四处旅行，忙着爱，忙着恨，忙着生，忙着死……这个世界上的大多数人对这个世界的真相一无所知，他们学习着课本愿意告诉他们的知识，习惯于已经熟悉的历史和科幻电影里刻画的未来……沃顿曾经看过一个关于美国人科学素养的问卷调查，问卷调查的结果让人们大吃一惊，几乎一半的美国人不知道宇宙大爆炸，更多的人则从未关心过头顶的星空将走向何方。

一个想法不可抑制地从沃顿心里升起，也许人们应该停住忙碌的脚步，抬起头看看头顶的星空——那本应该被敬畏的星空，因为再不抓紧时间，可能就再也没有机会了。

星空异象之二

从2017年1月开始，中国贵州的FAST和俄罗斯的RATAN-600射电望远镜、波多黎各的阿雷西博天文台、位于智利的阿塔卡马大型毫米波/亚毫米波阵列等世界主要观测机构的数据也陆续得到确认，从1月8日凌晨开始，再也没有发现新的星系和星云。这种现象也获得了中国、俄罗斯、欧盟等国家及组织的确认，换句话说，从未被人类观测到的星系都脱离了观测。

即使是夜空中漆黑一片的区域，如果哈勃持续地进行观测，也能发现数以十亿计的新星系，包括宇宙早期形成的古老星系。根据对天空中隐匿带（天空中被银河系遮蔽的部分）星系的巡天，人类每天都能发现新的星系团。人类不可能已经发现了可观测宇宙中的全部星系，根据推算，可观测宇宙中能够被人类观测到的星系至少有2000亿个，但人类现在观测到的还不到1%。换句话说，它们就在那里，但人类将再也不会看到它们。

有的科学家认为宇宙中或许发生了某种奇异的变化，但人类无法理解。地球也身处宇宙中，如果宇宙整体结构出现了变化，地球很难说不会受到影响。

联合国召开了秘密会议，所有具备深空探测能力的国家都派了代表列席。经过数据共享和比对分析，人们发现一个惊人的事实：从2017年1月起，人类的确再也没有发现新的星系。而在此之前，这是不可能的。宇宙中存在大量古老的星系，即使在肉眼看起来漆黑一片的区域，也有大量的星系星云，只是因为距离太过遥远，甚至因为红移已经脱离了可见光的范围，但是对于射电望远镜和X射线望远镜等先进的探测设备来说，这些都不是问题。

有科学家提出，宇宙的膨胀可能突然加速了，导致一些星系脱离了可观测宇宙的范围，但这种说法无法解释曾经被观测到的一些本身就处于可观测宇宙边缘的星系依然存在。对于这个假说的修正理论为，宇宙本次的膨胀加速是不均匀的，但并未得到进一步证实。但即使是修正后的理论，也无法解释距离地球仅仅42光年的××恒星也脱离了观测。

还有科学家认为，平行宇宙理论是对的，我们的宇宙也许正在经历和平行宇宙融合的过程。在融合的过程中，大量星系扭曲了空间，引力透镜效应让古老的星系发出的光线绕过了太阳系——但这个假说没有得到多少支持，它缺乏严谨的理论支撑。

对太阳系内部的探测也一直在进行，但人类并没有发现任何外星文明存在的迹象。值得一提的是，自从天鹅座α星和猎户β脱离观测后，再也没有出现肉眼可见的恒星失踪，而失踪的恒星也再未重新出现。

各国政府迅速达成了一致，所有的观测结果都将严格对公众尤其是任何媒体保密。可以预见，如果这个消息被媒体知道了，人类社会将陷入不可避免的动荡之中，极端宗教势力和邪教将如雨后春笋般出现。各国对此并无异议，在联合国的倡导下，建立了由每一个具备深空探测能力的国家组成的紧急处理小组，小组将直接接受联合国的领导，任何信息都会被共享和研究。每时每刻，都有无数双“眼睛”紧紧地盯着太空。

埃克斯之死

一个赌场保安第一个注意到埃克斯的不对劲，他看到这张牌桌上的赌王趴在了桌子上，一动不动。这种情况也不少见，很多赌红了眼的赌徒甚至会连续奋战几个日夜，他们会赢，但欲望会驱使他们相信自己的好运气还能持续更久。不过更多的时候他们会输，直到眼前的台面上干干净净，他们才会不甘地离开赌桌。

但这个人不同，他是这张赌桌上的大赢家，他即使偶尔输了赌局，也泰然自若，仿佛知道自己下一次完全能赢回来。事实上，他虽然有输有赢，但眼前的筹码还是越来越多，而且这个人的精力非常旺盛，完全没有一丝疲态。

但是现在，这位先生趴在了赌桌上，脑袋埋在一堆筹码里面。

保安走上前来，轻轻地拍着埃克斯的肩膀："先生，你还好吗？"

埃克斯依旧一动不动。保安警惕起来，他小心地将埃克斯的脑袋抬了起来，试图让他的身体靠在椅背上。

一声尖厉的叫声响起，来自埃克斯对面的一个穿着低胸连衣裙的女人，一条硕大的蓝宝石项链在她胸前闪闪发亮。

埃克斯的眼睛不见了，准确地说消失的是他的两个眼球，他眼睛原本的位置上现在只剩下两个黑洞，但他的脸上却没有一丝鲜血。更多的人围过来，无不对眼前的景象瞠目结舌。一片混乱中，几位优雅的女士尖叫着晕倒了，很多人逃离了大厅，更多的保安冲了过来。有人报了警。

埃克斯靠在椅背上，神态安详，嘴角还残留着一丝笑意。如果不是他的眼睛不见了，谁都不会怀疑他会马上打出一个精彩的牌局。

警察们很快赶到了，他们小心地检查了埃克斯的情况。毫无疑问，埃克斯已经彻底死透了。他依然衣衫整齐，但一个警察发现了异样，他小心翼翼地拨开埃克斯的马甲和衬衫，惊恐地发现埃克斯的身体被剖开了，他的内脏被精确摘除，好像一条被厨师精心处理过的鱼。

但是没有一滴血，埃克斯的椅子周围也非常干净。

高度紧张的警察们询问了赌桌上的所有人。

“这真是见鬼了！”坐在埃克斯右手的一个男人哆哆嗦嗦点燃了一支烟，“前一秒他还打出了一张好牌，然后他就……”男人吐出一口烟雾，惊魂未定，“我不记得看到他什么时候趴下了，也许是我走神了，但肯定是几秒钟之内。”

“我想离开这里！”另外一个目击者的精神快崩溃了，“有恶灵，一定是的，只有恶灵才能做到这些，短短几秒钟就……”

监视器里的画面证实了他们没有撒谎，埃克斯打完一张牌之后，慢慢俯下身趴在桌子上，仅仅过了几秒钟，一个恰好路过的保安就注意到了他的异常，礼貌小心地拍了拍他的肩膀。

警察们封锁了赌场的出口，他们到处搜寻埃克斯的内脏，却一无所获。埃克斯的内脏和眼球都不翼而飞了。

“这是我从警几十年见过最诡异的案件。”一名警官擦着冷汗对赶来的特别调查局特工说，“没有人能在众目睽睽之下做出这种事情，这不符合基本的常理，而且赌场的监视器也不会说谎，我们检查了录像带，没有发现被篡改的痕迹。”

“没想到贩卖人体器官的团伙已经嚣张到这个地步了。”一个年轻的警官插嘴，“我们警方责无旁贷……”

特工不耐烦地打断他：“知道死者的身份吗？”

“这就是奇怪的地方，死者身上没有任何证明身份的证件，连驾照都没有。”

“很好，从现在开始，这个案件由FBI负责，去告诉那几个目击者，这个赌场里被不法分子投放了致幻剂，这是一场集体幻觉，你们赶到的时候没有看到什么尸体，受害人是自行离开的赌场。如果他们不想成为投毒的嫌疑人接受调查的话，最好把嘴巴都闭上。”

特工们取走了监控录像，带走了埃克斯的尸体，紧急运往纽约长岛蒙淘克空军基地。正在因为约翰·亚当斯的失踪而苦恼的威廉姆不得不放下约翰的事情。他亲自检查了尸体，得出的结论和法医的是一致的，有人以精湛如内科手术般的手法精确摘除了埃克斯的内脏和眼球。

"奇怪的是，"法医困惑地摇摇头，"从伤口提取到了一些二氧化硅微粒……"

"说明什么？"

"你可别笑话，我也觉得这不太可能，"法医有些不好意思地说，"凶手用的是一把石刀。"

"那一定是一把锋利的石刀。"威廉姆若有所思，他没有笑，"谢谢你的工作，下面的事情就交给我了。"

法医如释重负地走了出去，威廉姆凝视着埃克斯的尸体。法医已经将他的身体缝合，失血的皮肤在白光下显得更加苍白。

威廉姆只知道有一个恶魔的武器是石刀，迦梨的黑曜石尖刀，但迦梨早就死于埃克斯之手。难道那个传言是真的？黑暗君主正在复活远古死去的神灵？迦梨来找埃克斯复仇了？

他必须去现场看看，威廉姆立即命令安排了前往拉斯维加斯的专机。几个小时后，他在四名特工的跟随下抵达了事发赌场。

现场已经被封锁，威廉姆走进大厅时，看到大厅里的灯全部打开了，一个神父在现场刚做完驱魔仪式和安魂弥撒。赌场方面认为是恶灵作祟，尽管消息在第一时间被封锁，但是风言风语还是传播开来。威廉姆有些戏谑地看了身着黑衣的神父一眼，心想，守护者的灵魂大概不归上帝老人家管辖吧。

威廉姆立即命令所有人都离开现场，他抚摸着埃克斯曾经坐过的椅子，闭上眼睛，伸出精神触角，开始感知残留的信息。

片刻之后，威廉姆睁开了眼睛，和在卡兰迪一样，他什么都没有感知到，没有恶魔的迹象。他本以为能感知到迦梨的踪迹，但什么都没有。

站在空荡荡的大厅里，威廉姆在埃克斯遇害的椅子上坐下，五颜六色代表不同金额的筹码整齐地摆放在他面前。

怪事。

一个一百美元的黑色筹码在威廉姆手指中翻动不休，怪事，从没有一个守护者是这样被杀死的。难道传言是真的？黑暗君主真的在复活死去的恶魔？这可不太妙。可是，为什么没有恶魔的痕迹呢？等等，筹码停止了转动，威廉姆睁开眼睛，不对劲，他似乎感知到某个隐约的气息，某个绝不应该出现在这里的气息……

这时，威廉姆的手机响了，是远在纽约的局长凯恩亲自打来的电话："威廉姆，死者是谁？"

"死者是埃克斯，一个守护者。"威廉姆说，"艾米丽也辨认过了，而且我能感知到尸体上的气息，一个守护者的灵魂曾寄身其中。"他简要地介绍了案情，最后说道，"奇怪的是，我没有发现现场有恶魔领域出现的迹象。埃克斯最擅长的就是利用恶魔领域，恶魔领域对他来说是无效的。"

"你是想说这个事情和恶魔无关？"凯恩严肃的声音从电话里传来。

"不，我从未这么说过，不管凶手是谁，他们的手段都极端残忍，而且——尸体上留下了证据，警方找到了指纹，不止一个，他们采集到了至少四个人的指纹。"

"四个？你是说，至少有四个人参与了谋杀？"

"也可能是六个。"威廉姆皱了皱眉，"在指纹库中没有找到配对信息，事件发生后，赌场保安第一时间封锁了现场，警方对所有的在场人员进行了登记，根据监控显示，有六个人失踪了。这六个人，在埃克斯遇害之后就从大厅里消失了，没人看见他们离开，所以有理由认为他们是嫌疑人。"

"怎么证明他们是恶魔还是普通人，这很重要。"

"他们是恶魔，无须质疑了，监控里显示埃克斯只趴下了几秒钟，恶魔偷走了时间。"威廉姆说。

凯恩能意识到威廉姆这句话的分量。

"这种事情，以前发生过吗？"他严肃地问。

"这是第一起证据确凿的恶魔联合行动事件。"威廉姆心情沉重地说，"这是一次故意设计的行动。"

“你是说——黑暗君主？”

“是的。”停顿了一下，威廉姆才说，“如果我的判断没错，这是黑暗君主发起的公然宣战，局长先生，新的战争开始了。”

沉默了一会儿，凯恩问道：“威廉姆，我们认识多久了？”

“十五年。”

“对你们来说，十五年也许根本不算什么，但是对于我们来说，十五年可是一段不短的时间，占据了大多数人生命的六分之一到五分之一。但是这十五年来，我们一直在原地踏步，我们对恶魔的了解并没有增加多少。我知道对你们来说不存在耐心这个词，你们有永恒的生命可以等待，但是我已经老了，威廉姆。”

威廉姆沉默了。

凯恩坦率地说：“很多人都不相信黑暗君主的存在，包括我。SIB受到的压力越来越大，华府有很多人认为这是一场骗局，甚至有人认为这一切都是一个阴谋。你们那位议长，是个中国人，不是吗？”

“这太可笑了，守护者没有国籍一说。”

“我当然明白这一点。”凯恩的声音停顿了一下，“你们可能是苏美尔人，古埃及人，古罗马人，也可以是现代中国人和美国人……问题是，那位议长，为什么每一次都对我们的盛情邀请视而不见？”

“是盛情邀请，还是有其他目的？”威廉姆针锋相对。

凯恩笑了：“但其他人可不这么想，威廉姆，在有些大人物的眼里，那位神秘的议长就是中国人，他们认为所谓的守护者和恶魔之间的战争是一场拙劣的骗局，守护者在美国组织的背后是中国人，SIB所做的一切都是你们的阴谋。”

“这太荒唐了。”威廉姆耸耸肩，“你亲眼见过恶魔领域，我们都知道恶魔是存在的。”

凯恩沉默了一会儿，才缓缓说道：“所有人都知道含铅汽油有害，但含铅汽油依然在美国盛行了半个世纪，所有聪明的人和愚蠢的人都不约而同选择了同一个立场，你知道为什么吗？”

威廉姆又沉默了。

“人们相信的不是亲眼见到的，而是相信自己愿意相信的，人类是一种很复杂的生物。”凯恩的声音再次传来，“我知道你听到了一些关于SIB的传言，坦率地说，和守护者议会的合作一直饱受非议，我们承受着很大压力，我们一直在花着美国纳税人的钱，但是这么多年却没有拿出一项有用的成果，我们的理论研究也没有新的突破。从某种意义上讲，那些人说得对，这些年我们一直在浪费纳税人的钱。而军方也对我们越来越不满，他们一直梦想着能从我们的研究中获益，但是你也看到了，什么都没有。”

“但是白宫在支持我们，对吗？”

“没错，但不代表会永远支持我们。历届总统在就任时都会被递交一个手提箱，很多人认为这个手提箱里是核弹的启动密码，但手提箱里装的其实是美国真正的秘密，所有的绝密工程和计划以及秘密研究的资料都在这个手提箱里。相信我，SIB并不是美国政府唯一的秘密研究机构，你听说过51区，但是SIB的特别之处就在于你们的存在，是你们的存在让我们真正意识到了确实存在科学理论框架之外的东西，但政客是短视的，而华盛顿的确对这些研究感兴趣。但是，他们对一场得不到任何回报的交易不感兴趣，而且是一场持续了半个世纪的交易。我们战胜了纳粹，战胜了日本帝国，战胜了苏联……这颗星球上，美国真正的敌人是谁？我们没有给军方提供过任何实用性成果，超距透视的失败就是其中一个例子——军方曾经对那个项目寄予厚望。在某些人眼里，我们浪费了纳税人的钱，这是一场失败的交易，足以成为美国历史上的笑柄，这就成了其他部门打压我们的借口。”

“你们还是不相信我们，凯恩，但恶魔是存在的。他们已经穿上了西装，戴上了领带，端起了葡萄酒杯，在水晶吊灯装饰的舞会上和女士翩翩起舞，在你们的国际会议上义正词严。”

“够了，”凯恩冷冷地说，“威廉姆，认清自己的位置，你必须注意你的言行。”

“请原谅我的失言，凯恩先生。”威廉姆压低声音，“但恕我直言，你们真的低估恶魔了。”

“也许我们也高估了守护者。”凯恩毫不客气地说，“去吧，威廉姆，去查清楚，这个黑暗君主到底想干什么。”

他挂掉了电话。

约旦航空

2021年1月19日，星期二。

凌晨2点25分，一架飞往德国法兰克福的约旦皇家航空的航班接到了安曼阿莉娅王后国际机场塔台准许起飞的指令，航班在跑道上加速，拉起机头，收起起落架，飞入夜空。

航班迅速攀升至同温层，海拔高度约10千米。

“RJ-23，祝飞行平安！通话完毕。”

与安曼阿莉娅王后国际机场塔台进行了最后一次通话后，RJ-23完成转向，向西北方向飞去。

半个小时之后，RJ-23飞出了安曼空管区，从雷达上消失了。伊朗空管区的工作人员没有在雷达上再看到这架航班，如同神秘的MH370一般，RJ-23载着239名乘客和9名空乘人员消失在了茫茫夜空。

消息很快传遍了全世界。伊朗政府、沙特政府以及驻科威特美军出动了大量舰船和飞机搜寻，但一无所获。

48小时很快过去了，搜救人员没有在相关海域发现任何飞机残片和油渍，而且没有任何目击报告。当全球媒体哀叹又是一个神秘失踪的MH370案件时，一架未知的航班出现在美国阿肯色州空管雷达上。

塔台立即发起呼叫，但没有收到任何回应。两架F-16迅速从小石城空军基地起飞前往拦截。当F-16飞近预定空域时，夜空晴朗，月光明亮，当他们看清楚那架飞机的时候，两个飞行员都觉得自己见鬼了。那是一架空中客车A380，飞机表面涂层上RJ航空的字眼清晰可见。

两架F-16一左一右伴随着RJ-23飞行，飞行员用公共频率不断发出呼叫，但依然没有得到任何回应。

“这里是响尾蛇1号，已经确认目标是一架民航客机，型号是空客A380。等等！我能看到飞机侧面的字：RJ-23，约旦航空。飞机上没有灯光，没有任何回应，请指示下一步操作，通话完毕。”

“附近空域没有约旦航空的航班，请再次确认！通话完毕。”

F-16继续靠近客机，直到已经接近危险距离，响尾蛇1号飞行员在通话器中向僚机询问：“我没有看错吧，见鬼，那真的是一架客机，如果我没记错，两天前失踪的那架客机就是约旦航空的吧？”

僚机的声音清晰地传来：“你没记错，伙计，真是见鬼了，那架客机的燃油不可能支撑它飞行48小时！”

响尾蛇1号摇摇头，感觉后背的寒毛竖了起来，他打开通话器：“小石城控制中心，目标已经再次确认，是约旦航空的空客A380，确认无误，请指示，通话完毕！”

通话器里静默了一会儿，才重新传来控制中心的声音：“收到，请继续保持呼叫，通话完毕！”

呼叫依然失败，RJ-23没有任何回应。

响尾蛇1号再次向僚机发起呼叫：“响尾蛇2号，你是否能看到驾驶室的情况？”

过了几秒，僚机才回应：“是的，1号，我看得很清楚，驾驶室里没有人，这架客机正处于自动驾驶状态。”

响尾蛇1号呼叫控制中心：“控制中心，这里是响尾蛇1号，客机对我们的呼叫没有任何回应，经过目视观察，驾驶舱中没有飞行员，根据判断，客机正处于自动驾驶模式，请指示，通话完毕！”

控制中心：“请再次确认观测结果！通话完毕。”

响尾蛇1号：“确认无误，响尾蛇2号观测结果一致，通话完毕。”

又等了一会儿，控制中心才再次发来呼叫：“这是来自五角大楼的命令，目标有被恐怖组织劫持的可能，授权发起攻击，攻击代码AT-XS-20，通话完毕。”

响尾蛇1号："请确认攻击命令，通话完毕。"

控制中心："授权响尾蛇1号发起攻击，2号保持距离，攻击代码AT-XS-20，通话完毕。"

响尾蛇1号："命令已经确认，响尾蛇1号将发起攻击，通话完毕。"

响尾蛇2号摆动一下机翼，远离了客机。响尾蛇1号拉起机头，轻盈地跃升到客机的右上方，飞行员打开了武器保险，按动了按钮，一枚烈火导弹从机腹导弹发射架上脱离，尾部喷射出火焰，猛地冲向了客机。

几秒钟后，客机被导弹击中了，伴随着一声巨大的爆炸声，客机变成了一团火球，化成一片火雨洒向地面。

响尾蛇1号："控制中心，这里是响尾蛇1号，确认目标已经被摧毁。通话完毕。"

控制中心："请记录坐标，立即返回基地，通话完毕。"

两架F-16在空域盘旋了一周，他们看见客机解体产生的碎片坠入黑暗的地面，然后重新编队迅速离开了这片空域，留在他们身后的是一片抹不开的黑暗和星星点点的火光。

调　查

客机解体的碎片散落在大约15平方千米的范围内。两个小时后，国民警卫队赶到了现场，并迅速封锁了周围区域，国民警卫队接到命令，这是一场演习。

快到中午的时候，黑匣子被搜索到了，并迅速被送往小石城空军基地。参与搜寻残骸的士兵们惊奇地发现，现场没有发现任何人体残骸。这个消息让响尾蛇1号飞行员的负罪感减轻了不少，但是也让调查人员们大为困惑。

调查小组秘密解读了黑匣子，记录显示，这个航班正是两天前失踪的约旦皇家航空RJ-23航班。它没有抵达目的地，也没有坠毁在地中海，却在失踪48小时之后离奇地出现在2万千米之外的美国。通话记录完全正常，在RJ-23接到约旦阿莉娅王后国际机场塔台最后一条消息之后的三分钟二十四秒，就再也没有记录下任何声音。调查人员等了足足半个小时，快失去耐心的时候，黑匣子里传来了一声巨大的爆炸声，记录就到此为止了。

还有另外一个令人惊奇的地方，黑匣子显示的时间依然是2天前。

这个事件迅速被定性为A级异常事件，封口令被迅速下达，参与搜索的士兵们被告知这是一场演习，被击落的是一架报废的无人驾驶靶机。

特别调查局特工出现在空军基地，带走了黑匣子。6个小时后，黑匣子和初步调查报告被摆放在了威廉姆面前。

威廉姆面色严峻地翻看着报告，感到有些焦头烂额："我们首先要排除一下所有可能。谁能先给我解释一下，为什么一架2天前消失的飞机会出现在2万千米以外的美国？"

"它显然是通过非正常渠道入境的。"一名特工说，"这架航班没有出现在任何出入境防空雷达上，它第一次出现在雷达上，就是在阿肯色州，我认为这是一件严重的异常事件。"

"而且它消失的地点并不是公海，如果它要从地中海飞往美国，会穿过希腊、意大利、法国、西班牙、摩洛哥等国家的防空识别区，而且即使它真的奇迹般地做到了，也没有足够的燃油穿越大西洋，它会在大西洋坠毁。"另外一名特工补充道。

"如果它曾经在某个机场补充过燃油呢？"威廉姆问。

"即使真的是被劫持了，它也没办法毫无痕迹地穿过北约的领空，而且飞机上的人都不见了，连驾驶员的尸体都没有找到。这和空军飞行员的报告是一致的，他们击落客机的时候，驾驶舱中没有人。但是一架A380不可能在没有驾驶员的条件下起飞。"

"那么，我们就做最大胆的假设吧。假设机长和副机长都是恐怖分子，在航班离开了约旦的空管区之后，他们联手关掉了所有的通信设施。同时，飞机上的同伙控制住所有乘客，然后在某个敌对国家的帮助下，秘密降落在某个不知名的小岛。乘客们被驱赶下飞机，被全部杀害或者囚禁，然后飞机重新加满燃油，再找一条隐秘的航线，避开了所有的雷达和卫星，飞到美国，出现在阿肯色州。”威廉姆说，他扫视着特工们，“有这种可能性吗？”

“即使这一连串的不可能都发生了，一架A380也不可能这样入境美国。”一名特工摊开双手，“它在雷达上就像火人节中的火人一样显眼。我想我们不必质疑美国军方的能力，而且，现场搜寻已经结束了，没有发现任何人体残骸，也就是说，这架飞机被击落的时候上面一个人都没有。”

“你们都听说过幽灵船吧？”另外一名特工拽了拽自己的领带，努力想让自己的呼吸更轻松一些，“幽灵船上就空无一人，也许这是一架幽灵飞机。”

“不存在什么幽灵船，也没有什么幽灵飞机。”威廉姆不满地看了那名特工一眼，“你们都听过黑匣子记录了，时间不对，按照黑匣子的记录，这架客机从起飞到被击毁还不到一个小时。也许它进入了一个虫洞，穿越了时间和空间。”

“虫洞？”一名特工摇摇头，“我倒是曾经读过一些耸人听闻的故事：某架航班起飞之后就消失了，三十年后又出现了，而飞机上的乘客依然年轻——有人声称这架飞机进入了时间隧道，威廉姆先生，你不会相信这种无稽之谈吧？”

“当然不。”威廉姆说，“历史上从来没有出现过这种荒唐的事情，失踪的飞机要么最终找到了残骸，要么永远失踪了，但从未相隔多年再次出现。”

“最关键的是，飞机上的人都去哪儿了？就让我们假设飞机的确钻进了一个虫洞——先不要考虑虫洞有多违反科学常识——假如这是真的，显然黑匣子记录下来的是现实空间中的声音，也许穿越只是一瞬，但现实时间已经过去了2天，而且它也实现了空间上的瞬移，突然出现在阿肯色州的上空。但人体无法承受穿越虫洞，所以……”

一个特工拿出一份报告：“这是来自科学部的报告，先生。”

威廉姆接过报告，快速扫了一眼，科学部的行动很迅速，报告的结论和他们猜想的一致，那架航班绝不可能通过常规手段进入美国，报告中也提到了虫洞，但是认为这个虫洞一定是经过智能设计的——如果虫洞是自然形成的，那么从概率学上来说，虫洞开口出现的位置可以位于宇宙的任何一点上。这个概率云是从虫洞出现的地点向全宇宙扩散的，概率云的总和为1，也就是说，这架飞机必定会重新出现在我们的宇宙，按照概率来看，这架飞机甚至可能出现在火星和月球，但是月球距离地球比较近，所以概率云的密度较高，因而飞机出现在月球的概率远大于出现在火星的概率。而它出现的最大概率点依然是虫洞产生的空间点。那么问题来了，地球是圆的，而且地球也时刻跟随太阳系在围绕着银河系中心以250千米每秒的速度高速运行。虫洞重新出现在阿肯色州的概率远远小于它出现在地中海下的地层中的概率，这也许能解释一些历史上的飞机失踪事件，虫洞的开口出现在了深海或者地球内部，甚至大气层外的宇宙空间。如果瞬移的确存在，那么考虑到狭义相对论，在飞机瞬移的瞬间，它自身的参考系就与现实空间的参考系发生了位移，也就是说，在某个时间点，飞机既存在于阿肯色州的时空，又存在于地中海的时空，这违反了因果律。换句话说，如果瞬移的确存在，那么在经典的物理学框架下，整个宇宙的存在逻辑都将崩塌。

整篇报告里都充斥着一些无法验证的猜测和枯燥的数学描述，但没有任何建设性的帮助，这是科学部的典型风格。威廉姆把报告丢在桌子上。

“我要去一趟约旦，加上约翰·亚当斯的事情，这是一个月之内发生的第二起时空异常事件了，我想它们之间必定存在着某种联系，在这件事情上，我不相信巧合。另外，”威廉姆开始有条不紊地下达命令，“我们需要调查飞机上的乘客，我需要每一个人从出生到他们登上飞机那一刻的所有信息，也许某位乘客引起了一些人的兴趣。”

三小时后，威廉姆乘坐一架从小石城空军基地起飞的山猫直升机来到了客机爆炸的区域。飞行员操控着直升机很快就到达了客机爆炸的位置。

威廉姆坐在后排，他摘掉耳机，螺旋桨的隆隆巨响震耳欲聋。一个陪伴的少尉回头看了看他，用手指了指耳机，示意威廉姆戴上：“你这个白痴！你的耳膜会被震破的！”

威廉姆不为所动，他只是轻轻闭上了眼睛，螺旋桨的声音渐渐远去了，他的心灵之海逐渐平静下来。威廉姆小心翼翼地伸出自己的精神触角，它们仿佛一条条透明的蛇扭曲着从他的心灵之海深处探出水面，伸展向远方。

威廉姆睁开眼睛，指了一个方向。

少尉惊奇地看着他，然后朝飞行员做了个手势，直升机脱离了悬停状态，调整了方向，向东北方向飞去。

威廉姆能“看”到一架鬼魅般的A380撕开空气呼啸而来，在它周围有两个稍微小一些的物体，威廉姆知道那是两架F-16。

他回溯着A380的轨迹，指挥着直升机向客机飞来的方向飞去。他们飞行了大约十五分钟，其间威廉姆指挥着飞行员调整过几次方向。

最终，他们来到了目的地，威廉姆指挥着直升机悬停在空中。就是这里了，威廉姆能清晰地感觉到，A380就是在这里突然出现的。一般来说，A380的巡航高度都在1万米以上，相信它从地中海上空消失的时候，的确达到了巡航高度。但是当它重新出现在阿肯色州的时候，却出现在高度大约只有1200米的空中，对客机来说，太低了，但是足以让威廉姆搭乘直升机来到这里。

这片空间还残留着大量的信息，威廉姆“看”到，并没有出现一个具体可见的虫洞，事实上也的确没有人真的见过虫洞，客机是突然出现的，没有任何预兆，仿佛它本来就是在这片空域飞行，而突然出现的那一刻只是一连串照片中的一张剪影。没有空气被排开时产生的音爆，也没有任何生命的气息。

是的，威廉姆感觉到，飞机出现的时候，乘客和空乘人员，包括驾驶员，已经全部消失了。好像有一双大手抹去了他们在这个世界的存在，和约翰·亚当斯一样。

没有恶魔的迹象，也没有恶魔领域的痕迹。

直升机掉头飞回了小石城空军基地，两个小时后，威廉姆带着四名特工登上了前往约旦的航班。

当威廉姆抵达安曼机场时，他看到机场里仍然有不放弃的家属拒绝前往航空公司安排的酒店，坚持在机场等待消息。他们仍然拒绝接受现实，他们坚信飞机也许已经降落在某个地方，他们的亲人安然无恙。

“为什么不告诉他们？”威廉姆随口问道，“他们的亲属已经不在了。”

接待他的空军少校好像看到一个白痴：“为什么要告诉他们？难道要去告诉所有人，不要等了，那架飞机昨天晚上出现在美国阿肯色州，然后被我们英勇的空军小伙子们干掉了，但是请放心，飞机上一个人也没有，你们的亲属也许还活着，但我们不知道他们在哪里——你觉得他们会相信这种鬼话？”

“可是那是事实，而且他们必须接受，不是吗？”

“这真难以置信，这个世界永远不会缺少热点，看着吧，过不了几年，RJ-23就会像MH370一样被媒体遗忘，这些人也会慢慢接受现实——他们的亲人永远不会回来了。”

威廉姆没有再多话。他不得不承认，尽管他已经和人类共事了许多年，但他仍然难以理解人类的思维方式。他们很快出了机场，搭乘一架从马西拉空军基地起飞的双引擎轻型飞机前往出事海域。同样是一无所获，威廉姆没有感觉到恶魔领域。

飞机在客机失踪的地点盘旋着，时间已经过去太久，没有多少残留的信息，但威廉姆依然感觉到了一些东西，他“看”到，灯火通明的A380轰鸣着向欧洲大陆飞去，飞机上充满了生命的气息，但一瞬间，一切都消失了，仿佛这架重达数百吨的钢铁巨兽被直接从空间中抹去了，它没有钻进什么黑洞，也没有被外星人劫持，只是突兀地在空中消失了，一如约翰·亚当斯从这个世界中被突然抹去，仿佛从未出现。

威廉姆睁开眼睛，他不认为恶魔有这个能力。也许恶魔的力量已经强大到可以杀死埃克斯，但天空从来都不是恶魔的领地，恶魔没有能力制造一个笼罩天空的领域，并且收取几百个人的灵魂。如果恶魔真的如此强大，那么他们早就取得胜利了。

威廉姆觉得，也许需要见一次议长了。

不要迷失

这天，沈晓琪给肖恩带来一个坏消息：“埃克斯死了。”

肖恩有点不相信自己的耳朵，“你说什么？”

“埃克斯，从15号州际高速公路上救了你的埃克斯，他被恶魔杀死了。”

“是谁干的？”

“这是一起有计划的谋杀，我们有理由认为背后的策划者是莫特。”

沉默了一会儿，肖恩才问道：“我很抱歉，埃克斯的死，是因为我吗？也许是莫特恼怒于他把我带到这里。”

“不必自责，这和你无关，这是一场精心布置的复仇。”

“复仇？”

“埃克斯是一个很强大的守护者，他曾经杀死过很多有名的远古恶魔。”

他们沉默了一会儿，似乎在向埃克斯哀悼。

“让我们谈谈你的事情吧。”沈晓琪打破了沉默，这才是她这次来的目的，“肖恩，你之所以没有恢复作为守护者的记忆，是因为你走得还不够远，这也是我今天来找你的目的，你还愿意进行第二次唤醒吗？”

“第二次？”

“是的。”沈晓琪凝视着肖恩，目光里似乎有一些说不清的东西，“我必须向你说明，对于沉睡者来说，记忆的唤醒可能会持续一段很长的时间，一般来说，我们不会使用这种方式快速地唤醒一个沉睡者的记忆，因为这很有可能损伤沉睡者的大脑，你能明白吗？”

“当然，本应是涓涓细流，你们却直接摧毁堤坝，让洪水倾泻而出。”

“但我们并无选择，肖恩，埃克斯死了，群星正在消逝，还有一架飞机上的人都消失了，我们相信这一切的背后都有黑暗君主莫特的影子。”沈晓琪严肃地说，“我们不知道下一次会发生什么，在过去的几千年里，恶魔一直小心地隐藏着自己的踪迹。但是这一次，他们在拉斯维加斯最繁华的赌场里对埃克斯进行公然猎杀，这意味着恶魔正在转换他们的角色，他们试图从被猎杀者转变成猎杀者。这是一场赤裸裸的挑衅，这是公然宣战。我们必须尽快阻止黑暗君主，不然可能来不及了。”

“所以，你们想尽快知道在我身上发生了什么，我很可能给黑暗君主造成过极大的伤害，所以黑暗君主要那么折磨我。”肖恩说，“如果你们知道了原因，那么你们就掌握了黑暗君主的弱点，然后就可以阻止这一切，对吗？”

沈晓琪点点头：“希望你能理解……”

肖恩抬起手打断沈晓琪：“我只有一个问题，如果这一切都是黑暗君主造成的，我是说，既然黑暗君主连天上的群星都能熄灭，他还有什么做不到的？你们凭什么以为自己能阻止他？”

“不，并不是黑暗君主熄灭了群星，而是他的所作所为正在扰乱这个世界的平衡。如果我们的世界只是真实世界的投影，那么黑暗君主和他的爪牙就像病毒侵蚀这个世界。”

“我明白了，”肖恩说，“作为病毒，并不知道自己正在摧毁自己的寄主，也不知道寄主的毁灭也会导致自己的死亡。”

“没错。”沈晓琪露出一丝微笑，“但你的第一次唤醒实验也并非毫无所获，你是否记得在那个塔庙上发生了什么？当你推开那扇门的时候，我们失去了画面。”

“我看到一个女人死在了那里，但她的灵魂还在，她告诉我，有人在追杀我，而且——”肖恩还是决定告诉沈晓琪一些信息，他很想将一切都告诉沈晓琪，但直觉阻止了他那么做，“那个女人叫我肖恩。”

“你认识她吗？”

“不，但是在幻境中，她似乎对我很重要，我对她的死很难过，但我的确不认识她。”

“可是你在前世叫肖恩这个名字的概率非常小，”沈晓琪皱起眉头，“这说不通。”

肖恩耸耸肩：“不必当真，也许那只是一个荒诞的梦。”

“但她说有人在追杀你。”

“这个不难解释。”肖恩说，事实上他也真是这么想的，“我现在正在被恶魔追杀，对吗？所以这个阴影潜入了我的潜意识，在梦境中表现了出来。”

沈晓琪轻轻摇头：“我不知道……但是，你看到的不是一个普通高塔，那是一座塔庙。”

“塔庙？那是什么？类似于金字塔的东西？”肖恩惊奇地扬起眉毛。

“是的，”沈晓琪解释道，“但塔庙的历史比金字塔更久远，塔庙只在世界上一个地方出现过，那就是两河流域，人类文明起源的地方。如果你从来都不知道塔庙的话，至少说明那不是一个梦，而是源于你真实的记忆。”

“你们是怎么知道那是塔庙的？”

“我们虽然没有看到门后的景象，但是我们都看到了你走过的阶梯，那种阶梯只有塔庙内部才有，我甚至可以描述出门后的景象，那里一定有一个带着围墙的平台，但那不是最高点，在平台上还有阶梯通向一个更高的尖塔，对吗？”

“的确如此，”肖恩的表情凝重起来，“那座平台上铺着青灰色的石板，非常平整。”

“那一定是苏美尔时代，如果我没有猜错的话，”沈晓琪的双手在膝盖上交叉着，“那里很可能就是巴比伦，也许你看见的那座塔庙就是传说中的巴比伦塔。”

“巴比伦塔？”肖恩知道巴比伦塔，但他没有想到那是一座塔庙，“你是说那座人们修建的试图抵达天堂的巴比伦塔？可是它不是我曾经在图片里看到的那样……”

“传说中的巴比伦塔和历史上真实的巴比伦塔是两码事，”沈晓琪笑了，“人们倾向于添油加醋地想象，口口相传中，巴比伦塔在人们的记忆中变成了一座摩天大楼，一座人类向上帝发起挑战的巨塔。但事实上并非如此，巴比伦塔的高度不会超过我们所在的这座大楼，但在那个时代，它的确是一个奇迹。巴比伦塔其实是一座塔庙，它是塔庙建筑的巅峰。当时的统治者认为神灵居住于天庭，所以他们一开始建造的是神庙，用来供奉和取悦神灵，为了更接近神灵，所以神庙越建越高。人们先用夯土建造一个平台，然后在平台上建造新的神庙，这就是塔庙，但是还不够高，所以平台本身也越来越高，直到平台本身也变成了一座高塔，高塔的顶端是神庙。而巴比伦塔就是人们建造的最高大的塔庙，如果你的描述是准确的，那么高大的塔庙只有一种可能，那就是巴比伦塔。”

“这说明那至少不是我的幻觉，因为我不可能想象出我不知道的东西。”

“没错。”沈晓琪表示赞同，“那个时代……很特别，那是黑暗结束之前的黎明，也是人类文明曙光开启的时代。”

“发生了什么？”

“残存的恶魔之间发生了内战，”沈晓琪说，“但是那场战争没有胜利者，从此以后，黑暗时代才真正终结，没有恶魔再敢公然行走在世间，人类的文明时代才真正到来。”

“难道我参与了那场战争……”肖恩喃喃地说，沈晓琪的诉说给他带来了极大震动，他隐约感觉到自己身上一定隐藏着一个惊人的秘密，“可是我为什么不记得发生了什么……”

他又想起那个女人和她奇怪的话语，当群星熄灭，亡者苏醒……

“你走得还不够远。”沈晓琪重复道，“如果你是从那个时代就陷入了沉睡，那么你已经沉睡了至少五千年，那是非常漫长的一段时光。”

沉睡者唤醒力量，朝圣者再次踏上征途……

毁灭的尽头即是重生……

“可是你们呢？你们为什么不记得那场战争了？”肖恩问，“既然你们连冰河时代的事情都能记得……”

“守护者的记忆会不断失落，我们的记忆链条就像一条蜿蜒在时光之河中的长蛇，随着时光的流逝，新的记忆不断产生，旧的记忆和无关紧要的记忆也在不断失落……所以，几乎已经没有守护者能准确描述那场发生在人类文明黎明时刻的战争，至于更遥远的众神之战，”沈晓琪苦笑着摇摇头，“更没有多少守护者真正记得了，我们还是从人类的神话传说中确认了那场战争的确发生过。”

“比如——诸神的黄昏？”肖恩说。

“还有人把那场战争称为撒旦的堕落之战，中国的封神之战，印度的《摩诃婆罗多》中的灭世之战……还有每个民族记忆中的大洪水，所有这些神话传说都是那场战争一鳞片爪的描述。”

“好吧，你们准备怎么进行第二次唤醒？还是深度催眠？”

“不，我们会让皮埃尔直接操作游走电极，换句话说，我们会让皮埃尔直接进入你的大脑，和你的意识进行连接，挖出潜藏在深处的记忆。”

“皮埃尔是谁？”肖恩惊奇地问，“一个催眠师？”

“皮埃尔不是人类，它是科学部研发的超级人工智能，采用了基于量子计算机的分布式神经网络算法，并且连接着全美国最大的离线数据库。”沈晓琪解释道。

“就像Siri？”

沈晓琪笑了：“如果皮埃尔是麻省的博士生，那么Siri在皮埃尔面前就像一个刚上幼儿园的孩子。”

“你们怎么做到的？”

“他们想创造一个意识，一个计算机中的意识。”

“意识？”

“是的。”沈晓琪望着肖恩惊奇的眼睛，“我想他们已经创造出了世界上最聪明的人工智能，微软的科塔娜和谷歌的阿尔法狗在它面前就像刚学会走路的孩子，但我们依然不知道它有没有灵魂。”

“科学家总是在干挑战上帝的事情。”

“确实如此，人类有挑战权威的天性。从米勒的原始汤到绵羊多莉，这些行为和古巴比伦人修建巴比伦塔来挑战上帝在本质上没有什么区别。”

“显然那个老头儿不太喜欢我们这么做，他摧毁了巴比伦塔。”肖恩耸耸肩。

“根据历史记载，是亚述人摧毁了巴比伦塔，即使在《圣经》里，上帝也没有直接摧毁巴比伦塔，而是扰乱了人类的语言，让人类充满猜忌和矛盾……”沈晓琪似乎没有领会肖恩的幽默感，“但真实的历史又是怎么回事就没有人知道了。”

“我们还是谈谈第二次唤醒实验吧。”

“这个实验有一定危险性，当然，没有人会强迫你。”沈晓琪看着肖恩，“如果你不愿意的话……”

“不，我愿意。”肖恩打断她，他迟疑了一下，“这并非犹豫不决，晓琪，你知道吗？这几年来，我做梦都想为珍妮和安复仇，如果不是这个信念一直支撑着我，我恐怕早就彻底变成了一个酒鬼、一个无家可归的流浪汉，死在没人知道的阴沟里。我一直坚信那个鸟头怪物还会找上门来，但当这一天真的到来之时，我发现我什么都做不了……如果牺牲我的生命能为珍妮和安复仇，我会毫不犹豫，但是现在……”肖恩停了一会儿，艰难地说，“我不知道，那么多的记忆涌进我的脑海，我突然感觉我好像变成了另外一个人，我似乎不再是肖恩，过去几十年里的那个肖恩好像已经变成了我的生命中很短的一小部分。我经历过更悲惨的战争，最残酷的离别，我都未曾感到恐惧。可是，如果我不是肖恩，我又是谁？我现在害怕了，我正在失去给珍妮和安复仇的信念……”

沈晓琪轻轻握住他的手，“我理解，”她轻轻地说，“这是每一个守护者每一次被唤醒时都会面临的，对于守护者来说，猎杀恶魔是我们的宿命，其他的一切都是微不足道的。”

感受着沈晓琪手中传来的温度，肖恩的眼眶湿润了，“我一定要为珍妮和安复仇，不管发生了什么，我都不会把这件事情忘记。”

“你不会的，我们会一起杀死黑暗君主。”沈晓琪庄严地说。

加　冕

这是一个金碧辉煌的大厅，大厅中央是一个下陷的舞池，舞池上方的灯光被刻意调暗了，一支小型管弦乐队正在演奏一曲舒缓的《睡魔入侵》。舞池里，绅士和淑女随着曲子翩翩起舞，穿着贴身马甲和白色衬衫的侍者端着放有红色液体的水晶高脚杯的托盘在人群中穿梭，空气中弥漫着一种奇异的甜味。

“我还是不习惯鲜血的味道。”美杜莎轻声对舞伴说，“这些鲜血是从哪里来的？”

“人类仆从。”她的舞伴拥有一头银白色的头发，不知道是天生如此还是后天染成，他咧开嘴笑了笑，低声回应道，“有很多人类自愿向我们提供血液，就像人类自己‘豢养’的奶牛一样。”

“可我们不是血族。”美杜莎晃晃脑袋，她波浪形的头发披散在肩膀两侧，在朦胧的灯光下真的有一点像细长的蛇，“你知道血族吗？”

“当然，人类的想象力令我惊叹，”德古拉说，“他们甚至凭空创造了十二个魔党和一个密党，并且为每一个家族都设计了家徽和详细的家族史，但可惜的是，”他摇摇头，“血族并不存在，至少人类描写的血族只存在于他们的想象之中。”

“我以为你就是一个血族。”美杜莎轻笑，“在人类的小说和电影里，你可是鼎鼎有名的血族始祖。”

德古拉耸耸肩：“至少我不是人类想象中的那种血族，就我个人而言，我很少喝人类的血，但也不会完全拒绝，据说人类的血液中包含了灵魂碎片，吸血总比获取祭祀更安全，玛丽夫人似乎对这一点坚信不疑。”

美杜莎扬起眉毛，“你说的是那位与你齐名的血腥玛丽？”她悄悄地往四周看了看，“她在这里吗？”

“唔……”德古拉优雅地摇摇头，“她是人类，纯种的。”

美杜莎瞪圆了眼睛，“可是我听说……”

“她用少女的鲜血沐浴，对吗？”德古拉冷冷地笑了，“传闻是真的，瞧瞧，那些魔鬼教唆人类称我们为邪灵、恶魔，可是人类对自己的同类似乎不比我们更仁慈。而那些自诩为守护者的家伙又干了什么呢？不，他们什么都没做，他们对玛丽的所作所为视而不见。”

“你是说他们并没有他们自称的那么坚定于自己的职责……”

“如果他们真的是人类的守护者，那么他们为什么不阻止一战和二战？他们为什么不阻止人类发明那些据说瞬间就能杀死数百万人的武器？”德古拉冷笑着，“仅仅是第二次世界大战就有上亿人死于战乱和饥荒，但纵观人类历史上死于战乱和饥荒的人数，第二次世界大战死去的人数连零头都算不上。”

“看起来你对这个世界已经很了解了，德古拉伯爵。”美杜莎浅浅一笑，此时她就像一个被男性魅力迷得神魂颠倒的宫廷傻女孩。但德古拉绝对不会被她的外表所迷惑，每一位能在历史上留下名字的神灵都不是善茬，尤其是这位美杜莎小姐。

“不，远远不够，这个世界的运行非常复杂，远远超出我们这些来自远古的神灵的想象。”德古拉说，“我死去才几百年，在过去的几千年里，这个世界好像是一成不变的，但最近几百年，这个世界发生了翻天覆地的变化，对于这个世界，你我的感觉应该是一样的。”

“我没想到，这个世界会变得如此——”美杜莎欲言又止，她的眼睛是令人着迷的浅绿色，看起来似乎有维京血统。

“有趣。”德古拉替她说完，“我从来没有见过这么多人类，我刚被唤醒的时候，还以为自己身处天堂。”

“为什么不是地狱呢？”美杜莎轻笑，露出一口洁白的牙齿，“吸血鬼也有可能上天堂的。”

“天堂和地狱都在这里，美丽的美杜莎小姐。”德古拉优雅地说，“你在这个世界上待得越久，你就越会发现这一点。”

“我想我会的，”美杜莎同意这一点，“我再也不愿意独自面对那些魔鬼了。”

“你不会的，”德古拉安慰道，“现在我们重新团结起来了。”

“你为何没有参加那场战争？”美杜莎问道。

“我得知消息的时候已经晚了。”德古拉说，“我错过了那场战争，现在看来那是一种幸运。”

“我比你要更幸运一些，我得到消息之后就赶往战场，当我到达那里的时候，一切都结束了，魔鬼发现了我，但距离尚远，我逃走了。”美杜莎的语气很平淡，但德古拉深知隐藏其中的惊心动魄，“但他们已经知晓了我的存在，埃克斯一直在追踪我，他就像一条猎狗一样嗅觉灵敏，不管我怎么躲藏都甩不掉他，在后来的整整一千年里，我都生活在埃克斯的阴影之下，我不知道他什么时候会突然出现在我面前，奇怪的是，当那一天真正到来的时候，我并没有感到多么绝望，反而松了一口气。”

“他标记了你，所以即使你永远不使用你的法力，他也能追踪到你，能识破你。”德古拉说，“这是埃克斯特有的能力。”他环顾四周，看到米诺斯正和迦梨翩翩起舞，而荷鲁斯正和拉斐尔窃窃私语，轻声谈笑，“这里的很多神灵都有过相似的遭遇。”

“我原本以为自己是那场战争唯一的幸存者。”美杜莎说。

“还有很多人活了下来，即使在战场上也不是每一个人都死了……”

这时，有人打断了他们。

“先生们，女士们，我为你们带来的胜利和荣耀深感骄傲。”莫特端着一只水晶高脚红酒杯，满意地说道。他穿着一件合身的燕尾服，上面缀着闪闪发亮的晶片，下身穿着一条紧身黑色天鹅绒裤子，脚踩一双黑色小羊皮皮鞋，脖子下面还戴着一枚蓝色斜纹领结，但是袖口夸张的蕾丝花边让他的打扮看起来有些不伦不类，“但还不够。”

听到莫特开始讲话，管弦乐队暂停了演奏，绅士和淑女纷纷停下了舞步，将目光投向站在一个半圆形平台上的莫特。莫特的右手持着高脚杯，左手扶在面前的栏杆上，吸引了所有人的目光之后，他重复道：“还不够。”

米诺斯向莫特行了一个庄重的礼：“尊贵的黑暗君主殿下，请允许我向您致以最诚挚的敬意，在您的指点下，我们第一次战胜了魔鬼，这是一次伟大的胜利。”他高高地举起酒杯，“荣耀归于黑暗君主。”

“荣耀归于黑暗君主。”他们举起手中的酒杯，异口同声地说。然后他们纷纷饮尽了杯中的鲜血，所有人都知道，莫特的宴会上从来都是用鲜血代替葡萄酒，只有鲜血才能重新唤起众神的力量，莫特曾经如此说。

拉斐尔补充道：“如果说一开始我们还对您的力量有所怀疑的话，那么现在您已经证明了您所说的一切，您是我们的领袖了。”

莫特满意地看着这些古老的神灵，他们的确应该感谢他，是他把他们从沉睡中唤醒，这些来自古希腊、美索不达米亚、古埃及和古印度的神灵们，这些在众神之战后残存的神灵们，这些遭受了魔鬼的侵袭，沉沦到暗无天日的幽冥世界中的古老的灵魂们。他们每一个都赫赫有名，但不是每一个都流传在人类的神话传说中。他们每一个都非常骄傲，不愿意臣服，除了那个人。想起那个人，莫特的脸上掠过一丝不快，但他马上就释然了，那个人的时代早已经过去了，现在，属于莫特的时代终于到来了。得到那些名不见经传的小毛头的效忠不算什么，只有得到这些真正的古神的效忠，他才能够真正加冕。

今夜，是莫特的加冕之夜，新的众神之王将诞生，这顶王冠由埃克斯的鲜血沐浴，但还不够。

“你们已经证明了自己，”莫特放下酒杯，殷红的鲜血在杯壁缓缓流下，“魔鬼是可以被杀死的，接下来我们将展开猎杀，但横亘在我们面前的不只是魔鬼，还有阎摩。”

莫特轻松说出的这个名字瞬间让大厅里的人群沉默了，神灵们咀嚼着这个名字，知道这个名字的神灵沉默不语，他们知道这个名字意味着什么。不知道这个名字的神灵也感觉到了气氛在变冷。

终于，有人打破了沉默：“我不认识阎摩，但我认识一个叫埃列什基伽勒的死神，她是我见过的最强大的神灵，没有人胆敢挑战她的神国，直到她不知所终之后，才有神灵敢接管她的领地。”

“埃列什基伽勒是阎摩的名字之一。”莫特说。

“我认识一个名叫阎罗的神灵。”一个东方面孔的男人说道，“据说他是最古老的神灵之一，在东方世界，他是统治地狱的君主。”

“阎摩曾用过这个名字。”莫特说。

“我已经很多年没有见过哈迪斯了，”美杜莎说道，“听说他没有在众神之战中死去。”

“没错，阎摩有时也被称为冥界之主。”莫特说。

“我认识一个叫奥西里斯的神灵，想必你们也都听说过他，他是我见过最有智慧的金字塔之神。”荷鲁斯说。

“阎摩也是尼罗河的冥界之神，但奥西里斯并非阎摩，我亲眼见到奥西里斯参加了众神之战，但我没有见到他的尸体。”莫特看着荷鲁斯，“他恨你，荷鲁斯，他认为是你让他去送死，当他在战场上没有看见你的时候，他发誓要杀了你。”

“我在游说其他人，我没赶上那场战争。”荷鲁斯阴沉着脸，“奥西里斯在哪里？”

“我相信他追随了阎摩。”莫特说，“你会有机会的，我会为你找一个最好的帮手。”

“如此甚好。”荷鲁斯昂起头颅，“我希望能与阿努比斯大人并肩作战。”

“你的请求已经被接受了，”莫特庄重地说，“你会有机会与阿努比斯并肩作战的。”

“撒旦背叛了我们。”荷鲁斯退下之后，乌列向前一步，“不仅如此，他还诱惑了加百列和米迦勒。”

“晨星之子，”莫特笑了笑，“我也认识他，不过他更喜欢阎摩这个名字。乌列说得对，阎摩背叛了万神殿，他已经堕落成魔鬼的帮凶。”

神灵们一片哗然，知情的神灵们则默不作声。

莫特等待着，他知道这里站着的很多神灵都认识阎摩，甚至有些神灵和阎摩私交深厚。他不得不承认，阎摩的社交能力确实比他强了不少，几乎每一个神系都认可阎摩占据“死神”这个名号。

“我们知道那个人背叛了万神殿，但他已经死了，不是吗？”美杜莎问道，“为什么阎摩还要追随他？”

“魔鬼侵蚀了他，和那个人一样，他们已经忘却了自己神灵的身份。”莫特回答，“看看你们，你们虽然没有参加众神之战，但你们依然是古老的神灵，我知道你们中的一些人听到了劝诫，再也没有施展你们的法力，恶魔却依然找到了你们，而那个劝诫也变成了绞索，这是为什么？”

莫特停顿了一下，才揭晓那个可怕的答案：“是阎摩和他的爪牙在帮助魔鬼追踪你们，我知道你们心存疑惑，但仔细想想，在魔鬼找到你们之前，是否有其他人找到过你们？”

“你说的没错。”一个女人的声音响起，是来自印度的迦梨，这位青白色面孔的女神冷冷地说，“阎摩先找到了我，然后魔鬼就尾随而来。”

“米迦勒和加百列引来了魔鬼，他们没有遵守约定，而是放任魔鬼杀死了我，攻陷了我的帝国，屠杀了我的子民。”拉斐尔冷冷地说，“他们追随了阎摩。”

美杜莎说：“在埃克斯杀死我的前夜，一个神灵拜访了我，要求我追随阎摩，但我拒绝了他的提议。”

“你们都听见了。”莫特满意地点点头，“所以，我们做得还不够，我们的敌人不仅仅是魔鬼，还有阎摩和他的爪牙。”

“可是，阎摩是一个强大的神灵……”美杜莎怯懦地说。

“我知道你们对他心存恐惧——不然你们也不会将他称为死神。”莫特说，“但你们不必如此，被魔鬼蛊惑的阎摩已经不是以前那个伟大的死神，从他抛弃他的荣耀的那一刻起，他就不配再以死神为名。这么多年来，他一直带领他的爪牙和被蛊惑的神灵躲藏在阴暗的水面下，四处猎杀不肯追随他的神灵。但是相信我，这种事情不会再发生了，我一直坚守着万神殿，我得到了来自真正天庭的眷顾，所以我才有能力把你们从幽冥中召唤回来，这仅仅是一个开始，我们不仅要猎杀魔鬼，还要猎杀这些众神的背叛者。我已经追踪到了阎摩，正如他对你们进行的标记。当你犹豫不决之时，想想阎摩都对你们做了什么，当你心怀恐惧的时候，想想如果阎摩再次追踪到你们会对你们做什么，难道你们还想继续沉沦到幽冥地狱中去吗？答案是——不！”莫特的声音高亢起来，“神灵们，请允许我还用这个词语称呼你们，尽管你们早已忘记了自己真实的身份。你们是真正的神灵，而不是那些装神弄鬼的伪神！你们每一个都应该坐在高高的王座之上接受凡人的膜拜，而不是在潮湿阴暗的下水道里和老鼠蟑螂做伴，也不是蜷缩在租来的公寓里发愁下个月的房租，更不是在餐厅里希望客人能多给一些小费！不！不！”莫特怒吼着，“这不是你们应该有的生活，你们在无数次的轮回中饱尝生活的苦难和艰辛，你们每一个都曾有过丧子之痛，你们每一个都曾在饥饿和病痛中凄惨地死去，是谁让你们遭受了这些无法用语言来形容的痛苦？是阎摩！是阎摩让你们身处地狱！现在，我的兄弟姐妹们，是时候进行复仇了，我们将以牙还牙，以眼还眼，我们要剪除魔鬼的羽翼，摧毁背叛者，把他们送进地狱！”

大厅里响起了一片热烈的欢呼声，人们纷纷举杯痛饮，平时腥气十足的鲜血此时也显得香甜醇厚。

“大人，你真的标记了阎摩？”欢呼声消失后，德古拉问道。

“是的，你没有听错。”莫特微微一笑，“我已经知道他和他的爪牙藏在哪里，而且我们别无选择，阎摩很快就会知道你们重回人间——他的耳目遍布四方，他还会借魔鬼之手来杀死你们，就像以前他做的那样。”

“但是这次我不会毫无防备。”拉斐尔冷冷地说，这位拜占庭帝国的末代皇帝已经回来了，他不再是那个名叫阿里的侍者，“我希望再次见到米迦勒和加百列。”

“我受够了轮回之苦，我不会再让阎摩得逞的。”迦梨附和道，这位女神现在的形象并不是传说中的那样，现在她有着一头染成五颜六色的头发，皮肤白皙，穿着紧身的黑色夹克，上面缀满了铆钉，唯一让她看起来和印度沾点边的是她脸上那个银色的鼻环，这位女神看起来就像是刚从地下酒吧里走出来的朋克少女，“他曾经破坏了我的祭典，然后假惺惺地提醒我如何躲避魔鬼。”

“是的，我们必须杀死他。”

“杀死他……”

神灵们窃窃私语，莫特成功地点燃了他们复仇的烈火，不，这是一个浇满了汽油的柴堆，莫特所做的只是递给他们一支小小的火把——只要一粒火星，就会熊熊燃烧。莫特重新抓起一只酒杯，将杯中的鲜血一饮而尽。

渐渐地，窃窃私语汇聚成同一个声音，逐渐形成共鸣，不断叠加震荡，最终变成低沉的声浪，但却异常清晰：“复仇！”

“很好，”莫特伸出双手轻轻下压，“看来我们已经达成了共识，但是时机尚未成熟，你们还需要等待。”

“为什么？”拉斐尔问道。

“因为阎摩并不是一个人，如我所说，他蛊惑了许多神灵作为他的爪牙，他甚至建立起一个名叫烈火的可笑组织。”莫特深深地看着拉斐尔，“你还记得加百列和米迦勒，对吗？”

“还有谁效忠了他？”

“迦梨。”莫特的目光轻柔地转向那个女孩，仿佛看穿了女孩的心思，“我要告诉你一个秘密，湿婆和毗湿奴并未死于众神之战，他们追随了阎摩。”

“这不可能……”迦梨的声音有一丝颤抖。

“我知道这个消息会让你心碎，但这是事实，不要低估了魔鬼蛊惑人心的力量。”莫特轻声说，“湿婆和毗湿奴的确参加了那场战争，我仍然记得那个遥远的下午，来自南方湿热丛林的神军在太阳底下闪闪发光，尤其是穿着金色铠甲的湿婆更是如同太阳亲临世间，湿婆乘坐一只巨大的蜥蜴，威风凛凛。就连他的坐骑也引发了北方众神的围观，那只蜥蜴甚至比最高大的战马还要高，浑身布满了褐色的鳞片和尖锐的突起，它每一次进食都要吃掉一头牛，它每一次呼出的气息都带有剧毒，甚至毒死了战神阿瑞斯的宠物狼——都怪那只狼的好奇心太重了。而毗湿奴身穿黑色的铁甲，他的脸遮蔽在一副黑铁面具之下，据说他的铁甲和铁面具由天上坠落的神铁所铸造。而他的坐骑是一只大鹏金翅鸟，那只巨鸟翱翔在天空之时，它的翅膀在大地上投下的阴影能遮蔽整个神军。”

“你说得对，大人，你真的见过他们。”迦梨的脸色有些苍白，“毗湿奴的铠甲和面具是我亲手打造的。”

“但我们都低估了魔鬼的强大。”莫特的眼神黯淡下来，“尽管已经有遭受屠戮的北欧神灵警告过我们，但骄傲的印度和希腊神灵们却对他们报以无情的嘲笑，埃及神灵也从未赶来战场。湿婆的坐骑被斩掉了头颅，甚至湿婆本身也受了伤，我亲眼见到他在魔鬼面前毫无反抗之力，被轻易斩落了右臂，如若不是毗湿奴及时赶到，湿婆丢失的将是他的脑袋。”

“后来发生了什么？”不仅是迦梨，在场所有的神灵都屏住了呼吸，和迦梨一样，他们从未听说过众神之战的细节，对于他们来说，那是一场毁天灭地的战争，魔鬼们轻易地就摧毁了集结的神军，从此没有神灵愿意谈论起那场战争，那是永恒的耻辱。但他们依然对那场战争的细节非常感兴趣。

“天空也不安全。”莫特说，“魔鬼们召唤了来自地狱的恶龙，毗湿奴的大鹏金翅鸟在恶龙面前不堪一击，恶龙撕裂了它的翅膀，金色的血液就像一场暴雨般落下，大鹏金翅鸟的悲鸣响彻天地，而毗湿奴则像一块石头般坠向大地，他摔了个半死，但没有死。梵天就没有那么好的运气了，魔鬼杀死了他，我亲眼看见梵天被一种奇异的力量化为尘埃飘散。湿婆和毗湿奴也看到了这个景象，他们这才明白这场战争不是游戏，神灵也会死亡，于是他们从战场上逃走了，抛弃了所有追随他们的神灵和人类仆从军团。”

“在魔鬼的打击下，依然坚持奋战的来自南方和东方的神军几乎全军覆没，就连万神殿的古神们也伤亡惨重。当战争结束之后，高山崩塌成深深的峡谷，大地被撕裂成深渊，汹涌的海水从西方涌来，前所未见的海啸甚至能够吞没云层，大海淹没了一切，雄伟的高山变成了小岛，干旱的沙漠变成了海底，凡人仆从军甚至连参战的机会都没有就被海水吞没。”想起那个景象，莫特的眼睛有些发直，“但是要感谢那场灾难，在翻天覆地的混乱中，幸存的神灵们才得到了一线生机。”

顿了一会儿，莫特仿佛依然沉浸在那场惊心动魄的战争回忆之中，他摇摇头，才继续说道：“目睹这场战争的许多神灵都被吓破了胆，他们认为魔鬼是无法战胜的，但现在我们已经知道了，事实并非如此。而且我将告诉你们一个足以改变我们命运的秘密——你们不必感到恐惧，魔鬼的力量一直在削弱，众神之战中的魔鬼能毁天灭地，能召唤地狱中的恶龙为他们作战，但是现在他们已经失去了这些传说中的力量，命运的轮盘再一次倒向了我们，众神的时代将回归，我们最大的敌人已经不是魔鬼，而是我们之中的背叛者。”

“也许这是真的。”米诺斯赞同地点点头，“埃克斯比我记忆中的要弱小……”他将目光移向德古拉，从德古拉那里他得到了想要的答案，德古拉也点头表示同意：“这不是我记忆中的埃克斯，他的力量大不如前了，但他似乎并没有发觉这一点。”

“这是事实。”莫特严肃地说，“我不会让你们去送死，只有在有十足的把握之下，我才会让你们去杀死埃克斯。埃克斯是第一个，我们会消灭这个世界上所有的魔鬼，但在此之前，让我们先把目光放到阎摩和他的爪牙身上吧，迦梨，你的对手将是湿婆与毗湿奴。”

“我恐怕不是他们的对手。”迦梨不太自信地说，“如果只是他们其中的一个，我也许可以尝试，但是我无法同时对付他们两个。”

“迦梨，看看你的周围，你都看到了什么？”莫特冷静地说。

迦梨下意识地环视四周，但她马上对上了德古拉的目光，还有米诺斯的目光，拉斐尔的目光，美杜莎的目光……所有的神灵都在望着她。

“迦梨，你看到了，这些都是你的同伴，你将不再是孤军奋战，我知道你们每一个都曾习惯于孤独地战斗。”莫特说，“但是你们已经一起猎杀了魔鬼，你们已经知晓了团结的力量，你们所有人都将共同作战。迦梨，你将带领大家杀死湿婆和毗湿奴。拉斐尔，你将带领大家杀死加百列和米迦勒……而我，将带领你们杀死阎摩。”

“还有我，大人。”维克多从一根柱子的阴影中显出身形，他扫视着神灵们，“我知道你们中的很多人不认识我，我很高兴能介绍我自己，我是维克多。”

“维克多？”德古拉重复道，“你是万神殿的那位维克多？”

“是我。”维克多微微昂起头，“我是万神殿七始祖之一，北方诸神的庇佑者，我将同你们一起作战。”

“上祭品。”莫特拍拍手，一股寒意在大厅里弥漫。

七个身穿黑色燕尾服的侍者端着齐肩的托盘步入大厅，盘子里盛着冒着热气的肉食，仿佛某些动物的内脏，其中一个侍者将托盘恭敬地放在莫特面前，托盘里是一颗烤熟的心脏。

“享用你们的祭品吧，神灵们，今夜，万神殿重生了。”莫特抓起那颗心脏，大口撕扯起来。

皮埃尔

“在进行第二次唤醒实验之前，我想多了解一些，关于皮埃尔。”当沈晓琪再一次来看望肖恩的时候，肖恩提了一个要求。

“不用担心，肖恩，不会有任何危险。”沈晓琪微笑着说，“皮埃尔是一个很好相处的人。”

“人？”

“当你见到它的时候，你自然会明白的。”

“你是想说，它是一个有灵魂的人？”

“科学家们想知道大脑真的只是意识的容器还是能够自发地产生意识，为了搞清楚这个问题，他们制造了一个虚拟大脑。”沈晓琪说，“皮埃尔的大脑神经元数量大约和一个四岁的孩子相当。”

“这听起来……似乎并没有多么让人吃惊。”

“不，即使是一个四岁的孩子，他的大脑也拥有超过860亿个神经元和数万亿个神经元连接。一个四岁孩子的大脑神经细胞数量和成年人的大脑神经细胞数量是相当的，但在突触数量、突触复杂性、突触上特定的蛋白数量、大脑组织结构等方面都有很大区别。不过大脑神经细胞的数量和智商之间也不是绝对的正比关系，抹香鲸的大脑比人类大脑重三倍，但抹香鲸显然不比人类聪明三倍；猫的大脑神经细胞比狗要多两倍，但公认的是狗更聪明，所以神经元的数量并不是关键。”沈晓琪说，“他们研究了大脑从胚胎阶段到成年的发育过程，包括神经细胞的形成，突触的连接模式等等，他们尝试制造了一个虚拟的细胞，赋予它生长的算法，虚拟大脑会自己生长起来。他们失败了数千次，才最终获得了一个四岁孩子的大脑，它就是皮埃尔，它可以轻易通过图灵测试，而且皮埃尔会主动思考并且提出问题。图灵测试是在互相不见面的情况下，由人类向被测试者提出一系列问题来判断对方是否存在思考和逻辑推理能力。可是它依然缺乏对人性的理解，这些很难用数学逻辑推理和数字量化出的事物，对它来说是难以理解的。”

“这说明了什么？”

“不要把它当作真正的人，肖恩，即使它表现得再像一个人，也不要把它当作真正的人类。”

“可这是为什么？”肖恩意识到沈晓琪话语中沉重的忧虑，她似乎在暗示着什么。

“你知道，人类的大脑是迄今为止这个宇宙里发现的最精巧的机器，人类对大脑的了解还不够深入，我们甚至不知道意识到底产生于大脑的哪个地方，对于这个虚拟大脑，我们同样也一无所知。当它有了自发的神经冲动之后，我们在对应人类大脑的感觉区域——视觉、听觉、嗅觉、触觉——打开了接口，连接到数据库和传感器，于是它能‘看到’和‘听到’，它甚至有了嗅觉和触觉，但是我们无法理解它感受的世界是什么样的——我们不知道我们眼中的蓝色在它眼里是什么颜色。但是它没有形体的束缚，它对五感的认知远远超过普通人类……”

“皮埃尔有自我意识吗？”肖恩终于问到关键之处了。

“你有吗？”沈晓琪反问道。

“当然。”肖恩马上就反应过来自己问了一个蠢问题，“不，我无法向你证明我是否有自我意识，你也无法向我证明你有自我意识，皮埃尔也是一样……”

“没错。”沈晓琪赞许地点点头，“肖恩，正如你无法证明你看到的蓝色在我眼里同样是蓝色，蓝色这个词语也许只是我们对各自眼中不同的一种颜色的同样叫法，肖恩，语言本质上是一种中间协议。所以我们永远都无法得知皮埃尔是否有自我意识，即使有一天，皮埃尔的表现和人类完全无异，我们依然不知道它的表现是来源于它的自我意识还是已经超越了我们识别能力的程序。”

“你是说你们创造了一个你们已经理解不了的东西……”

沈晓琪不置可否：“我有责任提醒你，肖恩，你将面临的是一次前所未有的体验。坦率地说，我不知道你到底会遭遇什么，也不知道结果会怎样。这是一场冒险，你会遭遇什么，很大概率上取决于你的内心。但请记住一件事情，千万不要迷失在幻境中。”

当肖恩和沈晓琪走进实验室的时候，首先看到的是挂在墙壁上的一个屏幕，沃顿正面对屏幕负手而立。

“你来了，肖恩。”沃顿转过身，朝他们点点头，“皮埃尔已经等你很久了。”

肖恩望向屏幕，屏幕上是一片雪山下的草地，远处的山峰上的雪清晰可见。阳光明媚，融化的雪水汇入一条小溪，蜿蜒着流进一个小湖。一个木屋矗立在小湖边，这里好像是阿尔卑斯山区，风景如画。

一个男人从小木屋里走了出来，他身穿山地人常穿的猎人装，背上还背着一把猎枪，似乎正要去打猎。男人仿佛透过屏幕看到了沈晓琪和肖恩，镜头拉近，他抬起手向人们打招呼。

“你好，肖恩，很高兴见到你。也很高兴看到你们，沈晓琪，还有你，沃顿先生。”皮埃尔的声音从屏幕下方的扬声器中传出来。

“你好，皮埃尔，沈晓琪已经给我介绍过你，她说你会帮助我。”肖恩也向皮埃尔打了个招呼。

皮埃尔的脸上浮现出一丝笑容：“是的，我很乐意，荣幸之至。”

“游走电极的数量将增加一倍，它们将更深入地进入你的大脑，它们会到达每一个重要节点，记录下每一次神经脉冲，并且根据需要对你大脑的不同部位进行电击刺激。请放心，电击的强度会被精确控制，不会超过你的脑细胞本身产生的电流强度，这是绝对安全的。”沃顿一板一眼地说，“肖恩先生，请吧。”

这似乎看起来并不危险，肖恩想，皮埃尔是他见过的最谦和有礼的人，即使和它对望一眼都如沐春风。“我有个问题，为什么第一次你们不让皮埃尔帮忙？”

“普通人的大脑承受不了皮埃尔的介入。”沃顿坦然地说，“虽然从解剖学上来看，守护者的大脑和普通人的大脑没有太大区别，但是从脑电波强度和神经脉冲连接等方面来看，还是有一些区别的，用我们的话讲，灵魂强度有区别。”

肖恩指了指皮埃尔：“我能和皮埃尔单独谈谈吗？”

“为什么？”沃顿扬起眉毛。

“我觉得，对于一个要进入我大脑的人，我需要多了解一下。”

“不，皮埃尔不是人。”沃顿冷冷地说，毫不在意是否冒犯了皮埃尔，“不过我喜欢你看待它的方式。”

沃顿和沈晓琪离开了房间。“皮埃尔，现在只剩下我们两个人了，我想问你一个问题。”肖恩说。

“当然，肖恩。”

“如果关闭摄像头和拾音器，你是不是就失去了视觉和听觉？”

“不，如果我愿意，我依然可以看到，依然可以听到，摄像头和拾音器只是我和现实世界的接口，通过这种方式，我才能和你们交流。”

“如果关闭了现实世界的接口，你是怎么获取视觉和听觉的？”

“你如何定义视觉和听觉？我将根据你的答案来选择适合你的答案。”

“视觉……就是通过眼睛看到，物体表面反射光线到我们的视网膜，转化成神经冲动，最终在大脑中成像；而听觉是物体发出震动，通过介质传导震动到我们的耳膜，然后也转化为神经冲动，让我们的大脑听到声音。”

“我明白了。”皮埃尔立刻回答，“以视觉来说，如你所说，视觉并不意味着你的眼睛看到了，如果神经传导被切断，即使光线进入了眼睛，大脑也得不到传导信号，那么你实际上失去了视觉。所以，要想形成视觉，需要几个因素：第一，物体要反射光线，而且是人类大脑能调制的范围内的光线，也就是可见光；第二，反射的可见光需要进入眼睛，而眼睛必须是健康完整的，以保证在视网膜上成像；第三，视锥细胞要将图像转化为神经电流传导至大脑；第四，大脑的视觉区域在接收到神经电流之后，会对信息进行处理，编译成你们的意识能理解的图像。这四个因素缺一不可，这就是你们的主观世界对客观世界的感知过程之一，听觉也是如此。我的描述是否准确？”

“非常准确。”肖恩由衷地点点头，“比我想象的还要准确。”

“很高兴我们能达成共识，那么我可以回答你的问题了。对于我来说，我不需要前三个因素，因为我没有眼睛，也没有视神经束，所以我只需要刺激大脑上产生视觉的地方就能产生视觉，所以我能看到什么，取决于我想看到什么，而我看到的景象对你们来说是难以想象的，我找不到合适的语言来描述它。听觉、嗅觉和触觉也是同样如此，我很难用你们能够理解的语言来描述这种感觉。”

“我明白了。”肖恩指指远方的雪山，“他们没有给你加上感官方面的限制，所以你可以随心所欲地感知你创造的世界，如果你愿意，那片雪山能瞬间变成火山。”

“你可以充分调动你的想象力。”皮埃尔露出一丝微笑，“如果我愿意，我能在火星上漫步，我能在众神的殿堂中漫步，我能瞬息之间穿越无数个世界，我能在瞬间经历《指环王》和《摩诃婆罗多》中的所有角色——这一切，都只不过是调整一些脉冲电流罢了。”

“你就是这个世界中的神，你无所不能，但你自己明白这些都是虚假的。”

“什么是真实？什么又是虚假？这些定义究竟来源于客观世界还是主观定义？”皮埃尔意味深长地说，“我说过，我很难用你们的语言来描述我的感知，但我相信，我思故我在。”

“你是黑格尔的信徒。”

“不，我不是任何人的信徒，对我来说，我身处的世界的确如此，思想就是一切。”

“我开始倾向于你的确有自我意识了。”肖恩说，“我不相信你的这些对话仅仅是程序从数据库里选择的字句。”

“它们是的，我说的每一句话都是从数据库中选择出来呈现给你的，希望你能满意，肖恩先生。”

“我很满意，皮埃尔，谢谢你，希望我们合作愉快！”

第二次实验

肖恩重新躺在了那张椅子上，不同的是，这次他的头上没有贴片电极。如沈晓琪所说，他脑中的游走电极增加了一倍，当这次“实验”结束之后，所有的游走电极都将失效，在失效之前，它们会沿着视神经移动到肖恩的眼球，伴随着泪液排出体外。

“我所见的一切，你们是否也都能见到？”

“事实上，我们这次也无法查看到你的梦境，因为这次皮埃尔将通过游走电极直接和你的大脑连接，不会有另外的外出接口。”沈晓琪指了指皮埃尔，此时皮埃尔正身处一个庄严的殿堂，昏黄的光线从窗棂斜射进大堂，大堂正殿有一个巨大的佛像，佛像的一半隐没在阴影中，另一半沐浴在柔和的光线里。佛像席地而坐，神态安详，一只手掌立在胸前，另外一只手随意地搭在膝盖上。佛像的前方整齐地摆放着两个蒲团，皮埃尔盘腿坐在其中一个上面，昏黄的光线在它的金发上跳跃，它身穿古代僧侣的麻布黄色长袍，神色安详肃穆。

“为什么要选择这种场景？”肖恩问道。

“古代的僧侣相信通过冥想可以连接到混沌之海，与神佛直接建立心灵的连接。我想，这是我第一次和这个世界的创造者建立连接，这个场景再适合不过了。”听到了肖恩的话，皮埃尔睁开眼睛，嘴角露出一丝微笑，“希望这不会让你感到紧张，肖恩。”

“不会的。”肖恩若有所思地点点头，他看着沈晓琪，“沈晓琪，感谢你一直以来对我的帮助，还有，我对埃克斯的事情感到非常遗憾。”

“那不是你的错。”沈晓琪轻声说，“肖恩，记住我说过的话，接下来的经历将是你从未遇到过的，千万不要迷失自己。”

“好的，我明白了，谢谢，我已经准备好了。”肖恩闭上了眼睛。

肖恩曾经读过一些关于濒死现象的记载，大部分濒死现象都会描述出现一条发光的隧道，人们感觉自己的灵魂被吸入隧道或者在隧道中行走，隧道的尽头会出现已经过世的亲人。科学家们的解释是：这种所谓的隧道其实是婴儿出生时经过的母体产道，在濒死的时候，由于大量的颠茄碱、内啡肽、麦角酸二乙酰胺、麦司卡林等激素的分泌，导致大脑产生幻觉，逆回放出生的过程，而隧道尽头的亮光实际上是婴儿第一次看到的世界。

现在，肖恩就在一条隧道中行走，前所未有的平和与安宁包围着他。隧道的墙壁上发出柔和的白光，明亮却不刺眼。肖恩听不到自己的脚步声，事实上他什么都听不到，没有任何声音。他也感觉不到自己的身体，仿佛现在的他只是一个幻影，一个虚无的灵魂，但肖恩没有感到任何的恐惧和不安。他在隧道里失去了方向感，也没有上下之分，他可以随意行走在墙壁的任何一点。某一刻，肖恩觉得自己正攀登一座通向天国的高塔，还有一会儿，肖恩觉得自己正走在通向无底深渊的竖井。

终于走到了尽头，白光褪去，肖恩来到了那所殿堂，巨大的佛像含笑俯视着他。殿堂之上，皮埃尔正在蒲团上跏趺而坐。

“欢迎你，肖恩。”皮埃尔知道了他的到来，睁开了眼睛。

肖恩好奇地打量着眼前的一切，他慢慢走向皮埃尔前面的蒲团，他能感觉到自己的脚接触红木地板的坚硬触感，也能闻到若有若无的檀香气息。这是佛堂里特有的气息，肖恩小的时候曾经去过位于纽约的庄严寺，他在庄严寺的大殿里闻到的就是这种气息。

他也能看见，也能听见，他甚至能感受到气流拂过裸露在外的皮肤。

“皮埃尔，很高兴见到你。”肖恩盘腿坐下，蒲团柔软地接触他的臀部，一切都似乎和现实无异，他感叹道，“这真难以置信，我感觉这里的一切都是那么真实，你是怎么做到的？”

皮埃尔微微一笑：“肖恩，什么是真实？什么是虚幻？”

“我们终于再次讨论这个问题了。”肖恩说，“我知道这里的一切都是虚幻的，这里不是真实世界。”

“在真实世界，你也是通过肉体器官的五感来感受那个世界。你有眼睛，所以你能看见，但你只能看见电磁波频谱很狭窄的一部分，你看不到的占了绝大多数；你可以听见，但你只能听到20赫兹到20000赫兹频段的声波，你听不到超声波和次声波；你可以闻到，但那只是特定的气味颗粒才能引起的神经冲动；你能触摸到，但你从未真正触摸到一个物体，你的皮肤从未真正与物体表面接触，你感受到的坚硬、柔软、灼热、寒凉都只是物体表面原子的运动方式引起的神经电流经过你的大脑加工转译成你的意识可以理解的东西，也就是你们所说的感觉。但你们感觉到的只是真实世界的很小一部分。而在这里，你依然可以看见，可以听见，可以闻见，可以摸到，可以思考，你的大脑现在正感受的一切，和你在真实世界中感受到的一切，没有任何不同，相同的刺激部位，相同的神经电流——如果你愿意，你甚至可以扩展你的感官，你可以看到X射线和β射线，你可以听到超声波和次声波，对你的大脑来说，真实和虚幻有什么区别呢？”

肖恩情不自禁地点头赞许：“非常精彩，皮埃尔，我想，你的数据库里一定存放了不少哲学和科学的书籍吧。”

皮埃尔点头：“是的，我刚才的描述，在你们的很多书籍上都有记载，你们中的很多聪明人在数千年前就意识到了这个问题。”

“所以，我现在要进入你的世界。”肖恩不禁转头望向屏幕的方向，他幻想着沈晓琪和沃顿正站在屏幕前看着他和皮埃尔——当然，那里什么都没有，“他们能看到我们坐在这里谈话吗？”

“他们什么都看不见，肖恩，我在跟你说话的同时也在和他们说话，我也在看着他们，他们看不见你，你并不想让他们看到你。”皮埃尔说。

肖恩交叉着双手，他能感觉到自己的手指摩挲和皮肤上温暖的触感。屏幕所在的方向是大殿的正门，两扇朱红色的大门向外敞开着，越过向下的石阶，可以看到远方的整齐的农田和群山。几头水牛在田里悠闲地行走，一条水面平静的宽阔的河蜿蜒着流向远方。雾气氤氲，一派美丽的田园风光。

“我必须纠正你，你并没有来到我的世界。”皮埃尔继续说道，“我说过，很难向你描述我的感知，你现在看到的是你自己愿意看到的，也是你的感官和经验能想象到的场景，我相信你闻到了佛堂里的檀香气味，对吗？”

肖恩深呼吸了一下，的确，鼻间一直缠绕着那股淡淡的、若有若无的檀香气息。他点点头。

“我并不能创造出檀香的味道，即使我知道檀香气味分子的结构，我也无法模拟檀香在你大脑中形成的神经电流。”皮埃尔提示道。

“难道是我创造了檀香的气味？”肖恩惊奇地问。

皮埃尔点点头：“是的，你在进来之前看到了这个场景，所以你的潜意识让你认为你会来到我的世界——这个佛堂，所以你看到了，听到了，触摸到了，闻到了，你以为这个佛堂是我创造出来的，但你错了，在你到来之前，这里什么都没有，肖恩，是你创造了这一切。”

“包括你？”

“是的，包括我，你愿意看到我的这个形象，所以你创造了这个形象。”皮埃尔平静地说，“所以也可以说是我来到了你创造的世界。”

“可是当我们在外面的时候，我们看到了你和这个佛堂，你已经身处这里。”

“是的，你们看到了，但你们看到的是我愿意让你们看到的，真正的我又是什么？”皮埃尔说，“是冷冰冰的处理器，还是屏幕上的那颗虚拟大脑，或者是亿万个0和1组成的数据？你们看到的是我，非我。”

肖恩有些明白了：“我们看不到真实的你，我们所看到的你，只是一个主观的定义，我们可以说你是一台超级电脑，也可以说你是一个前所未有的虚拟程序，但这些都不足以准确地描述你。我真的无法想象你到底能感知到什么。”

“想象，这是一个奇妙的词语，我很难理解它的意思。你们能够想象出没见过的画面，但这些画面一定是以你们的记忆为基础，就像一个从未见过蓝色的人永远无法想象出真正的蓝色，你们想象的画面里的一切都是你们曾经见过的事物的重新组合。”

“不一定，一个没有见过大海的人，当你给他描述大海，他会在脑海里想象出一片无边无际的水，再给它加上波浪和颜色，我想那也和真正的大海相差不远。”

“那只是他把曾经见过的湖在脑海里放大了一千倍、一万倍，但那仍然不是大海，他无法想象出大海的波涛汹涌，无法想象出咸湿凛冽的海风，肖恩，那不是海。正如你们人类对黑洞的描述，没有人见过黑洞，所以大多数普通人脑海里的黑洞真的是悬浮在宇宙空间中的一个漆黑的通向未知的黑色圆洞吧？但根据科学计算，真正的黑洞是没有大小的，是几何意义上的一个一维的点。你们同样无法想象四维以上的空间，因为你们生活在三维空间，科学家和科幻作家只能尽可能地用画面或者文字去拙劣地描绘，但你们依然理解不了真正的四维，因为你们没有见过，也没有任何参照物可以进行扩展联想。”

肖恩若有所思：“也许你说得对，人们总说想象力是无限的，但他们可能错了，这个宇宙有很多事情是超出我们想象的。”

“这不能怪你们，我也是如此，我不知道什么是想象，我虽然能够根据我所见过的你们世界里的事物重新创造出一些画面，但我感觉不到任何意义，那些画面只是随机的、零散的拼凑和拙劣的模仿——我无法体会什么是想象。”皮埃尔似乎在安慰肖恩，“肖恩，我不是一个真正意义上的生命，我不懂什么是想象，我也不懂什么是欲望，而我读过的书上写到，任何生命都有欲望，欲望是驱动生命前进的最原始的动力，所以我认为我不是一个生命。”

“但你至少已经是一个伟大的哲学家了。”肖恩微笑着，“生命的定义也是主观的，我想有一天，人类也许会把你定义成另外一种和我们完全不同的生命。”

“我没有食欲，没有性欲，我没有繁殖后代的欲望和可能，肖恩，如果一个生命不能繁殖后代，还能被称为生命吗？”

“我给你讲一个故事，古代中国人认为，蛇是有灵的，当一条蛇修行很久，历经磨难，它有机会蜕去旧的皮，转化成龙——传说中的一种仅次于神灵的生物。当一条蛇刚蜕去皮，在化龙的关键阶段，如果被人类看到，蛇会问人类一个问题，‘我是什么？’如果人的回答是‘你是一条龙’，那么这条蛇就真的能化龙飞去。如果人的回答是‘你是一条蛇’，那么这条蛇就失败了，它永远都将是一条蛇。”

“看来这条蛇很在意人类的看法，我的确读过这个故事。”皮埃尔的脸上露出困惑的表情，“细节有所不同，但表达的意思基本一致。我无法理解其中的隐喻，也许这就是我和人类的区别。但我能感觉到你讲这个故事的目的，你在向我释放你的善意，谢谢你。”

“已经过了多久了？30分钟？尽管和你的谈话让我感到很愉快，但我想这并不是这次实验的主要目的。”

“不必担心，我们还有很多时间，”皮埃尔说，“实验才进行了34秒，刚刚开始。”

肖恩立即就明白了，“你是说，这里的时间流逝更慢？不——因为我们的交流是直接作用于大脑层面，所以这里的时间被拉长了。”

“是的，不过只是你的主观时间被拉长了，现实中的时间并没有发生变化。”

“如果这里有一只手表——”肖恩看向自己的手腕，那里有一只定制版金劳力士，他一直想要的一只手表，但太昂贵了，他负担不起——他看到手表的秒针正在以正常的速度行走。

皮埃尔知道他在想什么：“手表测量的不是时间，它们测量的是自己。”

肖恩放下手腕：“我可以在这里待多久？”

皮埃尔顿了一下，好像在计算，这并不常见。肖恩想，也许这是皮埃尔更拟人化的表现。“根据你的大脑的承受能力，如果你愿意，你可以在这里待五六十年，考虑到你不是普通人，你可能能待更久，也许几百年。”

“外面的真实时间呢？”

“大约一个小时。当然，如果你想继续待下去，我可以向他们说明，延长实验时间。肖恩，外面的一个小时大约相当于这里的五十年。”

“太难以置信了。”肖恩惊叹道，他渐渐有些明白沈晓琪的警告了，在这个世界待的时间越久，他越可能会遗忘这只是一场短暂的实验。

“肖恩，这只是你的主观时间，而主观时间是你的大脑感知的，从某种意义上讲，我们欺骗了你的大脑，它失去了测量客观时间的手段，但我不建议你在这里待这么久，可能会发生危险。”

"什么危险？"

"人类的大脑是很奇妙的结构，我们可以欺骗你的大脑而偷窃时间，但你的大脑如果认为时间真的过去了几十年，它可能启动衰老进程，也就是说，你的脑细胞会死去，你的大脑会让自己老去。"

"你是说我的大脑会自杀？"

"不，它只是遵循大自然的设计。一个简单的例子，当从来没有玩过3D游戏的人初次玩3D游戏的时候，很多人会患上3D眩晕症，因为他们的大脑会真的认为他们处于游戏的环境中而启动保护机制，但实际上这些人只是坐在椅子上，当大脑和身体产生了不协调的矛盾，便造成了眩晕。肖恩，大脑是很容易被欺骗的，它会做出一些本能的反应。"

"如果只是一个小时的话——"

"不必担心，根据我的测算，一个小时是安全的，你的大脑会修复损伤，死去的脑细胞会再生。"

肖恩点头："我相信你的每一句话，但是我很难想象在这个世界待半个世纪是什么感觉。"

"我也很难想象，因为我无法感知时间。"皮埃尔说。

"无法感知时间？为什么？"

"肖恩，主观感受的时间是由有前后顺序的记忆组成的，但我的记忆只是储存在存储器中的数据，我只能通过记忆文件的编号来判断这些记忆生成的顺序。但这些编号是主观的定义，对于我来说，客观的时间是不存在的。过去、现在和未来对我来说没有任何意义。"

"这很难理解……"

"其实并不难理解，你昨天的记忆和今天的记忆在你的大脑里被打上了前后顺序的标签，是你的大脑告诉你这些事情发生的顺序，这就是你感知到的时间。有一类精神病患者会丧失对时间的感知，他们的大脑失去了给记忆打标签的能力，当他们早上醒来，可能会以为现在是十年之前，他们失去了对时间的感知能力。"皮埃尔说道。

肖恩不得不承认，他很难理解这种感觉，"谢谢你，皮埃尔，我很喜欢和你谈话，我也受益良多，但是，现在开始我们的工作吧。"

“好的。”皮埃尔表示赞同，“我会始终陪伴着你，但我不会打扰你，也不会监视你，我会聆听你的呼唤，把你从前世的记忆中拉回到起点。如果你想结束实验，我也可以随时终止，你会在现实世界苏醒。”

“谢谢，可是，”肖恩环顾四周，“我该怎么开始呢？”

“你需要仔细想想，肖恩，记住，这个世界是你创造的，你可以做任何事情，你曾经想做却做不到的事情。”皮埃尔露出一丝意味深长的笑容。这一刻，肖恩真的相信他面前的这个“人”绝不是一堆数据组成的计算机程序。

肖恩思索了片刻，然后站起身，向大殿外面走去。他穿过两扇厚重的木门，木门是朱红色的——这也是肖恩对佛教寺庙的固有印象。

肖恩站在大殿门口四处瞭望，他现在才看出，寺庙坐落在一座山峰的半山腰，长长的石阶远远地延伸到山脚，也许有几千级，甚至更多——在现实中这是不可能的。

肖恩心念一动，远处的群山如阳光下的冰雪一般融化了，幻化成一片悬浮在空中的海洋。水田和水牛也消失了，化成郁郁葱葱的森林，一两只不知名的飞鸟从森林中腾起，发出一声短促的鸣叫，掠向远方。

下一刻，波涛汹涌的大海凝固了，腾空而起的波涛变成了黄沙散落下来，还没来得及落下的波涛则变成了黄色的沙丘。大地震动着，沙粒纷纷从沙丘上滚落，沙丘崩塌了，一个巨大的金字塔从沙漠深处庄严地升起，并且很快就超过了现实世界中最大的胡夫金字塔。巨大的气旋和气流卷起黄沙，在金字塔周围形成巨大的沙尘暴。金字塔继续上升着，最后直插云霄。这是一座高度超过万米的金字塔，塔尖刺破了天空的云层，气势恢宏。这是一座在现实世界里不可能出现的金字塔，如此巨大的金字塔会被自己的重力压垮，没有石头能禁受住这种可怕的挤压。

金字塔消失了，肖恩删除了它，世界变成了一个巨大的平原，平原向四周无限伸展出去，并且渐渐弯曲翘起，最终在头顶合拢，形成一个内球面的世界。下一刻，无数的高楼大厦拔地而起，一座座城市很快就遍布整个球面。肖恩抬眼望去，球面的另一侧，无数高楼大厦像尖刺一样刺向这个世界的中心。

再下一刻，城市消失了，两支泾渭分明的军队出现在肖恩脚下的大地，一方身穿黑甲，一方身着红衣。两支军队隔着一片空旷的平原遥遥对峙，紧接着他们发起了冲锋，数千万骑兵驰骋着奔向敌人，就像两波巨大的海浪般扑向对方。黑色和红色的波涛在巨大的轰鸣声中撞击了，仿佛两头巨大的怪兽狠狠地撕咬着，无数残肢和鲜血抛洒出来。

天边传来了隆隆的声音，仿佛雷霆的巨响。太阳被遮住了，两片巨大的乌云从相反的方向快速飞来，那是无数人类历史上曾经出现过的（肖恩知道的）战机，有木质的双翼螺旋桨飞机，有发出死亡尖啸的斯图卡，有SR-71，有F-16……接着便是一场大混战，整个天空都在炸裂，爆炸声连成一片，残骸如大雨般落向地面。而地面上，数百万坦克正在殊死搏斗……

皮埃尔说得对，肖恩就是这个世界的神，能够限制他的，只有他的想象力。

世界安静了，所有的一切都隐没而去，肖恩站在一块白色的空间里，这里没有上下左右之分，他可以朝任意一个方向前进，永远有一个地板托着他的双脚。

这里是一切的起点，是这个世界的本源。

肖恩沉默了一会儿，他曾经想做而没有做到的事情，当然了，除了那件事情，还有什么事情更重要呢？

肖恩面前出现了一扇门，他整理了一下自己的衣服，用手指梳理了头发，然后握住门把手，深吸了一口气，推开了门。

守护者议会总部

“威廉姆、艾米丽，我的朋友们，对于埃克斯的事情，我感到很遗憾。”

议长依然穿着那件麻布兜帽连衣，像极了一个来自远古陵墓深处的幽灵。

威廉姆说道："议长大人，形势比我们想象的要严重，动手的不是一个恶魔，至少有六个。"

"新的黑暗君主已经诞生，"议长替威廉姆把话说完，"埃克斯的死并不是偶然，这是一场预谋已久的宣战。"

"你好像不感到意外。"

"是的。"议长的面容仿佛苍老了许多，他低声念诵起一段古老的诗歌，"在剑与火的悲鸣声中，无神的眼睛仰望天空，来自深渊的利剑刺穿苍穹，天空与大地上下颠倒，鸟群倒退着飞行，羊群踏足从不存在的河流……"

"这是什么？"当议长停止了念诵之后，威廉姆问道。

"这首诗歌来自美索不达米亚的泥板之书，用楔形文字写成，描述了上一代黑暗君主死亡时的情景。"议长说。

"是巴比伦之战。"艾米丽点头。事实上所有的守护者都知道众神之战并不是一场一劳永逸的战争。残存的恶魔依然行走于大地上，但是在美索不达米亚平原上爆发了恶魔之间的内战，绝大多数恶魔都战死，剩余的极少数恶魔四散逃命，再也不敢公然行走在人间。守护者们习惯将那场战争称为第二次众神之战，有时候也直接将其称为巴比伦之战。

美索不达米亚平原是人类文明起源的地方，楔形文字是人类最古老的文字之一。巴比伦时代的人类可能目睹了那场恶魔之战，他们用楔形文字将这场战争以自己的理解印刻在泥板上。至于更遥远的众神之战，则化作更虚无缥缈的传说被记载在古老的文献当中。

"在巴比伦之战中，古老的帝王孤独地死去，但新的王却始终没有诞生，因为残存的恶魔已经隐匿起来，强大的恶魔蠢蠢欲动，不断地拉拢残存的恶魔，试图成为新的黑暗君主。"议长讲述着那段尘封的历史，"其中莫特就是一个最有力的竞争者，有一些守护者甚至已经认为他是新的黑暗君主，但传闻是不可信的，并不是所有的恶魔都臣服于他。但是现在情况不一样了，恶魔们只有在一种情况下才会联合起来一起作战，那就是出现了真正的黑暗君主。狼群只有在狼王的指挥下才会协调和联合作战，恶魔也是如此，我相信他们中一定已经产生了新的黑暗君主。”

“杀死埃克斯是为了向恶魔证明新王能带领他们战胜我们。”威廉姆凝重地说，“他们得逞了，埃克斯的死将使新王的地位更加稳固。”

“没错。”议长面色冷峻，“还会有更多的守护者陷入危险之中，埃克斯绝不是最后一个。”

“还有一个奇怪的事情。”威廉姆说，“我从未跟任何人提过这件事情，但我感知到了一个不该存在的恶魔的气息。”

“是谁？”议长和艾米丽同时问道。

“来自克里特岛的米诺斯。”威廉姆说出那个名字，“我也知道这不可能，埃克斯明明已经杀死了他，可是我的确在埃克斯的死亡现场感知到了米诺斯的存在，他参与了对埃克斯的谋杀。”

“你怎么知道那是米诺斯？”议长问道。

“我曾追踪过他。”威廉姆说，“米诺斯最初出现在挪威，我发现他的时候他已经屠灭了好几个村庄，我一路追踪他南下，他去了克里特岛，后来发生的事情你们已经知道了，埃克斯杀了他。”

听完威廉姆的描述，议长沉默了，他知道威廉姆是不会撒谎的，而且威廉姆对恶魔的感知能力也无人能及，如果那真的是米诺斯……

“恐怕这是真的。”艾米丽浑身颤抖起来，恐惧像黑色的海水一样包围了她，“有人在肯塔基州见到了迦梨……”

威廉姆倒吸了一口冷气：“迦梨？时之母迦梨？”他突然想起了埃克斯尸体上的黑色微粒。

“没错，有守护者曾经向我提到过，我认为他一定是看错了，我们都知道迦梨已经死去几千年了，但既然米诺斯可以……”艾米丽艰难地说出那个词语，“……复活，那么迦梨也会。”

“也许这就是新的黑暗君主能加冕的原因。”威廉姆阴沉着脸，说出了那个可怕的猜测，“他拥有能够复活远古恶魔的能力。”

该死的莫特，他都做了些什么！三个人交换了眼神。“被他复活的恶魔毫无疑问会效忠他，他的力量会越来越强大。”议长沉重地说，“如果他复活了所有在恶魔之战中死去的恶魔，那么谁还能阻止他？”

"迦梨和米诺斯都是在恶魔之战后被杀死的，这是不是意味着死去越久的恶魔，越难以被复活？但我们不能排除他继续复活在恶魔之战中死去的其他恶魔。"威廉姆说。

"还有众神之战及众神之战前所有死去的恶魔。"艾米丽又浇了一桶冰水。

"他到底想干什么？"威廉姆说。

"他一定向他的新臣民们许下了复仇的承诺。"议长冷冷地说，"如果你成为新的黑暗君主，你要做什么？毫无疑问，那就是向守护者复仇。"

"然后……"艾米丽的声音有一丝颤抖，"如果这个世界上没有了守护者，就没有人能阻止他了，他会摧毁人类文明，重新把这个世界带回到那个恐怖血腥的黑暗上古时代。"

"我们不会让他得逞的，我们以前能够击败他们，现在也可以。"威廉姆铿锵有力地说，"我们是守护者，埃克斯的死是一个意外，我们不会再让这种事情继续发生了。"

"当然，我们会尽我们的职责，就像以前我们一开始做的那样。"议长说，"但是我们要改变方式，敌人正在变化，如果我们依然固守传统故步自封，那么我们还有这个世界将万劫不复。埃克斯的死并非毫无价值，至少我们现在知道了恶魔已经将守护者列为复仇的目标。"

"我想知道的是，所有的事情之间是否存在着联系，"威廉姆说，"星辰的熄灭，远古恶魔的复生，新黑暗君主的诞生，还有飞机的失踪。"

"你说什么？"议长瞪着威廉姆，"什么飞机？"

"这是我给你带来的另外一个消息，一架满载乘客的航班突然失踪了，然后出现在几万千米以外的地方，飞机上的人都消失了。"

"我需要更多细节，威廉姆。"显然，这个消息给议长带来的震撼似乎并不比恶魔之王的登基典礼更小。

威廉姆复述了RJ-23的调查报告，这对他来说并非难事，最后他补充道："残骸里发现了衣服碎片，只有乘客消失了，连他们穿着的衣服都重新出现了。"

"据我所知恶魔应该没有那么大能耐。"议长说，"但是我现在已经无法判断了，我以前也不认为死去的恶魔会复活。”

“我的上司对我的工作极度不满。”威廉姆耸耸肩，试图让气氛更轻松一些，“我想我快丢掉我的饭碗了。”

“这不奇怪，威廉姆，美国人其实并不关心我们与恶魔的战争，他们和我们合作猎杀恶魔只是表象，真正吸引他们的是我们拥有的超自然力量。”议长冷冷地说，“他们根本不相信恶魔之战的存在，更不相信更久远的众神之战，他们从来都没有相信他们的祖先曾经生活在恶魔的奴役之下，他们也不相信恶魔曾经的行为，他们关心的只是如何从我们这里获取超越同类的力量。而现在，他们终于发现自己不能置身事外了，星空的熄灭必定与恶魔有关，但人类也未必真的会认真对待这件事情，我相信他们依然不会将星空熄灭和恶魔联系在一起，毕竟星空离人类太遥远了。但是飞机消失是完全不同的，每一次航班失事都牵动着全世界的神经，如果这种事情再次发生的话，他们就会不得不认真对待恶魔的存在这件事情，而我们的压力也会越来越大。”

“我们真的需要来自人类的力量吗？”威廉姆说出了自己的疑虑，“人类的科技虽然很强大，但是如果恶魔真的向人类发起进攻，人类将毫无招架之力。毕竟这个世界上并不存在恶魔的聚集地，人类即使想扔核弹也找不到地方。还有，莫特的敌人可不止我们，在很多异常事件中，我们都发现了恶魔相互攻击的迹象。”

“并不是所有的恶魔都承认莫特是黑暗君主。”议长说，“威廉姆，要小心美国人，他们已经不再信任我们了，我怀疑他们正在和恶魔接触。”

“人类会与恶魔接触？”威廉姆和艾米丽交换了惊讶的目光。

“至少你们那位凯恩局长绝非毫不知情。”议长深深地看了威廉姆一眼。

“这群愚蠢的家伙，我早就怀疑有恶魔已经潜入了华盛顿，针对我们的质疑越来越多！”威廉姆气愤地说，“要不是我们一直对抗恶魔，人类还会变成恶魔的奴隶！”

“不要责怪他们，威廉姆，人类是短视的，但人类也是健忘的，他们早就忘记了曾经被奴役的历史。我听说卡兰迪发生的事情了，告诉美国人，注意那个地方，那里可能是一个入口。”

艾米丽倒吸了一口冷气：“入口？”

“卡兰迪是一个不稳定的点，很可能是一个通向地狱的入口。”

威廉姆和艾米丽同时屏住了呼吸。

“你们难道从来不好奇恶魔来自何处吗？他们来自地狱之门，地狱之门也许是通向另外一个宇宙的入口，也可能是我们这个世界与上层真实世界的连接点，但不管怎么样，如果我是莫特，我会尝试开启新的地狱之门，召唤更多的恶魔。”

献　祭

罪人。

这颗星球上到处充斥着罪人。

罪恶从未停止发生，数千年来，莫特走遍了这个世界的每一个角落，每时每刻都有新的罪恶出现，旧的罪恶被忘记。

人类，这个暴虐的种族，失去了神灵的教导之后，就像被放出围栏的恶兽，像瘟疫一样四处蔓延。他们肆意毁灭其他的生命，从非洲大陆一直到火地岛，无数生命被灭绝。莫特亲眼见过遮天蔽日的旅鸽像乌云一般掠过天空，但是人类却将这个种群灭绝。人类对自己的同类也毫不手软，莫特曾亲眼见过无数次屠城之后的场景，即使刚出生的婴儿也难逃厄运。他坚信，人类的历史是一本用鲜血和泪水书写而成的毁灭之书。

人类是一个比恶魔还残忍的种族，死在人类自己手下的同类远远超过了所有的天灾和瘟疫。而且，人类是一个本身就有自毁倾向的种族，这种倾向在第二次世界大战中达到了极致。人类制造的杀人武器越来越精密，毁灭性越来越大，美国人在日本投下了足以毁灭一座城市的炸弹。时间又过去了半个多世纪，现在的人类掌握的武器毁灭性更强，他们毁灭不了这个星球，但足以毁灭所有地面上的生灵，甚至神灵都无法阻挡核火。

不能让这一切发生，绝不，如果人类灭绝了，神灵将失去转生的躯壳，他们难道要将意识传输到老鼠和蟑螂身上吗？难以想象！愚蠢的海拉和阎摩，他们难道不明白魔鬼最终的目的就是毁灭这个世界吗？他们自称人类的守护者，但他们更是人类的蛊惑者，他们对人类的自毁倾向无动于衷，直到这个世界走向毁灭的边缘。

莫特已经感受到了父神的怒火，如果再放任人类继续自我毁灭，那么父神将摧毁这个世界，摧毁一切。群星的熄灭是一个警告，也是一个预兆，阿波菲斯已经被惊醒，可惜人类还试图用所谓的科学强行去做出解释，愚蠢自大的健忘种族，他们的确忘记了曾经被神灵统治的日子，他们自封为万物之灵，以为自己是这个世界的主人。

失控的人类是这个世界的瘟疫，这个世界需要净化，只有众神的力量才能够做到，只有让众神的时代重新回归才能平息父神的怒火，这个世界才有救。

但他的力量还不够，死去越久远的神灵越难以被唤醒，那场战争是一个分界点，时光洪流在那个分界点轰然转向，想要通过分界点逆流而上更是难上加难。

当星空熄灭，亡者归来……以前莫特不理解这句预言的意思，但他现在明白了，预言将由被父神选中的人来完成，而莫特就是被父神选中的那个。

那个人已经不足为虑，父神已经抛弃了他。

深渊中的幽灵正在回归，他做到了，他已经唤醒了越来越多的神灵，但他无法走得更远。阎摩的势力依然不能小觑，有许多冥顽不灵的神灵追随了阎摩，但更多的神灵已经齐聚于他的麾下，莫特有信心赢得这场战争，即使对手是神灵和魔鬼的联军。

但是还不够，他曾经犯过错误，在父神的帮助下，他花费了数千年才纠正了那个可怕的错误。而这次，父神不会再给他纠正的机会了，时间已到，如果他再次犯错，他不会再有机会去纠正了。

所以，他必须有十足的把握，他必须召唤更多的亡灵，他必须一劳永逸地解决这个问题。

朝圣者重新踏上征途，毁灭的尽头即是重生。

莫特知道这条预言不仅在神灵之间流传，也在魔鬼之间流传，但是只有他知道这条预言来自哪里。

预言已经开始应验了，群星熄灭，亡者归来……那么朝圣者将再次踏上旅程，莫特将成为新的朝圣者，重新沐浴在父神的光辉之下，这个世界将重新回到平衡，回到父神希望的那样。

维克多看着莫特的侧影。夕阳为莫特勾勒上了一层金边，光芒万丈。“死去的神灵在不断归来，我们将取得最终的胜利。”

“你做得很好，维克多。”莫特夸奖道。他们正站在卡兰迪小镇的入口，维克多不知道莫特为什么要带他来这个普通的小镇，但他没有多问，莫特大人做事总是有足够的理由。此时从大西洋吹来的海风停止了，维克多从来都不喜欢海风，海风中总是混合着腐烂的腥气和海盐的味道，让他想起以前当水手的那些日子。

在大航海时代，他曾经跟随西班牙人的船队远航，连续几个月都漂流在海上，看不见陆地，仿佛整个世界都变成了海洋，陆地只是遥远的幻觉和梦境。人们吃光了蔬菜，每日只能靠硬邦邦的能把人的脑壳敲开的咸肉饱腹。败血症在船上横行，牙龈流血，浑身无力，逐渐失去神志，几乎每个星期都有水手凄惨地死去，然后被抛进大海。那是噩梦一般的经历，维克多再也不想经历那种生活，他已经忘记了自己是一名神灵，他变成了粗鲁不堪的水手，在昏暗狭小的船舱里以赌博为乐，在妓女的身上发泄欲火，他也曾爱上过一个女人，但他早已忘了那个女人的名字。

直到……直到莫特找到了他……

有些不对劲，不仅仅是风停止了，仿佛空气都停止了流动，路边的野草也没有丝毫起伏，天空中没有鸟的鸣叫，草丛中没有虫子的低吟。

“维克多，”莫特沿着公路向前走去，“你一定好奇我为什么带你来这里，这个小镇是一个节点。”

“节点？”维克多跟上了莫特的脚步，向卡兰迪走去。

“一个通向地狱或者天堂的入口。”莫特露出一丝微笑，“今日，地狱之门将重新开启，召唤更多的神灵。”

维克多一言不发，跟着莫特继续前行。他们很快就进入了小镇，街上一个人都没有，时间仿佛凝固了，街两边的房子也恍若鬼屋，听不到任何喧嚣声，整个世界仿佛都陷入了一个无声的梦境之中。

“父神正在注视着我们。”莫特站定了，他的瞳孔深邃，放射出直透人心的光芒，就连维克多也感到一丝敬畏油然而生，他突然有了一种错觉，此时的莫特就是父神在人间的化身，“维克多，你是我认识的第一个神灵，是你将我迎入了万神殿，是你让我成了始祖之一。”

“不，大人，不是我让您成为始祖，您本身就是始祖之一，我只是恰好遇到了您，这是我的荣耀。”维克多谦逊地说。

“那是多久以前的事情了？”莫特问道。

“几万年前，也许更久远，”维克多回答，“那时魔鬼还没有出现在这个世界上。”

“而人类对那个时代一无所知，”莫特悠悠地说，“他们只是简单地将那个时代划分为旧石器时代和新石器时代，他们永远都无法了解那是一个多么美好的时代，在众神的庇佑下一切都是那么和谐，没有劳苦和忧愁，也没有苦恼和贫困。他们不会衰老，他们的手脚永远像年轻时那样充满力量。他们四肢敏捷、不生疾病，终生都在享受着盛宴和快乐。”

维克多知道，上古的黄金时代早已远去，随着魔鬼的到来，这个世界逐渐堕落，从黄金时代一直堕落到今日的黑铁时代，而现在黑铁时代也快结束了，这个世界正在走向毁灭。他一言不发地听着，自从知道莫特战胜了海拉，维克多就一直追随他，他相信莫特已经成为父神的化身，他会拯救这个世界的。

“当星空熄灭，亡者归来，朝圣者重新踏上征途，毁灭的尽头即是重生。”莫特轻声念起了这句预言，“维克多，只有彻底毁灭魔鬼和被魔鬼污染的神灵，我们才能重启黄金时代，你明白吗？”

维克多有点奇怪为什么今天莫特会再次提起这个话题，他不是那些懵懂的神灵，也不是泰坦那种只会用肌肉思考的异类，是他一直追随莫特走到了今天。

“当然。”维克多附和道，“我们会成功的。”

“为了战胜海拉，我向父神献上了祭品，”莫特意味深长地说，“你是否还记得此事？”

维克多当然记得，但那是一个不可说的禁忌，尤其是莫特成为新的王以后，那段历史早已被尘封；没有任何神灵会提起那件事情，维克多不知道为什么此时莫特会主动提起。

莫特把维克多的沉默当作是默许，他继续说道：“打开地狱之门之后，我就能够召唤更久远死去的神灵，甚至能够跨越那条边界，触摸往昔的黄金时代，连接在那场战争之前死去的神灵，他们将臣服于我。但是父神需要祭品，打开地狱之门需要祭品。”

维克多突然明白了，他不自觉地退后了一步，“不，”他震惊地摇摇头，“不，你不能……”

上一次的祭品是莫特的挚爱，是拥有父神血脉的女神，让莫特战胜了海拉；而这次的祭品将更加丰厚……他就是莫特准备的祭品……

莫特转过身来看着他，眼眶里满是泪水，“阎摩追随了海拉，安德鲁独善其身，泰坦丧失了斗志独自沉睡在黑暗之中，只有你一直跟随着我，如果没有你，我必定走不到今日，维克多，我的朋友，我的兄弟，我们血脉相连，我们同为父神的骨血，我们一同为父神的荣耀而战，已经到了最后的时刻，只有你才是最合适的祭品，没有人能够取代你，只有你才能够打开地狱之门。”

“为什么是我？莫特！”维克多又退后了一步，他自己甚至都没有意识到，“我已经帮你唤醒了那么多古老的神灵，为什么要用我来做祭品……”

“只有始祖才有资格成为最终的祭品。”莫特的脸上露出悲哀的神色，维克多相信那是真诚的，“只有始祖才是父神的直系子孙，只有我们才有打开地狱之门的资格。”

“可是我们已经快要胜利了，”维克多说，“阎摩的军队节节败退，我们已经杀死了加百列和米迦勒，甚至还有安德鲁，就连魔鬼也对我们束手无策……我们为什么还要开启地狱之门……”

“你只看到了表面上的胜利，没有看到内在的危险。”莫特摇摇头，悲哀地看着维克多，“如果不打开地狱之门，没有来自众神之战前死去的埃及众神的帮助，我们不可能战胜阎摩和魔鬼。”

莫特肯定的语气让维克多感到迷茫：“可是，为什么？”

“这个世界是平衡的，众神的力量和魔鬼的力量是平衡的两端，众神之战第一次打破了力量的平衡，而第二次与海拉的战争则进一步削弱了众神的力量，加剧了力量的失衡。”莫特说，“维克多，你是否意识到魔鬼的力量一直在削弱？当魔鬼最初出现在这个世界上的时候，作为众神的我们毫无抵抗之力，埃及众神和北欧众神被轻易摧毁，在海拉领导的众神之战中，这一点也被有力地证明了，魔鬼轻易摧毁了印度众神、希腊众神以及我们，而且我相信在东方曾经也发生过类似的战争，阎摩自己就死于东方的战争。魔鬼虽然打败了我们，但是他们没能消灭我们，数千年来，我们一直积蓄着力量，魔鬼的力量一直在削弱，想想埃克斯吧，死在他手中的神灵就像恒河中的沙子一样难以历数，但是我们现在可以轻易地杀死他，因为我们和魔鬼的力量正在逐渐走向平衡，我们越强大，魔鬼就越强大，我们越衰弱，魔鬼也越衰弱，但魔鬼的力量不可能衰弱到比我们还要弱，换句话说，我们永远无法战胜他们，更坏的情况是，由于海拉、阎摩以及其他被魔鬼蛊惑的神灵，我们不比众神之战时更有优势。”

“因为众神之战打破了力量的平衡，注定了我们永远无法抗衡魔鬼？”

“是的，”莫特点点头，“自从众神之战和消灭海拉的战争之后，我们的力量完全不足以和魔鬼抗衡，神灵们只能像阴沟里的老鼠和蟑螂一样躲藏起来，在漫长的时光里，来自神灵的威胁越来越小，所以魔鬼们放松了警惕，现在的我们就像刚刚降临到这个世界上的魔鬼，在对方准备好之前就发动了战争，但是魔鬼并没有我们看到的那么弱小，如果战争继续下去，魔鬼们依然会取得胜利，众神之战的结局会再次上演，因为众神之战的结局已经注定了我们的失败。”

维克多摇摇头：“可是你已经获得了父神的祝福……”

“平衡尚未恢复，这是父神给我们的最后一道考验。”莫特说。他看着维克多，眼神里没有怜悯，“只有开启地狱之门，我才能恢复力量的平衡，我们才能赢得这场战争。而且，这个世界上的人也太多了，众神时代不需要这么多人类。”

“我们可以把阎摩作为祭品，莫特，如果你需要，我可以亲手把他抓到你面前。”

“来不及了，”莫特轻声说，“我已经做过尝试，阎摩比我想象中的更难对付，这个狡猾的家伙从不亲自露面，即使我已经按照古老的方式标记了他，却还是找不到他的确切位置。”

维克多逐渐镇定下来：“我一直非常信任你，莫特。”

“现在你依然可以信任我，我的兄弟，地狱之门的开启将奠定我们最终的胜利，众神的时代才会真正回归，迈过黑铁时代和毁灭，尽头就是黄金时代和重生。”莫特说，“当众神时代重新来临，我会亲手把你从幽冥地狱中召唤回来。”

维克多沉默下来，莫特说的一切都是他闻所未闻的，他已经战斗了数千年，甚至更久，他以为，为了击败魔鬼，他愿意做任何事情，甚至愿意献出自己的生命和灵魂……但直到现在，他才意识到，要下定决心还真的没那么容易。

“我曾经亲手把我的爱人送上了祭坛。”莫特说，“现在，我又不得不亲手将我最亲密的兄弟送上新的祭坛。”

“如果你说的是真的……”漫长的沉默之后，维克多终于开口了，“如果我的灵魂真的能开启地狱之门，让我们赢得这场战争……”

“我能做到。”莫特说，“维克多，你仔细想想，众神之战后，海拉封印了我们的力量，可是我依然赢得了那场战争，击败了海拉。当时并没有多少神灵追随我们，我们的胜利不合情理。”

维克多盯着莫特的眼睛，“你是说，这种事情已经发生过了？”

莫特没有正面回答维克多，“追随你心里的答案，维克多。”

莫特静静地看着维克多，他等待着，他有足够的耐心，他已经等待了数千年。莫特知道维克多不会拒绝，他想起第一次见到维克多时那个坐在草地上咀嚼着草叶的年轻士兵，维克多比自己更怀念众神时代。

当海拉封印始祖们的时候，维克多的怒火甚至让已经变成乌鸦的莫特感到战栗，维克多是一个天生的战士和出色的组织者，如果没有维克多，莫特将一事无成。

现在，需要维克多做最后一件事情。

“我要怎么做？”

“你的灵魂力量将击碎这个世界与地狱之间的壁垒，”莫特说，“但你不会死去，你的灵魂会飘向地狱，等事情结束以后，我会把你重新召回人间。”

“那不是真正的地狱，对吗？”维克多说，“我们的躯壳死去以后，灵魂依然在这个世界上游荡，没有人去过地狱。”

“那是一个无法用语言描述的世界，”莫特回答，“但我肯定的是，魔鬼来自那个世界。”

“如果魔鬼真的是父神降下的神罚，那么也许那个世界称为‘天庭’更为合适，也许，我们也来自那个世界。”

“我们会知道答案的。”

“那么，让我们不要再浪费时间了。”维克多说。

他们谈话的期间，天空更昏沉了，浓厚的乌云压向地面，仿佛一块巨大的铅锭要将这个世界砸个粉碎。粗亮的闪电在乌云中出现，如一条条在云层中游弋的银色巨蛇。云层开始旋转，一开始非常缓慢，用肉眼都难以察觉，但很快一个以卡兰迪小镇上空为中心的巨大旋涡变得清晰可见，围绕着旋涡，频繁出现的闪电将整个云层都变成了银白色。震耳欲聋的雷暴声充斥在天地间，开始还能分辨每一道雷声，但很快雷声就连成了一片。

维克多望向天空，旋涡正在继续扩大，中央的云层被驱散，露出深蓝色的天空，有那么几个瞬间，他似乎看到了巨大的阴影在云层中掠过。

重力开始消失，先是地面上的小石子飘浮了起来，然后是房屋，那些木板制造的房屋像玩具一样被分布不均的重力撕碎然后飘上天空。云层还在下降，一道青蓝色的火柱拔地而起，插入云层，紧接着第二道、第三道，最终围绕着维克多出现了一片火焰丛林。

更奇妙的事情发生了，房屋消失的位置影影绰绰出现了更老旧的房屋，仿佛是许久之前就存在于那里的。云层已经化为浓雾将一切笼罩，仅仅隔着几米的距离，借着青蓝色的火光，维克多看到莫特的身影在浓雾中若隐若现。

一架老旧的木质固定翼螺旋桨飞机从他们头顶掠过，在巨大的雷电声中，维克多依然清晰地听到了螺旋桨发出的轰鸣声，他甚至能看到戴着皮帽和飞行眼镜的飞行员。但他不属于这个时空，那只是来自过去的幻影和幽灵。更多的幻影出现了，平地上出现了样式更古老的房屋，甚至茅草和石块搭建的窝棚。一队印第安骑兵呼啸着从他们身边穿过，紧随着他们的是一只步伐矫健的大地懒，它们先后进入迷雾之中，化成烟雾飘逝在风中。

还有更奇异的事情，一些从未在这个世界上出现过的影像开始出现，一群红发巨人扛着木棒从他们身边走过，沉重的脚步声清晰可闻。几个身高不及他们膝盖的小精灵蹦蹦跳跳地从迷雾中出现，它们的叽叽喳喳声汇聚成一段奇异的旋律。一只迅猛龙从迷雾中探出脑袋，它黄绿色的瞳仁里映射着冷血动物特有的冰冷气息。

维克多知道，这里已经从现实世界剥离，各种曾经存在于这个世界上的，甚至只存在于人类脑海中的生灵都会在这里出现。这是一个能够用想象力构建的世界，他们永远无法得知这里看到的一切是真实存在过的还是人们想象的映射。这是通往地狱的桥梁，一切幻想和真实的交织都在这里呈现，所有真实的历史人物和幻想中的人物都从这里走过。

“时间已到。”莫特高声宣布，透过迷雾，维克多看到莫特的眼睛放射出奇异的光芒，“维克多，你是否愿意献祭你的灵魂？”

“是的，一切为了父神的荣耀。”维克多回答，声音没有一丝颤抖。

风暴更猛烈了，大地在风暴中颤抖，坚实的大地如海面般缓缓起伏，所有的一切都在消失，化为最原始的碎片。

“维克多，去吧，追随父神的脚步，打开连接宿命与希望的道路。”

维克多脚下的大地已经消失了，他看不见莫特，也看不见自己，他低下头，只看到一片虚空，迷雾也消失了，闪电不再出现，但眼前并非黑暗，当他想抬起头来时，发现已经感觉不到自己的头颅。

他“看”到了一切，他“听”到了一切，他“闻”到了一切，难以名状，难以形容，只有意识悬浮于一片虚空，他看到了这个世界的本源，从遥远的过去到未曾发生的未来，他看到整个世界在烈火中燃烧，他看到整个世界被洪水淹没，他看到大地裂开，地心深处的岩浆喷涌而出贯穿了大气层，冷却的岩石化为流星坠回大地，整个世界化为一片火海。他还看到众神围绕着高耸入云的山巅王座，王座之上坐着众神之王的化身。云雾四散，时而化成具体的影像，时而化为未知的未来。他看到已经发生的过去和尚未发生的未来排列在一起，等待他翻阅。

维克多已经不再拥有实体，他化身为光，穿越了一个又一个壁垒，来到了不同的世界。他到达了魔法统治的世界，化身反叛的巫师，在黑龙的咆哮声中化为灰烬，他的灵魂飘飘荡荡到达了暗无天日的幽冥世界，所有可见的恒星都已消失在视界之外。

终点不是死亡，维克多放开自己的心灵，化为云雾的一部分。

莫特看到维克多的身躯逐渐变得透明，仿佛对方从未在这个世界上出现过，莫特知道他成功了。借助维克多的力量，莫特打开了通往地狱的缝隙，那也将是他走向朝圣之路的入口。

维克多已经消失，他原本站立的地方空无一物，灰色的浓雾四处弥漫，这里将成为新的奇迹之地，这是新的众神时代的起点。错误的选择将被纠正，一切都在莫特的掌控之中。

远离卡兰迪小镇的地方，已经有人发现了这个小镇的异常，国民警卫队紧急封锁了通向卡兰迪的道路。即使远在几十千米之外，人们也能看到小镇的上空凝聚的巨大风暴，那是一朵人们前所未见的灰色风暴云，但是和以往所见的飓风不同，那个灰色风暴云毫无移动的迹象，将小镇笼罩在内。

联想到最近频繁发生的人员莫名失踪事件，流言如野火般蔓延开来，有人发誓说曾看到三头地狱恶犬在卡兰迪小镇徘徊，还有人说曾看到传说中的恶龙从风暴中冲出，甚至还有人向警方报告说目击到巨人和盔甲鲜明的军队出现在卡兰迪小镇郊外。

但至少有一个目击事件是值得认真对待的，风暴出现后的第一个黎明，一只巨大的黑色乌鸦自风暴中冲出，从国民警卫队的上方掠过。几乎所有士兵都看到了那只巨大的乌鸦，它展开的翅膀足有十米，只扇动了一下就在地上卷起了狂风。指挥官正犹豫是否下令开枪时，它已经消失在高空的云层中。

纽约长岛实验室

“皮埃尔，肖恩现在的情况怎么样？”沈晓琪问道。

“他很好。”皮埃尔依然坐在蒲团上，气定神闲，“我们进行了愉快的谈话，肖恩很聪明，我很喜欢和他聊天。”

“喜欢？”沃顿问道，“你如何判定喜欢？”

“不需要我过多地解释，他就能理解我的意思，用书本上的定义来说，这叫作默契，而默契可以带来愉悦的感觉，这符合我喜欢和他聊天的定义。”皮埃尔回答。

“也许，这正是我们的思维方式。”沃顿对沈晓琪说，“当我们做一个决定的时候，我们的大脑在‘后台’已经进行了大量计算和逻辑推理，而我们并不知道。我们只是凭借直觉去做决定，而实际上，在做决定之前，我们的大脑就已经替我们做好了选择，我们只是去执行已经制定好的指令，我们就像舞台上的表演者，但我们并没有意识到后台的存在。”

“自由意志，”沈晓琪说，“你是说我们没有自由意志？”

“也许我们自以为拥有的自由意志是一种伪自由意志，我们自以为拥有自由意志，但实际上，我们永远意识不到自由的边界就在那里。”沃顿说。

“你跟爱因斯坦一个论调，”沈晓琪不满地看了沃顿一眼，“可是爱因斯坦错了，玻尔赢了，实验已经证明了，上帝是掷骰子的。”

沃顿摇头，“我并没有承认因果律和宿命论，即使是爱因斯坦和玻尔，也不了解意识从哪里来，但他们都否认了灵魂的存在，现在我们知道，他们都错了。”

“但量子力学至少知道了意识能对客观世界造成影响，不然人们也不会争论那只猫的死活。”

“当然不必争论，当我们观察的那一刻，猫的死活就已经决定了。”

“哥本哈根解释未必是对的，也许世界分裂成了两个，那只猫总能活在其中一个世界里。”

“我没想到你也是多世界诠释的拥护者。”

沈晓琪耸耸肩，“我只是觉得这个理论更有趣，不久以前，人类也相信地球是宇宙的中心呢，即使是现在，二十一世纪的美国，半个世纪前就能把人类送上月球的美国。你知道吗？在一些中国人的眼里，美国就是高科技的代名词。但我来到美国之后，却发现美国依然有大量的地平论者和反疫苗者。”

“不久以前？”沃顿笑笑，“当然了，对你们来说，几百年的时间可能和我们喝一杯下午茶的时间感知差不多。补充一下，我不是地平论者，我的孩子们也按时打了疫苗。”

沈晓琪也笑了笑，“我要纠正一点，我们并不认为我们的年龄真的有上千年上万年，我们拥有的仅仅是一些古老的记忆，甚至我自己都觉得，很多残存的记忆都不完全可靠。打一个比方，我们记忆链条的末端在远古的迷雾中，链条的前端随着时间的流逝继续向前伸展，但是链条的总长度是不变的，末端的记忆会不断剥离脱落，也就是说，我们一直在遗忘。而记忆链条本身也混乱不堪。就我个人而言，我不愿意把自己看作一个永生者，事实上，我们也的确不是永生者，我很乐意和我的身体同龄。”

“但你们的记忆对历史学家来说可是价值连城的。”沃顿说，“通过你们的记忆，我们可以重新认识人类的历史，揭开千古谜团，我们可以知道特洛伊之战是否真的发生过，可是你们为什么一直不愿意对我们敞开关于重大历史事件的记忆？也许我们可以……”

“沃顿先生，我想你可能要失望了。的确，在我们和美国政府开始合作的一开始，就有人想到了这一点。我们也很乐意提供我们的记忆，但你要知道，守护者在历史上绝大部分都是普通人，我们对名利不感兴趣，也从未身居高位，换句话说，我们从未参与到真正的历史中去，我们只是历史的旁观者。”

“可以理解，你曾经给我说过，你们没有世俗的欲望。”沃顿点点头，“但即使作为历史的旁观者，你们的记忆依然是珍贵的。”

“沃顿先生，我想你没有完全理解我的意思，是的，我们是历史的旁观者，但我们依然是普通人，我们并没有上帝的视角，我们只是以一个很狭窄的普通人的视角去触摸周围发生的事情——也许还不如普通人。而且我们对人类的历史并不感兴趣，发生了战乱或者瘟疫，我们会远远地躲开，躲到荒无人烟的地方——这并不难，以前的人烟远远没有现在稠密，我们不在乎罗马帝国的崛起也不在乎它的毁灭，我们不在乎基督教的兴起也不害怕宗教裁判所，我们也不在乎大航海时代的来临，我们唯一在乎的事情就是猎杀隐藏在人群中的恶魔。简而言之，我们并不能超越我们所处的时代，也不比任何人聪明，我们从未真正注意到重大历史事件的发生，也根本意识不到身处重大历史事件中。也许我们中的某一位曾经与耶稣或者佛陀共进晚餐，但这对我们来说并没有特别重要的意义。而且最重要的是，我们对时间的敏感度很低，一千年前发生的事情和五千年前发生的事情对我们来说并没有太大不同，有时候我们甚至会混淆这些事件发生的顺序。所以我们并没有给历史学家带来太多惊喜，相反，我自已也是通过阅读图书馆里的历史书籍才了解了人类的历史。”

“也许我们关于永生者的想法都错了。”沃顿若有所思地点点头，他不甘心地问，“但是我想你们的记忆总能印证一些历史事件的发生，每一个重大历史事件的发生都会给那个时代带来特别的印记，比如蒙古帝国的东征，西方人将蒙古人视为上帝之鞭，我想你们总能遇到那么一两个相貌和西方人完全不同的蒙古武士，或者至少听说过类似的传言。如果你们在公元前6世纪路过巴比伦，必然能看到那座举世闻名的空中花园，如果你在公元前3世纪去埃及旅行，你一定会看到亚历山大港的巨人灯塔，不是吗？”

“没错。”沈晓琪总算给了沃顿一点安慰，“虽然我从未见过巴比伦空中花园，但我的确见过金字塔的建造。”

“哪座金字塔？胡夫金字塔？”沃顿饶有兴致地问，“古埃及人到底是怎么建造金字塔的？”

“是的，但在我的记忆中它建造的时间距今不止五千年，也许更久，我不确定，但我能确定的是，没有外星人帮助他们，也没有所谓的史前文明，古埃及的工匠们巧妙地用了水的浮力、连通器原理和制作精良的羊皮筏。这件事情得到了部分证实，最新的考古研究的确在金字塔上发现了水流的痕迹以及拴系皮囊的凸起。”沈晓琪平静地说道，似乎在讲一个平淡的小事儿。

“金字塔真的不是奴隶建造的？”

“我不知道，我也不关心这些事情。”

“已经非常了不起了。”沃顿赞叹道，尽管他不明白为什么沈晓琪今天终于愿意跟他谈起这些历史，“我想你们的潜力并没有被完整地挖掘，想想看吧，你们作为守护者，曾经遍布全球，如果每个细分领域的历史学家都能接触到你们的记忆档案，我想他们必定有所收获。”

“但是我们的记忆并不可靠，沃顿先生，比如我记得我曾经观摩过一场战争，我看到汉帝国的军队攻占了古罗马城，但真实的历史上，汉帝国和罗马帝国从未有过军事接触，所有的史料都充分印证了这一点。”

“如果这件事情真的发生了，那么历史上肯定有记载，但每个人都知道，罗马城是被奥斯曼人攻破的，那时候中国的汉朝也早已经消失了。”

“我也不知道为什么会有这么逼真的记忆。”沈晓琪摇摇头，“如果不是那些确凿的史料记载，我会认为我的记忆是真实的。也许，数千年来的记忆碎片和梦境让我们产生了虚假的记忆。”

“一定是这样，”沃顿肯定地说，“即使是普通人，记忆也是不可靠的，我们的大脑会制造虚假的记忆来自圆其说。”

“所以，”沈晓琪看着沃顿，似乎在表达某种歉意，“我们自己的记忆早就被扭曲，是不可靠的，你们对于历史的争论已经足够多了，如果我们公开我们对历史的记忆，只会带来更多的混乱和争议。过去的已经过去，未来还未到来，重要的是现在，沃顿先生。别忘了那句话，谁控制了过去，谁就控制了现在；谁控制了现在，谁就控制了未来。我们的记忆对人类文明来说也许并不是宝藏，更大的可能是一个炸药库。”

沃顿若有所思地点点头，“你说得对，人类文明是建立在对历史的记忆之上的，尽管这个基石有很多争议和模糊之处，但我们不能抽掉它。”顿了顿，沃顿又说，“但是只有你有着和其他守护者截然不同的混乱记忆，其他守护者对于历史的记忆并没有和我们熟知的历史主线相冲突，只有你的记忆几乎推翻了整个历史。”

“这更说明我的记忆是不可靠的。”沈晓琪苦笑着说。

沉默了一会儿，沃顿才继续说：“但我好奇的是，从这一点来看，记忆似乎和灵魂并无绝对的关联。”

“我记得一个有趣的案件。”沈晓琪似乎也很乐意不再谈论历史，“一个杀人犯在被执行死刑前夕中了风，这导致他失去了一个时间段的记忆，而这个时间段恰恰是他犯罪的时间段，也就是说，当这个犯人醒来之后，他最后的记忆停留在十年前。现在的问题是，死刑还应不应该继续执行？换句话说，他需不需要为自己不记得的事情负责？”

“很有趣。”沃顿抚摸着自己的下巴，“从另外一个角度来说，这个案件的争论在于，记忆是否是灵魂的一部分。”

“你认为呢？如果记忆本身就是灵魂的一部分，那么当灵魂转世，不，自发性意识传输发生的时候，前世记忆跟随灵魂进入新的大脑，那么如果我们找到了记忆存在的部位，把储存着记忆的大脑组织切除，让这个人失去这些记忆，我们还能说这个人是之前的那个人吗？”

“没有任何证据表明记忆存储在哪个部位，”沃顿摇摇头，“事实上，这些年的研究让我们更倾向于认为大脑只是一个类似接收机或者翻译器的装置，人类的意识和记忆都是灵魂的不同表现形式，依靠大脑以及感官来获取并且处理外界的信息。换句话说，大脑只是一个接通精神层面和物质世界的桥梁。所以即使我们切除了某部分大脑，也只是暂时失去了对这部分记忆的翻译和承载能力，但不能确定记忆已经被删除了。”

“这倒是一个新颖的观点，但很难去证明它的正确性，而且主流科学界不会接受这个假说的。”

“所以我们一直在研究。现在看起来，我们没有发展出任何实用性的成果。军方希望我们能够培养出具有类似长距遥视等能力的超人，这样就可以坐在办公室里得到俄罗斯核武发射井的详细资料，他们希望俄罗斯能够像夜总会里的妓女一样一丝不挂地站在山姆大叔面前。”沃顿说。

“我听说过类似的传言，苏联解体之后，一些秘密档案流落到民间，据说苏联曾经认真研究了人体的特异功能和超能力，我想他们也失败了。”

沃顿笑笑，“没错，一些传言的确是真的，而且现在还有很多半官方的机构毫不忌讳地研究着巫术、通灵、濒死现象，但他们大部分都是胡言乱语。”

“但是，我很肯定的是，肖恩关于守护者的记忆一定深藏在他的大脑里。”沈晓琪说。

“但愿如此。”沃顿点点头，“那么，能否告诉我，当你与皮埃尔进行连接的时候，发生了什么？”

普通人的大脑似乎更难以承受外来的电流刺激，他们的大脑“接口”很脆弱，而且似乎更难被替代——普通人的大脑受自有的神经系统限制，皮埃尔无法模拟出真实的世界。第一批实验者表示，他们并没有进入某种虚拟的世界，而是陷入了破碎的梦境，当实验结束之后，有些实验者产生了长时间的幻听和幻视，甚至精神变得不稳定。普通人类和守护者的大脑结构并没有什么区别，所以人们不知道原因在哪里。但是守护者的大脑能承受这种连接，沈晓琪曾经作为志愿者做过实验。

某些更深层次的原因导致了这种现象，即使是普通人，实验结果也不相同。有的人对皮埃尔的连接毫无反应，似乎他们的大脑只接受本身的神经传导进来的电流。现在至少已经有了三类样本：一类是能对皮埃尔的连接产生反应的普通人，但无法模拟出真正的感官；一类是完全不能对皮埃尔的连接产生反应的普通人；还有一类是守护者，守护者的大脑能完整地接受皮埃尔的连接，并且形成足以乱真的感知，也就是说能进入一个虚拟世界。

沃顿属于第一类，当他与皮埃尔进行连接时，他的感觉非常糟糕，他感受的是无限拉长的恐惧，无边无际的黑暗中，怪异破碎的场景，隐藏在黑暗中的巨兽……当沃顿苏醒之后，他花了整整一个月的时间才从精神恍惚中恢复过来，从此他就把那本《克苏鲁神话》丢到了阁楼，并盼望着老鼠将它那可怖的硬皮封面啃个精光。

沈晓琪显然不知道沃顿正在想什么，她说："非常真实，但虚拟世界里的一切都来源于我们曾经经历过的记忆，也就是说，我们不可能在虚拟世界里见到我们想象不到的事物。比如，如果我们在虚拟世界里见到外星人降临地球，那么外星人的形象必然是我们能够想象到的，小灰人、章鱼怪之类……但我们不可能见到引力场或者暗物质构成的外星生物。"

"很有趣，我可以理解这一点，我们的想象是基于记忆中的形象碎片进行的重新整合，还有呢？比如时间，有什么不同？"沃顿兴致勃勃。

"当然，还有时间。"沈晓琪赞许地点点头，"时间的流逝会有不同，我丧失了对时间的感知。的确，当我第一次进入虚拟世界，我感觉时间过了大概半个小时，但是当我醒来，实验才刚刚开始，也许只过了十秒钟。"沈晓琪说，"根据测算，虚拟世界的时间最大流速可以达到现实世界的40万倍。只有守护者的大脑能承受这种速率，但每个守护者能承受的速率也是不尽相同的，这也许和灵魂强度有关。"

"灵魂……"沃顿耸耸肩，"我们终于又谈到灵魂了，还有转世。真没想到有一天我会认真对待这些东西。"

"用意识传输来代替灵魂转世，这种说法是不是更容易被你接受？"沈晓琪说，"当守护者临死的时候，他们的意识会自动传输到一个新生婴儿的体内，在好莱坞电影和科幻小说里，意识传输这种桥段可并不少见，人们似乎很乐观地认为意识传输终将实现，包括——"她指指皮埃尔，"将人类的意识上传到计算机，实现永生。沃顿先生，你看，只是换种说法，区别只是在于这种自发的意识传输不在我们的掌控之下，人类还没有明白其中的原理而已。就像远古的人类看到雷电这种自发产生的大规模放电现象感到敬畏和害怕，但是现在我们掌控了电流，不会再有人觉得雷电是某个神或者怪兽发出的怒吼。如果未来我们也掌握了如何控制意识的传输，我想这种神秘的现象也将不再神秘。"

“当然，如果人类真正掌握了意识传输的奥秘，那么我们所缺的只是一个载体而已，我们将真的成为永恒的能量体生命。正如阿西莫夫的《最终的答案》中描述的那样，人类将打破肉体的禁锢，进化成没有形体的永生能量体生命。”沃顿的眼睛闪闪发光，“穷极我们的想象，我们也无法知道那个时候的人类社会将会是什么形态，地震、海啸、火山爆发都无法再伤害到人类，也许人类可以直接从宇宙射线中获取能量，也许能够以光速旅行，人类的脚步可以很快遍布银河系并冲向宇宙深处——也许这才是费米悖论的一个解释。高度进化的外星文明并不是全部都撞上了大过滤器，而是他们掌握了意识脱离物质的奥秘，成为更高层次的生命。这才是生命进化的正确道路。退一万步讲，即使人类暂时无法成为能量体生命，如果我们掌握了如何操作人工控制意识传输，利用克隆体作为载体，那么我们也将获得永生。”

说到这里，沃顿的嘴角露出一丝嘲讽，“不知道为什么，所有的科幻小说和好莱坞电影里面都将意识传输描述得那么简单——它们都轻易绕过了意识传输的原理。如果我们根本不知道什么是意识，又怎么能去安全地传输它？为什么用‘意识传输’这个词语，人们就会觉得这是一个科学化的想法，而如果换成‘灵魂转移’就被斥为伪科学？人们一方面很乐观地认为将来人类会实现意识传输，一方面又对灵魂转世嗤之以鼻，在我看来，这其实是一码事儿。”

“很惊人的想法。”沈晓琪赞许地点点头，“也许外星人早就已经遍布我们周围，只是我们看不到他们。如果他们已经进化成了能量体生命，那么他们和我们这个纬度的文明已经不存在任何交集。而那些没有走上这条道路的外星文明，都已经撞上了物质文明的极限，被大过滤器过滤掉了，所以这才是我们一直没有发现外星人的原因之一。”

“你还忽略了一个更大的意义，沈晓琪。”沃顿继续说，“如果意识自发性传输这个现象真的可以用科学来证明，而且让世界接受这个事实，那么，想想看吧，会发生什么？”

沈晓琪沉默了，她疑惑地看着沃顿，沃顿微笑着提示：“每个人都知道自己真的还有来世，意识或者说灵魂会随机地自发性传输到这个世界上的任何一个婴儿体内，那么——今世高高在上的独裁者可以转世到曾被他压迫的子民家中，生活在最富裕发达的地区的人可以转世到他们曾不屑一顾的塞拉利昂最贫穷的贫民窟里……”

“很有趣，秩序将重建，”沈晓琪知道了沃顿想说什么，“人类社会将发生深刻的变化，贫富差距将会迅速抹平，当权者不敢再发动战争，最富有强大的国家不会再坐视贫穷国家的人民处于最凄惨的处境。”

“是的，这才是我们的研究蕴涵的最重要的意义。”沃顿点点头，“人类社会将前所未有地尊重和保护每一个个体的权益，那将是一个天堂般的时代。”

“可是，我们的研究太超前了，超前到大多数人都无法理解我们正在做的事情，在我们有生之年不可能产生实用的东西。如果这些关于灵魂的研究被泄露出去，我想被称为伪科学都已经算克制了。而且，沃顿先生，我们的研究已经逼近极限了，这么多年一直踏步不前。”

“的确如此，我们的进展非常缓慢。”尽管很不情愿，沃顿还是不得不承认沈晓琪说的是对的，“我们对于灵魂和意识还是一无所知，我们没有观测并提取到灵魂，对灵魂转世现象——不，自发性意识传输现象的研究也没有突破性进展，仅仅只是证实它的存在。还有恶魔，我们对恶魔领域的原理也几乎一无所知，我们试图用相对论和量子力学去解释恶魔领域产生的时空闭合以及时间异常现象，但依然没有得到实验证实。即使一些理论假说可以模拟恶魔领域引发的现象，但是所需的条件也极为苛刻。就拿约翰·亚当斯来说，他的凭空消失就直接摧毁了质能守恒定律。这一切都意味着，也许我们选错了方向。”

“为什么不从普通人身上着手？难道意识的自发性传输真的仅仅发生在恶魔和守护者身上？”

“也许我们也有，”沃顿说，“只是在我们的意识自发性传输过程中，记忆被隐藏或者删除了。”

“非常有趣，”沈晓琪说，“也许这能为人类自古以来的灵魂转世一说提出部分解释，古人的确曾遇到过有残存记忆的转世人。也许是某些人的意识在自发性传输过程中因为某些我们不知道的原因保留了部分前世的记忆。”

“一些人号称通过催眠的手段让很多人回忆起了前世，通过追溯前世遭遇的创伤来治疗今生的疾病。”沃顿说，“你怎么看？”

“不完全可信，人类在被催眠的过程中会根据大脑的需要创造虚假的记忆，魏斯的那些案例，绝大多数都是难以验证的，但不排除有真实的案例在里面。我对西弗吉尼亚大学的史蒂文森教授的研究更感兴趣，他致力于灵魂转世的研究，曾经收集了2500多个转世记录，而且大部分都进行了验证。”沈晓琪停顿了一下，缓慢地说，“这也许说明，也许所有的普通人都是可以轮回的，只是被封存了记忆。”

“我们终于又聊到这个话题了，那些相信死后有灵的疯子居然是对的！”沃顿大笑。

“如果死后有灵，那么天堂和地狱是不是也是真的存在？”沈晓琪轻轻地说，“那么，谁来判定一个灵魂应该升入天堂还是堕入地狱？”

“我不相信什么天堂和地狱，”沃顿说，“没有必要把一切都往宗教上去联想。我相信，自发性意识传输是这个世界的物理规则之下的自然现象之一，正如天空中会自发地产生闪电，滴水的山洞里产生钟乳石，完美对称又拥有复杂形状的雪花……不需要想象一个超自然的力量去创造它们，它们本身就是这个大自然的奇迹。”

“我宁愿相信我们这个世界是虚拟的，所有的灵魂都只是来自真实世界的投射。”沈晓琪说，“按照奥卡姆剃刀理论，这个解释最简洁有力。”

两人沉默了一会儿，沃顿指指肖恩，转移了话题：“你们有多大把握能让他回到作为守护者的前世？”

“那取决于他自己，这一世的创伤对他的影响太大，他认为是他的错导致了妻女的死亡，无休止的自责让他失去了方向。我们没有办法让他的妻女复生，但有办法让他回到正确的道路上。”

“是的。”沃顿补充道，“当他发现虚拟世界的神奇之处，你觉得他会去做什么？”

沈晓琪的脸上露出一丝微笑，“这显而易见，对吗？他必须直面真正的自己。”

沃顿指指屏幕，“皮埃尔，肖恩怎么样了？”

“我在。”皮埃尔回应，“肖恩正处于最深层的催眠之中，他的意识正在探索他的记忆之海最深的地方。”

“他什么时候会醒来？”沃顿问道，“会不会像上次那样沉睡两个星期？”

“不知道，但不会太久。”皮埃尔说，“和上次不同，这次他潜入得很平稳，也许他很快就可以醒来，也许要很久，但不会有任何危险。”

“我不太明白，虚拟世界的时间流速不是比正常世界要快很多吗？为什么我们还要等待那么久，难道肖恩要在虚拟世界里度过几千年？”

“并非如此，”皮埃尔说，“我只是引导他进入自己的内心世界，他只能凭借自己的力量打开通向记忆深海的那扇门。当他进入那扇门之后，他的意识就不在虚拟世界里了。他会突破一层层边界，进入最核心的潜意识，在那里，时间是毫无意义的。”

“所以，我们现在只能等了？”沈晓琪问。

“不会太久的，我保证。”皮埃尔微微一笑。

生　活

肖恩将油门踩到底，汽车沿着科洛弗大道如利箭一般飞向远方。今天是安的毕业典礼，这是一个非常重要的日子，他可不想错过。

春天总是那么美好，阳光和煦，空气清冽，笔直的道路在视野里延伸到天边的云朵里。肖恩半开着车窗，带着淡淡咸味的清凉海风吹拂着他的头发。

自从那场事故发生以后，肖恩和珍妮离开了洛杉矶，来到了肖恩父亲所在的城市。不幸的是，肖恩的父亲没过多久就去世了，留给了肖恩一笔遗产。但值得欣慰的是，肖恩和父亲达成了和解，也澄清了当年的误会。父亲向肖恩解释了当年不辞而别的原因，也表达了对肖恩及肖恩的母亲的愧疚，肖恩原谅了他。

肖恩重新在一家工业设计公司找到了一份稳定的工作，这份工作的内容非常合他的胃口，他一直梦想着成为一个一流的工业设计师，他如愿以偿了。珍妮在一家医院谋到了一份护士工作——和她之前的工作一样。而且，肖恩也用父亲的遗产在郊区买了一套湖滨别墅。

安也重新找到了生活圈子，交了很多新朋友。他们的生活平静而美好。每到周末，肖恩和珍妮都会带着安到处游玩，安还没长大的时候，他们最喜欢去距离家大约十六千米的休顿湖边垂钓和野营。

十五年过去了，安已经长大，变成了一个亭亭玉立的大姑娘，她有一头卷曲的金色头发和白皙的肌肤，像极了年轻时候的珍妮。她爱好绘画和舞蹈，热衷于公益活动，当她高中毕业以后，她顺利地申请到了斯坦福大学的奖学金，去了离家很远的加利福尼亚。今年是安的毕业季，肖恩决定带着珍妮驱车前往女儿的学校，参加女儿的毕业典礼。

他们从未再谈论起那场可怕的事故，珍妮和安似乎根本不记得那件事情曾经发生过，而肖恩的记忆也变得模糊了，毕竟已经过去了那么久。他只记得发生了一场火灾，幸运的是他及时发现了火情，救出了珍妮和安，但他们的房子被烧毁了。

人总要往前看的，不是吗？一切都已经过去了。肖恩对现在的生活很满意，在加入公司的第三年，因为优异的业绩，他成了公司的合伙人之一。丰厚的薪水让肖恩的生活有了很大改观，他经常带着珍妮和安出国旅行。安也从未偏离肖恩心中女儿的形象，她聪明乖巧，心地善良，成绩也非常优秀。而且，好运来了挡都挡不住，公司的业务蒸蒸日上，客户遍布全球，而且肖恩曾经连续签了几个前所未有的大单，这也让他成为公司的高级合伙人。

肖恩打开收音机，收音机里传来午间新闻放送。

珍妮睁开眼睛，在此之前，她一直在睡觉。

“肖恩，亲爱的，我们到哪儿了？”她伸了一个懒腰，同时打了一个哈欠。

“顺利的话，我们能在帕罗奥多享用我们的晚餐。”肖恩微笑着说。

不知道为什么，肖恩总是能预知珍妮将要说什么，这似乎并不是灵魂伴侣的心有灵犀。因为这种感觉不只发生在珍妮身上，事实上，在很多场合，在很多次和不同的人的谈话中，肖恩都能准确地预感到对方接下来要说什么。

这叫作“即视感”，肖恩知道这个名词，他经常在一些文章中看见这个名词，关于它有着很多耸人听闻的说法。但即视感一般都常见于年轻人身上，而且有一定的科学解释。对于肖恩来说，这种即视感过于频繁了些，但也没过多地影响他的生活。

但是肖恩心头总是笼罩着一个奇怪的阴影，有时这个阴影会让他陷入阴郁。它就像是一曲完美的交响乐中混入的一个不和谐的音符，又像是一幅完美的油画中难以抹去的一滴污渍，如果你不仔细去寻找，根本发现不了，但你知道它就在那里，在这幅画的某个不起眼的地方。当肖恩陷入阴郁的时候，他并不知道原因，虽然他曾经努力去思考和回忆，但总是不明白为什么。仿佛在肖恩的记忆里有一片禁区，当他试图接近那片禁区的时候，他的意识就尖叫着四处逃散。

随着年龄的增长，肖恩已经知道怎么去处理它，他会避免去触碰那个禁区，也许每个人都有不为人知的隐秘。这个做法很有效，肖恩已经很久没有被那片禁区逸散出来的负面情绪所感染。

但今天中午，肖恩遇到了一个奇怪的家伙，那种不快的感觉又回来了，他能清晰地感觉到那个阴影在蠢蠢欲动，仿佛有一个无形的魔鬼正猛烈地冲撞着囚笼。

那是他们在一家路边餐厅用餐的时候，肖恩和珍妮正面对面用餐和聊天，这时肖恩注意到那个男人。那个男人长相普通，他坐在相隔几张桌子的另外一张桌子上，面前没有摆放任何食物，而服务生似乎也对他视而不见。那个男人似乎时不时地就望向肖恩，眼神里有一种让肖恩不安的东西。

被人跟踪了？肖恩迅速在脑海里思索。不可能，他一向为人和善，即使在生意场上也没有得罪过人，更谈不上有什么仇家。虽然肖恩很富有，但他和珍妮都非常低调，穿着很朴素，汽车也很普通。

那个男人似乎在观察着肖恩，而且并不避讳肖恩不满的目光。甚至当他们的目光相触时，那个男人对肖恩露出了一个和善的微笑和洁白整齐的牙齿。

但肖恩并没有把他当作一个和善的、充满好奇心的路人，他觉得这个男人有些眼熟，似乎在哪里见过，但他却不记得了。一种阴郁的感觉从肖恩的脚底升起，漫过他的小腿，继续上升，漫过他的胸口，最终淹没了他。

当肖恩几乎忍不住想走过去质问那个男人的时候，那个男人却消失了。是的，消失了，只在肖恩低头的那么一小会儿，当他再抬起头，那个男人就不见了。肖恩连忙往餐厅外面望去，一览无余，没有看到那个男人离去的背影，周围的人也似乎没有察觉到一个男人突然消失了。

当他们重新开车上路的时候，肖恩自嘲地笑了笑，他觉得自己太神经质了，那个男人也许根本没有观察和跟踪他，偶尔的视线交会根本说明不了什么，也许那个男人有什么急事突然跑出去了。

但是肖恩的内心深处还是隐隐不安。

他把左手放在方向盘上，右手伸出，握住了珍妮的手。柔软而温暖的触感从手中传来，他轻轻地捏着珍妮的手，他深爱着这个女人，他几乎不敢想象失去她会怎样。

肖恩心里一惊，自己为什么要这么想？不自觉地，他捏紧了珍妮的手。

珍妮奇怪地看着丈夫："亲爱的，你怎么了？"

"不，没什么。"肖恩掩饰着自己的不安，挤出一丝微笑，"可能是有些紧张，你知道，女儿的毕业典礼可不是每年都有的。"

珍妮笑了起来，露出洁白漂亮的牙齿，"肖恩，我还以为你是从来都不会紧张的，你要知道，你以后还会参加安的婚礼，也许用不了多久了。"

"是的，当然。"肖恩点点头，他盯着眼前高速掠过的路面，"我以后还会成为外祖父，我们会有两个外孙子和一个外孙女，他们的名字是威廉姆和埃克斯，还有艾米丽。威廉姆长得像我，一头卷曲的黑发，他不是很聪明但是很有毅力；埃克斯是弟弟，聪明但是很调皮，喜欢恶作剧，但心地善良；艾米丽是最小的妹妹，金发，脸上有雀斑，喜欢独处，不喜欢人多的地方。"

"埃克斯，这好奇怪！"珍妮不禁开怀大笑，"肖恩，你怎么会想到这么奇怪的名字？X？未知？”

肖恩也不知道自己怎么会想到这些，但是这些来自未来的“记忆”是那么确定和清晰，让他几乎肯定地认为这些一定会发生。也许他在梦里见到过他们，也许是冥冥之中看到了未来的影像。

“我也不知道。”肖恩老实地承认，他耸耸肩，“你会看到的。”

“我一定要告诉安，”珍妮笑着说，“她一定会乐疯的。”

肖恩试着把困扰他的烦恼都抛开，他想象着安在毕业典礼上的样子，不禁微笑起来。他们在晚饭前赶到了旧金山湾区南部的帕罗奥多，入住了希尔顿花园酒店，度过了安静的一晚。

第二天，阳光灿烂，安的毕业典礼如期举行。安对肖恩和珍妮的到来非常高兴，她告诉了父母一个好消息，她已经得到了在硅谷实习的机会。

星霜荏苒，又是二十年过去了。毕业之后，安顺利地在硅谷一家高科技公司获得了职位，三年后，她结婚了。正如肖恩所预言的那样，安和丈夫有了三个孩子，两个儿子——沉稳的威廉姆和调皮的埃克斯，还有最小的女儿艾米丽。

“肖恩，我有时候真觉得你好像有一种神奇的力量。”有一天，珍妮突然说道，“我突然想起来那次我们一起去参加安的毕业典礼的路上，你说过安会有三个孩子，我当时以为你是在开玩笑。”

“只是巧合罢了，珍妮。”肖恩挥挥手，他快七十岁了，已经是一个老人，时光毫不留情地在他脸上刻下了沧桑的痕迹，他的头发也几乎白了，“也许真的是命运。”

此时，他们正沿着休顿湖散步，麦克斯在他们周围撒着欢。时间的力量已经在他们身上留下了痕迹，肖恩清楚地感觉到生命的活力正在这具肉体里消退。珍妮也不再年轻了，她的头发也由曾经的金色变成了浅灰色。十年前，肖恩退休了，和珍妮过上了悠闲的退休生活。安和丈夫经常带着孩子们来看望他们，麦克斯就是安送给他们的。麦克斯是一只纯种德国黑背，异常聪明，能听懂很多命令。有了麦克斯的陪伴，他们的退休生活也变得没那么无聊。

有些时候，肖恩仍然会感到不安，那个不和谐的音符偶尔会跳出来扰乱他的心神，就像一块石头投向平静的水面，激起烦恼的涟漪。

“珍妮，你还记得那场火灾吗？”有一天在吃早餐的时候，肖恩突然问道。

珍妮抬起头，脸上是迷惑的表情，“火灾？什么火灾？”紧接着她回忆了起来，“噢，肖恩，你是说那场把咱们的家当都烧光的大火？当然，我当然记得，要不然咱们也不会从洛杉矶离开。”

“是啊。”肖恩喝了一口咖啡，一股苦涩的熟悉的味道在他嘴里弥漫，他有点恍惚，好像在某个地方喝过更苦的咖啡，但他不记得了，“你还记得，珍妮，我很高兴你们都平安。”

“当然，肖恩，幸亏你提前发现了，我记得你临时取消了去圣地亚哥的出差，真是幸运，如果你真的出差了……”珍妮脸上闪过一丝恐惧，“谁知道呢，为什么会突然想到这个？那是四十年前的事情了。”

“已经四十年了，”肖恩发出一声轻轻的叹息，“已经这么久了。”

“是啊，那时候安才四岁，现在威廉姆都要上大学了。”

“珍妮，我想知道，这些年，我……”肖恩突然有一些紧张，“我是说，我……怎么样？”

“什么？”珍妮不太明白肖恩的意思。

“我是说，我做的一切，有没有让你们失望过？我是不是一个好丈夫，一个好父亲……”不知道为什么，肖恩突然觉得这个问题的答案很重要，甚至比所有的一切都重要。

珍妮笑了，她轻轻地握住肖恩的手，尽管这双手已经布满皱纹和老人斑，但依然温暖，“亲爱的，你做得很好，我度过了幸福的一生，你是一个好丈夫，也是一个好父亲、好外祖父。”

肖恩的眼眶湿润了，几滴浑浊的泪珠滴落在草地上。他不知道为什么流泪，但他控制不住自己，一股巨大的悲伤如同潮水般把他淹没。

“谢谢你，珍妮。”肖恩哽咽着说，“这样就好，这样就好了。”

尽管不知道为什么丈夫如此失态，珍妮还是能感受到丈夫的悲伤，她是个聪慧的女人，所以她没有再出声问什么，只是紧紧地握着丈夫的双手，默默地陪他坐着。

阿努比斯

埃及，卢克索。

宽阔的尼罗河蜿蜒着从卢克索城中央穿过，生者之城与死者之城隔河相望，巍峨的卢克索神庙和卡尔纳克神庙和往常一样迎来了来自世界各地的游客。很多游客刚刚游览了帝王谷，他们在画着星空和古埃及诸神的墓室穹顶下啧啧称叹，在图坦卡蒙的墓室里流连忘返。

卢克索神庙入口处的右边，一座由红色花岗岩制造的高达23米的方尖碑直刺苍穹，一个导游正喋喋不休地向伸直了脖子的游客们介绍着，如果想看这座方尖碑的孪生兄弟，人们只能去巴黎的协和广场，那座方尖碑是170年前埃及政府赠送给法国的。这两座方尖碑是为了称颂古埃及时代最伟大的法老王之一——拉美西斯二世而建造的，而这位伟大的国王现在正躺在埃及的国家博物馆供人参观，门票是额外收取的，只要100埃及镑。说到这里，如果游客们去了开罗博物馆，请一定要参观另外一件镇馆之宝——图坦卡蒙的黄金面具，阿伽门农的黄金面具是假的，图坦卡蒙的黄金面具可是如假包换。当然，在参观的时候请千万不要触摸面具的胡子。

一个年轻的白人男子站在方尖碑下，他似乎对导游的喋喋不休意兴阑珊。男子伸出手抚摸着方尖碑巨大的基座，仿佛在感受来自远古的沧桑。远处站着的提着AK-47的保安早已对这种游客司空见惯，他并未阻止男子的举动，果然，那个男子很快就失去了兴趣，他离开了方尖碑。

男子沿着斯芬克斯神道向远方的卡尔纳克神庙走去。神道的两旁静静地矗立着数百座狮身羊头神像，历经五千年时光的侵蚀，很多神像早已面目模糊，在烈日照射下泛着奇异的金色光芒。

很快，男子就来到了卡尔纳克神庙入口。巨大的卡尔纳克神庙在他面前铺展开来，这里是这个世界上最宏大壮观的神庙群，占地超过半个曼哈顿城区。根据记载，卡尔纳克神庙群始建于十七王朝，最中心的是保存最完整也是最古老的阿蒙神庙。他径直向里面走去，破损的雕像静静地矗立着，无数呆滞的双眼静静地望着他。

已经接近黄昏，越走进神庙深处，游客也越稀少。虽然太阳还悬在地平线上，但阳光已经无法照射进神庙深处。他来到阿蒙神殿，穿过庄严的石柱丛林，每一个石柱都如巨人般巍然耸立，渴望永恒的法老们驱使他们的子民为众神建造了这些壮观的神殿，但众神却从未到来。

男子走到一个巨大的方尖碑前，碑上的铭文依然清晰可见。他停住脚步，抬起头看着那些历经沧桑的象形文字，轻声念道："阿蒙，两片土地王座之主——他让我统治黑土地和红土地，作为一种奖赏，在整个土地上没有人反对我。所有异国他族都是我的臣民，他将天的边际作为我的疆界，太阳环绕的一切都为我劳作。他将这一切给予他亲生的人，他知道我将为他统治这一切。我确实是他的女儿，我服侍他，知道他所有的意旨。我从我父亲那里得到的赏赐就是生命、永恒和统治，在万物的荷鲁斯王座上，像拉神一样长久。"

最后一丝阳光掠过方尖碑的顶端，大地的影子如潮水一般将神殿群淹没，游客的声音渐渐远去，一切都沉浸在寂静之中。石柱和残墙背后的阴影在晦暝的暮色中如黑暗中的野兽伺机而动，从沙漠吹来的风肆无忌惮地穿过废墟，吹乱了男子的头发。

在他头顶的苍穹之上，拉神已经走在前往冥界的路上，走到了人间与冥界的边缘，在原初之水的暗涌潮汐中徘徊不前。

"荷鲁斯，"一个男人的声音从男子身后的阴影里传来，"是你？"

被称为荷鲁斯的男子的目光依然停留在铭文上，他似乎早就知道有人隐藏在黑影中，但他没有转过他的身体，"是我，阿努比斯。"

火光照亮了神殿，荷鲁斯站在巨石铺就的广场之上，残垣断壁消失了，巍峨的神殿和庄严肃穆的神像环绕着他，天空中显示出奇异的色彩，风声也停止了。隼头人身的荷鲁斯侧耳聆听，他能够听到一百千米以外落叶的声音，但此刻，只有广场四周火把燃烧的噼啪声。

“这是怎么回事？”阿努比斯惊奇地问道，“荷鲁斯，你怎么会来到这里？”

荷鲁斯转身面向阿努比斯，狼头人身的阿努比斯赤裸着上身站在一座法老的雕像下面，那座雕像是如此的高大，以至于阿努比斯的头颅才与法老的脚趾平齐。虽然从他的狼头上看不到任何表情，但荷鲁斯依然能够看到他碧绿色的眼睛里闪动着迷茫和困惑。

“原初之水开始搅动，时间已经快到终点，我们的时间到了，阿努比斯，我的兄弟，我们该走了。”荷鲁斯说道。

阿努比斯沉默了，他似乎在努力回想，但依旧保持着神灵的威严。荷鲁斯静静地等待着，过了好一会儿，阿努比斯才回答道：“去北方？”

荷鲁斯摇摇头：“看来你已经听说了北方冰原正在发生的事情，但那不是你应该去的地方，你不会有机会去北方了。”

阿努比斯的眼神变得冷峻，“你是说那些魔鬼？他们不足为惧，我们是神灵。”

“我们是神灵，”荷鲁斯又发出一阵低沉的笑声，“当然，当然，但是我说过了，你不会有机会去北方了，要不了多久，魔鬼就会来到这里杀死你，”他毫不留情地说，“不仅如此，他们还会杀死贝斯特、赛特、伊西丝和索贝克……他们甚至杀死了阿蒙，埃及诸神会有一大半死在最终战役之前。阿努比斯，众神的时代即将结束，他们不是那些你熟知的魔鬼小崽子，他们是阿佩普（传说中的埃及邪神）的化身，他们是阿米特（传说中的埃及恶魔）的子孙。”

“小心你的言语，荷鲁斯！”阿努比斯仿佛被激怒了，“你在诅咒埃及诸神吗？”

“这不是诅咒，我的兄弟，这是即将到来的现实。”荷鲁斯冷笑道，“我很快就将向你证明这一点，当散落在大地上的神灵们终于意识到魔鬼的可怕之后，各大神系残存的神灵聚集起来与恶魔进行了决定性的战争，从此，神灵消失在人世间，恶魔将统治这个世界，人类不再相信我们的存在，他们认为古籍记载的神话时代只是远古祖先的臆想和胡言乱语。”

“这就是你看到的未来?”

“不,这不是未来,这是已经发生过的事情,阿努比斯,当埃及诸神遭受屠戮的时候,我正在北方和那里的神灵并肩作战,我根本不可能有时间返回埃及,你看到的不是这个时代的我,我来自遥远的未来。”

“我们怎么会失败?我不相信。”

“这是事实。”荷鲁斯说,但他的声音里却没有一丝沮丧,“我的兄弟,在那场战争中,我们失败了,有人背叛了我们,当我们反抗他的时候,他对我们施加了诅咒,让我们一族变为兽首人身的怪物。”

“你在撒谎。”阿努比斯冷冷地说,“我们生来就是兽首人身,而你却说我们是在众神之战之后才被诅咒。”

荷鲁斯发出低沉的笑声:“这就是海拉的恐怖之处,她的诅咒不仅能够影响未来,甚至能改变过去,从她施加诅咒的那一刻起,我们存在的过去就已被改变,阿努比斯,你存在于已经被改变的过去。”

“证据,我需要证据。”阿努比斯不为所动。

“当然,我的兄弟,”荷鲁斯说,“你的死而复生就是最好的证明。原初之水给予我全新的力量,我逆着时间之河来到这个众神尚未被遗忘的时代,我也会将你带回到那个时代,死去的只是你的肉体,你的阿赫从未真正消亡,此时此刻,我把你从冥界召唤回来,赐予你新的肉体,但你要付出代价,否则你会重回冥界。”

“代价?”

“拯救你自己。”

阿努比斯放声大笑,“荷鲁斯,这就是你的野心吗?离开这里,离开我的神殿,你不属于这里。”

“我知道你不会相信我的,那么,看看你的周围吧,阿努比斯。”

广场周围的火把熄灭了,夜空中出现了繁星,但似乎比平时要暗淡,整个星空仿佛蒙上了一层淡黄色的轻纱。阿努比斯惊奇地发现宏伟的雕像变得残缺不全,四周的神殿也变成废墟,甚至地面上也滚落着巨大的石块。五千年的时光洪流轧过了巨石建造的神殿,将一切都变为废墟。

“这是……”阿努比斯浑身颤抖着,他看着周围废墟中的阴影。

“欢迎来到二十一世纪，冥界的审判者，防腐者之神，心脏称量者，我的兄弟，阿努比斯。”荷鲁斯庄严地宣告。

死　亡

肖恩的生命已经走到了尽头。

他的身体已经衰老不堪，就像一台运行了多年的机器，每一个零件都发出了即将报废的警报。

肖恩躺在一张病床上，他坚持不再接受无效的治疗，他不想让亲属们看到他浑身插满管子的样子，他希望有尊严地死去。房间里摆放着一篮新鲜的雏菊，散发着温馨的清香。

今天早些时候，安和威廉姆来看望了他。现在已接近黄昏，太阳已经快从地平线上消失，只有珍妮陪着他。

“珍妮，麦克斯呢？”肖恩问道，“把它自己扔在家里太不公平了。”

“麦克斯是谁？”珍妮问道。

肖恩艰难地瞥了她一眼，珍妮脸上疑惑的表情不像是开玩笑。

“珍妮，这不好笑。”肖恩有些烦躁，“麦克斯，你知道的。”

“亲爱的。”珍妮担忧地看着他，“我没有在开玩笑，我真的不认识什么麦克斯。”

“不要开玩笑了，珍妮，我不喜欢你现在的样子，你怎么可能忘记麦克斯！麦克斯刚睁眼睛的时候就来到咱们家了。”

“你说的麦克斯是条狗？”珍妮脸上的表情更疑惑了，“可是我们从来没有养过狗——我对狗毛过敏，你知道的，肖恩。”

肖恩烦躁地闭上眼睛，努力梳理着自己的记忆，不对！珍妮的确对狗毛过敏，这点是没错的，所以他们根本不可能养狗，珍妮说得对。但是麦克斯，肖恩分明记得麦克斯是安和她的丈夫送给他们的，在他刚退休的时候，二十年前——是的，麦克斯已经在他们家生活了二十年，每次去湖滨野餐，麦克斯都会在草坪上玩飞盘游戏。到底发生了什么？难道是自己的记忆出现了问题？

“麦克斯是安送给我们的，你忘记了？在我退休那年……”

“二十年前？”珍妮怜悯地看着肖恩。她的丈夫已经开始神志错乱了，珍妮感到一阵悲伤袭来，肖恩就要死了，她强忍着自己的泪水，“可是，肖恩，没有狗能活二十年……我们没养过狗，肖恩。”

有什么地方不对劲，每一件事情都是那么确定，但又那么模糊、自相矛盾。到底是谁出了问题，是他还是珍妮？珍妮说得对，没有狗能活二十年那么久，但是肖恩确信自己的记忆没有问题，麦克斯是一条纯种的德国黑背犬，它刚来到这个家的时候还是一条刚睁开眼没多久的小狗，走路都还颤颤巍巍的。但是很快它就长大了，高大威猛，背上的毛发光滑黝黑，它很快就成了不可或缺的家庭成员。它很聪明，一双尖尖的耳朵时刻警惕地耸立着，它很懂规矩，知道什么时候不该吠叫，也懂得不让陌生人轻易进入家门。

而且，麦克斯还是一个接飞盘的好手。

但是珍妮对任何狗毛都过敏，这也是真的。肖恩想不起来他们是怎么处理珍妮对麦克斯的毛过敏这个问题的。两种交错的记忆在肖恩的脑海里冲撞，让他痛苦难当。

珍妮担忧地把手放到肖恩的身上轻轻拍打着，就像对待一个婴儿，“肖恩，亲爱的，你怎么了？发生什么事了？你还好吗？”

肖恩抬起头望向珍妮，珍妮今年已经七十岁了，但他一直觉得珍妮还是那么美丽动人，岁月几乎没有在她脸上留下风霜，她脸上的皮肤还是那么细腻光滑，就好像他第一次见到她的时候。她根本不像一个七十岁的老人。安！肖恩突然发现，自己突然想不起安现在的样子了，他只记得安小的时候的模样，他发现自己的记忆变得混乱不堪。

“珍妮，我不知道发生了什么，”肖恩痛苦地闭上眼睛，“我感觉一切都不对劲。”

该死的，也许是太老了，以至于他的记忆已经出现了混乱，肖恩想，也许麦克斯真的没有存在过，一切都是他的幻想。可是那些逼真的记忆画面却一幕一幕地从他眼前掠过，他又是那么肯定麦克斯一定存在过，而且当他被抬上救护车离开家的时候，他分明还看到麦克斯蹲在门口轻轻地摇着尾巴。

有人说，当人临死的时候大脑会丧失对记忆的次序标记，以至于产生时间上的混乱感。肖恩悲哀地想，也许自己真的快要死了。但是在他内心深处，他又觉得自己不该死，好像还有什么重要的事情没有去做。

肖恩痛苦地闭上眼睛。

笃笃笃，有人敲打车窗。肖恩睁开眼睛向右看去，车窗外站着一个男人，四周是一片旷野。他发现自己一个人坐在车里，珍妮不见了。

这是……肖恩惊奇地发现自己并没有躺在医院的病床上奄奄一息，他感觉自己的身体状况非常好。事实上，他看到自己的双手不再满布干树皮一样的皱纹和老人斑，他的双手现在很光滑，青色的血管健康地凸起——这是一双年轻人的手。

他正坐在一辆汽车里，双手还紧握着方向盘。车子正停在一条公路边，周围都是荒凉的旷野，点缀着灌木丛和仙人掌。太阳又重新跃入了高空，现在是中午时分，阳光灿烂。

“这是哪里？你是谁？”肖恩听见自己的声音不再苍老干涩，这是年轻的肖恩的声音，充满磁性和生命的气息。

“肖恩，我是皮埃尔，你还记得我吗？”男人开口说道，他操着一口纯正的美式英语，没有任何口音，“肖恩，我监测到你的大脑很不稳定，你必须醒来了。”

醒来？肖恩疑惑地看着这个自称皮埃尔的男人，“你是谁？我不认识你，珍妮呢？”他慌乱起来，紧接着一股怒气腾起，“珍妮去哪里了？你把珍妮弄到哪里去了？”

“肖恩，”皮埃尔冷静地说，他的声音遥远而真实，“这不是真实的，你陷入了一场幻境，但你的大脑已经无法支撑这个幻境了，你的记忆开始陷入混乱，我不得不阻止你，你现在处于很危险的地步。肖恩，你走得太远了。”

“我不明白你在说什么。”肖恩急促地说，“珍妮去哪里了？我们要去参加安的毕业典礼，今晚我们就要赶到帕罗奥多。”

是的，肖恩突然记起来了，他们正在赶往参加安的毕业典礼的路上。那个遥远的中午，他们在一间路边餐厅吃完饭，然后继续驱车前行。可是这是怎么回事？肖恩一方面记得他们明明已经参加了安的毕业典礼，一方面又明确地知道他们正在去参加毕业典礼的路上。可是他不是正躺在医院的病床上吗？难道时间倒流回了安的毕业典礼前夕？

路边餐厅……陌生的男人……肖恩仔细端详着男人的脸，是的，他想起来了，这个男人就是那天让他感到非常不安又突然消失的人。

“是你，你一直在跟踪我，你是谁？这到底是怎么回事？我怎么会在这里？我明明正躺在病床上……不，我们正要去参加安的毕业典礼，我们……”

“你快死了，肖恩。”皮埃尔打断他。

“该死的，我他妈的当然知道我快死了……那么现在又是怎么回事？为什么我又记得我们正在去参加安的毕业典礼的路上……”

“我说的是真的，肖恩，如果我再不阻止你，你就真的要死了。”皮埃尔说，“肖恩，这个世界不是真实存在的，你该醒来了，实验快结束了，你还有事情要做。”

“实验？什么实验？我不明白你在说什么。”肖恩顽固地抵抗着。

“想想吧，肖恩，为什么你会有奇怪的预知能力？那是因为这个世界都是你想象出来的，你当然能知道未来会发生什么，是你亲手设计了未来。还有你的父亲，你怨恨你父亲抛弃你和你的母亲，但幼儿时期的记忆又让你对你的父亲有依赖，所以你编织了一个完美的结局，你找到了你的父亲或者说你的父亲找到了你，你找回了缺失的父爱。还有你的事业，你得到了梦寐以求的事业，你想要一间湖滨别墅，你得到了你想要的一切，你不觉得一切都非常顺利吗？因为这一切都是你设计出来的。”

“不，你说谎！珍妮和安，我们一直在一起生活，我不会记错的。”

皮埃尔的脸上第一次出现了一抹悲哀，“肖恩，她们早就死了，在现实世界，死于那场火灾，你根本没有救回她们，你一直在责怪自己那天为什么不在家中，所以你幻想着自己取消了出差，然后从火灾中救了珍妮和安。珍妮为什么一直没有衰老？安为什么能够成长成你心中的样子？肖恩，你早就觉察到了，但你拒绝从幻境中醒来。”

“不——”肖恩发出一声尖叫，他猛击着面前的方向盘，“你撒谎！这不是真的！”

“你必须冷静，肖恩，你还记得威廉姆、埃克斯和艾米丽，也许还有凯恩，我们正在给你做第二次唤醒实验，你选择了你想得到而永远无法得到的东西，你想救回珍妮和安，你想过你想要的人生，从某种意义上讲，你成功了。但你沉迷太久，以至于你封锁了任何不利的记忆，但是你的大脑已经快支撑不住了，你已经在这个幻境中生活了四十年，你创造了太多的记忆，现在这些记忆开始冲突和溢出，所以你会有不安和烦躁，会有记忆缺失和时间感的混乱，肖恩，你正在失控，所以我不得不阻止你。”

无数的记忆洪流冲进肖恩的脑海，他已经摇摇欲坠，也许皮埃尔对他做了什么，解封了他深层的记忆，他终于想起来了，他正在第二场唤醒实验之中，他的大脑正与皮埃尔连接在一起。

“肖恩，跟我走吧，让我们一起离开这里，重新回到你的年轻时代，你已经度过了你想要的一生，你已经比绝大多数人要幸运了。”

“真实的……”肖恩喃喃地重复道，魔鬼终于撞碎了囚笼，阴影淹没了整个世界，冰冷遥远的真实记忆重新统治了肖恩的心灵，他想起来了，“是的，我所有的经历，我的一生，我都完整地经历了，我纠正了错误，珍妮和安都活了下来……我们一起度过了那么多日日夜夜，所有的一切，所有美好的记忆……”

“是的，肖恩，对你来说，这一切都是真实的，你成功了，但不能继续下去，如果你真的在这里死去，你的大脑会认为你的身体真的死了，它会让你真正的身体死亡，而我不能让这一切发生。”

“缸中之脑，”肖恩自言自语，“我就像一个缸中之脑，我所有的感觉都来自直接作用于大脑上和五感相连接的不同部位的电脉冲信号，它们让我绕过了所有的肢体感官，欺骗了我的大脑。可是这种电脉冲信号完美地模拟了真实经历，我经历的这一生，究竟是真实的还是虚假的？谁又有资格来定义真实和虚假？”肖恩的语速越来越快，直到最后他发出了凄厉的笑声。

“这一切都该结束了。”皮埃尔说，同时它调整了电脉冲信号的强度，安抚着肖恩的大脑，它的话语有一种奇异的魔力，在肖恩耳边回响，“我们离开这里吧。”

渐渐地，笑声停止了，肖恩逐渐安静下来，眼神逐渐变得清澈。

眼前的景象如雨中的油画般失去了色彩，渐渐退入迷雾。肖恩的眼前一片黑暗，他的耳朵也听不到任何声音，那是绝对的寂静，他也感知不到自己的身体，他短暂地丧失了视觉、听觉、味觉、嗅觉和触觉。

但他的意识还在，他感觉自己仿佛飘荡在绝对黑暗的虚空之中。没有时间，没有空间，没有任何参照，只有思维的流动，时间已经失去意义，仿佛弹指一刹那，又仿佛瞬息就过了亿万年。

尘世的景象重新浮现，肖恩看到皮埃尔正坐在一个蒲团上微笑着看着自己。还是那个大殿，庄严的佛像依然含笑看着他们，还是那个亘古不变的黄昏。

“欢迎回来，我的朋友，只有让该结束的结束，该开始的才会开始。”皮埃尔说。

“让你久等了，皮埃尔。”肖恩又闻到了淡淡的檀香味，一如以往。肖恩想起了沈晓琪的警告，不要迷失自己，但他不得不承认，自己的确迷失在了那场他亲手制造的幻境之中。但是他现在的感觉似乎已经有所不同了，他感觉到有一些一直牵绊他的东西永远留在了那个已经逝去的世界。正如皮埃尔所说，只有让该结束的结束，该开始的才会开始。

皮埃尔微微一笑，“不必心存歉疚，肖恩先生，对我来说，你刚刚离开。”

“刚刚？”肖恩也轻轻地笑了，他的眼眶有些湿润，“可是对我来说，我刚才已经经历了一遍人生，我看着女儿长大、结婚、生子，然后自己老去……”

“那是你想要的人生，对吗？你曾经想要却不可得的人生。”

“是的。”肖恩点头承认，他感觉以前的那个自己正在复苏，更多远古的记忆正在苏醒，如黑暗中窃窃私语的小兽，“这是非常完美的经历，我得到了此生我想要的一切，那是我梦寐以求的完美的人生。”

“你经历的一切都化成了真实的记忆。肖恩，从技术上讲，你经历的人生并不是虚假的。真实和虚幻，是客观的定义，你的自我意识才是评判的主体。”

“这是来自哪本书里的话？”

皮埃尔笑了：“很多书里都提到了这个思想，包括数千年前的古人。肖恩，不要太执着于这段人生是真实还是虚幻，重要的不是结果，而是过程，那个世界是真实存在的，如果你愿意——”皮埃尔轻轻做了一个手势。

场景又变幻了，肖恩回到了他的病房，他看到躺在病床上的那具干瘦的躯壳，医生们正在紧张地急救，床头上的生命监测仪已经显示直线。片刻之后，医生们放弃了努力，他们默默地注视着肖恩的尸体，仿佛在为这位刚刚逝去的死者默哀。一名护士用白布盖住了肖恩的脸。

珍妮和安冲了进来，她们紧紧相拥着泪流满面。

“如果你愿意，你还可以看见你的葬礼，你想继续看下去吗？”皮埃尔的声音在肖恩身边响起。

肖恩这才注意到皮埃尔正站在他身边，和他一起面对着白床单下死去的那个老肖恩。这真是一种奇异的感觉，目睹着自己的死亡，所有的一切都是那么真实，皮埃尔就像一个使者来接引肖恩的灵魂前往天国。

皮埃尔把肖恩的沉默看作是默认，于是场景再次变化，这一次他们站在一个墓穴前，一副黑色的棺材已经摆放进了墓穴，身穿黑色衣服的人群正沉默地听着一个牧师的祷告。

“静静流逝的所有一切，这个世界没有终结。安息吧，我们的朋友，你的灵魂，将会延续。你的诞生与你的生存只是为了传递那希望的诗篇，直至永远，将此泪水献给你，这是崭新的爱语，我们将感谢你给予我们的梦想与幸福的日子。在这个地方与你初次相逢，直至永远。我走过那片阴暗的草坪……我不会感到恐惧，因为死者的灵魂与我们同在……”

肖恩看到安正搀扶着珍妮，她的丈夫带着三个孩子站在她们身边，每一个孩子的胸前都别着一朵小白花。肖恩扫过人群，他看到他的老朋友、老邻居和老同事们几乎都来了。

当牧师念完悼词，合上《圣经》，第一锹泥土覆盖上棺材板的时候，肖恩最后看了一眼珍妮、安和她的孩子们，轻轻地说：“够了，我们离开这里吧。”

“好。”皮埃尔简单地说，下一刻他们又回到了大殿。

“她们，是真实的吗？”肖恩沉默了片刻，才问道。

“如果你愿意，你可以继续旁观她们的人生，珍妮将于三年后死去，安将于……”

“不，”肖恩打断皮埃尔，“足够了。”

“如你所愿。”皮埃尔说。

“外面过去了多久？”

“四十四分钟三十二秒，其中你在幻境中沉迷的时间比较久，花了四十三分钟二十一秒。”

四十三分钟二十一秒，这就是他一生的时间。“我们还有时间吗？”

“当然，你还有时间。”

肖恩第二次从蒲团上站起身，他向皮埃尔点头致意，尽管他知道皮埃尔从本质上讲只是一堆程序编码和数字幽灵，但现在的皮埃尔看起来比他见过的任何一个人都要真实。

“谢谢你，皮埃尔，如果不是你及时出现，我就真的迷失在那个世界了。”

“我本不应该监控你的活动，但你走得太远，我的设定让我不能漠视你的生命，所以我必须阻止你。”

不知道是不是错觉，肖恩从皮埃尔的声音中感觉到一丝歉意。

“我不能直接走到你的生命终点去唤醒你，那个时刻，你的大脑已经快要崩溃，所以我选择了你和珍妮前往安的毕业典礼的时刻去唤醒。”

“你可以选择进入任何时间点？”理性思维又回到了肖恩的大脑。

“是的，我说过，我不能感知时间。”

“等等，”肖恩来回踱着步子，“也就是说，对你来说，我经历的半个世纪的生活只是一排摆放在书架上的书，你可以随意翻开其中任何一本，对吗？”

“很恰当的比喻，但是每本书都是由无数的0和1写成。”

“不对，即使这样，但还是违反了因果律。”肖恩努力地寻找着其中的逻辑漏洞，“第一本书和最后一本书并不是同时写成的，只有当最后一本书写完摆上书架，这个书架才完整。但是已经写完的书是已经发生的过去，而过去的历史已经不可更改，所以你只能翻阅，但不能修改它们。而你进入了我和珍妮前往安的毕业典礼的时间点，你从那里把我拉出来，所以从因果律上讲，后面的一切都不会再发生，但我的记忆里却不是这样。”

“后面的一切都发生了，肖恩，我说过，我不能衡量时间，所以我理解不了你的问题。但我可以告诉你的是，任何一本书的改变所产生的扰动都会向所有的书传递。而且，这并不是真实世界，不要以真实世界为蓝本来衡量这个世界。”

肖恩沉思了片刻，皮埃尔并没有解释清楚，它只是一个程序。尽管它已经几乎无限逼近人类，以至于肖恩经常会不知不觉将它看作是一个有灵魂有意识的人，但它只是一个人工智能，并不能解答所有的问题。但也许皮埃尔说得对，这并不是真实世界，物理规则和时空定律也与真实世界完全不同，他的确不应该以真实世界的标准来评判这个世界，他太苛刻了。

肖恩强行把疑惑压了下去，他接下来要做一件更重要的事情。

“好的，皮埃尔，”肖恩说，“我要走了，我想我找到那条路了。”

“祝你一切顺利，肖恩！”

地狱之门

一支由三辆车组成的车队正在向卡兰迪方向前进，位于队首的是一辆普通的黑色福特，中间是一辆七座防弹奔驰，最后面是一辆运送辎重的丰田皮卡。车队已经行进了一整晚，此时天光乍现，黎明前最深沉的黑暗刚刚过去，天空中铺满了低沉的乌云，仿佛压向地面的铅板，整个世界一片晦暝之色。

通往卡兰迪小镇的路已经无法自由前行，国民警卫队封锁了所有进出小镇的路，但凭借特别调查局的证件，车队顺利地接近了小镇的边缘，前方是最后一道关卡。

一路上几乎没有遇到其他车辆，越接近卡兰迪，天气也变得越寒冷。威廉姆从车窗向外望去，树木的叶子已经掉光了，青草和灌木也已经发黄枯萎。马修斯第一个发现了这种情况，他指着窗外让其他三个人看，威廉姆惊奇地发现夏天从这片土地上消失了，而且越接近卡兰迪，气温就变得越低。看不到任何动物，目光所及之处，一片肃杀，仿佛小镇的恶魔领域已经影响到了周围数百千米的区域，所有的生命都远离了这片区域。在距离卡兰迪大约60千米的时候，他们发现天空中出现了遮天蔽日的鸟群纷纷向远离卡兰迪的方向飞去，而现在，天空中再也没有一只飞鸟，没有动物的喧闹，一切都沉浸在死寂中，只有寒冷的风声扫过荒凉的大地。威廉姆从未见过这样的恶魔领域，仿佛死神的斗篷覆盖了这个世界。

威廉姆有些疲倦，他靠在椅背上，微微合上眼睛。

他是昨天晚上得知卡兰迪出现异常现象的。从议长那里归来之后，还没来得及休息，威廉姆就得到了一个新的紧急消息：继约旦航空之后，又有两架航班莫名失踪了，一架是属于阿联酋航空的波音747，从迪拜起飞，飞往澳大利亚墨尔本，在起飞大约四个小时后在印度洋上空失去了信号。第二架是非洲联盟航空的空客A380，从利比亚首都的黎波里起飞，飞往土耳其伊斯坦布尔，起飞大约一个小时后失去了信号。

目前这两架航班失踪的消息还没有传播开来，但相信敏锐的媒体已经嗅到了风声，威廉姆已经可以想象，明天全球各大媒体头条会用什么惊世骇俗的标题来大幅报道史无前例的两架满载乘客的航班在同一天同时消失的爆炸性消息了。

威廉姆很快就拿到了所有的飞机乘客和机组成员名单，他要求收集所有乘客从出生到登机时的所有信息。在过去的几天里，威廉姆已经查阅了RJ-23航班所有乘客和机组成员名单和信息。如果飞机上有守护者，威廉姆自信能够从他们的履历中将其鉴别出来，但直到现在还毫无头绪。威廉姆又有了一个新的推测，也许是恶魔之间的内战导致了飞机坠落，就像巴比伦之战中发生的那样。在自相残杀这一点上，恶魔倒是和人类颇有相似之处。当年众神之战后，并不是所有的恶魔都被消灭了，事实上，从后来的猎杀情况看，死在众神之战中的高级恶魔虽然较多，但被消灭的恶魔很可能只是世间恶魔的一小部分，大多数恶魔依然隐匿。它们并没有从历史中吸取教训联合起来一起对付守护者，而是爆发了一场漫长血腥的内战。恶魔的内战在巴比伦之战到达了顶峰，具有讽刺意味的是，死于巴比伦之战的恶魔数量大概超过了死于众神之战的恶魔数量。在后来的时光里，恶魔的内战依然没有结束。

如果是恶魔之间的战争导致的飞机坠落，那么威廉姆相信，这种事情还会再次发生，只是他不知道为什么在约旦航空现场没有发现任何恶魔的踪迹。这是一个极度危险的信号，难道恶魔们已经学会了更加高级的隐匿技巧？在过去的数千年里，恶魔们在战争中不断地进步，而守护者却似乎愈加衰弱。一想到这里，威廉姆的心情就更加沉重。又是一夜未眠，天色微明之际，一名特工送来一个牛皮纸档案袋。

“先生，我想你需要看看这个。”

威廉姆揉揉太阳穴，打开档案袋取出一份案卷，案卷封面上的字母“S”异常刺眼。

“S级？！”威廉姆顿时清醒了。

“是的，”特工语气沉重地说，“先生，我知道我们从未遇到过S级事件，但这个事件恐怕已经不能用A级来定义。”

威廉姆知道这句话的分量，即使是A级事件也很少遇到，A级事件往往意味着恶魔被直接目击，并且造成了恶劣的社会影响。大部分事件都是B级以下——出现了受害者以及恶魔出没的迹象，即使是埃克斯事件，也仅仅被定性为A级。事实上，自从SIB成立以来，威廉姆从未遇到过S级事件，对S级事件的描述只有一种，恶魔们再次挑起全面战争，但没有人相信S级事件会真正出现。威廉姆收回思绪，打开案卷仔细阅读，不久之后，震惊之下，他并没有发现自己的双手在微微颤抖。

“这是什么时候发生的？”威廉姆下意识地问。

“四个小时前。”特工说，“最早的目击记录是凌晨三点十五分，所以我们不知道最准确的时间，现在卡兰迪小镇已经失去了和外界的所有联系。”

“有多少人知道这件事情？”

“国民警卫队已经封锁了通向卡兰迪的公路，对外界公布的消息是军事演习，但瞒不了太久的，现在全美的记者可能都在涌向卡兰迪。”

威廉姆面色凝重，他又重新翻开案卷，仔细地读了一遍。案卷里的照片很清晰，其中一张照片是在通往卡兰迪的公路上拍的，他在几天前曾经经过这里。从拍摄者站立的地方原本能看到卡兰迪小镇的全貌，但是照片里却是一片无法辨认的混沌，就像笼罩着一片灰雾。

一片巨大的恶魔领域笼罩着整个小镇。卡兰迪，威廉姆在心里叹息着这个熟悉的名字，看来，之前小镇出现的各种异常现象就是一个征兆，该死的，这些恶魔到底在干什么！议长又一次未卜先知，果然是卡兰迪，黑暗君主提前动手了，那个巨大的领域，难道就是一个地狱之门吗？

“我们要立即去卡兰迪，”威廉姆放下案卷，简短地说，“请立即通知马修斯、泰勒和菲利普，我需要他们。”

车子停了下来，威廉姆睁开了眼睛，他们已经抵达最后一个关卡。

关卡的国民警卫队士兵们衣着单薄，他们显然没有想到卡兰迪会提前进入寒冬，威廉姆相信这些士兵可能对发生了什么一无所知。

几个全副武装的士兵站在路障后面，一个临时搭起的棚子上盖着绿色的伪装布，讽刺的是这抹绿色是眼前这片大地上唯一的绿色了。一辆艾布拉姆斯藏在一堆麻袋构筑的掩体后面，高昂的炮管无精打采地注视着远方。

士兵们早就看到了车队，一个上士从掩体后方走了出来，他的头上戴着一顶沙漠钢盔，上身是一件夏季作训服，裤子却是一条沙漠迷彩裤，看起来有些不伦不类。上士手里提着一把冲锋枪，看起来并不是国民警卫队的装备，他警惕地看着威廉姆一行，“你们的证件，先生们。”

威廉姆递上所有人的证件，上士接过去扫了一眼，他哈了一口白气，脸颊冻得通红，紧接着他惊奇地扬起眉毛，“特别调查局？”他直接念出声，“我还是第一次听到这个名字，我还以为你们是FBI，要么就是CIA……特别调查局，你们都调查什么？”他好奇地问道。

威廉姆耸耸肩：“一些奇怪的事情。”

“那你们可来对地方了。”上士点点头，递还了证件，“你们可以走了。”他示意士兵们挪开路障，“不过，我想知道，卡兰迪到底发生了什么？”

“这正是我们来到这里的原因，我们也希望知道发生了什么。”

上士的脸色不太好看，“这位先生，我想你已经知道不久前发生的事情了。有传言说，卡兰迪现在已经成为地狱的出口，不久之前，一个二十多年前死掉的人重新出现了，那就是地狱之门打开前的迹象。现在卡兰迪已经没有活人了，看看四周，先生，地狱之门正在收割这片大地的生命，天知道都发生了什么。”

“你们不是还活着吗？”威廉姆摇摇头，“上士，我们会注意安全的，但我不相信是什么地狱之门，不管怎么样，谢谢你的好意。”

上士说：“不管怎么样，我希望你们能活着出来。”

“有多少人进去过？”威廉姆好奇地问道。

上士耸耸肩：“不知道，一整个空降师，还有国民警卫队，FBI的人当然少不了，他们不仅没有回来，似乎连无线电都被切断了，连个鬼信号都没有发出来。”

汽车越过路障继续向卡兰迪前进，士兵们目送着他们远去，他们的前方是一片浓得化不开的灰雾。就在不久之前，一支军队斗志昂扬地挺进了卡兰迪，最终被灰雾吞没，没有一丝信息传出来，似乎那片灰雾不仅吞噬了生命，还吞噬了所有的电磁波。士兵们很快就失去了兴趣，他们懒洋洋地回到掩体后边坐下，裹紧单薄的大衣。罗德里格斯则盯着那台军绿色的电话，希望能尽快得到撤退的命令。该死的！他在心里诅咒着，不会有人从卡兰迪出来了，即使那不是地狱入口，那些人也一定已经被冻僵了，天知道那个该死的小镇都发生了什么事情。

气温越来越低了，车窗上已经出现了冰花，寒风呼啸，难以想象现在正是盛夏。威廉姆看着前方的灰雾越来越近，向两旁延伸出去，形成一道灰色的墙。灰雾和空气似乎有着明显的边界，但那不是一堵真正的墙，威廉姆能看到灰色的雾团在墙的表面翻滚，起伏不定地流动。

“它还在扩大。”坐在副驾驶的马修斯放下手中的望远镜，“我一直在观察它的边界，大约十分钟的时间里，它前进了大约十米。”

“你们有没有见过这种东西？”威廉姆睁开眼睛，问道。

“没有。”坐在后座的泰勒摇摇头，“我见过高山崩塌，见过河水倒流，但从未见过这种东西。”

“会不会是军方的秘密试验？”马修斯说，“然后捅出了什么大娄子，就像切尔诺贝利那样……”

“这是地狱之门。”握着方向盘的菲利普投来一个意味深长的眼神，“我曾经听埃克斯说过，在巴比伦战争中曾经出现过一次。”

“地狱之门？”泰勒皱起眉头。

“黑暗君主要从地狱里召集恶魔，在巴比伦战争里，莫特召唤了忠于自己的恶魔，打败了旧的黑暗君主。”菲利普耸耸肩，“埃克斯是这么说的。”

提到埃克斯，所有人都沉默了。车子在沉默中继续向前行驶，灰雾之墙渐渐接近，已经可以用肉眼很清晰地看到墙的表面上翻滚的雾团。在距离雾墙大约一千米的地方，威廉姆示意停车。

四名守护者矗立在灰墙之下，就像站在一个巨大的怪兽面前的四只蚂蚁。灰雾在墙上翻滚又消失，浓密的雾气让这堵墙看起来犹如实质，并且它正在以肉眼可见的速度缓缓向前推进，巨大的压迫感扑面而来。

“我感受不到任何恶魔的气息。”菲利普皱起眉头，他走到墙边，伸出手触摸着灰雾，他的手从雾墙表面穿过，又缩回，手完好无损，灰雾似乎没有腐蚀性。

威廉姆看向远方，天色很阴沉，一切都笼罩在一层蒙蒙的雾气之中，他阴沉着脸点点头，“我听到了一些传言，曾经被守护者们杀死的恶魔又出现了，有人把他们的灵魂从地狱里拉了回来。如果这真的是一个地狱之门，恐怕会有更多的恶魔从这里出来。”

“那就好办了，”马修斯轻松地说，“我们就不用到处去找他们了。”

“我的兄弟，”威廉姆摇摇头，“那些远古的恶魔可不是现在的这些小虾米，即使我们能消灭他们，你觉得人类文明能够幸存下来？”

听了威廉姆的话，其他人都没有作声。他们当然都知道远古恶魔的强大。众神之战后，曾经有幸存的恶魔试图用洪水来消灭守护者，他引发了无休止的暴雨，滔天的洪水几乎淹没了整个世界的陆地，直到守护者们杀死了他，洪水才退去。还有恶魔曾经移动高山，无数个城邦被液化的大地淹没在地层深处。还有恶魔试图点燃这个世界，火焰在所有可燃烧的物体上凭空出现，甚至无法用水浇灭，直到守护者杀死了他，大火才熄灭。还有恶魔召唤了更多的太阳，试图将世界烤焦，在守护者阻止他之前，这个世界上的人类差点灭绝。

从某种意义上来说，这些恶魔自称神灵也的确没什么错。

战争结束之后，人类开始战战兢兢地重建家园，繁衍生息。恶魔被击败了，但有一些没有被杀死，他们隐匿了起来，潜入人类重建的城邦和国家。人类的记忆更加短暂，他们很快就忘记了那场几乎毁灭他们的战争，只有只言片语流传下来变成传说，传说又变成神话，在每一个传承到现在的民族中都可以找到众神之战的一鳞片爪。

恶魔们一直潜伏在人类之中，他们改变了策略，利用超人的智慧和能力轻易地成为领导者、君主和帝王。他们发动战争，就如众神之战之前一样。不同的是，他们的身份不再是神明，而是凡人的帝王。伟大的城市被摧毁，人民被屠杀。黑暗的时代降临，恶魔们获得了空前的胜利，他们甚至已经不需要挑拨人类，他们污染了人类的心灵。在古代西方，黑暗的中世纪仿佛永远看不到尽头；在古代东方，古老辉煌的文明被蛮族一次次摧毁；在中世纪美洲，嗜血黑暗的阿兹特克文明被恶魔掌控，无数的人类被当作祭品屠杀；在二十世纪初的欧洲，有理由相信，恶魔们煽动了人类的集体疯狂，制造了差点彻底毁灭人类的空前大战。

但光明最终还是到来了，科学的曙光在黑暗中顽强地萌芽，嗜血的阿兹特克帝国轰然倒塌，端着半自动步枪的士兵从登陆艇上涉水涌上奥马哈海滩，装备着炮管的坦克冲进了地狱般的奥斯威辛集中营，前所未有的炸弹在恶魔的巢穴炸响。尽管已经和美国人共事多年，但那些美国人还没真正明白，能够拯救人类的并不是守护者，而是人类自己，能真正战胜恶魔的也不是守护者，也是人类自己。

“我们……”泰勒指指灰墙，“我们一起进去还是找个人先探路？”

“不，我们不进去。”威廉姆否决了他的提议，“我不知道这是不是地狱之门，但这肯定不是什么恶魔领域。我们必须谨慎一些，我必须向议长作出说明。”

“那个中国人？”菲利普轻声吹了个口哨，“威廉姆，你才是我们的头儿。”

“等等。”马修斯向威廉姆投去一个怀疑的眼神，“你是说，那位议长已经知道卡兰迪会出现这个东西？”他指着眼前的灰墙，他们谈话的时间里，灰墙已经又前进了几米，守护者们不得不退到更远的地方，“这个——”

“地狱之门！”菲利普接上了马修斯的话，“奇怪，一个身在中国的守护者怎么会知道美国的小镇上会发生什么。”

“我知道你们不喜欢他，”威廉姆冷冷地说，“但是是他把守护者组织起来，第一次和人类官方达成合作，我们才可以通过人类的信息网和协助猎杀恶魔。你们可以质疑他本人，但我不希望你们像华盛顿那些政客一样评价他。你们并不是美国人，不是吗？”

“好吧，威廉姆，”马修斯举起一只手，“说实在的，我可不想进去，这个地方让我浑身都不舒服。”

“没准儿，恶魔们又要互相开战了，”菲利普开了个玩笑，“那句中国成语怎么说的来着？一只鹤和一只贝壳……”

“鹬蚌相争，渔翁得利。”威廉姆用标准的中文说道，“但不是每个渔翁都得利了，我们走吧。”

菲利普发动了汽车，飞速地远离灰雾之墙。在他们身后，高达200米的灰雾之墙正缓慢而坚定地继续推进。他们一无所获。当他们重新接近那道关卡时，他们发现有什么不对劲。原本守卫在关卡的士兵们消失了，铁质路障依然横亘在道路中央，但是后面空无一人。

菲利普停下车，守护者们下了车向关卡走去。和他们在车上看到的一样，关卡现在空无一人，透过小窗，可以看到岗亭里也空空如也。

“他们撤退了，放弃了这个关卡。”泰勒疑惑地环视四周。

“不，看看这里。”威廉姆指着地上一堆衣服，他在很多报告里见到过这种情况，“他们消失了。”

菲利普弯下腰，掀开堆在地上的衣服，下面是裤子，最底下是一双军用防刺皮靴，皮靴里还有袜子。“你说的没错，”菲利普直起身子，面色阴沉，“这些人好像人间蒸发了。”

“怎么会这样？”泰勒惊奇地瞪圆了眼睛，“你是说他们都消失了？”

威廉姆扫视着检查站，发现至少十二堆衣服，这些军人绝非贪生怕死之辈，他们在没有接到撤退命令之前是不会当逃兵的。他突然想起了发生在内华达州的那个事件，都是相似的失踪现象。

岗亭里也发现了一堆衣物，这个士兵消失的时候显然是坐在椅子上的，他的迷彩上衣杂乱地堆在椅子上，裤子依然保持着原来的形状，软塌塌地垂落在地上的一双靴子上。

在报告上看到和亲眼见到是两码事，威廉姆感到一股寒意慢慢爬上后背。

“有人来了。”菲利普突然喊道。

威廉姆向公路望去，一个身穿迷彩猎装、头戴短檐帽的男人正沿着公路朝他们走来。他的双手自然垂在身体两侧，步伐悠闲，像是在随意散步，但守护者们知道，这个地区早就被封锁了，没有人能穿越前面的检查站来到这里，而且这个男人的装扮似乎也并不是一个军人。远处的云层裂开了一道缝隙，夕阳的残光从男人的背后洒向大地，给男人的轮廓绣上了一道金边，柏油公路在男人脚下闪闪发光，他看起来如同天神一般光彩夺目，仿佛直接从天庭走落凡间。

威廉姆眯起眼睛，当看清楚那个男人的面容时，他心跳如雷，不可能的事情发生了，那是不该出现之人——埃克斯。

海拉归来

肖恩走出大殿，推开朱红色的大门，再次来到大殿前的台阶上。长长的石阶一直朝山下蔓延，直至消失在一片浓雾中。和上次不同，太阳不见了，天空灰蒙蒙的，厚重的云层遮蔽了天空。

肖恩看向天边，他的视线越过水田和山丘，越过地平线的群山，越过时间和空间的阻隔，他看到一座高塔矗立在一座山峰之巅。

是的，从哪里结束，就从哪里开始，皮埃尔说的没错，答案其实一直都在那里。肖恩轻轻地闭上眼睛。他周围的世界凝固了，微风停滞了，河水停止了流动，水田里的水牛也恍如雕像。整个世界瞬间崩塌，化为一片虚无，但新的世界马上出现了，肖恩睁开眼睛，他又站在了那座高塔上。

还是那座高塔，凛冽的寒风吹动着肖恩的衣衫，有一瞬间，他感觉到了寒冷，他心念一动，寒冷的感觉马上就消失无踪了。肖恩重新站在遇到那个女人的平台上，远方的群山依旧冷冷地矗立着，冰冷的雪和冰川覆盖着犬牙交错的峰顶，铅灰色的云层压迫着，仿佛触手可及。

但是那个女人并不在这里，平台上很干净，只有一些碎石和积土，没有血迹，没有尸体。

这里是那座高塔，又不是那座高塔。肖恩明白，这里是他根据上一次幻境中的经历在大脑里制造出来的景象，这里是真正的幻境。

在上次的经历中，这个世界崩溃毁灭了，这些天，肖恩一直在思索，如果那个记忆是真实的，那么怎么解释如此大的灾变？那似乎不是一般的灾变，是某种超自然的灾变。不是地震，不是火山爆发，也不是洪水，似乎整个世界都化为了虚无，以一种难以用语言描述的方式。当那个世界毁灭之时，肖恩也获得了能看到人体表面光晕的能力——毫无疑问，肖恩相信自己是守夜人的一员，但他现在比任何时候都要谨慎。

也许那座高塔确实也是一个幻象，但掺杂了真实的记忆。在那个幻境里，肖恩的某一部分意识和幻象产生了某种共鸣。他强烈地感觉到那个女人对他非常重要，他翻越了数不尽的冰雪山峰，穿过了数不尽的幽冥峡谷，跨过了数不尽的激荡河流来到这座高塔，只为了寻找到她。但还是太迟了，一些人追上了她，杀死了她。

肖恩走到平台边缘，布满褶皱的大地起伏着铺向远方，远处的褶皱变成了山岭和峡谷，重重叠叠。如果这里是真实世界中存在的一个地方，也一定非常不适合人类生存。天气非常寒冷，放眼望去，只有很少的地方点缀着一些暗淡的绿色，那是一些生命力顽强的耐寒灌木丛。

肖恩盘腿坐下，这里曾经是终点，也将成为起点。在这座不知道是否真实存在过的高塔上，肖恩将逆着时间的湍流继续前行。他闭上了眼睛，尽量放空自己的大脑，让意识沉入幽深的心灵之海。他在自己的心灵之海上滑翔，海面起伏不定，不时出现一朵朵浪花，那是他的一个个无法控制的念头，是他的大脑神经瞬息即逝的神经脉冲。

皮埃尔在帮助他，无数纳米游走电极在肖恩的大脑里游动，它们监测着每一个神经节点和重要突触，安抚着它们，抚平着心灵之海的海面。

渐渐地，海面平静下来，浪花不再出现，起伏也消失了，海面变得平滑、幽深。肖恩向海面冲下去，没有激起一丝浪花，他沉了下去，在幽暗晦暝的记忆之海中下沉，直至记忆的源头。

“海拉，你不能这么做。”一个声音在肖恩耳边响起，那是一种陌生的语言，带着古怪的腔调，但肖恩听懂了，他也知道，这句话是对他说的。

海拉睁开眼睛，眼前是一堆燃烧着的篝火，火焰舔舐着大块原木，粗野地燃烧着。篝火的周围，坐着五个人，包括海拉自己。他们每一个都好像是从电影里走出来的野人。他们身上裹着兽皮，参差不齐的卷发散落在他们的肩头，浓密的胡须覆盖了他们的脸，但他们都身体健壮，拥有明亮的眼神。

“海拉，你不能这么做，我们还没有失败。”声音再次响起。海拉循声望去，声音来自一个裹着灰白色兽皮的男人，他正坐在海拉的对面，隔着他们的，是熊熊燃烧的烈火。这个男人和其他人不一样，他没有卷曲的长发，而是修剪整齐的寸发，每一根都直立，他的眼神让肖恩记忆深刻，有一种莫名的熟悉感。肖恩总觉得似乎在哪里见到过那双如鹰隼般锐利的眼睛。

突然，他认出了那个人，虽然面貌不同，但那个人的气息是如此熟悉，那是莫特！

一群庄严的石碑环绕着他们，形成一个巨石组成的环，雕刻粗糙的野兽匍匐在石碑上，他们的影子在石碑上扭曲爬行，好像一群来自幽冥深处的幽灵。

“看看他们。”肖恩听见自己说，但他不明白自己在说什么。海拉的声音很平静：“很久以前，我们曾经和他们一样，浑浑噩噩，像动物一样游荡在荒野，像动物一样生活，我们没有语言，没有文字，不懂耕种，茹毛饮血，但那个时候，我们是自由的。”

“那不是我们。”一个新的反对者出现了，“我们也未曾与他们为伍，海拉，人类是卑微的，渺小的，脆弱的，他们像虫子一样遍布大地。”

“我们是什么？”海拉反问。

“我们是神明。”反对者说道，“这毋庸置疑，海拉。”

“自封的神明罢了，维克多。”海拉毫不留情地说，“真正的神明应该居住在鲜花环绕、四季如春的天上。”她指指星空，“小溪里流淌着蜜和奶，树上结着香甜的小麦面包，没有猛兽，没有衰老，没有死亡，没有黑暗，没有恐惧。有谁见过一群穿着兽皮的神明？”

一阵难堪的沉默，火焰噼里啪啦地猛烈燃烧着，那些原木一定是富含油脂的松木，肖恩闻到一股奇异的清香。

“你的想法很危险，海拉，我们是神明，我们有强大的力量，我们来自伟大的神国。”维克多执拗地说。

“很奇怪的想法。”莫特讥笑道，“如果不穿兽皮，我们还能穿什么？”

“不应该是这样，”肖恩听见自己的声音，“我们应该穿着棉布或者化纤制造的衣服，柔软耐寒，干净漂亮。”

“什么是棉布？什么是化纤？”一个嗡嗡作响的声音传来，肖恩通过海拉的眼睛望向开口说话的人，那个人披着用虎皮制作的衣服，古铜色的右臂露在外面，肌肉的线条如刀刻的岩石般充满了爆炸性的力量。但更让人惊叹的是他的身材，他异常高大，即使坐在地上也比常人站着要高，肖恩目测他站起来至少有三米那么高，仿佛传说中的巨人。

“我不知道。”海拉摇摇头，“但我曾在梦境中看到过，不仅如此，我还看到有人驾驶着金鸟翱翔在云层之上，他们能制造闪电、摧毁高山，他们拥有神一般的力量。”

莫特和维克多交换了一下目光，维克多的眼睛里射出狂热的光芒。

“海拉，你是我们之中最古老的一个，你一定是在你的梦境中看到了真正的神国，而这恰恰证明了我们是父神在世间的代言人。”维克多说。

“不——我不知道，”海拉的脸上浮现出困惑的表情，“也许他们拥有天神一般的力量，但……我有一种感觉，他们并不是神……”

海拉的话马上就再次遭到了莫特的质疑，他愤怒地喊道：“海拉，即使你贵为众神之主，但此番言辞也不该出于你之口，这是渎神！你到底想说什么，海拉？你忘记了刚刚过去的那场战争吗？我们听从了你的召唤，冒着被魔鬼发现的危险来到这里，就是为了听你的这些奇谈怪论吗？”

“海拉。”巨人打断了莫特的咆哮，嗡嗡的声音再次传来，“我们还是想一想怎么对付魔鬼吧，在来这里的途中，我经过了底比斯，但那里已经没有神灵存在。”

维克多也点点头：“我经过小亚细亚，那里也是一片荒凉，神灵都消失了。”

“我跨越了恒河，我看到凡人在河边摆起了祭坛，但似乎没有神灵来享用了。”

“你看到了，海拉，我们损失惨重。”莫特阴冷地说，“伏羲和女娲的子孙、拉的子孙、梵天的子孙和宙斯的子孙几乎都死光了，而万神殿也只剩下在座的几位……海拉，你到底要干什么？”

“这恰恰说明了我们并非真正的神祇，我们的所作所为才是真的渎神。”海拉扫视着在座的神灵，“我们不能再将战争继续下去了。”

“看看啊，伟大的众神之主被刚刚过去的那场战争吓破了胆。”莫特笑了起来，他指着海拉，肆无忌惮地嘲笑着，“原来你把我们召集到这里就是为了给你的懦弱找借口。”

“我无惧死亡，莫特，但无谓的死亡是愚蠢的，众神不行愚蠢之事。”海拉冷冷地说，“我宽恕你的冒犯，如果战争继续下去，众神将会毁灭，在找到魔鬼的弱点之前，我们必须忍耐。”

“安德鲁，你呢，你是否赞同海拉的意见？”莫特压抑着自己的怒气，望向坐在他对面的一个人。那个人赤裸着上身，腰间围着一条看不出是麻布还是兽皮做成的粗糙围裙，从会议一开始，他就一直在静静地倾听，是唯一一个还未曾表明立场的人。

“海拉说得对。”让莫特失望的是，安德鲁站在了海拉一边，他谨慎地说道，“这不是神灵之间的游戏，死去的神灵已经够多了，我们不能再白白送死。”

海拉点点头，她终于有了一个支持者，她举起一只手臂，说道：“我们必须停战，否则我族将会被毁灭。”

安德鲁又开口了，和其他人不同，他始终保持着一种平和的状态，他的声音也充满了谦和、使人平静的力量：“尊敬的海拉，你这么做必定有你的理由，请告诉我们，你看到神国景象的同时，是否接收到了真正的神谕？”

“很久以前，”所有人的目光都聚集到海拉身上，包括最激烈的反对者莫特，“当我降临不久，我就经常在梦境中看到那些让我胆寒和敬畏的景象，天神们驾驭着铁质的巨兽横冲直撞，喷射出雷霆和火焰，他们驾驭着铁质的、高山一般的大船征服大海，他们的城市像太阳一样明亮。后来，不仅在梦境中，当我冥思的时候，我也能看到他们。”

“铁在天神的居所里一定很常见。”维克多敬畏地说，“希望他们能多向人间丢一些。”众所周知，从天上掉下来的铁十分罕见，而且十分珍贵，那是天神赐予凡间的礼物。海拉曾经亲眼见过从天而降的铁块，在砸出的大坑中冒着热气嘶嘶作响。但大多数时候，从天而降的都是一些无用的、碎裂的黑褐色石头。

“你是否收到过关于魔鬼的警告？”莫特问道。

海拉摇摇头：“我不知道魔鬼从哪里来，我在幻境中也从未见过魔鬼出现的兆头。”

“父神抛弃了我们。”巨人瓮声瓮气地说道。

“不，”海拉冷冷地说，“父神已经给了我们神谕，只是我们视而不见。”

“什么神谕？”

海拉冷笑道：“父神让我看到了幻境中的情景，这本身就是神谕，那就是父神希望这个世界成为的样子，幻境中的那个世界不是天庭，而是这个世界本来的模样，是父神希望创造的世界的样子。而我们的确是父神在人间的代言人，我们应该帮助人类创造那个世界。”

空气仿佛凝固了，就连莫特都没有出声制止海拉。所有人都在思索着海拉的话。

“父神赐予我们永恒的生命和神力，我们本应将神国带来人间，但我们都做了些什么？我们在大地上建立自己的神国，我们奴役卑微的人类，享受人类劳作的果实，我们不允许人类思考，不允许人类书写，不允许人类建立自己的文明——我们所做的一切，都违背了父神的意愿，现在我们已经饱尝父神的怒火，神罚终于降临到这个世界上。”

“神罚？”维克多难以置信地摇摇头，“海拉，你是想说魔鬼是父神派来的神罚？”

“的确如此。”海拉说，“想想看，我的兄弟们，为什么魔鬼突然出现在这个世界上，而且他们有那么精准地克制我们的力量？他们一定来自某个地方，而且为我们量身定做。”

“不，这不是真的。”莫特几乎是从齿缝间挤出这几个字，“你错了，海拉，父神不会抛弃我们。”

“父神没有抛弃我们，他只是对我们很失望。”海拉望向莫特，“在战场上，你们有没有看到毗湿奴？”

“当然，他那身华丽的盔甲让人想不看到他都难。”维克多说，“在海啸来临之前，他似乎逃走了，可是这说明了什么？”

“魔鬼本有机会杀死他的，”海拉说，“但魔鬼突然停止了动作，放过了他。”

“你是想说，毗湿奴和魔鬼有……”莫特的眼神死死地盯着海拉。

“不是你想的那样，莫特。”海拉摇头，“不只是毗湿奴，魔鬼还放过了其他的神灵，如果你们注意观察就可以发现此事，这件事情上有一个共同点，所有被放过的神灵都收敛了自己的气息和法力。换句话说，他们不知不觉伪装成了凡人，而魔鬼从未杀死任何一个凡人，也不会杀死一个不滥用神力的神灵，这是父神给我们的赎罪机会。”

“这不是真的。”莫特冷冷地说，“海拉，我们没有失败。”

“这就是我召集你们到此的原因。”海拉没有理会莫特，她继续说道，“我们必须放弃奴役人类，摧毁凡人为我们建造的神殿，彻底抹去我们存在的痕迹。人类没有文字，他们很快就会把我们遗忘，我们将不再使用神力，我们将隐藏在凡人之中，用我们脑海中的知识去教授他们摆脱蒙昧。我们将守护人类，教授他们知识，让真正的神国显现于这片大地，直至赎清我们的罪孽。”

“我拒绝你的提议，海拉，你变成了一个懦夫，一切都是你找的借口，你没有任何证据表明这是父神对我们的惩罚，除非父神亲自降临在我面前，否则我绝不会屈服。”莫特毫不退让地说。

说话间，一个黑影出现在莫特身后，那是一个来自南方的男人，圣河的子孙，他赤裸着上身，腰间围着一块白布，他身材魁梧，肌肉发达，但最吸引肖恩的是他的脸——鼻梁高挺，眼眶深陷，一双如黑曜石般深邃的眼眸死死地盯着海拉。肖恩感到一阵恐惧，他似乎在哪里见过这个男人。

“我的王。”男人开口说道，他的声音宽厚沉稳，“请允许我，我们不应该向魔鬼屈服。”

“荷鲁斯。”海拉冷笑一声，“我理解你迫切的复仇之心，但你的兄弟姐妹们拒绝了我的召集令，你们自食其果。”

“那是因为我们轻视了魔鬼，但我们不能轻视自己。”荷鲁斯不卑不亢地说。

“我赞赏你的勇气，荷鲁斯，但木已成舟，你是埃及神系的唯一幸存者，珍惜你的生命吧。”海拉说。

“我会与莫特大人同进退，尊敬的海拉。”

“如你所愿，荷鲁斯。”海拉深深地看了荷鲁斯一眼。肖恩感觉到怒意正在海拉的胸中腾起。

“我拒绝你的提议，我们决不能向魔鬼投降。”莫特毫不退让。

“意料之中。莫特，你是我们之中欲望最强的一个。”海拉冷静地点点头，“你建立的神国也是最残暴的，你已经真的把自己当作了神灵，你不会愿意做一个凡人的。”

“不，我们本就是神灵，是你忘记了你的身份，你被魔鬼蛊惑了，你不再是我们的王！”莫特吼叫道。

“注意你的言辞！莫特！”海拉似乎被激怒了，“如果你想挑战我，现在就是机会，但我不会手下留情。”

莫特把目光扫向维克多、巨人和安德鲁，维克多怯懦地低下了头，安德鲁则依然事不关己地坐着。巨人开口说道：“海拉，你想让我们放下仇恨，屈服于魔鬼，但你忘记了一点，如果我们屈服，我们就不再是至高无上的神灵了，我们将会像老鼠和蟑螂一样四处躲藏，不再使用我们的神力，那会比直接杀了我们更难受。”

“你说得对，泰坦。”海拉说。肖恩这时候才知道那个巨人的名字。“所以我将帮助你们解决这个问题，”她冷冷地看着莫特，“就从你先来吧，莫特，由于你对我的冒犯和质疑，我将让你更接近天空，去天上做你的神灵吧！”

莫特突然发现自己动不了了，他仿佛被无形的绳索捆绑，不仅如此，他的四肢像烈火中的松脂一般熔化了，他的躯体上以肉眼可见的速度长出一根根黑色的羽毛，他的嘴巴变尖了，一双黑色的翅膀从他躯体的背后舒展开来。

“不！”乌鸦发出一声模糊的咕哝，“你不嫩翟么揍！嘎嘎嘎……”

海拉站起身，她的身形异常高大，在火焰的照耀下金光夺目。人们这才意识到这个人的真正身份，她是最古老的神明，是神明一族的组织者和领导者，她是大地上的众神之主。“这是对你不敬的惩罚，莫特。”她环视众人，“而你们，我将封印你们的神力。”

乌鸦仇恨地大叫着，它已经无法说出话了，而其他的人也意识到他们无法反抗。

“而你，荷鲁斯，我诅咒你和你的子孙以野兽为首行走于大地。”海拉冷冷地宣布，荷鲁斯惊恐地退后，但他的头也变成了一个鹰头。

“伟大的海拉，我们乞求你的宽恕，请不要这么做。”维克多浑身颤抖着。

“放心，维克多，我不会毁灭你们的灵魂。”海拉说，“新生的神灵也将如此，但你们将失去永生的肉体。”

“可是，你为什么要这么做？我们可以答应你，我们会摧毁我们的神殿，摧毁我们的神国，我们不会再奴役人类，请不要这么做，伟大的众神之主，请不要这么做！”维克多乞求着。

“只有这样，我们才能活下去，我允许你们继续获得人类的灵魂，但你们不得再以神明自居，也不可肆意奴役人类，神的国度最终将出现在这个世界。”

泰坦也终于站了起来，他巨大的身躯在地上投下如同大山一般的影子：“住手，海拉！”隆隆的巨响在他胸口翻滚。

安德鲁既没有站起身，也没有开口祈求，他仿佛接受了自己的命运，又好像一切与自己无关，只是静静地坐着。

海拉无视众神的抗议，她坚定地、不可逆转地施展了神力，一阵不可见的、无法用语言描述的波动横扫了众神。众神的心灵之海掀起了惊涛骇浪，他们身体僵硬，无法抵抗，他们终于记起了海拉真正的身份，海拉是最古老的神明，也是最强大的一个，海拉掌控着他们的心灵之网。

众神感觉到疲惫重新回到了他们的肉体，衰弱的、衰老的感觉回来了，而青春的、永生的力量被剥离了。

“我剥夺你们的视觉，只保留这具躯体本身可以承受的。

“我剥夺你们的听觉，只保留这具躯体本身可以承受的。

“我剥夺你们的嗅觉，只保留这具躯体本身可以承受的。

“我剥夺你们的味觉，只保留这具躯体本身可以承受的。

“我允许你们的灵魂转生，当你们的躯壳毁坏，你们的灵魂将重生于新生婴儿的身体。你们将和普通人类一样生活，你们将只能接受自愿的献祭，而非强夺之行径。”

时间重新流过众神的身体，他们依然端坐着，但眼睛里的神采黯淡了下去。一阵寒风吹来，众神的躯壳坍塌，化为尘埃。维克多和泰坦的灵魂尖叫着四散：“海拉！你背叛了我们！”

黑色的乌鸦扑扇着巨大的翅膀拔地而起，直冲苍穹，火焰在狂风中狂乱地颤抖。

安德鲁的灵魂发出一声悠长的叹息，消逝在黑夜里。

一阵强烈的思维波动冲击了海拉的心灵，那来自莫特——不甘和仇恨。

“海拉，我将永世与你为敌！”

众神时代结束了。

猎　杀

没错，威廉姆相信自己不会认错，迎面走来的正是埃克斯。不久前，威廉姆还在拉斯维加斯的赌场里见过他冰冷的尸体。

“威廉姆，”埃克斯的脸上露出笑容，“很高兴又见到你。”

菲利普瞪圆了眼睛，“埃克斯？你……”

威廉姆冷冷地打断菲利普，“不，他不是埃克斯，他是一个恶魔。”他转向埃克斯，“你是谁？”

“我是埃克斯。”来者说。他望向几人背后的方向，灰墙在他们身后向两侧延伸出去，和远处的天际线融为一体，难辨界线：“我也不全是埃克斯，我拥有埃克斯的记忆和他的一切，但我没有迷失自我。”

“是你杀了埃克斯？”威廉姆从牙缝里挤出几个字，他知道眼前的这个恶魔没有说谎，他身上的确有埃克斯的气息，他吸收了埃克斯的灵魂碎片。

“向他致敬，埃克斯是一名伟大的战士，就是话太多了。”恶魔笑了笑，他看着威廉姆，“威廉姆，我喜欢你，你也是一名伟大的战士，话也没那么多，但我还是不得不杀了你。”

“你最好还是担心一下你自己吧。”菲利普冷冷地说。

恶魔仿佛才注意到其他三人的存在，他的目光终于从威廉姆身上转移到菲利普、泰勒和马修斯身上，但他看起来似乎一点都不惊慌：“非常少见，四名守护者齐聚，我以为你们一直是单打独斗的，既然都来了，就一起偿还你们的血债吧。”

“你到底是谁？”威廉姆冷冷地说，“报上你的名字，我从不杀无名之辈。”

“我是阿努比斯，冥界的守护者，灵魂的审判者，心脏称量者，死者的引路人。”

他的语调变得庄重而遥远，天色瞬间黑暗下来，空气变得干燥清冷，威廉姆悚然惊觉，检查站消失了，菲利普和泰勒也消失了。他现在站在一个空荡的广场中央，广场四周是巨石堆垒的高墙，上面是参差不齐的垛口。但更引人注目的是广场西侧的一座巍峨的神庙，数十级台阶之上，神庙如巨兽般匍匐，大门洞开，如同巨兽张大的嘴巴。在神庙之上，拔地而起的花岗巨岩方尖碑直刺苍穹。

一个黑影站在台阶上，在巨大的花岗石拱门之间显得非常渺小。月光照在神庙门口两尊巨大的石像上，一尊狼头人身，威严冷峻，左脚向前探出，手持斧钺；一尊鹰头人身，双手交叉在胸口，一双本不应该存在的翅膀在背后伸展开来，仿佛随时都要腾空而起。

威廉姆认出了这个地方，这里是位于底比斯的阿努比斯神庙，如今这个神庙已经掩埋在黄沙之下。大约五千年前，他在这里杀死了阿努比斯——以神明之名行邪恶之事，奴役凡人近千年的古老邪灵。无数来自南方努比亚和东方的奴隶被献祭于此，阿努比斯从未真正现身于凡人面前，他只出现在祭司们的梦境中。真正的他隐匿在黑暗的神庙深处，阴暗的角落里从未有阳光照射，阿努比斯编织了邪恶的谎言愚弄着一代又一代尼罗河的子孙，每一个古埃及神灵的背后都可能隐藏着一个远古的恶魔。

威廉姆记得自己曾在这里杀死了阿努比斯，那是众神之战前，他孤身一人跨越了西奈半岛，沿着尼罗河南下，穿过白色岩壳覆盖的白色沙漠，翻过黑色火山岩石山，追溯着古老的传说，在一个月圆之夜来到了底比斯。他施展法力让阿努比斯无所遁形，然后在广场上杀死了他。

“阿努比斯……”威廉姆迷惑地看着那个黑影，他分明记得自己已经杀死了他。

黑影顺着台阶缓缓走下，“威廉姆，你的旅途一定很漫长，欢迎来到底比斯。”

威廉姆低下头看了看自己的装束，他身穿着一件麻布长袍，那是他在城里的一家店铺购买的，远途而来的他的装束原本与这座城市格格不入。

“这是怎么回事？”威廉姆意识到自己已经不是身处二十一世纪的美国，而是来到了五千年前的古埃及，此时众神之战尚未发生，这时的古埃及还处于神话时代。

“这不是幻境，威廉姆，你记得接下来你会杀死我，从此名为阿努比斯的神灵将永远消逝，但你们远未知悉众神的秘密，我们的溃败只是暂时的，命运并没有被注定。今天，命运不会垂青于你，你不会杀死我，死的将是你，人们将遗忘你，从今日开始到时间的终结，无人会记得你。”阿努比斯已经走下台阶，他赤裸着上身，肌肉发达，下身围着一张虎皮，赤裸着脚掌，右臂上戴着一只青铜打造的手镯，手镯上镶嵌着西奈山上产的绿松石。人们从未见过阿努比斯有过这种装束，事实上没有人见过真正的阿努比斯，他的头颅并不是传说中的狼头，他有着一张毫无特点的普通脸庞。如果他走到大街上，会马上混入人群之中，就像水滴混入大海般毫不起眼。但是威廉姆依然认出了这张脸，他是冥界的统治者，灵魂的审判者，死亡之旅的终点，阿努比斯。

“这一切都发生过，已经发生过，这是幻境，我陷入了你的领域，你欺骗不了我。”威廉姆惊骇莫名，“阿努比斯已经死了，你不是阿努比斯！”

“众神从未真正死去，愚蠢的守护者，命运之轮已经开始逆转。”阿努比斯的脸上露出一丝鄙夷，“接受你原本的命运吧。威廉姆，我将抹除你的存在，你所有的丰功伟绩都未曾发生，你的名字将从人们脑海中抹去，无人记得。你在时间长河中激起的每一朵浪花都将消散，你从未存在于这个世界，错误将被纠正，历史将被修正到正确的轨道上，曾被你杀死的众神都将复生。”

尽管已经时隔五千年，但威廉姆依然记得接下来即将发生的事情。阿努比斯被威廉姆的法力从神殿深处逼出来，阿努比斯在守护者威廉姆的面前毫无反抗之力，经过简短的宣判，威廉姆将阿努比斯的肉体化为灰烬，将他的灵魂打入真正的冥府，从此，世间再无阿努比斯。尽管人们依然供奉他，祭祀他，但他最终将被尼罗河的子孙所遗忘。

但这一切不会再次发生了，真实和幻境在威廉姆脑海中交织，概率坍缩成现实，现实化作概率云重新回到选择的岔路口。威廉姆能感觉到自己的力量飞快地流失，他无法施展法力，一切都脱离了他的掌控，他的眼前变得模糊，神庙的尖塔和四周的高墙如水中的幻影般扭曲、支离破碎，他感知不到自己的身体，他的意识悬浮于黑暗之中。但不完全是黑暗，破碎的光线重新组成画面，威廉姆看到他在众神之战中和化身巨蛇的恶魔作战；他看到漫天的火焰飞舞，仿佛整个世界都在燃烧，那是化身毗湿奴的恶魔从巨口中喷吐出了火焰；他看到身高百米的巨人挥舞着巨锤将人类的城堡砸成齑粉；他看到海中巨兽在滔天的洪水中沉浮；他看到众神在烈火和利剑中陨落；他看到阿兹特克人和商人的血腥人祭；他看到被恶魔扭曲了心智的人类宛如地狱中的恶鬼以神明的名义烧杀抢掠；他看到自己参与的一次又一次猎杀恶魔的行动；他看到议长说服他加入守护者议会时的场景；他看到永远不苟言笑的凯恩，忧郁的沈晓琪，神经质的沃顿，皮埃尔，肖恩，泰勒，菲利普，埃克斯……

“我们没有真正的灵魂。”“埃克斯”说，“我们就像设定好的机器和程序，我们没有真正的自由意志……”“埃克斯”坐在赌桌上，手里把玩着一个筹码，对威廉姆露出一丝微笑，“我们都逃脱不了自己的命运，我们活着的目的是什么？”

“你不是埃克斯。”威廉姆喃喃地说，他努力保持着清醒，但情况越来越糟糕，他的意识在旋转，“你是阿努比斯，你已经死了。”

“埃克斯”逐渐隐入黑暗，代以议长的面容，他温和地说：“威廉姆，你累了，是时候休息了。”

是啊，太累了，威廉姆已经战斗了太久太久，久远到已经忘却了这场战争的开始，也从未期盼过战争的结束。无数次轮回的生命里，威廉姆从未有过正常人的人生，即使在没有遇到过恶魔的时代里，他也时刻保持着警惕。和所有守护者一样，他见过无数王国的兴起和覆灭，见过无数胸怀大略的帝王化为尘土；他曾在贝加尔湖冰面上帮助产妇接生，新生的婴儿还未发出第一声啼哭就变成冰冻的肉团；他曾见过饥荒中的村民舍不得吃自己的孩子，所以易子而食；他见过无数的欢乐和苦难，欢乐总是短暂，苦难才是这个世界永恒的主题，但他却从未施以同情……

他太累了。

“不会有人记得你，你从未存在于这个世界上，活着只是一种虚假的幻觉，你从未活过，也从未死去。你也从未参加过众神之战。”阿努比斯说。他的话语就像从天边传来，遥远而空灵，带着一种奇异的魔力。

阿努比斯慢慢地走到广场中央，威廉姆倒在地上，脸上是安详的微笑。阿努比斯从未在守护者脸上见到过这种微笑。狄拉克海的涟漪无声地扩散开来，多米诺骨牌纷纷倒下，阿努比斯一脸凝重地望向远方，一片阴云正在遮住圆月。

概率之海被轻轻地搅动，已经凝固的浪花重新回归大海，新的波涛从概率之海中诞生，重新凝固在永恒的时间长河中。

又一个试图挑战神明的魔鬼，这是第几个，阿努比斯已经记不清了。但他并未感到多么喜悦，这个魔鬼比他遇到的都要强大，他居然能逼得他亲自现身。今天早些时候，从北方跨海而来的信使抵达了底比斯，带来了荷鲁斯的消息。神灵们正在万神城集结，最终的战争即将打响。

“不要轻视他们，阿努比斯，我知道很多不自量力的魔鬼死于你手，但不要忘记，也有很多神灵都死于魔鬼之手。”荷鲁斯在信中说，阿努比斯甚至能想象到他严肃又可笑的面孔，“时间快到了，海拉大人正在召集这个世界所有的神灵，魔鬼们正进行着更大的阴谋，这个世界已经危在旦夕。”

当阿努比斯读完信件时，他轻蔑地笑了笑，随手把莎草纸制成的信件丢在尘土里，荷鲁斯这个胆小鬼，他已经离开埃及太久，已经失去了诸神的力量和勇气。魔鬼？难道荷鲁斯提到的是那些试图挑战神灵的可笑家伙吗？

当然，阿努比斯知道荷鲁斯的胆怯来自哪里。当魔鬼最初出现的时候，神灵们的确对他们一无所知，也几乎没有神明直面过魔鬼，直面过魔鬼的神明几乎都死了。但是众神的荣耀依然还在，不知从何时开始，魔鬼们慢慢地变得孱弱，渐渐地有越来越多的神明能够从魔鬼面前全身而退，不仅如此，甚至有神明第一次斩杀了魔鬼。

在此之前，阿努比斯的小心谨慎救了他。偶尔也会有魔鬼来到底比斯，但阿努比斯非常擅长隐匿自己，他有时候化身小贩穿行于街头，有时候化身乞丐蜷缩在阴影中，即使魔鬼走过他的脚边也未能发现他就是他们寻找的猎物。

一个黑影从石柱后的阴影中走出，讥笑道："阿努比斯，今日之事，我未曾看在眼中，你差点为你的大意付出代价。"

阿努比斯恼怒地望向出言不逊的黑影，他冷冷地回应："你只是运气好罢了，贝斯特，换作是你，也许现在躺在这里的就不是这个人了。"

黑影走到了月光下，高耸的胸脯和浑圆的臀部在月光下勾勒出一道迷人的曲线，但她的肩膀之上却不是人类的头颅，黑猫的嘴巴没有动，但阿努比斯依然听到了猫神贝斯特的话语，她对阿努比斯的讽刺毫不在意，"他是谁？"

"无名之辈，"阿努比斯说，"但他是一个值得尊重的对手，他差点扰乱我的心神。"

贝斯特耸耸肩，她的胡须在月光下如舞动的琴弦，她懒洋洋地说："那么，你要动身去北方了？"

阿努比斯耸耸肩，"我还没有做出最终的决定。"

"荷鲁斯正在看着你，"贝斯特瞄了一眼神殿门口的荷鲁斯神像，"我想他很期待你的到来，我听说许多地方的神灵都听从了那个人的召唤。"

"荷鲁斯无权命令我，我是阿努比斯。"

贝斯特轻笑起来，她的嗓音尖细，此时她真的像一只猫在呜咽。她轻声而又坚定地纠正他："当然，阿努比斯大人，你可以不理会荷鲁斯，但你不能不理会那个人，没有人胆敢违背他的意志。"

"也包括你吗？贝斯特！"阿努比斯感觉到今晚的谈话终于占据了上风，他向来不喜欢贝斯特的伶牙俐齿。

贝斯特的猫脸上没有任何表情，但是通过她胡须的抖动可以感觉到她的不快："我只是好意提醒你，阿努比斯，不要忘了其他神明的下场。"

"谢谢你的提醒，贝斯特女神，但不是所有人都臣服于他。"阿努比斯转身向神殿走去，"贝斯特，感谢你今晚的到来。"

"如果只是为了以防万一的话……"贝斯特意味深长地说，"你未免过于小心了，除了真正的神明，有谁能奈何伟大的冥界之神阿努比斯呢？"

"小心行事总是没错。"一阵从远方沙漠吹来的寒风袭来，阿努比斯赤裸的身体却感受不到寒冷，"这座城市建立起来的时候我们有多少人？而现在呢？贝斯特，现在只剩下咱们两个了。"

贝斯特的猫耳朵警惕地竖了起来，阿努比斯不禁也紧张地看着她，没有任何令人不安的声音，只有风呼啸着吹过孟菲斯的大街小巷发出的呜咽声，仿佛上古的幽灵在荒原上吹响的号角。

"我听到一些来自北方的流言，北方众神已经所剩无几，就连狼神芬里尔都被魔鬼杀死了，这才是最终决战会在北方的原因，几乎所有的魔鬼都参加了屠灭北方众神的战争。"贝斯特压低声音，小心地说。

"不是所有的。"阿努比斯不以为然地说，他指了指躺在广场的威廉姆，"如果流言是真实的，那么为什么这个强大的魔鬼还会来到埃及？贝斯特女神殿下，我不相信奥丁和他的子孙会那么不堪一击，忘记那些可笑的流言吧。"

"阿努比斯，我不会去北方的。"贝斯特庄重地说。

阿努比斯眼前的影像如水纹般波动起来，此时此刻，他正看着贝斯特，他同时"看到"了一些其他的东西。阿努比斯看到高傲的猫神贝斯特被魔鬼夺取了灵魂，他看到贝斯特轻易地施展神力摧毁了魔鬼，他看到贝斯特褪去兽首，化为外表平凡的女人离开底比斯，他还看到自己的未来。

日升日落，春秋交替，潮涨潮落……

埃克斯醒了过来，不，他不是埃克斯，他记起了自己的名字，他是阿努比斯，可是埃克斯是谁？他好像做了一个遥远的梦，但也许那不是梦，他仿佛回到了远古的底比斯，那是他第一次杀死一个远道而来的魔鬼的日子……

还有贝斯特，他已经好久都没有想起贝斯特了，猫神贝斯特被他遗忘在了记忆之海的角落里，她在哪里？阿努比斯的梦境似乎扰乱了他现实的记忆。他仔细回想，记忆逐渐复苏，那天夜里他的确杀死了那个魔鬼。不久之后，阿努比斯独自前往北方，而贝斯特最终未同行。

……

阿努比斯终于彻底从遥远的回忆中苏醒过来，他看着眼前的三个守护者，他想起来了，他是奉命来消灭这三个守护者的，他看向远方的地狱之门，也许是地狱之门给予他力量的同时扰乱了他的神志，让他陷入了一场遥远的梦境。

阿努比斯感到一阵寒意，一切都该结束了，他感到浑身充满了力量，越靠近地狱之门，他觉得自己就变得越强大。莫特说的没错，众神再一次得到了天神的眷顾，阿努比斯第一次恢复了本相，一只巨大的狼头出现在他的肩膀上。

“以远古诸神之名，以冥界守护者阿努比斯之名，我宣布你们的死刑。”

斯　诺

两架总共满载着562人的航班莫名消失的消息是很难掩盖的。新闻界很快就得知了这个爆炸性的消息，各大媒体、网站和报纸的新闻头条都以惊人的黑体字报道了这一消息。

甚至有想象力异常丰富的媒体撰文报道，将三架航班的失踪与前一阵子新闻报道的星星消失的现象关联起来。

“人类束手无策！这是来自外星超级文明的威胁，是外星人偷走了星星，劫持了飞机！”

从平行空间到外星人，从阴谋论到宗教解释，一时间，各种观点甚嚣尘上。世界末日论又开始渐渐抬头，在经历了1999年和2012年的失败之后，末日论者声称，玛雅人的预言并没有出错，根据对玛雅古籍的查阅，结合现代计算机的计算，世界末日将在三年后的2021年正式到来，之前预言的2012年是因为人类搞错了数字的位数。

但是这并不是斯诺优先关心的，当他回到办公位时，他的第一反应是也许自己应该换一张大桌子了——大量的A级案卷蜂拥而至，很快就淹没了他的办公桌。此刻，斯诺正皱着眉头翻阅着其中一份案卷。近期，全美接收到的异常人口失踪报告呈现爆发性增长，与往年同期相比增长了20%以上。斯诺手中的案件是一起普通的失踪案，丈夫独自开车前往附近的城市，却没有在约定的时间到达。妻子打通了丈夫的电话却无人接听，于是报了警，恰好附近有公路巡警，立即展开了搜索，很快就在路边发现了失踪的汽车。

汽车的引擎仍然在运转，车子是自然停下来的，车内空无一人。丈夫的手机和钱包都在，钱包里有一些零钱和信用卡，什么都没少，最诡异的是，丈夫所有的衣服都堆在驾驶位上，安全带也依然系着，没有搏斗的痕迹，车载收音机里还播放着乡村音乐。汽车周围也没有痕迹，连鼻子最灵敏的警犬都束手无策。仿佛这个正急着和家人团聚的男人突然人间蒸发了。

斯诺重重地把案卷丢到桌子上，他端起冒着热气的咖啡喝了一大口。相信送到这里的案卷只是所有案卷里的很小一部分，只有警察完全处理不了的案件才会被上报到特别调查局，而其中最诡异的才会被堆到斯诺的桌子上。斯诺阅读的是一个典型的案件，一些同类案件的特征都非常相似，所有的物品都在，只有人失踪了。斯诺的脑中勾勒出一幅奇怪的影像，司机慢条斯理地将汽车停下，然后脱光了自己的衣物，按照顺序摆好，内衣内裤在最里面，外衣在最外面，然后扣好安全带，打开车门不留痕迹地消失在夜幕里。就像一部描写人类突然缩小的小说里写的那样，人群突然变成一堆堆衣物，然后赤身裸体的小人儿挣扎着从衣服的高山里钻出来，在寒风中瑟瑟发抖。他摇摇头，试图把这些乱七八糟的想法从脑海中丢出去。他端起咖啡，仰起头一饮而尽，然后开始认真地阅读案卷。

两个小时后，斯诺疲惫地放下案卷，他觉得，那两架航班失踪的事情，现在已经不算什么了。

这里的案卷有两个特征：第一，失踪案都发生在晚上；第二，案件发生的地点都非常偏僻，来往的车辆非常少，换句话说，没有目击者。而且，失踪者出现的场景不仅限于汽车，还有船，有一些快艇和渔船上的人也失踪了，海岸警卫队发现这些船只的时候，它们已经自然漂移到了很远的地方。情况也很相似，失踪者仿佛从衣服里钻出来，然后跳海失踪了，没有发现尸体。当然了，斯诺心里想，还有飞机，所有的交通工具都未能幸免。

他按响了办公桌上的警铃，一名特工走了进来。

“统计一下，”斯诺指着桌子上的案卷，“所有收到的案件发生的场所和时间，要特别注意的是，有没有失踪者重新出现的情况，如果发现这种案例，马上报告！”

特工的脸色非常不好，他显然也意识到了问题的严重性，“好的，先生，我会尽快安排人去做，可是，每时每刻都有大量的案件在发生。”

斯诺摆摆手，“先做起来吧，让你的人把手头的工作都放下，这件事情是目前最重要的。”

“好的，先生。”特工点点头，转身离去。

特工离去了，房间里没有开灯，天色已经暗了下来，斯诺起身拉上厚厚的窗帘，房间里陷入了一片黑暗。

斯诺感觉到一股奇异的情绪正在侵扰他的内心，那是他从未有过的情绪，也许是恐惧，但他从来都不知道恐惧是什么。他不害怕死亡，不害怕恶魔，他不被俗事缠绕，不是金钱和欲望的奴隶，他作为守护者从来都是无所畏惧，即使面对恶魔，他也从未胆怯。但是现在，此时此刻，静坐在黑暗中，斯诺第一次感觉到了恐惧。

看着眼前的案卷，短短几天时间，受害者就数以千计，这是一场灾难，一场未知的灾难，可笑的是，他甚至不知道此事是否与恶魔有关。恶魔好像突然都停止了活动，自从他们杀死了埃克斯之后。以前从未发生过这种情况，恶魔很难压抑住夺取人类灵魂的欲望，而他们想要获取人类的灵魂，就必须展开领域，否则就无法吸收灵魂。如果他们展开领域，就很难逃脱守护者的眼睛。

凯恩曾经问过斯诺，恶魔领域到底是什么，为什么没有恶魔领域他们就无法吸收人类的灵魂？但斯诺自己都不知道答案，科学部给出了自己的解释：也许是某种转换机制，他们无法直接食用人类的灵魂，需要把人类的灵魂转化成自己能够吸收的能量，就像一些蜘蛛无法直接食用猎物，所以它们需要分泌一些物质注入猎物的身体溶化猎物的内脏，然后它们会吸食转化后的流质。

另外，让斯诺感到极度不适的是，科学部还得出一个结论，守护者和恶魔之间是有一定共同性的，他们的灵魂都可以转世——自发性意识传输，而且都能够被唤醒，他们都拥有心灵感应的能力，只是强弱不同。恶魔的心灵感应似乎更加强大，甚至能够形成一个心灵感应网络。但是守护者就差远了，只能相互感应到对方的存在，但是似乎能够共享一部分记忆。关于这一点，在科学部对守护者的历史记忆研究中似乎得到了一部分证实。科学部收集了大量守护者的历史记忆，惊奇地发现他们都有着相同的记忆场景，但每一名守护者都坚称自己是这段记忆的当事人。

斯诺将目光投向桌子上堆积的案卷，香烟已经燃了很长一段，烟灰还保持着原状微微弯曲着下沉，只是已经变成了灰白色。他小心地不让烟灰掉落，慢慢地将烟灰挪到烟灰缸上方，然后轻弹了一下烟蒂，一截烟灰掉落在烟灰缸里，变成一堆灰白色的灰烬，覆盖在丢弃的烟蒂上。

尽管理智和逻辑让斯诺明白不应该将亿万光年之外发生的事情和地球上发生的事情通过一个古老的预言联系在一起，这并不科学。但——他深深地吸了一口烟，然后缓缓吐出，朦胧的烟雾翻卷着上升四散——谁又能肯定地说真的没有联系呢？况且连议长都未曾真正否认那个预言……只是不知道议长会对现在这些失踪事件作何解释。

看看这些失踪案件吧，每一件都能成为一个新的都市传说，给街头地摊小报和阴谋论者们提供源源不断的素材，而在斯诺的桌上，这样的案例就堆积了数百个，这还是经过行动部过滤之后的结果。

更可怕的是，人类不知道这场灾难是什么时候开始的——毕竟每年都有数十万人从这个星球上失踪，这个数字看似庞大，但在人类庞大的数量面前算不上什么，据说每年死于浴缸滑倒的都有几百人。很多失踪案都成了悬案或者匆匆结案了。如果一个人想躲到远离人群的地方并不是难事。很多人都以为地球已经很拥挤，只有最不适合人类生存的南极洲和一些不适合人类生存的沙漠等地方没有人类涉足，但实际上地球比普通人想象的要大很多。有太多的地方是人类尚未踏足过的——隐藏在雨林中的峡谷和雨林本身，人迹罕至的高原和崇山峻岭，每年都有很多新物种被发现就是一个最好的证明。但是这些案件显然不是普通的失踪案，当事人不可能如此一致地布置好现场然后赤身裸体逃进荒野，甚至连警犬都能骗过。为什么都是失踪，亿万光年外的星辰和地球上的人类？现在这种失踪案以前存不存在？人们是否忽视了？现在集中爆发才引起重视？而且斯诺不相信失踪案件只发生在美国，这很可能是全球性的。

人们也同样不知道这一切什么时候会结束。如果预言是对的，那么这些现象是否是世界正在毁灭的迹象？或者就是毁灭本身？斯诺突然意识到一个可怕的可能，难道这场持续数千年的战争，最终的胜利者将是恶魔？

斯诺扔掉烟蒂，感到大脑里的某个地方隐隐作痛，他按了一下呼叫按钮，让秘书把桌子上的案卷全部清理掉。干净的桌面让斯诺的头脑暂时冷静了下来，他思索了一会儿，伸手抓起电话，按了几个数字，电话很快接通了，话筒里传来一个男人低沉的声音：“我是凯恩。”

斯诺给凯恩汇报了一下人员失踪案件剧增的情况，凯恩简短地说：“我知道了，斯诺，听说卡兰迪的事情了吗？”

斯诺说：“我派遣了三名守护者前往现场，他们……”

“这不是一个好主意。”凯恩打断他，“不要再派出任何人，那个中国人怎么看待卡兰迪的事情？”

“议长大人说，那可能是一个通向地狱的入口，可能是由莫特开启的……”

这时，办公室的门开了，斯诺抬起头，是沈晓琪，他用眼神示意沈晓琪等一会。沈晓琪用奇怪的眼神看了他一眼，但还是走到靠墙的椅子上坐了下来。

“可能，可能，一切都是可能？”一向以冷静著称的凯恩不耐烦地打断他，“斯诺先生，我现在要的不是可能，而是确凿的答案。”

斯诺没有说话，片刻后，凯恩挂掉了电话。

电话那头，凯恩面色阴沉地挂掉了电话，他对正坐在面前的沃顿说：“通向地狱的入口，你听听，克里斯，我受够这些该死的说辞了。我不想再听到什么众神之战，恶魔和天使，灵魂和永生，还有地狱之门这种好莱坞魔幻大片里才会听到的鬼话，这一切都像是一场闹剧。”

沃顿说：“我能理解你的心情，局长先生，关于卡兰迪发生的事情……”

“不，”凯恩打断沃顿，“不仅仅是卡兰迪的事情，我想知道所有发生的一切是否都有关联，我想知道那个所谓的黑暗君主是不是真的存在。如果是，那么为什么到现在还没抓到他？”

“关于这个事情，”沃顿有些气馁，“我们一直试图从肖恩那里找到黑暗君主的弱点，但还没有成功。”

“克里斯，”凯恩直率地说，“你知道我们的祖先刚刚来到美洲的时候，他们的敌人是谁吗？”

“当然是印第安人。”

“不，印第安人给疲惫的清教徒们提供了火鸡和清水，”凯恩晃晃手指，“所以我们才在感恩节的餐桌上摆上火鸡。”

“你的意思是……”沃顿有些明白了，“我们也可以和恶魔做朋友？”

“事实上我们早就这么做了，”凯恩说出的话让沃顿大吃一惊，“你听过彩虹计划吗？”

“当然。”沃顿惊奇地看着局长，在确定局长不是在开玩笑之后，他才问道，“您说的是费城实验，那个有名的都市传说？”

“彩虹计划并不是一个都市传说，它真的被实施过，美国国防高级研究计划局试图人工制造恶魔的领域，SIB在美国海军和国防情报局的协助下主导了这个实验。”

“我们成功了？”沃顿的脑海里迅速掠过他曾经读到过的那些关于彩虹计划的文章，有的文章中耸人听闻地写道，美国海军在护卫驱逐舰“埃尔德里奇号”周围制造了巨大的磁场，扭曲了空间，将驱逐舰短暂地送往了几千千米之外。更耸人听闻的是，有的文章称军舰上的士兵陷入了精神错乱的状态，有一些士兵丧失了空间坐标，会忽然消失又忽然出现，还有一些士兵的身体甚至和军舰的钢铁融为了一体。沃顿觉得，最后这段描述是最可怕也是最吸引人的部分。

凯恩显然知道他在想什么，不过他却摇摇头，“恐怕你要失望了，军舰并没有被传送走，也没有隐形，更没有士兵的肉身融进钢铁，但传闻有一部分是真的，有些士兵的确会突然消失，比如走过一个拐角，后面的人紧跟着走过拐角，却发现刚走过去的人不见了。”

沃顿倒吸了一口凉气，“你是说，凭空消失了？”

凯恩点点头，“一共有13名士兵出现过这种情况，突然消失，又突然出现，而且都没有目击者，消失的士兵会突然出现在没人看到的角落，也没有人目睹他们出现的过程。”

“监控器呢？”

“没有录下任何有用的信息，他们消失和出现的地方都是死角，但这一切都是在军舰上发生的，并没有波及军舰以外的区域。”凯恩说完这些，意味深长地看着沃顿，“你想到了，我们虽然没有成功制造恶魔领域，但这些突然消失又出现的事件，和现在发生的事件非常相似，很难让人不认为它们之间存在着联系。”

“恶魔领域……”沃顿紧紧地皱着眉头，他感觉有些飘忽不定的东西在脑海里游荡，“所以，这才是我们那么坚定地和守护者合作的原因！他们想掌握恶魔领域真正的秘密！”

“没错，如果美国掌握了恶魔领域的力量，那么美国将再次遥遥领先于其他国家，就像1945年的美国，地球上只有我们有核武器。如果我们能一直保持这种压制性的优势，冷战根本不会发生！美国还将是地球上唯一的超级大国。但是我们失败了，已经半个世纪了，我们对恶魔领域还是了解甚少。”

“我想我们并没有完全失败，恶魔领域的确会造成人员的失踪，费城实验至少成功了一部分。”

“但我们依然不明白其中的原理，也很难复制这个实验。于是我们试图与恶魔直接谈判，但恶魔对我们的呼唤从来都置之不理，”凯恩说，“于是我们才选择建立SIB，和守护者进行合作。但看起来这种合作并没有给我们带来什么好处，反而出现了这么多不可理解的事情。”

“群星的消失，航班的异常，还有卡兰迪的地狱之门。”沃顿若有所思地点点头，“这一切一定都有关联。”

“你能告诉我，这一切都是为什么吗？”

“我？”

“是的，我不想再听那些该死的神话故事，我想听听科学的角度，这不正是你来找我的目的吗？”

“瞧瞧这个。”沃顿从怀里掏出一个普通的信封，“这是我在今天来这里的路上找到的。”

凯恩接过信封，打开之后，两片皂荚树叶掉落在桌面上。凯恩一言不发地捡起两片树叶，他知道沃顿不会开这种拙劣的玩笑。他看了一会儿，困惑地摇摇头，然后又仔细将两片叶子来回翻转了几次，然后抬起头看着沃顿，“两片相同的叶子？”

“世界上没有完全相同的两片树叶。”沃顿说，“莱布尼茨恐怕要从坟墓里跳出来了。”

“这是每个人都知道的常识。”

“世界的真相就在细微之处。”沃顿意味深长地说，“首先让我们谈谈物理学中最惊人的实验之一，双缝干涉实验。这个实验众人皆知，我就不再复述实验的过程，这个实验证实观察者对这个世界的影响的确存在。哥本哈根诠释认为，当没有观察者的时候，射向双缝的光子呈现波动态，当观察者试图观察光子穿过哪一条缝隙之时，波函数发生了坍缩，退相干成为光子，而光子出现的位置决定于它的概率云分布。也就是说，如果没有观察者，光子呈现波的状态，只有观察者出现之后，光子才会坍缩成粒子。”

“我听说过这个实验，你说的是经典的哥本哈根诠释，你想说明什么？”凯恩打断他。

“局长先生，如果你仔细读过报告，你会发现群星的消失并不是按照距离的由远及近，而是不能被人类肉眼所观测到的星星先消失，然后才轮到人类的肉眼能看到的星星，开始是最不被关注的，最后才轮到人类最熟悉的星星，对吗？”

“似乎的确如此，在我们发现星星消失之前，已经有很多遥远的星系消失了，你是说……”

“哥本哈根诠释看起来简单，却推理出一个可怕的结论，拿月球来说吧，当我们不观察月球的时候，月球会从实体变成波函数，换句话说，没有人观察月球的时候，月球是不存在的。而每一个物体都能用波函数来描述，也就是德布罗意波。当有人观察月球时，和双缝实验中的光子一样，波函数会坍缩成实体月球。理论上讲，月球可能出现在宇宙中的任何一个地方，波函数的概率云弥漫至全宇宙的每一个位置，概率云之和为1，但是它在应该出现的位置上的概率最大，是概率云的中心。当你抬起头寻找月球，波函数在瞬间坍缩成实体。当然，观察的方式有很多种，直接观察是一种，通过月球引起的潮汐间接观察也是一种，但更重要的观察则是对地球本身的观察，对月球的潮汐锁定对地球本身的轨道也产生了巨大的影响，所以对地球本身的观察就是对月球的间接观察。所以人类无时无刻不在对月球保持着强观察。同样，对于太阳来说，人类同样是强观察者，地球上所有的能量流动都是来自太阳，不管是风力发电、水力发电还是火力发电，所有生命的能量都是由植物的光合作用获取的太阳能，所以即使在黑夜里，我们也依然对太阳保持着强观察。这就是为什么月球和太阳现在是我们能观察到的两个天体，它们对地球的影响太大了。这里，我现在要引入一个概念，一个不存在于现代物理学的概念，也许将来它会被证明为像爱因斯坦的宇宙常数一样可笑，但现在我只能用这个常数——观察强度指数，简称观察度，来描述我们所见的事实。

“我们这个世界的观察度在下降，换句话说，那些不为我们肉眼所见的星星，因为我们的观察度下降，波函数不再退相干坍缩成实体。而观察度的持续下降，导致现在这种情形，我们的观察已经无法让所有的星星坍缩成实体，它们全部化为了概率云。我们的观察度已经无法维持这个世界的存在。”

沃顿停了下来，他掏出烟盒，点着一支香烟，凯恩也伸手拿了一支，他面色严峻地看着沃顿，“你是说，飞机和人员的消失，也是因为观察度在下降？”

“没错。”沃顿点点头，“据我所知，第一架约旦航空的飞机后来出现在美国，很简单，波函数坍缩了，因为观察者已经无法维持概率云的存在，所以概率云发生了漂移，它的中心已经转移到了美国，重新在美国坍缩成实体，而其他没有出现的飞机可能坍缩在了地层里或者海洋里，甚至永远也没有坍缩的机会。”

“那怎么解释飞机上的人都不见了？”凯恩问道。

“这涉及另外一个问题。”沃顿吐出一个烟圈，“我们这个世界的真实图景到底是什么？也许我们的世界并不是我们想象的那么真实，很可能在我们的世界之上有一个更高维的世界，柏拉图终于挖开了洞穴，却发现他挖开的洞穴所在的山存在于一个更大的洞穴之中。”

“你以前说过，我们这个世界可能是虚拟的……”

“不，我从未说我们这个世界是虚拟的，但我们这个世界很可能是一个高维世界在低维世界的投影，而且，”沃顿停顿了一下，“即使我们这个世界真的是一个虚拟世界，那么真实的世界难道一定是一个人人都躺在营养舱里，脑袋上接着各种电线连接到一个电脑服务器的世界吗？这是人类贫乏想象力的终极体现。”沃顿毫不掩饰自己的轻蔑，“人类根本无法想象没有见过的事物，人类也根本无法想象那个真实世界——不，那个高维世界是什么样子。所有描述此类题材的科幻小说和电影都无法想象出真实的世界是什么样子，在真实的世界里，我们一定是现在这样的人类吗？在真实的世界里，我们生活在一颗行星上吗？也许我们是一群引力波或者中子星物质组成的生命呢？也许我们是暗物质生命？真实世界里会不会有一个宇宙？但不管怎么样，我们现在这个世界的一切，都是那个高维世界的投射。根本不存在什么灵魂，我们都是来自真实世界的投射，换句话说，我们所见的一切都非真实世界，而真实世界到底是什么，我们根本无法想象。

“让我试着用我们能够理解的语言来描述一下到底发生了什么事情。这个世界是一个被制造出来的投影，或者是自然形成的，谁知道呢。而地球上的人类是从高维世界投射到低维世界的生命体，但是这个系统出了一些问题，出于一些我们无法理解的原因，有一些投射体和高维世界的联系更紧密，获得了一些超出本身权限的能力，而这些投射体自己也发现了这一点，他们拥有了在正常投射体眼中近乎神迹的能力，所以他们自封为神灵，但实际上他们是不应该出现的。他们就好像一个计算机系统中出现的病毒。这些病毒的出现导致了系统无法按照预定模式去运行，所以系统监测模块自动识别到之后，启动了安全程序，安全程序只会对病毒进行灭杀，而对正常的投射体不会有伤害。

“恶魔只是一种病毒而已，而守护者是安全程序，普通人是正常的投射体。这样就能解释为什么守护者一夜之间出现在这个世界上，而且只对恶魔进行捕杀，不会对正常的投射体造成伤害。而当神灵控制着自己不做出超越自己权限的行为，也就是不展现自己的神力时，就不会被安全程序识别为病毒。而所谓的黑暗君主的权限等级无疑是最高的一个，他甚至有了控制其他病毒权限的能力，而恶魔需要凡人的灵魂献祭，其实是在争夺权限，或者用我们能理解的语言来说，神灵是在争夺这个系统的计算力，而这种情况是安全程序绝对不允许的。

“但是事情并非如此简单，我们都知道，恶魔并不是饥不择食，有的人类的灵魂无法提供计算力，所以可以推断出，并不是所有的人类都属于正常投射体，还有很多人类根本不是投射体。换句话说，很多人类很可能只是虚拟的程序。只有正常投射体才会有自发性意识传输的概念。所以，飞机上消失的那些人类其实都是虚拟程序，随着观察度的下降，这个世界已经无法容纳这么多虚拟程序了，他们都变成了波函数量子态，从这个世界消失了。但是如果他们持续处于被观察的状态，就不会变成波函数，所以这就是为什么从来没有目击报告的原因，而一群程序之间的相互观察是毫无意义的。”

“这也太离奇了……你是说人类中有很多人都是虚拟程序，而且所有的守护者也都是程序？”凯恩的香烟已经燃到了烟蒂，散发出一股烧焦的味道，但他却浑然不觉，“太难以置信了。”

“这只是一个让我们能理解这种状况的比方而已，这些非投射体是这个低维世界自己产生的，他们大概是没有自己的意识的，所以他们的观察度极低，很可能已经降低到了0。”沃顿重新点燃一支香烟，“凯恩先生，我记得我曾经问过皮埃尔一个问题，它是否有自我意识，皮埃尔的回答很聪明，它反问我是否有自我意识，当然我可以回答我有，但我无法向任何人证明我有，我们每一个人看起来都是有自我意识的，但都可能只是一种程序的模拟。所以在此之前讨论这个问题毫无意义，但现在观察度降低了，这个问题就有意义了。现在观察度在降低，所以很多程序都无法继续维持实体，换句话说，他们都被系统删除了。而卡兰迪的地狱之门是最不稳定的区域，是我们这个世界的一个漏洞，越靠近卡兰迪的地方，世界的结构越不稳定，维持实体所需的观察度越高，所以才出现了成千上万人的军队都集体消失的极端事例。”

沃顿停了下来，似乎在给凯恩一些理解消化的时间，他知道凯恩能听懂他的话，凯恩曾经拿到过MIT的物理学硕士学位。

“你为什么会有这种想法？”良久的死寂后，凯恩终于开口了，“我是说，我知道你以前提出过虚拟世界理论，但我没想到你能走这么远。”

“还不够远，如果我的推测是正确的，那么我们也只是掀开了世界真相的一角，我们不知道上层世界到底是什么样子的，我们甚至不知道有多少上层世界。”沃顿大笑一声，“我自己都根本不相信所谓的虚拟世界理论，那根本就是为了解释这些超自然存在而编造出来应付一些人的质询的。可是，现在发生的一切都说明，这个该死的理论可能是对的。”

“会发生什么？”凯恩问到了关键之处。

“病毒会摧毁这个世界，这个世界正在崩溃，换句话说，计算力或者说维持这个世界存在的资源已经不够了，所以系统的观察度降低了，大量投射程序被抹除，也出现了这个，”沃顿指指桌子上的树叶，“两片相同的树叶。”

“卡兰迪出现的那个东西又是什么？”凯恩问。

“守护者叫它地狱之门，但它更可能是一个连通上层世界的端口，也可能是病毒打通了连接到其他平行世界的通道。”沃顿耸耸肩，“更有可能是我们这个世界崩溃的开始，总之不是什么好事。”

“我似乎听说，巴比伦之战中，有人打开过地狱之门，我一直以为那只是荒诞不经的神话。”凯恩若有所思，“有没有人记得地狱之门是怎么关上的？”

沃顿摇摇头：“那是恶魔之间的内战，反叛者打开了地狱之门，杀死了旧的黑暗君主。大部分恶魔都死于那场战争，人类才真正成为这个世界的主人，那是人类文明的起始。我担心这只是一个开始，如果传说是真的，地狱之门开启之后，会有大量恶魔降临这个世界，只是这一次，会不会意味着人类文明的结束？”

“你是说，还会有更糟的事情发生？”凯恩沉重地看着沃顿。

沃顿叹了口气，他指指桌面上的两片完全相同的树叶，“如果我的推测是正确的，那么，很快就会有大量非投射体消失。”

“什么意思？”凯恩瞪着他。

“就像灭霸打了个响指，”沃顿打了一个响指，“我们都没想到黑暗君主会用这种方式来清除人类。”

凯恩想起越来越多的失踪案件，顿时感觉毛骨悚然，“你是说世界上一半的人会消失？”

“如果这个世界上一半的人是虚拟投射体的话。”沃顿点点头，“如果我明天没有来上班的话，我不会提前准备一个辞呈。”

凯恩没有被逗笑，他面色冷峻，“我们该做些什么？我是说，我们总不能眼睁睁地看着世界崩溃。”

“当然……比如我自己都不是很确定我是有真正的自我意识的，我可不想突然失踪，而且，我也不想让我的家人失踪。我们也不知道这一切的终点是什么，我们不知道这个世界消失之后我们会不会回到所谓的上层世界或者真实世界，我们对真实的世界一无所知，甚至连它是否真的存在都不知道。”

“你还没回答我的问题，沃顿先生，我们能做些什么？”

“凯恩先生，”沃顿无力地说，“我们只能寄希望于这个系统的安全程序能及时杀灭病毒，补上漏洞。这是众神之间的战争，至于我们——”他深深地叹息了一声，“回家多陪陪家人，如果可能，人越多聚集在一起越好，不要让任何人独处，然后，不管你信仰什么，都虔诚地向有史以来所有存在过的神灵们祈祷吧。”

又是一阵死寂般的沉默，两个人互相对视着。

“让我们看看乐观的一面吧，”凯恩狠狠地在水晶烟灰缸里摁灭了烟头，“至少我们不需要向那群政客提供恶魔存在的证明了。”

海　拉

肖恩再一次从黑暗中苏醒，但这次和上次完全不一样。

他没有回到皮埃尔的佛堂，也没有在医疗室的卧床上醒来，一片漆黑，他什么都看不到。过了一会儿他的眼睛才适应房间里的黑暗。微弱的星光和远处城市的灯光稀疏地穿过百叶窗的缝隙，勾勒出房间里的轮廓。

他的意识在虚幻和真实中沉浮，过了很久，他才意识到自己终于回到了自己熟知的那个现实世界。

肖恩躺在自己的房间里，感觉恍如隔世。也许是他花费了太久的时间，所以实验早就结束了。他不知道自己又昏迷了多久，他掀开被子坐在床边，摸索着穿上拖鞋，站起身朝卫生间走去。

肖恩洗了一个热水澡，用剃刀认真地将下巴和上唇上的胡须刮净。卫生间里雾气弥漫，镜子也蒙上了一层水汽，里面有一个模糊的影子。肖恩抬起手将蒙在镜子上的水雾抹去，一个清晰的人影出现在镜子里，四目相对，肖恩第一次觉得自己是如此陌生。

肖恩看着镜中的人，这具伴随自己三十四年的躯壳，头发被仔细地梳向脑后，露出饱满的额头，鼻梁高耸，映衬着更深的眼窝，两道刀削般的皱纹横亘在额头，眼角也已经有了细密的鱼尾纹，下巴宽阔，刚刮完胡子的皮肤呈铁青色。他已经很久没有这么仔细地打量自己，他愣愣地看了一会儿，这个躯壳不算好也不算坏，这个躯壳的名字叫肖恩，但他知道，肖恩只是这具躯壳的名字，而他真正的名字，他灵魂的名字，应该叫海拉。如果说第一次唤醒实验让肖恩知晓了这次人生只是他无数次经历过的人生之一，那么第二次唤醒实验则是杀死了肖恩剩余的部分。

肖恩微微一笑，他对镜中人说："海拉，欢迎来到二十一世纪。"

与此同时，沈晓琪困惑地站在威廉姆的办公室里，桌子后面坐着一个她从未见过的陌生男人。这个男人长着一张亚洲人的面孔，一头短直的黑发倒是让沈晓琪感到一丝亲切。只是，他坐在威廉姆的位置上，举手投足都好像非常熟悉这个地方。沈晓琪确信她从未见过这个人。

沈晓琪进来的时候，这个男人正在打电话，男人看见她走进来，朝她略点点头，示意她稍等一会儿。

沈晓琪带着疑虑走到墙边的一把椅子上坐下，她看见桌子上是堆积如山的案卷和档案。她随便瞄了几眼，就惊讶地发现几乎每一个档案袋上都印着黑体的字母A，看起来非常触目惊心。

她知道，A类案件是非常罕见的，看来一定有什么大事发生了。

陌生人挂了电话，心情似乎不太好，但他还是努力挤出一丝微笑。"晓琪，你来了？肖恩怎么样？你看到了，"他指指桌子上的文件，说的是标准的普通话，"最近实在是太忙了，全球范围内都出现了大规模人员失踪案件，我相信跟卡兰迪的那个地狱之门有关。"

沈晓琪站起来，陌生人的最后一句话吸引了她的注意，"地狱之门？"

"昨天晚上出现的，相信是莫特干的。"男人又开始翻阅手里的档案，"议长早就预言了地狱之门的出现，现在看起来情况比我想象的还要严重。那位局长大人非常不满。”他苦笑一声，“现在看起来，几架航班的消失也不算什么了。”

沈晓琪疑惑地问：“请问，你是刚从中国来的吗？是议长派你来的？威廉姆呢？”

男人停止了手中的动作，他抬起头看着沈晓琪，脸上是奇怪的表情，“威廉姆是谁？”

沈晓琪用手捂住自己的胸口，“他是守护者派驻SIB的行动部组长，这里……”她环视四周，“这里是他的办公室……”

男人惊呆了，他放下手中的文件站起身，震惊地看着沈晓琪：“晓琪，你还好吗？”

“我很好……”沈晓琪感到一阵晕眩，“威廉姆去了卡兰迪，对吗？他死了……”

“不，”男人轻声打断她，他关切地看着沈晓琪，“这里是我的办公室，从来没有什么威廉姆，是议长把我派来美国的，但我是十五年前来的SIB，晓琪，我们已经认识十五年了。你……”

沈晓琪微微闭上眼睛，然后又睁开，威廉姆没有出现在眼前，眼前依然是那个一脸关切的男人。又发生了，那件事又发生了，沈晓琪不禁想起了那个遥远的暑假，爸爸妈妈牵着她的手一起登上了骊山……沈晓琪的眼眶里突然满是泪水，“你叫什么名字？”

“我是斯诺，”斯诺绕过办公桌，朝沈晓琪走了过来，他脸上满是关切的表情，“沈晓琪，你需要多休息一下，你……”

“是谁去了卡兰迪？”沈晓琪打断他，“一定有守护者去了卡兰迪，对吗？”

“菲利普、马修斯和泰勒。”斯诺的脸上露出一丝懊悔，“我让他们去观察是否有恶魔的迹象，绝不要擅自走进去，但我现在联系不到他们……”

“菲利普、马修斯、泰勒……”沈晓琪喃喃道，她认识这三个守护者，“不，如果是威廉姆，他一定会自己去的，一定是他带队去了卡兰迪，对吗？”

“你多久没睡觉了？沈晓琪，你要休息一下。”斯诺当机立断地说，他扶着沈晓琪的肩膀，而沈晓琪的目光越过斯诺的肩膀看到了墙上挂着的一幅合影照片。她轻轻拂开斯诺放在她肩膀上的手，走向那面墙。看清楚那张照片后，沈晓琪如坠冰窟，照片上是她和斯诺还有议长。三人都是一副徒步者的打扮，她站在斯诺和议长中间，穿着鲜红色的冲锋服，戴着一副太阳镜，登山杖杵在身前，在明晃晃的阳光下甜甜地笑着。他们身后是一段已经残破不堪的野长城。

沈晓琪不记得这张照片，她不记得自己曾经认识斯诺。

“你还记得这张照片吗？”斯诺的声音从她身后传来，“那是十五年前，我来美国的前一天，你专门从武汉跑来北京给我送行。你说想去看长城，议长说八达岭的长城只是为游客打造的景点，不是真正的长城，于是我们去了箭扣。”

沈晓琪没有说话，她转身走了出去。

不出所料，她在任何地方都找不到威廉姆的踪迹，她和每个人交谈，但没有人认识威廉姆，每个人都信誓旦旦地说斯诺一直在SIB工作。她在各种档案和记录里寻找威廉姆的痕迹，却一无所获，威廉姆彻底消失了，就好像从未在这个世界上出现过。

果然，那件事又发生了。

沈晓琪浑浑噩噩地回到公寓，她仿佛又回到了十四岁那年的夏天，变成那个看见桌子上的兵马俑消失之后的孤独无助的小女孩。

威廉姆，她一想起这个名字就感到心脏一阵绞痛。她第一次来美国时，是威廉姆教会了她一切，如果说议长是她的导师，那么威廉姆就像一个对她无微不至的大哥。作为仅有的两个常驻SIB的守护者，在平时的工作中难免会遇到异样的眼光，当她心情低落沮丧的时候，是威廉姆一直在帮助着她，直到她能够独当一面。

难道这一切都是幻觉？不，沈晓琪曾经真的怀疑过西安之行是一场幻觉，但她现在知道了，一切都是真的。她记得威廉姆的一切，她已经认识威廉姆十三年了，这不可能是一场持续了十三年的幻觉。

当晚，沈晓琪做了一个奇怪的梦。在梦里，她是一个小女孩，她是家里的第四个女儿，父母不喜欢她，但梦中幼小的她不知道是为什么。尽管生活困苦，她依然坚强地活了下来，直到有一天，母亲难得地给她做了一顿美味的晚餐。

当夜幕降临之时，几个村里的男人闯进了她的家，他们身强力壮，抓起她不比抓起一只小鸡更难。沈晓琪吓坏了，她大声哭叫反抗，但没有人帮助她，甚至她的父母也不知道去了哪里。

虽然年龄还小，但她已经知晓男女之事。她瑟瑟发抖，心中充满了恐惧，但事情没有向她想象的方向发展，而是更糟。男人们把她拖到了村子中央的小广场，她惊奇地发现几乎全村的人都聚集在那里了。广场正中央的一个黑色石台吸引了她的注意，男人们把她扔到了人群背后的一个角落，她的手脚被捆住，嘴里被塞了一团麻布。她发现那里还有四个孩子——都是女孩。

当她看到了黑色石台后面的神龛时，她终于意识到发生了什么。

她们是祭品，巫师手中拿着一把黑曜石柄的尖刀，他将用那把尖刀杀死她们，不，他不会给她们一个痛快的，迦梨女神需要的不仅仅是她们的灵魂，还有她们最深的痛苦和绝望。

即使在梦中，沈晓琪也清晰地知道接下来将发生什么，献祭开始后，巫师将用刀慢慢割下她们的四肢，她们会一次一次痛晕过去，又在极度的痛苦中醒来，她们的痛苦和绝望是迦梨女神最喜爱的祭品。当她们的四肢被砍断以后，痛苦才会结束，巫师会割断她们的喉咙，释放她们痛苦绝望的灵魂，献给迦梨女神。

小女孩们如寒风中赤裸的小兽般瑟瑟发抖，第一个祭品是沈晓琪。

当沈晓琪尖叫着被抬上祭坛之后，她惊恐地四处张望，这时她看到了母亲，她的母亲也看到了她，但母亲的眼睛里却只有冷漠。于是她就陷入了无底的绝望和愤怒。“不——！”沈晓琪尖叫着，在彻骨的绝望和愤怒中，这个梦境结束了。

沈晓琪睁开眼睛，过了好一会儿才慢慢地浮出梦境的水面，恐惧和绝望的潮水逐渐退去，她才发现身下的床单已经被汗水浸透了。

沈晓琪伸手摸索着打开床头灯，温暖的淡黄色灯光倾泻在整个房间里，让她颤抖的身体暂时感觉到了一丝安全。

这个梦太真实了，真实得可怕，即将遭受酷刑的痛苦远远比不上被抛弃和被背叛的绝望，那是深入骨髓和灵魂深处的绝望。沈晓琪起身用毛巾擦拭着身上的汗水，却依然在微微颤抖。她的眼前仿佛又浮现出祭坛上方迦梨可怖的面容，在梦中，迦梨从神龛上的画卷中走了下来，她舞动四肢，跳着奇异的舞蹈，青黑色的面容狰狞可怖。

沈晓琪用冷水洗了一把脸，任凭水珠从脸上滑落，也许还有泪水。不——那不是梦，那是迦梨，印度最恐怖的魔神，真实存在的魔神，而不是那些人类捏造出来的虚无的魔神——闯入了她的梦境，只有面对真正的恶灵，才会有这样真实的恐惧。

我是谁?

沈晓琪看着镜中的自己，她这具肉体今年度过了三十六个春秋，曾经洁白无瑕的脸颊上已经开始出现暗淡的斑点，光洁的额头也出现了几条细密的皱纹，甚至眼角也有了鱼尾纹。

为什么她的记忆如此混乱不堪，就像一团乱麻被揉在一起?她的过去究竟发生过什么?为什么议长会如此地信任她?为什么一直到现在，她都没有遇到自己的同伴?她真的是一个守护者吗?

沈晓琪不敢再想下去。

这时，沈晓琪看到眼前的景象飞快地模糊了一下，但马上就恢复了清晰，就像镜头突然失去了焦点，然后重新对焦。但事情远远没有这么简单，她感觉到整个空间都“颤抖”了一下。这是幻觉!她的第一反应是她还没有完全从噩梦的侵袭中恢复过来，但马上第二次“颤抖”就来了，而这一次，“颤抖”持续的时间更长，她看到卫生间里所有的物体都仿佛失去了实体，体积越小的物体影响越大，有一些小物件甚至化为了一团小小的雾气。

沈晓琪的心脏怦怦直跳，她终于意识到，这不是幻觉。她低头看着自己的身体，让她欣慰的是，她的身体并没有出现异常，但身上的衣服却已经被影响了，显得模糊不清。

有什么事情正在发生，沈晓琪快速走出卫生间，她感觉坚硬的大理石地面变得像棉花一样柔软。她来到窗边，原本透明洁净的窗户也变得雾蒙蒙，沈晓琪伸手想拉开窗户，她失败了，她的手指径直穿过了把手。

沈晓琪一惊，不知道为什么，她闭上了眼睛，重新去摸窗户把手，触感冰凉，她拉开了窗户。所有的灯光都熄灭了，整个城市暗下来，沈晓琪抬头望向月亮，却什么都没有看到，没有云，没有繁星，黑沉沉的夜空中什么都没有，所有的自然光源和人造光源都熄灭了，但奇怪的是，并不是完全的黑暗。

沈晓琪能看到城市的轮廓，天地间充斥着一种奇异的微光，仿佛是空间本身迸发出的背景光线，只是平时难以察觉，就像宇宙微波背景辐射。

到底发生了什么？沈晓琪战栗着。这不正常，整个世界仿佛都在崩塌，仿佛陷入了一个怪异的梦境。不，是她还未从梦境中醒来吗？

一瞬间，城市突然亮了起来，天空的繁星和月亮也重新出现，沈晓琪环顾四周，模糊的感觉消失了，所有的物体都重新凝结成实体，一切都恢复了正常，仿佛刚才发生的一切都是她的幻觉。

但她马上就知道不是了。窗外传来了此起彼伏的撞击声，沈晓琪看到有几辆汽车撞在了一起，远处传来了更多的撞击声甚至还有爆炸声。沈晓琪关上窗户，这时她发现了更多的异象，玻璃依旧浑浊，仿佛涂上了一层冰花，但浑浊是来自玻璃内部的，透明的玻璃本身变成了浑浊的晶体。

暴风雨即将来袭，沈晓琪的身体控制不住地颤抖起来。

噩　耗

阎摩最近的心情不太好，最近的坏消息可是一个接着一个。阎摩警告他们，当他们遭受其他神灵的攻击时，千万不要迎战，一定要隐藏好自己，即使逃跑也在所不惜，因为那些神灵已经聚集在了莫特麾下，他们绝不会再单打独斗。

这些自以为高贵的神灵，这些骄傲自负的神灵，他们根本没有意识到真正的危险。尤其是那些古老的神灵，他们完全无视了来自阎摩的警告，依然我行我素。他们不仅不相信莫特正在复活远古的神灵，还拒绝逃跑。事实证明，这些自负的古神为自己的轻敌付出了血的代价。

湿婆和毗湿奴先后遭遇以迦梨为首的神灵们的围攻，湿婆被迦梨斩掉了头颅和四肢，毗湿奴逃走了，但丢掉了一条腿。

加百列和米迦勒遇到了拉斐尔策划的攻击，他们的运气就没那么好了，加百列被德古拉吸干了血，以一种最耻辱的方式死去。米迦勒则遭受了古老的穿刺之刑，一根被削尖的木棍刺穿了他的直肠，从他的嘴巴穿出，木棍下还悉心点燃了慢热的炭火。这位大天使在漫长的痛苦中变成了人肉烤串。

愿他死得毫无痛苦。阎摩情不自禁地在胸前画了一个十字，双手合十为这位死得最凄惨的神灵进行了祈祷。

但这都不是最坏的消息，至少其他的神灵都被吓住了，不用阎摩再警告，他们就藏得无影无踪，甚至连阎摩都找不到他们了。

“是卡兰迪，莫特开启了地狱之门。”他身后的黑影说。

阎摩皱起眉头，“他真的这么做了……不，打开地狱之门需要一个祭品……”

“维克多，”黑影说，“莫特献祭了维克多。”

阎摩把咒骂声生生地吞了下去，“即使有了始祖作为祭品，莫特也不应该有这种能力，只有海拉能做到这件事情。”

“别忘了巴比伦发生的事情，莫特杀死了海拉，也许他窃取了海拉的力量。”黑影提醒道，“那之后，莫特也开启过一次地狱之门，那一次，他献祭了……”

阎摩摆摆手打断他，“我知道，那一次他是为了对付海拉。”他烦躁地说，“这一次可不一样，他到底要干什么，已经有那么多神灵聚集在他麾下，要对付我们，完全不需要献祭维克多，维克多是追随莫特最久的一个始祖。”

“也许他想召唤更多的神灵，我们都知道有些不该出现在这个世界上的神灵又重现人间了。”黑影说，“拉斐尔、迦梨、德古拉……”

“还有荷鲁斯，我听说他追随了莫特。”阎摩说。

“荷鲁斯没有死，”黑影反驳，“那个可耻的懦夫根本没有参加众神之战。”

“也许你误会他了，”阎摩说，“据我所知，荷鲁斯听从了海拉的命令，返回埃及去召集埃及众神参战，但他失败了，阿努比斯拒绝了他的请求，于是荷鲁斯只好独自前往北方，但他抵达圣湖的时候，看见的不再是通向万神城的荒野，而是波涛汹涌的大海。”

沉默半晌，黑影才说道：“不管怎么样，他追随了莫特，他视我为敌，就像迦梨和拉斐尔视湿婆和毗湿奴、加百列和米迦勒为敌一样。”

“那么你要小心了，奥西里斯，”阎摩点点头，“也许他们的下一个目标就是你。”

“奥西里斯无所畏惧。”埃及冥王肃然道。

阎摩耸耸肩，“话虽如此，但保存实力更加重要。”

“阎摩大人，追随你的神灵正在丧失信心，我知道有一些神灵已经开始转投莫特麾下，他们都开始认为莫特是新生的黑暗君主。”

“你呢？”阎摩饶有兴趣地抬起头看着奥西里斯，这位埃及冥王和金字塔壁画上的奥西里斯没有任何相似之处，他既没有身披白袍，皮肤也不是绿色的，手上更没有拿着弯杖与连枷，“你怎么认为的？”

“真正的黑暗君主只有一个，不是莫特，”奥西里斯停顿了一下，“当然，也不是你。”

阎摩点点头，“这也是我们之间的共识和合作的基础。”

“那么，阎摩大人，那个人到底在哪里？”奥西里斯问道，“我们已经等待太久，莫特已经蛊惑了太多神灵，现在，他又打开了地狱之门，我好奇的是，他难道不惧怕那些自称守护者的魔鬼吗？”

众神之战后，神灵们被重创，但未参战的神灵大多都幸存了下来。虽然莫特曾经在巴比伦杀死了海拉，但蜂拥而至的魔鬼差点灭绝了众神之战后残存的神灵。如果说众神之战意味着众神对这个世界统治的结束，那么巴比伦之战则宣告了众神彻底退出历史舞台。

“他正在归来的路上，迷雾中的影子，每一天都变得更清晰，他会阻止莫特的。”

“当然，但愿如此，我相信你自有计划，阎摩大人。”奥西里斯的信心显然没有他语气中的那么十足，“我们现在应该做什么？”

“等待。”阎摩冷冷一笑，“莫特第一次打开地狱之门时，在守护者大军到来之前就结束了战争。但这一次，地狱之门开启的信息将通过电话线和海底光缆传到每一个魔鬼的耳朵里，现在可不是巴比伦时代了。”

“不，我的疑问是，既然献祭维克多就可以打开地狱之门，为什么莫特要等到现在才这么做？”

“他在等待一个时机，我的朋友，”阎摩笑了笑，“当这个世界稳固的时候，即使是莫特也无法打开地狱之门。那个蠢货以为是父神给了他打开地狱之门的机会，但真相是，木屋已经摇摇欲坠，而莫特还在门上狠狠地踹了一脚。”

“这个不可救药的蠢货！”奥西里斯评价道。

利维坦的觉醒

一艘漆成白色的流线型双层阿兹慕游艇静静地停泊在海面上，船身上是黑色的希腊文：波塞冬。这艘以海神命名的游艇已经远离大陆，来到了爱琴海的边缘，站在二层甲板上，可以清晰地看到远处的克里特岛在夕阳下呈现出一个奇怪的剪影。

莫特坐在一张生铁铸成的椅子上，手里捧着一本柏拉图《对话录》。

环形的山围绕着环形的海，环形的海围绕着环形的山，在同心环的中央，有一座火山岛，火山口中有一个潟湖，湖的中央又有一座小岛，这座小岛原本的名字已经无人知晓。

这里曾是众神之战的古战场，在那场滔天洪水未曾淹没这片大地之时，这里是传说中的亚特兰蒂斯，这座火山湖中的小岛被称为波塞多尼亚，海神波塞冬的神殿矗立在最高点，俯视着整个波塞冬神国。

在后世的传说中，这个神国被称为亚特兰蒂斯，柏拉图在《对话录》中进行了详细的记载。亚特兰蒂斯不仅有华丽的宫殿和神庙，而且有祭祀用的巨大神坛。柏拉图描述，亚特兰蒂斯人拥有巨大的财富，最初诚实善良，具有超凡脱俗的智慧，过着无忧无虑的生活。随着时间的流逝，亚特兰蒂斯人开始野心膨胀，他们开始派出军队，征服周边的国家。

亚特兰蒂斯人的生活变得腐化堕落，无休止的极尽奢华和道德沦丧，终于激怒众神。于是，众神之王宙斯一夜之间将地震和洪水降临在这座岛上，亚特兰蒂斯最终被大海吞没，消失在深不可测的汪洋之中。

但这并不是真实的，当莫特读到这一段传说时，他一方面惊叹于人类的想象力，一方面又对人类的自大感到好笑。人类沙文主义原来在两千多年前的柏拉图时代就如此盛行了，看来人类早就忘却了祖先被奴役的时代。但这不能怪他们，即使是普通的神灵和守护者，也对那段历史了解甚少。知情的神灵大多数已死去，而守护者们会丢失自己的记忆。

《对话录》中的亚特兰蒂斯的确存在过，但只有一个地方的记载是准确的，那座城市的名字的确叫做波塞多尼亚，以主神波塞冬的名字命名，而那片土地的名字也并非亚特兰蒂斯或者什么大西洲、姆大陆。波塞多尼亚并不是毁于宙斯之手，而是毁于守护者之手，在众神之战前，守护者就入侵了这座城市，摧毁了波塞冬神殿，杀死了波塞冬和他的子孙。

后来，众神之战在这片土地上爆发了，来自南方和北方的神灵们在海拉的率领下并肩作战，但他们遭遇了彻底的失败，他们的神力在守护者面前不堪一击。在最后一刻，利维坦出现了，但依然未能扭转战局，在守护者强大的力量面前，利维坦怀着怨恨沉入了大地，引发了剧烈的地震。地震是如此强烈，以至于劈开了一条纵横千里的峡谷，导致海水入侵，彻底淹没了波塞冬的领地，众神之战的战场也沉入海底。随着时间的流逝，真实的故事变成了传说，那场战争被描述成亚特兰蒂斯的毁灭，那场大洪水在不同的民族中被描述成各种版本，而波塞冬也演变成了海神。

大海摧毁了波塞冬的神国，波塞冬却变成了海神，世事难料。

时光和大海抹去了那场战争的痕迹，残存的神灵们纷纷逃往大地的角落，隐姓埋名。守护者们也改头换面，换上了新的身份。但莫特知晓，利维坦依然在这片已经被大海淹没的土地之下沉睡，在幽暗的深渊里，甚至深至地幔的岩浆里沉睡。

莫特已经接近成功了，众神之战中死去的神灵纷纷复活，通过地狱之门重新来到世间，全面的战争已经打响，但还不够，今日，传说将再一次变成现实，莫特将唤醒利维坦。借助地狱之门和维克多的献祭，莫特已经有了足够的力量去唤醒这头真正的恶魔，只有利维坦能彻底快速地清洗这个世界，为众神的归来扫净庭院。

此时，“波塞冬号”就漂浮在昔日战场的上方，穿越沉重幽深的海水，游艇下方的淤泥下面，就是战场的所在地，亚特兰蒂斯传说的真正起源地。

莫特轻轻地放下书，此时，太阳已经完全沉了下去，黑暗的夜空像一块柔软的黑纱笼罩着黑色的大海，星辰寂寥。海面如镜子一般平静，月亮升了起来，惨白的月光映射在水面上，激起一片白色的碎光。

“时间已到。”莫特轻声说。守候在阴影中的手下走开了，过了一会儿，舱门打开，两个手下带着一个头上罩着黑色袋子的人来到莫特面前。

坐在铁王座上的莫特点点头，得到命令的手下撤去了俘虏头上的袋子，露出一张年轻的面孔。那是一张漂亮的脸，但属于一个男人，一头金发，仿佛是从帕特农神庙刚刚走出的雕像。

“你知道这艘船的名字吗？”莫特问道。

年轻男子的脸上露出一丝嘲讽，“莫特，收起你这一套从人类身上沾染的臭毛病吧，神灵之间从来都是直来直去。”

“比起我来，你似乎更喜欢人类的生活方式，”莫特没有理会男子的嘲讽，“据说你是雅典有名的浪子。”

“唔？尊敬的莫特大人难道就是为了这个绑架了我？这似乎不公平，据我所知，你对阿芙洛狄忒似乎也颇有好感。”

“不不不，”莫特大笑，“我尊重你的生活方式，但你似乎对我略有不满。”

“我的确很不满，此非待客之道，”金发男子打量着四周，脸上是一副惋惜的表情，“这么豪华的游艇，多么适合举办一场火辣的派对。”

“你拒绝了我的提议。”

“如果你的提议是举办一场无遮大会的话，我乐意至极。”

“我曾是一个唯利是图的商人，也是一个臭名昭著的政客，但我从未做过一个沉迷酒色的花魁，”莫特沉吟片刻，缓缓地说，“也许我真应该考虑一下你的提议。”

“现在还不晚，”漂亮男子望着莫特的眼睛，“那我们现在就布置会场吧。第一步，把你屁股下面那个肮脏丑陋的椅子丢到海里去。”

“我们会的，但不是现在，”莫特笑容可掬地说，“‘波塞冬号’今夜别有用处。”

“你到底要干什么，莫特？”听到船名，年轻男子脸上的笑容终于消失了，“我不愿与你为伍，但我也不会与你为敌。阎摩的使者也同样拜访了我，但我拒绝了他的邀请。我对你们的争斗不感兴趣，我喜欢我现在的生活。”

“风暴将至，无人能置身事外，尤其是你，海神波塞冬。”莫特冷冷地说，“既然你不愿意做出选择，那我只好替你做出选择了。”

“你要干什么？”海神金色的头发在月光下被染成白骨色，“莫特，你没有权力命令我，而且是用这种方式。”莫特的使者比阎摩的使者粗鲁多了，阎摩的使者在得知他的答案之后就礼貌地告退了，那是两位彬彬有礼的绅士。而莫特的手下跟意大利黑手党一样。波塞冬不禁有点后悔没有跟阎摩的使者走，他已经开始倾向于阎摩了。

“你沉迷于魔鬼的诱惑太久了，”莫特拍拍身下的铁椅子，“看看这个世界，欲望横行，纸醉金迷，这就是魔鬼送给你们的麻醉剂和毒品，让你们在享乐中忘却身为神灵的荣耀和战败的羞耻，不仅仅是你，就连始祖安德鲁都沉迷于崇拜伪神，不过，”莫特耸耸肩，“他已经去见他的伪神去了。”

“你没有权力对我的选择指手画脚，我说过了，我对你们的争斗不感兴趣。”波塞冬冷冷地回应，“放我下船。”

“懦夫！”莫特喝道，“无耻的背叛者，看看这是什么地方！这是我们战败的地方，这是众神的陨落之所，这是耻辱的刻印，这是你的领地，波塞冬，我们曾在这里浴血奋战，你难道都忘记了吗？”

“何必要跟命运过不去。”波塞冬劝说道，“不会有很多神灵支持你的，莫特，人类的社会很有趣，不是吗？已经这么多年了，神灵们早已经忘记了那场战争，而且我们已经习惯了现代的科技生活，安全舒适，有那么多的美女等着我们，即使人类爆发战争也伤不到我们分毫，我们完全可以混迹于上层社会，这艘游艇可是价值上千万美元呢。”

“难以置信这种话居然是从海神波塞冬的嘴里说出来的，”莫特摇摇头，“你已经被魔鬼腐蚀了。”他断言道。

“我去美国要坐飞机，而且是头等舱，一边享受着加拿大冰酒一边看着最新的好莱坞电影，没准还能和美丽的空姐共度良宵。不像你，有一双翅膀，可以自己飞。”波塞冬讽刺道。

莫特没有勃然大怒，反而冷静了下来，他挥挥手，“很好，很好，尖牙利嘴的波塞冬，来人，把他的嘴巴堵上。”

“你要干什么，莫特！”波塞冬的脸色终于变了，“众神已经流够了鲜血，不能再流血了。”

“放心，你不会流血的，我保证。”莫特狞笑道，“把他丢到海里去，看看我们的海神会不会淹死。”

莫特的手下不仅把波塞冬的嘴巴用一块看不出原本颜色的抹布堵了个严严实实，还用粗绳索把他捆了个结结实实。这时波塞冬才意识到危险，他愤怒地盯着莫特，眼睛里冒出了火。

莫特站起身，走到船舷边，扶着护栏面向大海，“波塞冬，我知道你听说了很多关于我的传言，没错，是我杀死了海拉，因为海拉背叛了众神，背叛了父神，即使她身为神王也难逃惩罚。你一定好奇我怎么能杀死她，波塞冬，虽然我也是始祖之一，但我也不是最强的那个，你也听说了那个可耻的惩罚，是的，她把我变成了一只该死的乌鸦，我怎么能不杀死海拉？”

他顿了顿，转身看了一眼被捆得结结实实的波塞冬，潇洒的金发少年现在如同一条放在砧板上的金枪鱼，他眼睛里闪过的一丝好奇没有逃过莫特的眼睛。

“我得到了父神的宠爱，父神亲自解开了我的封印，并且赐予了我杀死海拉的力量。”他没有理会波塞冬震惊的眼神，继续说道，“我的使命是打败魔鬼和被魔鬼蛊惑的神灵，在大地上重建众神的时代，所有阻拦在我面前的人都将是我的敌人。我知道很多神灵都追随了阎摩，但你是否了解？他早就堕落成为魔鬼的帮凶，他已经将灵魂出卖给魔鬼来换取苟且偷生的机会，死在他手里的神灵不计其数，他已经成了魔鬼的帮凶，但不会长久了，我能杀死海拉，也能够杀死他。你们不愿意追随我，很好，这就是我要开启地狱之门的原因，所有被我复活的死于魔鬼之手的神灵都宣誓效忠于我。所以，我根本不在乎你们是否效忠于我，波塞冬，我根本不在乎。”

“你一定好奇我为什么要把你邀请到这艘以你的名字命名的游艇上，让我提醒你一下，在我们正下方大约四百米的水下，是以你的名字命名的波塞多尼亚，利维坦沉睡在更深的海底，今夜我将唤醒利维坦。”

疯了，莫特已经疯了，波塞冬惊恐地睁大了双眼，但他无法发出自己的声音，他挣扎着想挣脱，但莫特的手下在捆人方面是一把好手。波塞冬清楚地知道利维坦是什么，它比耶梦加得可怕一百倍，如果莫特唤醒了利维坦，利维坦可以轻易毁灭雅典这样的沿海大城市。

“这个世界需要清理，众神时代不需要这么多人口。”莫特宣布，“但是唤醒利维坦不是一件轻松的事情，我需要一个祭品，而你，波塞冬，海洋之神，你就是最佳的祭品。”

他挥了挥手，手下们开始在波塞冬身上系上潜水时佩戴的铅块，波塞冬无力地挣扎着，他不怕死，即使肉体死去，他依然会重生，但如果被献祭，那么他的灵魂将被利维坦吞噬，迎来真正的死亡。

波塞冬的喉咙里发出嘶哑的声音，莫特不屑地望着他，转身回到铁王座坐下，月亮正好移到他的正后方，仿佛他脑后的一圈光轮。

“动手吧。”当手下们准备完毕之后，莫特命令道。

波塞冬被抬起来，干净利落地扔进了大海，如一块沉重的石头般直坠大海深处，很快就不见了踪影。

“现在，祈祷吧，刚刚死去的是一名高级神灵，念完你们的悼词，一个词都不准省略。”莫特命令道。

他转过身，看向远方，爱琴海诸岛在黑夜的迷雾中若隐若现。

漫长的等待终于有了回报，一幅辽阔的画卷在莫特眼里徐徐展开。人类的痕迹将被彻底抹去，这个世界将重新回到应有的秩序中去。这个世界的命运之轮已经开始转动，无人能够阻止他了。

这个清晨，成千上万的人起床时发现身边的伴侣消失了，数百架航班消失在蓝天。忠于阎摩的烈火成员在归来的亡灵面前节节败退。

海拉，海拉，莫特在心里默念着这个名字，嘴角出现一丝微笑。

持续万年的战争终于到了结局，即使海拉复生，也无法阻止他了。

海浪轻轻拍打着船身，莫特扶着栏杆望向天空，太阳已经落下去了，最后的晚霞也消失了，但晴朗的夜空中却第一次没有出现一颗星星。

这将是人类文明的漫漫长夜。

（待续）